Franziska Jebens

Immer am Meer entlang

FRANZISKA JEBENS

IMMER AM MEER ENTLANG

Roman

dtv

Von Franziska Jebens
ist bei dtv außerdem erschienen:
Die Liebe fliegt, wohin sie will

FSC
www.fsc.org
MIX
Papier aus verantwortungsvollen Quellen
FSC® C019821

Originalausgabe
4. Auflage 2023

Umschlaggestaltung: zero-media.net, München
Umschlagmotive: FinePic®, München; SONGPHOL THESAKIT / Getty Images; Taylor Kampa / stocksy.com
Die Liedzeile auf S. 316 stammt aus: Bilderbuch, *Schwarzes Karma*

Satz: Uhl+Massopust, Aalen
Gesetzt aus der Adobe Garamond Pro
Druck und Bindung: Druckerei C.H.Beck, Nördlingen
Printed in Germany · 978-3-423-21853-5

»Manchmal muss man verloren gehen,
um sich wiederzufinden.«

Fran Forrester

Für die Meersüchtigen

PROLOG

Erinnerst du dich noch an den ersten Tag der besten Sommerferien deines Lebens?

Vielleicht hattest du damals ja auch dieses Gefühl von *Alles ist möglich*, von *Das wird mein Sommer*, von grenzenloser Freiheit. Und zweiundvierzig Tage kamen dir vor wie die längste Zeit der Welt.

Vielleicht hast du an diesem ersten Ferientag ja auch schon den warmen Sand unter deinen Füßen gespürt und das Knistern des Lagerfeuers gehört, an dem du mit deinen Freunden den Abend verbringst. Hast auf deinen Lippen das Salz des Meeres geschmeckt, in dem du badest, hast den Regen auf den Blättern der Buche gehört, unter der du den Schauer abwartest, hast gefühlt, wie dir ein lauer Sommerwind über die Haut fährt, während du mit deinem Fahrrad einen Berg hinuntersaust …

Und dann waren diese allerbesten Sommerferien noch viel mehr, als du dir in deinen kühnsten Träumen hättest ausmalen können. Am Ende warst du voll von Erinnerungen, die ein Leben lang bleiben. Erinnerungen, die in schlechten Zeiten für dich da sind. Eine Quelle der Kraft in Momenten, in denen du glaubst, nicht mehr weiter zu wissen.

Der zärtliche Kuss, der nach Schokoladeneis schmeckt und ein betörendes Kribbeln durch deinen Körper jagt. Die aufregende Übernachtung in den Dünen unter dem glutroten, so vollen Mond. Das goldene Glück, nach überwundener Angst vom Fünfer zu springen und dabei von deinem Schwarm beobachtet zu werden. Die noch warmen, herrlich duftenden Brötchen vom Bäcker nach einer durchfeierten Nacht. Das zutrauliche Rotkehlchen, das bei der Wanderung eine Zeitlang neben dir hergeflogen ist. Der atemberaubende Ausblick auf dem Gipfel über den Wolken. Der verrückte Spontantrip mit deinen Freunden nach Paris. Der eine Mensch, den du nicht erwartet hast und der dich wirklich sieht, so wie du bist.

Und jetzt stell dir vor, du hättest nochmal Sommerferien, aber dieses Mal sind sie ein ganzes Jahr lang.

JOSI

»Herzlich Willkommen! Ich freue mich, dass ihr zu unserem Kurs *Selbstverteidigung für Anfängerinnen* gekommen seid. Mein Name ist Josi, ich bin seit zehn Jahren bei der Polizei und ich werde euch in den nächsten zwei Stunden zeigen, wie ihr euch effektiv zur Wehr setzen könnt, wenn euch jemand angreift.«

Ich blicke in die Gesichter der zwanzig Teilnehmerinnen, die sich heute in der Sporthalle eingefunden haben. Die meisten scheinen sich darauf zu freuen, diesen Kurs zu besuchen und endlich etwas für sich zu tun. Andere wiederum wirken eher skeptisch. Eine Frau in der letzten Reihe fällt mir aber besonders auf. Sie vermeidet jeden Augenkontakt, kaut nervös auf ihrer Unterlippe und hat Mühe, auch nur einen Moment lang stillzustehen. So als wäre sie in Gedanken schon auf der Flucht. Ich habe eine düstere Ahnung, warum das so ist, und hoffe, dass ich nach dem Kurs noch mit ihr sprechen kann.

»Ich weiß, was ihr denkt: Wie soll ich mich gegen einen Mann wehren, der größer und stärker ist als ich? Aber ich sag euch: Das geht! Und dafür muss man keine Karatekämpferin und auch nicht besonders kräftig sein. Auf die Entschlossenheit kommt es an! Und ich werde euch heute einige simple, aber sehr effektive Techniken zeigen, die wir anschließend ganz praktisch an unserem Wattebäuschchen hier ausprobieren.«

Ich zeige lächelnd auf meinen Kollegen Stefan, der neben mir steht und in seinem gepolsterten Schutzanzug aussieht wie ein riesengroßer Marshmallow.

»Ihr lernt heute, wo Gefahren im Alltag lauern können, wie ihr Konflikte durch Verhalten und Körpersprache vermeidet und wie ihr klare Grenzen setzt. Und ich zeige euch, wie ihr euren Körper, euren Geist und eure Stimme einsetzt, um einen Angreifer in die Flucht zu schlagen.«

Ein paar Frauen runzeln die Stirn. Das ist jetzt ein entscheidender Moment – ich muss sie mitnehmen, muss ihnen vermitteln, dass es wirklich möglich ist, sich selbst zu schützen. Zeit für eine kleine Showeinlage.

»Bist du so nett?«

Stefan nickt, stellt sich hinter mich, greift mir unvermittelt in die Haare und zieht mich nach hinten. Sofort fange ich an, laut zu schreien: »Lass mich los, du Arschloch!« Ich fasse mit meiner Linken nach seiner Hand an meinem Kopf, gehe mit seiner Rückwärtsbewegung mit und drehe mich gleichzeitig in seine Richtung. Dabei lasse ich meinen ausgestreckten rechten Arm nach oben schwingen und schlage ihm mit der flachen Hand aufs Ohr. Jetzt ziehe ich mein rechtes Knie nach oben und ramme es ihm in den Unterleib. Immer wieder schreie ich »Lass mich los!« und »Hilfe! Hilfe! Hilfe!«, während ich mit dem Ellenbogen auf ihn einschlage, bis er von mir ablässt. Dann schubse ich ihn weg und renne davon.

Die kleine Demonstration wirkt wie immer Wunder. Die Frauen sehen, wie ich den fast zwei Meter großen Stefan abwehre, und halten es plötzlich für möglich, das auch selbst zu können. Ein Schlüsselmoment in allen Kursen, die ich in den letzten fünf Jahren gegeben habe. Ein regelrechter Mind-

Shift, der da passiert. Die meisten wollen am liebsten gleich loslegen und ausprobieren, ob sie auch selbst dazu in der Lage sind.

»Genau das könnt ihr auch!«, sage ich bestimmt. »Aber bevor ihr unser Wattebäuschchen in die Flucht schlagt, lasst uns noch einen Moment über Gefahrensituationen im Alltag sprechen. Was denkt ihr, wo und wann gibt es die?«

Aus dem Augenwinkel sehe ich, wie die nervöse, junge Frau sich aus der Gruppe löst, mit eingezogenem Kopf zum Ende der Sporthalle läuft, ihre Tasche von der Bank nimmt und zum Ausgang eilt.

»Übernimmst du mal?«

»Klar«, sagt Stefan und nickt einer der Teilnehmerinnen zu, die sich zu meiner Frage gemeldet hat.

Im Flur rufe ich der Frau »Warte!« hinterher und sie bleibt stehen. Ihre Körperhaltung zeigt, dass sie es nur widerwillig tut. »Willst du nicht noch ein bisschen bleiben?«

Langsam dreht sie sich um. Aus der Nähe sehe ich, dass sie ein schon fast verblasstes grün-gelbliches Hämatom an der Schläfe hat. Kurz blickt sie mir in die Augen und ich weiß genau, was Sache ist.

»Bleib doch noch. Es wird dir guttun, ganz bestimmt. Und nach dem Kurs können wir vielleicht noch ein bisschen reden?« Mit sanfter Stimme versuche ich, sie zum Bleiben zu überreden.

»Es war idiotisch von mir, hierherzukommen. Ich weiß nicht, was ich mir dabei gedacht habe …«

Sie sieht verloren aus in ihrem viel zu großen Sweatshirt.

»Bitte bleib. Wenigstens heute. Lerne dich zu verteidigen. Du hast doch nichts zu verlieren.«

Sie seufzt tief, nickt aber zögerlich. Am liebsten würde ich alles daransetzen, herauszufinden, wer ihr den blauen Fleck verpasst hat, und denjenigen sofort verhaften. Aber so läuft das nun mal nicht. Ich kann nur hoffen, dass sie heute bleibt und vielleicht nächstes Mal wiederkommt. Dass der Kurs sie dazu ermächtigt, an sich selbst und ihren Wert in der Welt zu glauben und sich mir gegenüber vielleicht sogar zu öffnen; und dann Anzeige zu erstatten.

Zwei Stunden später hat auch die kleinste der Teilnehmerinnen Stefan erfolgreich abgewehrt und sogar zu Fall gebracht. Und auch Sina, die nervöse junge Frau, hat, nachdem sie ihre erste Scheu ablegen konnte, geschrien und getreten, was das Zeug hielt. Ein erster Schritt; ein kleiner Erfolg. Immerhin.

Jetzt bitte ich alle Frauen, sich in einem Kreis aufzustellen.

»Das habt ihr super gemacht! Ich freue mich, wenn ihr nächste Woche wieder dabei seid. Da gehen wir noch ein bisschen mehr in die Details zu den verschiedenen Abwehrtaktiken und lernen Hilfsmittel wie zum Beispiel Schlüsselbund, Regenschirm oder die Handtasche zu nutzen. Ich bin irre stolz auf euch! Seid auch stolz auf euch! Ihr habt heute etwas gelernt, das euch stärker, selbstbewusster und wehrhafter macht!«

Ich klatsche den Teilnehmerinnen Beifall und die Frauen klatschen mit. Ein Gefühl von Zusammenhalt und Solidarität durchströmt mich. Ich hoffe, sie spüren es auch.

Während die Frauen ihre Jacken anziehen, helfe ich Stefan aus seinem Marshmallow-Anzug. Ich habe den unbedingten Drang, zu Sina zu gehen und ihr meine Hilfe anzubieten, aber ich weiß, dass ich sie damit wahrscheinlich nur vergraulen würde. Umso größer ist meine Freude, als sie plötzlich neben mir steht.

»Danke, das war gut für mich«, sagt sie leise. »Ich bin froh, dass ich geblieben bin. Und ich werde wiederkommen.«

Ich zücke meine Karte. »Hier. Falls du mich brauchst, ruf mich an. Jederzeit.«

Ich hoffe, dass sie es tut, fürchte aber, dass es nicht passieren wird. Zu häufig habe ich das schon erlebt. Und diese Erkenntnis macht mich plötzlich unglaublich müde. Müde von meinem Ehrgeiz, etwas ändern zu wollen. Müde davon, permanent das Gefühl zu haben, zu spät zu kommen. Es ist, als könnte ich immer nur die Scherben zusammenkehren. Wie so oft in letzter Zeit merke ich, wie sehr ich mich nach einer Pause von meinem Polizeialltag sehne.

Wäre es doch nur jetzt schon drei Jahre später. Dann hätte ich genug Geld gespart und könnte einfach los. Nur mein geliebter Bulli und ich. Ohne Uniform, ohne Tatorte, Einbrüche, Schlägereien, Unfälle und was mir sonst noch alles im Dienst begegnet.

Sina winkt mir zum Abschied und ich muss hart schlucken, weil ich ihr nicht besser helfen kann.

»Hey, mach dich deswegen nicht fertig«, sagt Stefan, während er seinen Polsteranzug in eine Tasche stopft. »So ist nun mal die Gesetzeslage. Solange sie keine Anzeige erstattet, sind wir da außen vor.«

»Ja, ja, ist schon klar«, sage ich missmutig.

»Vielleicht kommt sie ja wirklich nächste Woche wieder.« Stefan versucht, mich zu trösten, aber wir wissen beide, dass die Wahrscheinlichkeit dafür sehr gering ist.

»Sag mal Josi, hast du eigentlich schon über das Angebot

nachgedacht, zu studieren und dann zur Kripo zu wechseln?« Er wendet mir den Rücken zu und kramt weiter in seiner Tasche herum.

»Ich denke, ich werd's machen.«

»Ein Tapetenwechsel wird dir bestimmt guttun. Auch wenn es mir natürlich das Herz bricht, dich bei der Streife nicht mehr dabeizuhaben. Wahrscheinlich bekomme ich dann einen von den Jungspunden zugeteilt.«

»War ich doch auch.«

»Stimmt, aber du bist ein Naturtalent. Hast dich verdammt schnell zu 'ner gestandenen Polizistin gemausert. Und jetzt geht es für dich sogar ab in den gehobenen Dienst. Das müsste eigentlich gefeiert werden.« Er dreht sich zu mir um. »Da fällt mir ein, du hast mich immer noch nicht zu einer amtlichen Sause an deinem Geburtstag eingeladen. Willst du die Dreißig echt nicht feiern?«

»Nö«, sage ich nur, lächele und winke ihm zum Abschied kurz zu, bevor ich mich zum Ausgang der Turnhalle begebe.

Seit Wochen machen mich meine Kollegen, Freunde und die Familie damit verrückt, dass ich bald dreißig werde. Immer wieder fragen sie: Uuund? Wie fühlst du dich so kurz vor der großen Dreißig? Uuund? Schon 'ne fette Party geplant?

Ich weiß überhaupt nicht, was ich damit anfangen soll, und bin nur froh, wenn der Spuk in zwei Tagen vorbei ist. Mein Dreiunddreißigster, *der* wäre die Fragerei und Feierei wert. Denn dann wird endlich meine lang geplante Reise starten. Mein Bulli und ich. Ein ganzes Jahr. Immer am Meer entlang.

Erledigt von dem langen Tag bin ich schon früh ins Bett gegangen, kann aber trotz meiner Erschöpfung nicht einschlafen. Seit Stunden wälze ich mich herum. Mein Blick wandert zum Wecker. Elf Uhr elf. Laut Dita und Eleni ein gutes Zeichen aus der Numerologie, wenn man Schnapszahlen sieht. Und ich sehe sie gerade überall.

Ich knipse meine Nachttischlampe an. Das Licht erhellt den Raum gerade eben genug, dass ich die Umrisse der riesigen Europakarte erkennen kann, die gegenüber an der Wand hängt. Die kleinen Pins mit den pinken Köpfen und den Zettelchen daran leuchten einladend. Meine Route ist perfekt. Wie könnte es auch anders sein? Seit meinem zehnten Lebensjahr habe ich diesen Traum und die Route perfektioniert.

Ich weiß schon genau, wann ich wo sein werde, welche Städte ich besichtigen, in welchen Buchten ich mir die Sonne auf den Bauch scheinen lassen, welche Restaurants und Bars ich besuchen, an welchen Spots ich übernachten werde.

Ich habe sogar mehrere Sprachen gelernt. Ich kann ein bisschen Spanisch und ein paar Brocken Griechisch. Außerdem *un peu de français*. Am besten funktioniert natürlich mein Englisch und überraschenderweise kann ich mittlerweile richtig gut Italienisch. Ich weiß auch nicht, diese Sprache und ich, wir gehören irgendwie zusammen. Seit vier Jahren besuche ich einen Kurs an der Volkshochschule und die Worte und deren Melodie haben immer wieder Licht in meinen manchmal ziemlich heftigen Alltag gebracht. Sie haben mich nach Bella Italia entführt, ohne dass ich hingefahren bin. Ans Meer, zu saftigen Tomaten und cremigem Mozzarella, zu dunkelrotem Rotwein und zu Espresso mit Cantuccini in einer lebhaften Bar in Rom.

Ich seufze sehnsüchtig. So schön. All das werde ich bald in echt erleben.

Mein Blick wandert zu den Fotos auf meinem Nachttisch. Liebevoll streiche ich über den Rahmen, in dem der Oldtimer seinen Platz gefunden hat. Ein Foto vom Bulli und mir, an dem Tag, als ich ihn gekauft habe. Kommt mir vor, als wäre das Jahrzehnte her. Tausende von Arbeitsstunden habe ich seitdem investiert, um ihn wieder richtig fit zu machen. Ohne Onkel Otto hätte ich das nie geschafft. In seiner Werkstatt habe ich quasi eine komplette Ausbildung zur Automechanikerin bekommen. Jetzt fehlt nur noch die Lackierung, und dann ist er wie neu.

Ich kann es nicht erwarten, mich endlich hinters Steuer zu setzen, das gemütliche Tuckern des Boxermotors zu hören und Ludwigsburg für 365 Tage den Rücken zuzukehren.

Ich knipse die Nachttischlampe wieder aus, schließe die Augen und stelle mir vor, ich würde nicht in meiner Wohnung im Bett liegen, sondern in meinem geliebten Bulli an einem der mit einem pinkfarbenen Pin markierten Orte auf der Landkarte.

»Jetzt zuck doch nicht so rum!«, schimpft Dita und drückt mich bestimmt in den Kosmektikstuhl. Ihr Gesicht sieht durch die Lupenlampe seltsam deformiert aus. Ihre linkes Auge ist riesig. »Diesen Urwald von Augenbrauen muss ich erstmal durchdringen.«

»Au!«, schnaufe ich, als sie erbarmungslos draufloszupft.

»Jetzt stell dich nicht so an! Du hast doch schließlich den schwarzen Gürtel in allen möglichen Verklopp-Disziplinen, oder? Ich weiß, dass du einiges einstecken kannst.«

»Das ist ganz was anderes«, grummele ich. »Ich dachte, wir machen es uns heute schön. Ist ja schließlich mein Geburtstag.«

»Erstmal machen wir *dich* schön und dann geht's weiter im Programm.«

Meine beste Freundin hat mich für meine Geburtstagsüberraschung in ihren Schönheitssalon bestellt. Ich bin ein bisschen enttäuscht, als ich feststelle, dass ihre Überraschung eine Kosmetikbehandlung ist. Damit kann ich nicht besonders viel anfangen und das weiß sie eigentlich auch.

»Cool, dass du jetzt endlich das Studium durchziehst und dann zur Kripo gehst.« Sie pfeift anerkennend durch die Zähne und zupft weiter. Nach einer kleinen Pause sagt sie: »Das passt optimal zu meinem Zeitplan. In drei Jahren können wir dann wunderbar parallel schwanger werden. Mit Basti läuft es durchaus vielversprechend.«

»Ich freu mich wirklich sehr für dich, dass du schon nach drei Wochen Beziehung die Kirchenglocken läuten hörst. Aber erstens habe ich erstmal nicht vor schwanger zu werden und zweitens weißt du doch ganz genau, was meine Pläne sind, wenn ich dreiunddreißig werde«, entgegne ich und verkneife mir einen Schmerzensschrei.

»Was denn?« Dita unterbricht das Gezupfe und schaut mich irritiert an. Eine ihrer schwarzen glänzenden Locken fällt ihr ins Gesicht.

»Meine Reise natürlich!«

Gleich wird sie mit den Augen rollen und schimpfen *Du bist echt besessen!*, und dann wird sie wieder davon anfangen, dass ich lieber mal wieder Sex haben, heiraten und ein Haus kaufen soll.

»Du bist echt besessen! Du solltest lieber planen, mal wieder ein bisschen Liebe zu machen. Am besten gleich mit dem Richtigen. Ich kann das nur empfehlen.« Sie schnalzt mit der Zunge und grinst ein bisschen schelmisch. »Dann gibt es eine wunderbare Doppelhochzeit, wir kaufen in der besten Gegend von Ludwigsburg nebeneinander ein Haus und bekommen haufenweise süße Babys. Ich hab dir gestern mal die Karten gelegt und bei diesem Thema war das Ergebnis mehr als eindeutig. Und jetzt, wo du befördert wirst, kannst du nochmal richtig schön Geld scheffeln. Da gibt's doch sicher 'ne Gehaltserhöhung, oder?«

»In drei Jahren startet mein Sabbatical«, sage ich entschieden und ohne auf ihre Vorschläge einzugehen.

Warum ich schon länger keine Lust mehr darauf habe, mich in Sachen Liebe auf jemanden einzulassen, werde ich ihr wahrscheinlich nie erzählen. Ich möchte sie schützen, ihre heile und naive Welt nicht ins Wanken bringen. Wenn sie nur von einem Bruchteil meiner berufsbedingten Erfahrungen mit toxischer Männlichkeit wüsste, würde sie das völlig verstören und ich hätte ihre Unbeschwertheit in Sachen Liebe auf dem Gewissen.

»Ich weiß. Ich weiß.« Die sonst so resolute Dita lächelt mich liebevoll an. »Was du dir in den Kopf setzt, das ziehst du auch durch. Aber ich finde die Vorstellung, dich ein Jahr lang nicht um mich zu haben, einfach GRAU-EN-HAFT!« Ihr großes Auge wird noch ein bisschen größer. »Und ein solider Plan für eine schöne Zukunft ist doch nicht das Schlechteste. Das ganze Geld, das du für die Reise gespart hast, könntest du auch in eine Immobilie investieren. Da hast du was fürs Leben. Etwas, das bleibt.« Sie seufzt und lacht. »Jetzt hör ich mich schon an wie eine spießige Version deiner Mutter. Egal! Das ist eh kein guter Geburtstags-Talk! Letztendlich will ich nur, dass du glücklich bist.« Sie schwingt die Lupe zur Seite und reicht mir einen Spiegel. »So! Gut? Ich habe auch nicht zu viel weggenommen. Ich weiß ja, dass du das nicht magst, und zu deinem Glück sind Megabrows momentan total angesagt.«

Ich nehme den Spiegel und schaue hinein. Ich bin blass, habe Augenringe, meine Haut ist von Ditas Ausreinigung der Poren rot gefleckt. Schön ist anders. Ich sehe genauso fertig aus, wie ich mich fühle. Das muss an den vielen Überstunden, den Nachtschichten, und auch an Begegnungen wie der mit Sina liegen. Irgendwie schaffe ich es momentan nicht, mich ausreichend von der Arbeit abzugrenzen. Nach jeder Schicht habe ich Zweifel, ob das, was ich da tagtäglich mache, überhaupt etwas bringt.

Ich blinzele in den Spiegel, traue mich aber nicht, Dita zu sagen, was in mir vorgeht. Meine eigene Schwäche macht mir Angst. Wenn ich sie teile, wird sie vielleicht noch größer.

»Die Augenbrauen hast du toll hingekriegt«, sage ich stattdessen und unterdrücke ein Gähnen.

Gut, dass wir heute Abend nur mit ihrer Schwester Eleni ins Kino gehen. Sie hat sich frei genommen. Ihr Mann managed das gemeinsame Restaurant mal ohne sie. Im Kino sieht mich niemand, ich muss nicht viel mit den beiden quatschen, gut denkbar, dass ich sogar ein bisschen schlafen kann.

Dita nimmt mir den Spiegel ab und hat schon den nächsten Tiegel in der Hand.

»Jetzt kommt der beste Teil. Die Maske.«

Sie pinselt mein Gesicht mit einer kühlen Masse ein.

»Jetzt lass ich dich ein bisschen alleine, zum Entspannen und danach gibt's die nächste Überraschung. Bis glei-heich«, flötet sie, während sie hinter sich die Tür schließt.

»ÜBERRAAAASCHUNG!!!«, tönt es mir entgegen, als wir ins *Athene* kommen, um Eleni abzuholen. Das Restaurant ist voll mit Leuten, die ich kenne und mal kannte. Sie tragen alle einen lustigen Partyhut und halten eine funkelnde Wunderkerze in der Hand. Hinter ihnen ein großes HAPPY BIRTHDAY!-Banner.

Ich bin sprachlos und schaue in die freudigen und erwartungsfrohen Gesichter. Leute aus der Schule und von der Ausbildung, die ich ewig nicht gesehen habe, Kolleginnen und Kollegen, Stefan, meine Chefin. Meine Eltern, Geschwister, Onkel Otto und sogar meine Großeltern sind da.

Dita hat mir nach der Behandlung ein Make-up aufgenötigt und mich überredet, die Haare heute mal offen zu tragen. Ich fand das alles blöd und habe sie ein bisschen beschimpft. »Ich bin doch nicht deine Barbie«, habe ich mich beschwert und mir kurz überlegt, ihr mal ganz sanft den Arm umzudrehen, um zu demonstrieren, dass auch ich übergriffig sein kann.

Jetzt bin ich ihr dankbar, dass ich nicht unfrisiert und rotgequetscht auf meiner eigenen Geburtstagsfeier erscheine.

»Danke, mein Dittchen, dass du mich so schön zurechtgemacht hast«, sage ich zu ihr, als sie mich umarmt und mir ein Glas Sekt in die Hand drückt.

»Und? Biste überrascht?«

»Und wie!«

»Und freust du dich? Eleni und ich wissen ja, du bist kein Fan der großen Show, aber in diesem Fall haben wir gedacht, man wird nur einmal dreißig. Und da du dich so vehement dagegen gewehrt hast, selber etwas Grandioses zu deinem Geburtstag zu organisieren, haben wir das mal für dich in die Hand genommen. Du machst ja eh schon so viel für Gott und die Welt.« Sie drückt mir eine der köstlichen, hausgemachten Spanakopitas in die Hand.

»Ich freu mich wirklich. Es ist total schön, all die Leute mal wiederzusehen«, sage ich wahrheitsgemäß.

»Dann mal los! Mach die Runde! Lass dich feiern! Vielleicht reißt du dir heute Abend sogar einen auf! Die Karten waren ziemlich deutlich mit ihrer Voraussage, dass in naher Zukunft ein Mann in dein Leben treten wird, der dich gehörig durcheinanderbringt.« Sie lässt ihre Augenbrauen auf und ab tanzen.

Aber ich winke nur ab. »Nee, nee. Lass mal stecken.« Ich drücke ihr einen Kuss auf die Wange. »Ich hab doch alles, was ich brauche.«

Onkel Otto gesellt sich zu uns und stößt mit uns an.

»Na, Fienchen? Is schön, gute Freundinnen zu haben, ne?« Er grinst.

»Ja! Und den besten Onkel der Welt«, lache ich zurück.

»Und hast du vielleicht mal kurz 'ne Minute, um mit dem besten Onkel der Welt vor die Tür zu gehen? Ich würde dir da gerne etwas zeigen.«

»Na klar, Onkelchen. Was ist es denn?«

»Wirst du dann schon sehen, mein Fienchen.« Er lacht sein kehliges Lachen, das sich immer wie ein unterdrückter Schluckauf anhört.

Vor dem Ausgang besteht Onkel Otto darauf, dass ich mir die Augen zuhalte und mich am Arm von ihm nach draußen führen lasse.

Ich spüre die spätsommerliche kühle Abendluft auf meiner Haut, als wir aus dem Stimmengewirr des vollen Lokals auf die plötzlich ganz ruhige Straße treten.

»Augen auf«, ruft Onkel Otto in die Stille hinein.

Und da steht er. Mein Bulli. Im Licht einer Straßenlaterne. Aber nicht in seinem originalen, orangefarbenen Siebzigergewand mit Rostflecken an allen Ecken, sondern in dem von mir so lange herbeigesehnten Himmelblau. Mein fast fünfzig Jahre alter VW-Bus sieht aus wie frisch vom Band. Der strahlende Lack, der verchromte Dachträger und die blank polierten Zierleisten blenden mich mit ihrem Glanz, und mein Herz macht vor Freude einen Hüpfer.

»WAAAAAAAH! Du hast ihn schon lackieren lassen?«, kreische ich und bin mit einem Satz bei meinem Wagen.

»Jupp.« Er grinst. »Happy Birthday, meine Kleine.«

Ich nehme meinen Onkel in die Arme und drücke ihn ganz fest. »Dankedankedanke!«

»Du brichst mir ja die Knochen, Kind«, beschwert er sich, lässt sich die Umarmung aber gern gefallen.

Ich wende mich wieder staunend meinem Wagen zu. Millionenmal habe ich den Farbfächer danebengehalten und mir vorgestellt, wie der Bulli in meinem Lieblingsblau aussehen würde.

Ich strecke die Hand aus, will über die glatt polierte Oberfläche streichen, halte inne. »Darf ich schon anfassen?«

»Jupp. Wurde schon letzte Woche gemacht. Is alles gut durchgetrocknet. Jetzt isser fix und fertig«, sagt Onkel Otto zufrieden und verschränkt die Arme vor der Brust.

Mit den Fingerkuppen streife ich über die Seite des Wagens, laufe ums Auto herum und bestaune die perfekte Lackierung. Ich öffne die Schiebetür, klettere hinein, setze mich auf das Bett und schaue mich in meinem kleinen Zukunftszuhause um. Ich denke daran, wie lange ich an dem Innenausbau herumgetüftelt habe und wie er nach und nach Formen angenommen hat, erinnere mich daran, wie wir die Hängeschränke, das Bett, den Tisch zugeschnitten, weiß lackiert und eingebaut haben. Ich klettere wieder hinaus, steige vorne ein, setze mich hinters Steuer, kurbele das Fenster runter und schaue auf das leuchtende Blau der Tür. Dann wandert mein Blick durch die Frontscheibe und ich stelle mir mal wieder vor, wie schön es wäre, wenn ich jetzt sofort einfach losfahren könnte.

»Steht dir gut«, stellt Onkel Otto freudig fest. »Nach dem Honigkuchenpferdestrahlen zu urteilen, nehme ich an, der Dame gefällt's?«

Meine Wangen schmerzen vom glückseligen Dauergrinsen. »Gefallen? Ich bin völlig aus dem Häuschen! Du hast mir wirklich eine Riesenfreude gemacht!«

»Immer wieder gern. Und der Aufwand scheint sich ja gelohnt zu haben. So happy hab ich dich das letzte Mal gesehen, als ich dir in Flensburg einen Drachen gekauft hab. Da warst du noch ganz klitzeklein.« Er hält die flache Hand neben seine Hüfte. »Ungefähr so. Und jetzt bist du 'ne erwachsene, richtig tolle Frau. Und 'ne spitzenmäßige Polizistin noch dazu.« Er schüttelt lächelnd den Kopf. »Ich bin irre stolz auf dich, mein Fienchen!«

Ich springe aus dem Bulli und umarme meinen Onkel gleich noch einmal. »Danke! Für alles! Und danke, dass du immer an meinen Traum geglaubt und mich dabei unterstützt hast!«

Ich schniefe kurz, blinzele die Tränen weg und sehe, dass auch er ganz feuchte Augen hat.

»Na, na, Fienchen. Kein Grund, gleich die Schleusen aufzumachen.«

Ich räuspere die Rührung weg. »Das ist doch ein viel zu großes Geschenk.«

Onkel Otto winkt ab. »Lass mal gut sein. Der Lackierer war mir noch einen Gefallen schuldig und hat mir 'n Sonderpreis gemacht.« Er nickt in Richtung Eingangstür. »Aber jetzt sollten wir mal wieder. Deine Gäste fragen sich bestimmt schon, wo du bleibst.«

Zurück auf der Party bewege ich mich wie in Trance von einem zum anderen, werde beglückwünscht, gefragt, wie es mir geht, was ich so getrieben habe. Ich antworte, lache, proste zu, beschwöre Erinnerungen an früher herauf, lasse mich in den Arm nehmen und feiern. Es ist ein bisschen so, als würde anhand der Menschen mein bisheriges Leben an mir vorbeiziehen. Sogar meine Lieblingsgrundschullehrerin ist da. Keine Ahnung, wie Dita sie aufgestöbert hat.

Die Atmosphäre ist aufgeladen, aufgeregt und das ist ansteckend. Oder vielleicht ist es auch nur der Sekt? Vermutlich habe ich schon mein drittes Glas geleert. Dita sorgt dafür, dass es immer voll ist.

Als plötzlich das Licht und die Musik ausgehen, läuten sofort meine vom Dienst geprägten Alarmglocken. Aber dann sehe ich schon, dass ein paar Leute aus der Küche eine Torte mit Kerzen in den Gastraum tragen, und plötzlich fangen alle an *Happy Birthday* zu singen.

Mir wird ganz feierlich zumute, als die Torte auf einem Tisch vor mir abgestellt wird. Als das Lied zu Ende ist, wird gejubelt, geklatscht und einander zugeprostet.

»Und jetzt auspusten und was wünschen!«, ruft Eleni aufgedreht, und ich stelle mich vor die Torte und schaffe es tatsächlich, im ersten Anlauf alle dreißig Kerzen auszupusten.

Das Licht wird wieder hochgefahren. Jemand räuspert sich. Es ist meine Mutter.

»Josephine. Heute vor dreißig Jahren hielten dein Vater und ich dich endlich in unseren Armen. Damals wie heute bist du eines von drei größten Glücken, die wir erleben dürfen«, sie zeigt auf meine beiden Geschwister Tom und Viola. »Und auch, wenn wir dich am liebsten immer unter unseren Fittichen behalten und nie aus den Augen lassen würden, so wissen dein Vater und ich doch, dass du aufbrechen musst, um dein Glück zu finden.«

Ich kann sehen, dass sie mit den Tränen kämpft, und auch in meinem Hals ballt sich ein Kloß zusammen.

»Und deshalb möchten dein Vater und ich dir heute ein

Geschenk machen, das dir genau das ermöglicht, und zwar nicht erst in drei Jahren.«

Sie zieht einen Umschlag aus ihrer Jackentasche.

»Ich denke, wir alle hier wissen, was du dir beim Auspusten der Kerzen gewünscht hast.«

Sie reicht mir den Umschlag.

»Als du mit neun verkündet hast, dass du ein Jahr lang durch Europa reisen willst, und mit zehn immer noch von nichts anderem gesprochen hast, haben dein Vater und ich ein Sparkonto für dich angelegt. Und wir hatten das Gefühl, dass jetzt genau der richtige Zeitpunkt sein könnte, um es aufzulösen.«

Ich halte den Umschlag in der Hand und bekomme eine Gänsehaut. Es ist mucksmäuschenstill. Alle im Raum scheinen die Luft anzuhalten und auf meine Reaktion zu warten.

Langsam öffne ich den Umschlag. Es ist ein Scheck. Ausgestellt auf meinen Namen. Sechzehntausend Euro! Das ist mehr als der Restbetrag, den ich noch brauche, um meinen lang gehegten Plan in die Tat umzusetzen!

PAUL

Danke Mann! Ich schulde Dir was!

schreibt Jalla und ich kann ihm nur recht geben.

Das kannst Du wohl laut sagen!!

tippe ich ins Telefon und schicke die Nachricht ab.

Eigentlich wollte ich auch heute wieder auf das schöne Sommerwetter pfeifen, mir fettiges Take-away holen, auf dem Sofa versacken und endlich den neuen Wes Anderson gucken. Stattdessen gehe ich für Jalla mit dessen neuer Flamme zu einem Reisevortrag, der mich nullstens interessiert.

Ich stecke das Handy weg und halte vor dem Eingangsbereich Ausschau nach Felicitas. Ich bin echt viel zu gutmütig! Aber Jalla ist nun mal mein ältester Kumpel. Außerdem alleinerziehender Vater von Zwillingen, die ausgerechnet heute Magen-Darm bekommen haben. Mit Herzzerreißen in der Stimme meinte Jalla, dass Felicitas und er sich richtig gut verstünden, dass die Mädchen sie lieben würden, dass sie Stiefmutter-Potenzial hätte und dass sie am Boden zerstört wäre, wenn sie alleine zu dem Vortrag gehen müsste. Keine ihrer Freundinnen hatte so kurzfristig Zeit. Und da kam ich ins Spiel. Sehr ungern natürlich, aber was tut man nicht alles für den besten Freund.

Wahrscheinlich hatte keine ihrer Freundinnen Bock, sich in 'nem Outdoor-Kaufhaus von zwei Vanlife-Hipstern erzählen zu lassen, wie genial es ist, in 'nem ollen Bus durch die Gegend zu juckeln. Kann ich gut verstehen. Einen klischeehafteren Urlaub kann ich mir nicht vorstellen. Ganz bestimmt nix für mich!

Ich kenne Felicitas noch nicht. Laut Jalla ist der heutige Abend die perfekte Gelegenheit, das zu ändern.

Jalla beschrieb sie als blondlockig, rotwangig und enthusiastisch aussehend. Enthusiastisch aussehend? Was soll das überhaupt bedeuten?

Seit Jallas Ex vor drei Jahren mit Ben, dem Trüffel-Influencer, nach Dubai durchgebrannt ist, bin ich für Jalla auf der Hut und äußerst kritisch, wenn sich eine neue Frau den Weg in sein Leben bahnt. Ich will ihn beschützen. Genauso wie er mich früher immer beschützt hat, wenn die aus der Neunten mich vermöbeln wollten.

»Du musst Paul sein! Wie schön, dich endlich kennenzulernen!« Vor mir steht eine blondgelockte, rotwangige Frau. Sie ergreift meine Hand und schüttelt sie fest und heftig. »Ich bin die Feli! Dann wollen wir mal!«

Die Feli? Ich hasse diese Unart, jeden Namen abzukürzen, sobald er mehr als zwei Silben hat. Entweder man hat einen richtigen Spitznamen oder man heißt, wie man eben heißt. Und wie ich es hasse, wenn die Leute sich auch noch mit *der* oder *die* vorstellen. Hinten den Namen verstümmeln und dafür vorne noch einen Artikel ranklatschen. *Hallo, ich bin der Michi, die Biggi, die Tini.* Das soll dann wohl zeigen, wie dufte und locker man ist. Das sind dann immer so Leute, die es auch lustig finden, ihrem Sauerteig einen Namen zu geben. *Hallo, ich bin der Tobi und das ist mein Sauerteig, der Günni.*

»Hi«, sage ich und merke, wie einfallslos und einsilbig das klingt. Aber *die Feli* scheint das gar nicht zu stören. Sie wendet sich dem Typen am Einlass zu und reicht ihm die Karten.

»Viel Spaß euch beiden. Einmal ganz nach oben. Da gibt's auch Getränke«, sagt er und deutet zum Treppenhaus.

»Danke! Ich bin schon so gespannt, was Lilly und Max über ihr Vanlife erzählen! Eigentlich muss es ja Landylife heißen, weil sie mit 'nem Land Rover unterwegs sind. Jedenfalls erhoffe ich mir viele spannende Infos und Tipps, die ich dann auch selbst ausprobieren kann, wenn mein Freund und ich mit seinen Zwillingen unterwegs sind!«

Will die Feli dem Typen am Einlass etwa ihre ganze Lebensgeschichte erzählen?

Wenigstens weiß ich jetzt, was Jalla mit enthusiastisch aussehend gemeint hat. Sie wirkt nämlich so, als würde sie die Welt allein mit der Kraft ihres Lächelns erobern wollen. Als würde sie jede Idee, die sie sich in den Kopf setzt, auf jeden Fall und schon sehr bald in die Tat umsetzen. Für Jalla und die Zwillinge muss das wahnsinnig anziehend sein.

Für mich ist das einfach nur wahnsinnig anstrengend.

Während sie emsig die Treppenstufen der vier Stockwerke erklimmt, redet sie ohne Unterlass. Ich bin schon im ersten Stock außer Atem und habe Schwierigkeiten, ihr Tempo zu halten.

Als wir uns endlich in eine der Stuhlreihen setzen, weiß ich bereits, wo sie aufgewachsen, zur Schule, zur Uni gegangen ist, dass sie Psychologie studiert hat, schon mal in Papua-Neuguinea war und was ihre besten Freundinnen so treiben. Ich bin kaum zu Wort gekommen und trotzdem total erschöpft. Mehr als »Hi« habe ich bisher nicht gesagt. Kann gut sein, dass ich gleich einschlafe. Hoffentlich schnarche ich nicht. Ich hatte ein paar echt harte Tage bei der Arbeit.

Obwohl … Hatte ich die wirklich?

»Ich geh uns noch schnell was zu trinken holen«, informiert mich die Feli und springt gleich wieder auf.

Ich schaue ihr hinterher und erinnere mich an die letzten Tage im Büro. Hart war eigentlich nur, wie sehr mein Job mich anödete. So sehr, dass ich vor lauter Langeweile nachts nicht schlafen konnte. Wie man so im Internet liest, ist das wohl 'ne klassische Bore-out-Situation. Chronische Unterforderung. Fast noch schlimmer als ein Burn-out und die beste Voraussetzung für eine handfeste Depression.

Vielleicht sollte ich mir doch mal einen Therapeuten suchen. Heutzutage gilt man ja fast schon als uncool, wenn man noch nicht auf der Couch gelegen hat.

Was ist nur aus mir geworden? Wo sind meine Ideale hin? Das sind die Fragen, die ich mir in ganz schlimmen Momenten theatralisch vor dem Spiegel stelle. Natürlich habe ich darauf auch immer gleich die Antwort parat: Verschüttet unter einem Haufen Geld und der risikolosen, angenehmen Sicherheit eines hippen Berliner Großstadtlebens mit luxussanierter Altbauwohnung und immer genug Craft-Bier im Kühlschrank.

Ich habe sogar einen kleinen Bauchansatz bekommen, wie ich vor ein paar Tagen mit Verwunderung feststellte. Mein Lieblingshemd spannte plötzlich. Erst dachte ich, ich hätte es zu heiß gewaschen.

Die Feli kommt mit zwei Bio-Limos zurück und reicht mir eine der Flaschen, die ich geistesabwesend entgegennehme.

So habe ich mir mein Leben mit Anfang dreißig nicht vorgestellt.

Jalla meint, ich solle schnell ein paar Kinder zeugen, dann hätte ich keine Zeit mehr, meine Quarter-Life-Crisis zu zelebrieren, und wäre froh über den vielen Zaster, den ich als Projektmanager in dem poshen Architekturbüro verdiene.

Aber das wäre bei der Überbevölkerung, der Klimakrise und all den weltweiten Katastrophen für mich so gar keine Lösung.

Jalla meint auch, dass mich das Kinderkriegen davor bewahren würde, ein zynischer, unzufriedener Gnatzkopp zu werden, in den ich mich langsam, aber sicher verwandelte.

Ich bin immer noch beleidigt, dass er mich so sieht. Wenn man den Tatsachen ins Auge blickt, ist man doch kein unzufriedener Zyniker. Ich bin einfach nur Realist.

»Schau mal, das schöne Bild auf der Leinwand! Mit dem Landy am Strand im Sonnenuntergang. Und kein Mensch weit und breit. Hach! Ist das nicht herrlich?«, schwärmt die Feli. »Oh! Jetzt geht es gleich los! Da kommen sie«, flüstert sie dann noch weiter das Offensichtliche in mein Ohr, während das Saallicht gedimmt wird.

Ich hoffe, dass es das mit der Kommentiererei der Geschehnisse jetzt erstmal gewesen ist.

»Eine Freundin von mir war schon mal bei einem Vortrag der beiden. Ich bin ja so gespannt!«

Ich rolle innerlich mit den Augen. Mann Jalla!

Ein Paar um die vierzig kommt auf die Bühne und setzt sich an den kleinen Tisch, schräg vor der Leinwand. Sie in einem bodenlangen Blumenkleid mit langen braunen Haaren. Er mit kurz gestutztem Vollbart in sandfarbenen Army-Shorts und blauem Outdoor-Hemd.

Die Frau richtet das Mikro an ihrem Headset, lächelt in die Menge und räuspert sich.

»Hallo, wir sind Lilly und Max und freuen uns sehr, heute hier sein zu dürfen. Schön, dass ihr Lust habt, mit uns auf Reisen zu gehen. Zur Einstimmung auf unseren gemeinsamen Abend zeigen wir euch jetzt erstmal einen kleinen Clip.«

Das Licht wird noch weiter gedimmt, ein mit launiger Musik unterlegtes Video beginnt …

Und obwohl ich es eigentlich gar nicht will, bin ich schon nach den ersten Sekunden voll drin in den Reiseabenteuern von Lilly, Max und ihrem Hund Schmiddie. Mir wird ein traumhafter Meerblick, ein imposantes Bergpanorama, ein Wahnsinns-Wasserfall und eine unglaubliche Dünenlandschaft nach der anderen um die Ohren gehauen. Man sieht die Drei beim Wandern auf einem Küstenwanderweg, beim Schwimmen in einer atemberaubenden Bucht, beim Kaffeekochen auf einem Berggipfel und wie sie an einem Strandfeuer einen selbst gefangenen Fisch grillen. Die Bilder ziehen mich total in ihren Bann. Bei jedem Szenenwechsel richte ich mich ein bisschen mehr in meinem Stuhl auf, bis ich am Ende des Films kerzengerade auf der Kante sitze. Meine Müdigkeit – verflogen! Die klebrige Lethargie, die sich auch heute Abend drückend auf meine Schultern gehockt hat – weg! Es ist, als hätte dieser nur drei Minuten lange Film von jetzt auf gleich ein sehr helles Licht in meinem Inneren angeknipst. Neudeutsch würde man sagen: »Ich bin on fire!«, was sich auch tatsächlich so anfühlt. Heiß ist mir. Ich fürchte, ich habe vor Begeisterung ganz rote Wangen.

Nach der Videosequenz gibt es vom Publikum beschwingten Szenenapplaus und ich stimme mit ein.

Lilly und Max lächeln überrascht, schauen sich liebevoll an und nehmen mich und die anderen dann weiter mit auf ihre Reisen.

Neben spektakulären Bildern und Tipps, wie man den besten Spot zum Übernachten findet, erfahre ich Wissenswertes über die nötigen Voraussetzungen, die man für ihre Art des Unterwegs-Seins, nämlich »ohne viel Gedöns«, mitbringen sollte. Ich hänge an den Lippen der beiden, sauge jede Information begierig auf.

»Anstelle einer Toilette, haben wir nur einen Klappspaten an Bord. Mal waschen wir uns mit eiskaltem Gletscherwasser, mal im Meer oder in einem See. Wir verzichten bewusst auf viele der vermeintlichen Selbstverständlichkeiten, die uns von der Gesellschaft anerzogen werden, denn mit leichtem Gepäck zu reisen, macht unglaublich frei.« Während Lilly spricht, zeigt sie Bilder von ihrem spartanischen Equipment. Sie erklärt, wie sie ihr Auto ihren Bedürfnissen entsprechend umgebaut haben, und übergibt das Wort an Max.

»Durch die hohe Geländegängigkeit unseres Landys können wir auch Plätze erreichen, die für andere Fahrzeuge unerreichbar bleiben, und dort schlagen wir dann unser Lager für die Nacht auf. Wir lieben es, auf diese Art und Weise fremde Länder und ihre Natur zu erkunden, und wir lieben es, einsame Orte zu entdecken.«

Auf der Leinwand sieht man dazu Bilder, auf denen der Land Rover mal an einem Bachlauf inmitten einer imposanten Berglandschaft in den Pyrenäen, mal in einer verlassenen Bucht auf Korsika, mal an einer steil ins Meer abfallenden Klippe in Norwegen steht. Immer ganz einsam.

»Dann sitzen wir da, mit einem Kaffee oder einem leckeren Rotwein, schauen in die Natur und sind gleichzeitig aufgeregt, entspannt und total dankbar, dass wir so etwas erleben dürfen.«

Während die beiden erzählen, pocht mein Herz immer heftiger und ich spüre, dass sich in meinem Leben dringend etwas ändern muss. Dass sich etwas ändern wird!

Je weiter der Abend voranschreitet, desto mehr verwandele ich mich in eine Version von mir, die ich früher einmal war. Ein Paul, der enthusiastisch ist. Einer, der die Feli nicht wegen ihrer Begeisterungsfähigkeit verspottet; weil er gerade selbst viel zu sehr damit beschäftigt ist, begeistert zu sein.

Der Abend. Der Vortrag. Die Bilder. All das küsst mich gerade so was von wach, dass ich gar nicht weiß, wie mir geschieht. Es ist, als wäre ich mit einem heftigen Tritt in den Hintern aus meinem öden Alltagstrott herauskatapultiert worden. Als hätte ein gewaltiger Windstoß plötzlich den zentimeterdicken Staub von den Regalen gepustet, in denen ich meine Euphorie, meine Freude und meinen Optimismus eingelagert hatte.

Selbst als Felicitas sagt: »Wie schade, dass der Vortrag schon vorbei ist, ich hätte den beiden noch stundenlang zuhören können«, ist für eine sarkastische Fußnote dazu kein Platz in meinem Kopf. Denn ich kann nur noch eines denken. Und zwar: Das will ich auch! Jetzt! Sofort! Ich will auch entdecken, mich begeistern, dankbar sein. Losgelöst von allem und nur auf mich allein gestellt.

»Komm rein, Alter. Schön, dich zu sehen.« Jalla öffnet mir mit einem breiten Grinsen die Tür zu seinem Einfamilienhaus in Schönau. Hinter ihm die winkende Felicitas, die sich in der kurzen Zeit, die wir uns kennen, als unglaublich netter und lustiger Mensch entpuppt hat. Und die ganz gut hierher passt. Neben Jalla, Marta und Thea in dieses Haus.

»Onkel Pauli ist da! Onkel Pauli ist da!«

Fröhlich springen Marta und ihre Zwillingsschwester Thea im Hausflur um mich herum. Rein äußerlich sind sie, besonders heute, nicht voneinander zu unterscheiden. Rote Sweatshirts, bunt geringelte Leggings, hellblaue Socken. Alles identisch.

Als sie mit dem Gespringe fertig sind, stellen sie sich vor mir in Pose und singen: »Heute ist Verwechseltag, wer von uns ist wer?« Und dann lachen sie sich kaputt, weil ich natürlich falschliege.

Jedes Mal, wenn ich hier bin, wundert es mich, wie unterschiedlich Jallas und mein Leben seit dem Abi verlaufen sind. Ich würde nicht mit ihm tauschen wollen, aber diese heimelige Gemütlichkeit, die sein Haus und sein Alltag auf mich ausstrahlen, möchte ich auf keinen Fall missen.

»Hast du uns was mitgebracht, Onkel Pauli?«, fragt Marta und hüpft dabei, genau wie ihre Schwester Thea, wieder vor mir auf und ab.

»Lasst den armen Mann doch erstmal reinkommen, ihr zwei kleinen Spinnen.« Jalla greift sich mit jeder Hand eine der beiden und klemmt sie sich in einer schwungvollen Geste horizontal unter die Arme.

»Wir sind keine Spinnen!«, kreischen die beiden voller Empörung.

»Schön, dich zu sehen«, sagt Felicitas und umarmt mich kurz. »Bist du immer noch von der Reiselust besessen?«

»Absolut!« Ich grinse, weil ich es nicht erwarten kann, den Vieren meine neueste Errungenschaft vorzuführen.

»Und? Lust auf Pommes Schranke?«, fragt Jalla in die Runde, als Felicitas und ich in die Küche kommen.

Marta und Thea jubeln »Jaaaa!« und strampeln dabei mit den Beinen.

Jalla setzt die beiden ab.

»Aber nicht, dass du uns wieder alles wegisst«, sagt Thea und guckt mich ernst an.

»Jetzt seid mal nicht zu streng zu eurem Onkel, der traut sich ja sonst gar nicht mehr zum Essen zu kommen«, lacht Felicitas und gibt dem riesigen Jalla auf Zehenspitzen ein Küsschen auf die Wange.

»Was ist überhaupt mit unserem Mitgebringsel? Hast du nun eins für uns oder nicht?«, fragt Marta wieder und zupft an meinem Pullover.

»Na klar, hab ich ein Mitgebringsel für euch. Aber dafür muss ich nochmal zum Auto«, sage ich und warte gespannt auf Jallas und Felicitas' Reaktion.

»Du hast dir 'n Auto gekauft? Wann das denn, Alter? Du willst das wirklich machen, oder?« Jalla haut mir auf die Schulter und Felicitas zeigt mir freudestrahlend zwei Daumen hoch. »Lass sofort sehen! Die Pommes können noch 'n Moment. Dann werden die schön knusprig.«

»Was willst du machen, Onkel Pauli?«, fragt Thea, während sich alle wieder in Richtung Haustür bewegen.

»Ich will mit dem Auto durch ganz Europa fahren.«

»Wie lange dauert das?« Marta guckt mich traurig aus ihren großen Augen an und hält die Türklinke in der Hand. Sie macht nicht den Anschein, uns rauslassen zu wollen.

»Ich weiß noch nicht. Ein Jahr vielleicht?«

»Dann bist du ja 365 Tage weg!«, sagt Thea entsetzt und gleichzeitig ganz stolz, weil sie weiß, wie viele Tage ein Jahr hat.

»Kann sein.«

Marta lässt die Klinke los und stellt sich mit verschränkten Armen vor dic Tür.

»Nein«, sagt sie schlicht und guckt mich mit ihren dunklen Kulleraugen streng an.

Jalla lächelt. »Da hat wohl jemand was dagegen, dass du auf große Tour gehst.«

Aber auf den Kopf gefallen bin ich nicht. Ich weiß, womit ich Marta für meine Reise begeistern kann.

»Und was, wenn ich euch ganz viele Mitgebringsel von der Reise mitbringe?«

»Hmm.« Sie löst ihre Arme aus der Verschränkung und überlegt.

»Und Postkarten schreiben!«, mischt sich Thea ein.

»Na gut.«

»Okay, Onkel Pauli. Dann darfste fahren.« Marta grinst und öffnet die Tür.

Vor Jallas Haus steht der knallrote 84er Toyota Land Cruiser, den ich heute von einem netten alten Herrn gekauft habe. Am liebsten würde ich sofort einsteigen und gleich losfahren. Aber ein paar Dinge muss ich noch regeln, bevor ich aufbrechen kann.

»Sauber! Das Teil gefällt mir!«

Ich freue mich, dass Jalla genauso begeistert ist wie ich.

Und Felicitas sagt: »Der ist ja fast noch schöner als der Landy aus dem Vortrag. Wie cool, dass du den so schnell gefunden hast.«

»Ich habe ja auch Tag und Nacht gesucht.«

Wir gehen um das Auto herum und ich schließe die Tür auf.

»Hinten nehm ich die Sitzbänke raus und bau mir ein Bett, einen Mini-Küchenblock und 'nen kleinen Kühlschrank rein. Unterm Bett bleibt Platz für ein paar Kisten für Lebensmittel und so Zeug. Und oben auf den Dachgepäckträger montier ich zwei Boxen für die Klamotten und 'ne kleine Solaranlage für den Kühlschrank und zum Laden von Handy und Laptop und so.«

Jalla schaut durch alle Türen ins Auto und nickt dabei zu meinen Erläuterungen.

»Und was sagste?«

»Ich freu mich, dich mal wieder so richtig glücklich zu sehen! Und ich sag, das wird spitze!«, strahlt Jalla und haut auf den Kotflügel. »Mädels, was meint ihr?«

»Jaaa, spitze! Und jetzt das Mitgebringsel!«

Nach einer riesigen Portion Pommes und dem Reise-Segen der Mädels fahre ich noch schnell beim Baumarkt vorbei. Schon bei der Schlüsselübergabe des Wagens war mir klar, wie der Ausbau aussehen müsste. Auf dem Parkplatz vermesse ich den Innenraum. Seit dem Vortrag und meiner Entscheidung, mein Leben auf links zu drehen, hat sich schon so viel verändert. Mir geht alles leichter von der Hand, ich stehe morgens wieder gerne auf und gestern habe ich mich sogar dabei ertappt, bei *Watermelon Sugar* mitzusummen. Eigentlich stehe ich mehr auf Turbostaat und Kraftklub als auf Harry Styles.

Ich schnappe mir meinen Notizzettel, zücke einen Euro und schließe mein Auto ab. Pfeifend laufe ich über den Parkplatz, ziehe mir einen Lasten-Einkaufswagen, grüße beim Betreten des Baumarkts eine andere Kundin, werde von ihr nett angelächelt und verwickele den Typen im Zuschnitt-Center in ein Gespräch über mein baldiges Aussteigertum. Wir sind uns einig: »Geiler Plan!«, und er gibt mir fünfzehn Prozent Rabatt.

Als er die große Säge anschmeißt und das erste Stück für meinen Küchenblock zurechtsägt, versetzt mich der Geruch von frischen Holzspänen zurück in meine Zeit als Tischlerlehrling. Ich sehe mich an der Werkbank stehen und erinnere mich daran, wie happy es mich gemacht hat, ein Möbelstück anzufertigen. Wie befriedigend das Gefühl war, mit der Hand über die seidig-glatt geschliffene Fläche zu streichen und mich über die Maserung zu freuen.

FRANKREICH

JOSI

Ich bin in Frankreich!

Frankreich, Frankreich, Frankreich!

Aufregend, aufregend, aufregend! Obwohl ich schon seit Stunden unterwegs bin, habe ich mich noch nicht daran gewöhnt, dass mein Traum nun endlich meine neue Wirklichkeit ist. Immer wieder ertappe ich mich dabei, zu denken, dass dieser Trip nur eine Testfahrt ist. Zeitlich auf eine, maximal zwei Wochen Urlaub beschränkt, um meinen Wagen und mein Equipment auszuprobieren, wie so oft in den letzten Jahren.

Seit der französischen Grenze habe ich schon drei Croissants gegessen, zwei Kassiererinnen einen *Bonne journée* gewünscht und natürlich höre ich nur noch Chansons. Für jedes Land habe ich schon vor Ewigkeiten eine eigene Playlist zusammengestellt. Hier jagt nun ein französischer Klassiker den nächsten und als Charles Trenet gerade *La mer* singt, steuere ich meinen Schlafplatz für heute Nacht in der Nähe von Fécamp in der Normandie an. Seit ich in Ludwigsburg losgefahren bin, habe ich nur kurze Pausen gemacht. Meine erste Übernachtung sollte unbedingt am Meer sein.

Endlich fahre ich über eine letzte Kuppe und endlich sehe ich es. Das Meer. Grün leuchtend, wogend, schäumend, wild und doch auch so beruhigend. Wie bei jedem Wiedersehen zieht es mich sofort in seinen Bann, und ich frage mich, wie ich es nur so lange ohne aushalten konnte. Mein letzter Urlaub ist schon fast ein Jahr her.

Die Sonne ist bereits untergegangen, aber ihr Licht färbt die Wolkenschleier am Himmel noch rosa, als ich den Bulli am Ende des menschenleeren Strandparkplatzes ausrollen lasse. Vor der kniehohen Wegbegrenzung aus weiß getünchten Rundhölzern wächst Dünengras, das sich leicht im Wind hin- und herbiegt. Einige Möwen fliegen ein paar Meter vor meiner Windschutzscheibe vorbei. Als das sonore Tuckern des Motors verstummt, kann ich sie auch hören. Genau wie das gleichmäßige Rauschen der Wellen. Beides klingt wie eine verheißungsvolle Begrüßung.

Dieses erste Ankommen beruhigt mich, lässt ein bisschen Luft aus der über die letzten Wochen immer weiter aufgeblasenen Euphorie. Zum ersten Mal nach ewig langer Zeit gibt es für mich nichts zu tun.

Ich atme ganz tief ein und ganz tief aus, lehne mich in meinem Sitz zurück und schließe die Augen. Fast kommen mir nochmal die Tränen, weil ich sofort wieder meine Familie und Dita und Eleni vor mir sehe. Wie wir uns verabschieden, wie wir uns in den Armen liegen, wie Dita sagt: »Bleib doch lieber hier, ja?«, und ich als Antwort nur den Kopf schüttele und heiser flüstere: »Ich werde euch vermissen.«, und wie sie alle im Rückspiegel immer kleiner werden, während ich aufs Gaspedal drücke und versuche, nicht daran zu zweifeln, dass es wirklich eine gute Idee ist, so schnell aufzubrechen. Mein Umfeld, meine Arbeit, meine liebsten Freundinnen, alles Altbekannte hinter mir lassen?

Ich bin doch eigentlich jemand, der seinen Alltag gern geregelt hat.

Ich öffne die Augen, konzentriere mich auf die scheinbar unendlich weit entfernte, verwaschene Linie zwischen Himmel und Meer und verscheuche all meine Zweifel mit dem Gedanken daran, in den nächsten Monaten noch so viel mehr von dieser magischen Weite zu sehen. Und als müsste ich mir erst beweisen, dass all das jetzt wirklich real geworden ist, habe ich plötzlich ein unwiderstehliches Bedürfnis, mich sofort in die Fluten zu stürzen. Ich steige aus, streife eilig meine Schuhe ab und werfe sie in den Fußraum. Schon auf dem Weg zum Wasser ziehe ich mir im Gehen Shirt und Hose aus und lasse beides einfach hinter mir am Strand liegen. In Unterwäsche renne ich die letzten Meter auf die Brandung zu, als würde ich in Flammen stehen. Ich hechte über die nächste anrollende Welle hinweg und tauche kopfüber in den Nordatlantik. Unter Wasser spüre ich nicht, wie kalt es ist, meine einzigen Empfindungen sind Frieden, Freiheit und eine unbändige Freude, am Leben zu sein.

Herrlich erfrischt stehe ich am Bulli und trockne mich ab. Dann schlüpfe ich schnell in die Klamotten, schnappe mir meine Fleecejacke und ein Bier aus dem Kühlschrank, setze mich auf die hölzerne Begrenzung und schaue auf die Wellen, in denen ich eben noch geschwommen bin. Ich öffne das Bier und genieße den ersten kühlen Schluck.

Wahrscheinlich sind all die ersten großen und kleinen Momente meiner Reise die unvergesslichsten. Ganz bestimmt aber ist dies einer, den ich nie vergessen werde. Und ich bin froh, ihn mit niemandem teilen zu müssen. Ihn ganz für mich allein zu haben. Meine ambivalenten Emotionen nicht erklären zu müssen. Meine Gedanken wandern zu den letzten Wochen seit meinem Geburtstag. Voll von letzten Erledigungen, Einkäufen und so vielen Abschieden.

Der letzte Tag bei der Arbeit. Wie ich im Büro meiner Chefin den Dienstausweis aus der Jackentasche ziehe und ihn ihr über den Tisch schiebe. Ein Teil von mir, der in Ludwigsburg bleibt. Ein Teil von mir, über den ich mich zehn Jahre lang definiert habe. Josephine, die Polizistin.

Meine Chefin, die nach dem Ausweis greift und sagt: »Man weiß nie, was in diesem Job so alles auf einen zukommt und was einen davon triggert. Bist du ganz sicher, dass deine Entscheidung, das Sabbatical vorzuziehen, nichts mit dieser Sina zu tun hat, von der du mir erzählt hast?«

So viele Kilometer von zuhause entfernt spüre ich wieder diesen kleinen Stich in meiner Brust. Das schlechte Gewissen, sie allein gelassen zu haben. Kurz nach unserem ersten Treffen beim Selbstverteidigungskurs sind wir uns zufällig über den Weg gelaufen. Als sie mich erkannte, floh sie regelrecht vor mir in einen gerade abfahrenden Bus und fuhr davon. Ich wollte ihr gern sagen, dass ich ein Jahr unterwegs sein würde, wollte ihr eine Kollegin als Ansprechpartnerin ans Herz legen, aber ich wusste nicht, wo ich sie hätte erreichen können.

»Ganz sicher«, antwortete ich meiner Chefin bestimmt. »Im Gegenteil. Ich habe das Gefühl, dass genau jetzt der richtige Zeitpunkt ist, die letzten Jahre wirklich zu verarbeiten.«

Sie nickte nachdenklich.

»Ich sorge mich einfach ein wenig um dich, weißt du? Deine Entscheidung wirkt auf mich so überstürzt.«

Ich musste lachen. »Überstürzt? Hast du vergessen, dass ich die Reise seit über zwanzig Jahren plane?«

»Stimmt.« Sie schmunzelte. »Das habe ich wohl kurzzeitig verdrängt.« Sie räusperte sich und sagte noch: »Pass gut auf dich auf! Das Studium und die Beförderung warten auf dich. Und deine Kolleginnen und Kollegen und ich natürlich auch.«

Dann war alles gesagt und wir umarmten uns zum Abschied.

Komisch, dass das erst vor drei Tagen war. Es kommt mir so vor, als wäre es schon Jahre her.

Je länger ich hier mit meinem Bier auf dem Zaun sitze, desto mehr werde ich mir meiner Umgebung bewusst. Die frische, salzige Luft, der kilometerlange Sandstrand, die Rufe der Möwen helfen mir dabei, ganz und gar hier, am Meer, anzukommen.

Der erste Stopp, die erste Übernachtung auf meiner langen Reise, die abgesehen von den vielen Gedanken und Emotionen bis jetzt genau so abläuft, wie ich es mir vorgestellt, wie ich es geplant habe.

Ich schwinge meine Beine über den Zaun und gehe zurück zum Bulli.

Mit Blick aufs Meer wasche ich mir hinten am Wasserkanister die Hände und das Gesicht und putze mir die Zähne. Zwischen den Dünen am Ende des Parkplatzes finde ich ein geschütztes Plätzchen zum Pinkeln. Im Bulli ziehe ich mein Schlaf-Shirt an und liege wenig später auch schon gemütlich in meiner Koje. Durch den Spalt im hellblau-weiß gestreiften Vorhang kann ich den Himmel sehen. Die Wolkenfasern sind jetzt lilafarben. Es wird ganz langsam dunkel. Und ganz langsam beginne ich zu begreifen, dass ich mich gerade genau dort befinde, wo ich vor Jahren den ersten pinkfarbenen Pin in die Europakarte an meiner Schlafzimmerwand gesteckt habe.

PAUL

»Fuck!« Ich haue heftig auf das Lenkrad, was mir sofort leidtut, weil das einfach ein bescheuerter, aggressiver Akt ist und weil mir jetzt die Handkante wehtut. Und weil das arme Lenkrad nichts dafür kann, dass ich eine Panne habe.

Aber muss das denn auch sein? So kurz nach meinem Aufbruch? Ich habe gerade erst die Grenze zu Frankreich passiert und bin noch nicht mal an meinem ersten Übernachtungsplatz angekommen.

Da trifft man einmal in seinem Leben eine alles verändernde Entscheidung und schon wird man mit ’nem platten Reifen bestraft.

Erstmal einen Schluck Wasser trinken und durchatmen. Dann das Warndreieck aufstellen und die Bedienungsanleitung lesen. Einen Reifenwechsel werde ich wohl noch hinbekommen.

Und natürlich bestraft mich das Leben nicht, es stellt mich nur auf die Probe. Es sagt: »Dann wollen wir doch mal sehen, ob du dich wirklich von ganzem Herzen auf dieses Abenteuer einlässt oder ob du bei der ersten kleinen Schwierigkeit gleich aufgibst.«

Bisher war ja alles ziemlich glatt gelaufen. Hätte mir jemand vor einem Monat gesagt, dass ich mir einen alten Geländewagen kaufen würde, um damit ohne Plan kreuz und quer durch Europa zu gondeln, hätte ich diese Person für komplett verrückt erklärt. Schon krass, wie schnell man sein Leben ändern kann.

Und bei mir heißt es ab sofort: Neues entdecken, keine Termine, schönste Natur. Das Meer und ich. Freiheit pur! Das wird mein Alltag sein.

Ich weiß gar nicht, wann ich das letzte Mal einen solchen Enthusiasmus verspürt, wann ich mich das letzte Mal so lebendig gefühlt habe. Ich muss mir dieses Gefühl unbedingt gut einprägen. Der platte Reifen wird bestimmt nicht die letzte Schwierigkeit sein, die mir auf der Reise begegnet.

Ich nehme die Bedienungsanleitung des Wagens aus dem Handschuhfach, das Warndreieck hole ich unter dem Beifahrersitz hervor und steige aus. Neben mir rasen die anderen Autos vorbei, während ich ihnen hundertfünfzig Meter weit entgegengehe, um das Warndreieck aufzustellen.

Kurz nachdem ich das Auto gekauft und umgebaut hatte, bin ich schon zu meinem Chef. Ich saß in seinem Büro und fragte mich, warum ich nicht schon viel früher gekündigt hatte. Ich fühlte mich hier völlig fehl am Platz.

»Und Paul? Was kann ich für dich tun? Ist es mal wieder Zeit für eine Gehaltserhöhung? Verdient hast du sie auf jeden Fall! Das riesen Ding mit dem Kunden aus China hätte ich ohne dich und dein magisches Händchen für den Papierkram nie wuppen können.«

Wer hat bitte einen Chef, der einem freiwillig eine Gehaltserhöhung anbietet?

»Nee, Victor. Ich hab was auf dem Herzen«, war meine

Antwort und dann sagte ich ihm, dass ich kündigen und so schnell wie möglich aus meinem Vertrag rauswollte. Nach dem ersten Schock meinte er nur trocken, dass man Reisende ja nicht aufhalten solle. Aber hey, no hard feelings. Einen ebenbürtigen Nachfolger für mich zu finden, wäre zwar so gut wie unmöglich, aber bei dem Standing unserer Firma in der Branche habe er zumindest eine große Auswahl. Ich könne bestimmt zum Ende des Monats gehen.

Mir fielen hundert Steine vom Herzen, als er das sagte. Je schneller ich loskonnte, desto besser.

Ich öffne die Hecktür meines Buschtaxis, wie der Land Cruiser in der Szene genannt wird, und klappe den kleinen Tisch hoch, den ich dort installiert habe. Bevor hier irgendwas gewechselt wird, gibt's erstmal 'ne anständige Stulle.

Ich ziehe eine der Kisten, in denen meine Küchenutensilien verstaut sind, unter dem Bett hervor, greife mir den fantastischen Käse, den ich mir gleich hinter der Grenze gekauft habe, dazu ein Brett, ein Messer und das selbst gebackene Brot, das meine Mutter mir bei unserem Abschied mitgegeben hat.

Mir fällt wieder ein, wie sie bei einem Kaffee-und-Kuchen-Besuch von meinen Plänen erfuhr und mich besorgt nach meinen finanziellen Reserven fragte. Danach, was mit der Wohnung werden sollte. Sie konnte nicht glauben, dass ich meinen sehr gut bezahlten, sicheren Job einfach hingeschmissen hatte.

»Die Wohnung vermiete ich unter und das Geld reicht für 'ne Weile. Und ich werd schon 'ne neue Arbeit finden, wenn ich wieder da bin«, versuchte ich sie zu beruhigen.

Nach der letzten Gabel Apfelstreusel fragte sie dann noch: »Und was ist mit Lisa?«

Für sie war meine Ex immer die perfekte Schwiegertochter. Und ich hatte es nach der Trennung nie übers Herz gebracht, ihr Bild von Lisa zu zerstören.

Vielleicht war es jetzt an der Zeit, Tacheles zu reden und auch diese Baustelle aufzuräumen. Also erzählte ich ihr, dass Lisa mich über mehrere Wochen hinweg betrogen und mir damit das Herz aus der Brust gerissen hat. Der Blick meiner Mutter wurde nach diesen News ganz weich. Sie griff nach meiner Hand, drückte sie einmal fest und sagte liebevoll: »Das tut mir so leid, Paul. Die Reise wird dir bestimmt guttun. Und tu mir einen Gefallen, verlier den Glauben an die Liebe nicht, ja?«

Das sagt sich so leicht …

Ich lehne mich an den Wagen und beiße in die Käsestulle, während ich versuche, nicht über Lisa, sondern über den Reifenwechsel nachzudenken. Geistesabwesend blättere ich mich durch die Bedienungsanleitung.

Ich hatte mich schon mit einer Flasche Rotwein auf einem Felsen an einem einsamen Strand sitzen und verträumt in die Ferne blicken sehen. Stattdessen stehe ich nun auf dem Seitenstreifen einer französischen Autobahn.

Hätte mir auch schon früher auffallen können, dass die Bedienungsanleitung nur auf Spanisch ist. Egal. Ich versuche es erstmal mit Hilfe der Bilder und wenn das nicht reicht, gibt es auch immer noch das Internet.

Wieso konnte mir das nicht nach meinem ersten Etappenstopp passieren? Da wäre ich besser drauf, besser ausgeruht, einfach generell besser gewesen.

Wenigstens regnet es nicht.

Neben dem Radkreuz finde ich den Wagenheber. Lustiges Ding. Ich drehe das Teil in meinen Händen hin und her.

In dem Moment, als ich den letzten Bissen meiner Stulle in den Mund geschoben und den Wagenheber auseinandergeschraubt habe, hält auf dem Standstreifen ein paar Meter vor mir ein himmelblauer VW-Bus mit deutschem Kennzeichen.

Eine sportliche Frau in schwarzen Leggins und blauem T-Shirt steigt aus und kommt auf mich zu.

»Brauchst du Hilfe?«, fragt sie und stemmt die Hände in die Hüften.

»Nö. Danke. Ich glaub, ich krieg das gut alleine hin.« Ich ärgere mich darüber, wie defensiv und unlässig ich klinge.

»Na klar. Bestimmt. Dann lass ich dich mal«, sagt sie dafür umso lässiger und mit einem Schulterzucken.

Sie geht zurück zu ihrem Wagen und steigt ein. Ich warte darauf, dass sie den Motor anlässt und losfährt. Aber der Bulli bleibt einfach stehen.

Ich fühle mich beobachtet und habe Hemmungen meine Reifen-Wechsel-Aktion zu starten. Das wiederum finde ich lächerlich, genau wie meine Reaktion auf ihr Angebot. Vielleicht hat sie ja richtig Ahnung und ich kann noch was von ihr lernen.

Ich überwinde meinen männlichen Stolz und klopfe an ihr Fenster. Sie kurbelt es herunter.

»Meinung geändert?«, fragt sie.

Erst jetzt fällt mir auf, dass sie trotz ihres strengen Dutts und des burschikosen Auftretens ziemlich süß ist. Ich mag die unzähligen Sommersprossen, die wie klitzekleines Konfetti über ihr ganzes Gesicht verteilt sind.

»Also, nicht dass ich nicht wüsste, wie man einen Reifen

wechselt, aber wenn ich ehrlich bin, hab ich es noch nie gemacht.«

»Kein Problem. Ich helf dir«, sagt sie mit einem Lächeln, das von kleinen Grübchen begleitet wird.

JOSI

Der Bulli tuckert fröhlich auf der Autobahn vor sich hin und ich ruckele mich noch etwas bequemer im Fahrersitz zurecht. Nach zwei Übernachtungen auf dem Strandparkplatz bin ich nun wieder unterwegs. Nächster Halt: Milée in der Bretagne. Dort will ich ein bisschen wandern gehen, um die vielen Kilometer hinterm Steuer mit ein wenig Bewegung auszugleichen.

Unglaublich, dass mein Abenteuer seit drei Tagen in vollem Gange ist. Endlich on the road; und dabei bin ich einerseits so aufgeregt und angespannt und andererseits so über die Maßen happy und losgelöst, dass ich es manchmal kaum aushalten kann. Fast habe ich Angst, dass ich mir zu viel von dieser Reise erhoffe, weil ich so lange Zeit hatte, sie mit meiner Vorfreude und der Erwartung grenzenloser Freiheit zu füllen. Aber wenn der Rest der Reise auch nur ansatzweise so toll wird wie die ersten beiden Tage, dann werde ich ganz sicher nicht enttäuscht.

Nach der allerersten Übernachtung meines Trips bin ich am nächsten Morgen gut ausgeruht und mit Meeresrauschen aufgewacht. Dann habe ich mir auf meinem Gaskocher Wasser heiß gemacht, meinen Emaillebecher mit dem himmelblauen Rand aus seiner Halterung im Schränkchen genommen und mir einen starken Instant-Kaffee zusammengerührt. Überglücklich saß ich damit auf dem Zaun am Rande des Parkplatzes und konnte mich am Meer wieder gar nicht sattsehen. Danach war ich am Strand spazieren, habe mich ganz nah ans Wasser gesetzt, die Wellen beobachtet, ein bisschen gedöst, den Tag vertrödelt und mich darauf gefreut, mir meine erste Mahlzeit im Bulli zuzubereiten. Einen kretischen Eintopf von Eleni, den sie extra für mich gekocht hat.

All das geschah im Bewusstsein, dass es zum ersten Mal auf meiner Reise passiert, und mit dem Ehrgeiz, mir jedes Detail und jedes Gefühl genau einzuprägen, um auch ja nichts davon zu vergessen. Natürlich habe ich auch unzählige Fotos vom Bulli auf seinem allerersten Stellplatz gemacht. Ich blieb noch eine weitere Nacht, weil's so schön war.

Mein Blick fällt auf ein nicht korrekt abgesichertes Fahrzeug auf dem Standstreifen. Da hat wohl einer eine Panne und keinen blassen Schimmer davon, wie viel hundertfünfzig Meter sind. Das Warndreieck steht maximal siebzig Meter hinter dem Wagen.

»Josi, du hast deinen Dienstausweis abgegeben. Schon vergessen?«, murmele ich mir selbst zu.

Aber so ganz aus meiner Haut kann ich eben doch nicht. Ich drossele also mein Tempo, fahre langsam an dem roten Toyota vorbei und halte einige Meter weiter auf dem Standstreifen. Kurze Einschätzung der Lage im Rückspiegel: deutsches Kennzeichen. Berlin. Typ Anfang dreißig, circa eins fünfundachtzig, unauffälliger, aber modisch abgestimmter Look, vermutlich gehobener Mittelstand. Auf den ersten Blick wahrscheinlich harmlos; definitiv aber ziemlich planlos.

Mal schauen, ob er Hilfe braucht. Sieht nach Platten aus,

und so wie er mit dem Wagenheber herumfuchtelt, hat er keinen blassen Schimmer, was er damit anfangen soll.

Ich steige aus und gehe auf ihn zu.

»Brauchst du Hilfe?« Ich stemme die Hände in die Hüften und ärgere mich sofort über diese dominante Geste, die ich mir im Dienst angewöhnt habe, um vor allem Männern gegenüber Stärke zu demonstrieren.

»Nö. Danke. Ich glaub, ich krieg das gut alleine hin.« Er klingt ein wenig angespannt.

Hat er vielleicht was zu verbergen? Alkohol getrunken, Drogen an Bord?

Josi, mach mal halblang. Wie gesagt, du bist hier nicht im Dienst. Und wenn er keine Hilfe haben möchte, dann kannst du doch getrost weiterfahren und bist schneller an deinem nächsten Ziel. Also sage ich: »Na klar. Bestimmt. Dann lass ich dich mal«, und gehe zurück zum Bulli.

Aber was, wenn er wirklich nicht weiß, wie man einen Reifen wechselt. Dann sitzt er hier fest. Im Internet habe ich gelesen, dass die Franzosen im Straßenverkehr nicht besonders leutselig sind.

Ich beschließe, noch einen Moment zu warten und so zu tun, als würde ich etwas in meinem Handy nachschauen, ehe ich losfahre.

Nach einer Weile klopft es an mein Fenster. Der Typ lächelt mich breit an, als ich von meinem Handy aufschaue. Natürlich habe ich längst im Seitenspiegel registriert, dass er auf mein Auto zugekommen ist.

Ich kurbele das Fenster herunter und muss den Impuls unterdrücken, ihm ein paar Brotkrümel von seinem Shirt zu streichen.

»Meinung geändert?«, frage ich.

Erst jetzt fällt mir auf, dass er eigentlich ganz süß ist; mit seinen dunkelbraunen Augen, dem verlegenen Lächeln, den verwuschelten Haaren.

»Also, nicht dass ich nicht wüsste, wie man einen Reifen wechselt, aber wenn ich ehrlich bin, hab ich so was noch nie gemacht.« Er lacht und wird ein bisschen rot.

»Kein Problem. Ich helf dir«, sage ich, steige aus und folge ihm zu seinem Auto.

»Ich hab den Wagen erst vor drei Wochen gekauft, weißt du? Er und ich, wir werden gerade noch warm miteinander.«

Er tätschelt liebevoll den Kotflügel.

Mit einem Blick sehe ich, dass die Reifen uralt und schon ganz rissig sind. »Sag mal, wann wurden denn bei dem Fahrzeug zuletzt die Reifen gewechselt?« Ich kann nicht glauben, dass sich jemand mit den alten Dingern überhaupt auf die Straße traut.

Er zuckt nur mit den Schultern.

»Keine Ahnung. Wahrscheinlich ist das schon länger her. Ich hab den Wagen von einem Rentner gekauft, der nur selten damit gefahren ist. Hat erst sechzigtausend runter.«

»Die Reifen sind bestimmt zwanzig Jahre alt. Das seh ich doch von hier. Komisch, dass du damit noch TÜV bekommen hast. Mit den Dingern kommst du eigentlich keine hundert Kilometer weit, die sind total spröde.« Ich zeige auf die Risse im Gummi. »Wenn du weiterfahren willst als bis zur nächsten Tankstelle, würde ich dir wärmstens empfehlen, dir neue draufziehen zu lassen.« Ich höre selbst, dass das mehr wie eine Anordnung als wie ein Vorschlag klingt, und presse die Lippen zusammen.

Er guckt mich irritiert an und noch irritierter, als ich mit gekonnten Handgriffen den Wagenheber an der dafür vorgesehenen Stelle ansetze.

»So, siehst du? Und jetzt vor dem Hochkurbeln erstmal ein bisschen die Radmuttern lösen.«

Er kniet sich hin und setzt das Radkreuz an.

»Der Wagen sieht so aus, als wäre er ansonsten richtig gut in Schuss. Was hast du denn dafür bezahlt?«, frage ich ihn, während er die Muttern löst.

»Ich hab fünfzehntausend dafür hingeblättert.«

»Was? Euro?«, frage ich erstaunt. »Das ist ein unglaubliches Schnäppchen!«

»Echt?«

Ich nicke.

»Ich sag ja, ich habe keine Ahnung von Autos. Da hab ich wohl Glück gehabt«, sagt er.

»Aber so was von! Fünfzehntausend sind für so einen Klassiker in diesem Zustand fast geschenkt!« Ich bin ein bisschen neidisch, muss ich zugeben. Mein Bulli war in einem viel schlechteren Zustand und hatte schon über zweihunderttausend Kilometer runter, als ich ihn bekam. Ich habe jahrelange Restaurierungsarbeiten hinter mir und musste noch jede Menge Geld in neue Teile investieren.

»Reicht das so?«, fragt er und deutet auf die gelösten Muttern.

Ich nicke und er kurbelt den Wagen hoch, bis der Reifen ein Stück über der Erde schwebt.

»Stopp. So ist es gut.«

Er richtet sich wieder auf.

»Als Nächstes legst du dir den Ersatzreifen hin.« Ich deute

auf die Schrauben am Ersatzreifen, der auf der Motorhaube befestigt ist.

Er greift nach dem Radkreuz und beginnt die Schrauben zu lösen.

»Und wohin geht die Reise?«, frage ich nonchalant, ganz im unauffälligen Verhörmodus. Es wird wohl noch eine Weile dauern, bis ich meinen Diensthabitus ablege.

»Ich hab meinen Job gekündigt und fahr jetzt durch Europa. Bin gerade erst los. Ganz ohne Plan und ohne Stress«, sagt er und grinst dabei bis über beide Ohren.

»Und da hast du noch nicht mal neue Reifen auf deinen Wagen gezogen?«, bringe ich geschockt hervor. »Warte, ich helf dir.« Gemeinsam heben wir das Ersatzrad an und legen es neben den linken Hinterreifen.

»Wie gesagt, keine Ahnung von Autos. Und irgendwie ging auch plötzlich alles so schnell. Ich habe mich erst vor vier Wochen dafür entschieden, diese Reise überhaupt zu machen.«

»Was? Vor vier Wochen? Und dann bist du heute schon unterwegs?«, rufe ich völlig verdattert.

»Ist das ein Problem?«

»Nee, natürlich nicht.« Ich sehe ihm dabei zu, wie er jetzt die Schrauben am platten Reifen löst.

Als er fertig ist, schaut er mich fragend an.

»Jetzt den Reifen runternehmen und zur Seite rollen. Dann den anderen Reifen draufsetzen und kreuzweise festschrauben.«

»Und du? Bist du auch länger unterwegs?«, fragt er, während er meine Anweisungen befolgt.

»Ja, ich …«, ich unterbreche mich, weil ich plötzlich denke, dass es völlig verrückt klingen muss, dass jemand eine Reise seit seinem zehnten Lebensjahr plant. »Ich reise auch durch Europa. Immer am Meer entlang. Ich will möglichst viel am Wasser sein.«

»Geile Idee! Das mach ich auch!« Er dreht die letzte Schraube fest und strahlt mich an.

»Was machst du auch?«, frage ich ein bisschen entsetzt, weil ich glaube, schon zu wissen, wie seine Antwort lautet.

»Bis jetzt hatte ich noch keine Route, aber immer am Meer entlang klingt super.«

»Nein! Das darfst du nicht! Das ist *mein* Plan! Den kannst du doch nicht einfach so klauen!«, will ich am liebsten rufen. Aber ich merke selbst, dass das totaler Schwachsinn wäre, und deshalb sage ich gar nichts, sondern lächele nur ein bisschen blöd.

Und er sagt: »Danke für die coole Idee, und natürlich auch für deine Hilfe. Ich bin übrigens Paul und wie heißt du?«

PAUL

»Josi«, sagt sie und schüttelt meine Hand.

War ja klar! Die erste Person, die ich auf meiner Reise kennenlerne, und die stellt sich mit abgekürztem Namen vor.

»Stimmt was nicht?«, fragt sie.

Mein Gesicht muss mal wieder Bände sprechen. Jalla hat mir erst neulich wieder gesagt, dass ich das Gegenteil eines Pokerface habe. Ich verfluche mich. Warum habe ich mir nur vorgenommen, auf meiner Reise immer hundertprozentig ehrlich zu sein? Zu mir selbst und zu allen Menschen, denen ich begegne.

»Ist das 'ne Abkürzung für irgendwas?«, versuche ich es vorsichtig, um meinem Ehrlichkeitsgelübde ein Schnippchen zu schlagen.

»Na klar, ist das 'ne Abkürzung für irgendwas.« Ihr Blick verdüstert sich zunehmend. »Hast du damit ein Problem?«

»Josephine, nehm ich an?« Ich merke, dass ich mich hier auf sehr dünnes Eis begeben habe. »Josephine ist ein toller Name!« Toller Name? Mann, Paul! Mein Versuch, die Wogen zu glätten, scheitert gerade katastrophal.

Sie runzelt die Stirn, schaut mich so an, als wäre ich der seltsamste Mensch auf dem Planeten.

»Wie auch immer«, sagt sie betont gleichgültig. »Ich mach

mich dann mal wieder auf den Weg. Ach, übrigens, dein Warndreieck.« Sie zeigt in Richtung desselben und stemmt wieder die Hände in die Hüften. »Hundertfünfzig Meter Abstand zum Auto sind laut Straßenverkehrsordnung vorgeschrieben. Dein Dreieck steht bei siebzig, maximal. Kleiner Tipp für Leute, die ein schlechtes Augenmaß haben: Einfach hundertfünfzig möglichst große Schritte machen, um den laut StVO vorgeschriebenen Mindestabstand zu gewährleisten.«

»Um den laut StVO vorgeschriebenen Mindestabstand zu gewährleisten? Bist du von der Mindestabstandspolizei?« Mein Ton ist spöttischer als beabsichtigt. Das mit dem schlechten Augenmaß hat mich echt getroffen.

Sie schaut mich einen Moment lang fassungslos an.

»Weißt du was? Viel Spaß auf deiner Reise. Es wäre übrigens super, wenn du dir eine eigene Route überlegst und mir nicht an der Küste hinterherfährst! Und Reifen wechseln nicht vergessen, sonst hast du sofort den nächsten Platten.«

Sie dreht sich um, geht zurück zu ihrem Bulli, steigt ein, lässt den Motor an und fährt los.

»Hey Josephine! Tut mir leid, ich wollte dich nicht …«, rufe ich ihr hinterher, aber sie hört mich natürlich nicht mehr.

Der Bulli wird immer kleiner, bis er irgendwann zwischen zwei Lastern verschwunden ist.

Krass! Wie schnell manche Leute beleidigt sind. Ich hätte ihr einfach sagen sollen, dass ich Kurznamen doof finde und dass Ehrlichkeit das Motto meiner Reise ist, weil ich mich selbst zu lang belogen habe, weil ich mir und meinen Idealen nicht treu geblieben bin.

Chance vertan. Oder wie Jalla so schön falsch sagen würde: Verschüttetem Wein soll man nicht hinterherlaufen.

Ich setze mich in mein Auto und sehe nach, was Reifen auf Französisch heißt. *Pneu.* Und Werkstatt? *Garage automobile.*

Und Josi? Ist hundertpro die Abkürzung von Josephine. Und *moi*? Hätte einfach nicht so ein bornierter Arsch sein sollen.

JOSI

Pfft! So ein Arsch! Meine Route klauen, wegen meines Namens rumätzen und sich dann auch noch über mich lustig machen? Der spinnt doch!

Aber nicht mit mir! In meinem Job habe ich einen todsicheren Bullshit-Alarm entwickelt. Ganz bestimmt werde ich auf meiner Reise keine Zeit mit irgendwelchen Freaks auf dem Seitenstreifen verplempern!

Es war ein Genuss, den Typen einfach stehen zu lassen. So etwas hätte ich ja im Dienst niemals machen können.

Aber dass er so frech zu mir war, das nervt mich auch dreihundert Kilometer später noch.

Egal! Ich habe Besseres zu tun, als mich über irgendwelche Vollidioten aufzuregen. Jetzt steht erstmal Wandern an. Natürlich immer am Meer entlang. Und zwar an der wunderschönen und wilden Küste der Bretagne. Nach der langen Fahrerei tut es sicher gut, mich zu bewegen und meine sieben Sachen auf dem Rücken mit mir herumzutragen. Die Wettervorhersage für die nächsten drei Tage ist spätsommerlich herrlich. Gemäßigte Temperaturen und kein Regen in Sicht.

Die Verzögerung durch diese Pannen-Pappnase habe ich fast wieder aufgeholt. In einer Stunde werde ich in Milée auf dem bewachten Parkplatz ankommen, dort meinen Wanderrucksack packen und bald schlafen gehen. Und morgen werde ich ganz früh mit einem Taxi nach Lavalle aufbrechen. Denn dort beginnt meine Wanderung, die mich in drei Tagen wieder zurück zu meinem Bulli führt.

Am nächsten Morgen steige ich gähnend in einen verstaubten Renault ein und werde mit einem fröhlichen »Bonjour, je m'appelle Sandrine« von meiner sehr freundlichen Taxifahrerin begrüßt.

Während der Fahrt erzählt sie mir, dass in Lavalle donnerstags ein herrlicher Markt stattfindet, den ich mir nicht entgehen lassen dürfe. Die Aussicht auf einen Kaffee und etwas Leckeres zu essen, bevor ich meine Tagesetappe auf dem Küstenwanderweg GR34 starte, hört sich verlockend an.

Und so fährt Sandrine mich direkt zum Marktplatz von Lavalle und wünscht mir eine ereignisreiche Wanderung, als wir uns wenig später verabschieden.

Obwohl es noch so früh ist, tummeln sich schon viele Menschen zwischen den hübschen Ständen. Mit geschultertem Rucksack mische ich mich unter sie und bestaune die unzähligen Gemüsesorten, die an den Ständen angeboten werden.

Neben einem besonders hübsch dekorierten Gemüsestand entdecke ich einen Boulanger, aus dessen Wagen es unwiderstehlich duftet. Während ich in der langen Schlange warte, linse ich über die Schultern der Leute vor mir und überlege, wie viele Croissants, Baguettes und Quiches ich mitnehmen will. Ich genieße den Hintergrundsound des Marktes. Französisch fliegt durch die Luft. »Deux salades, s'il vous plaît …«, »Poisson frais …«, »Bien sûr, madame …« und ich lege mir derweil die Wörter zurecht, mit denen ich gleich meine Bestellung aufgeben werde.

Nachdem ich bezahlt habe, stopfe ich meine Beute in die Kopftasche des Rucksacks und nehme glücklich den Kaffee und noch ein extra Croissant auf die Hand entgegen. Der Verkäufer hat mich tatsächlich verstanden!

Kaffee und Croissant schmecken himmlisch und versüßen mir den kurzen Weg durch die kleine Stadt bis zum Meer.

Dort angekommen bin ich total überwältigt von der Weite, den Wellen, dem Wind. Ich setze mich auf einen Stein und versuche, die wilde Schönheit der Landschaft zu absorbieren. Ich atme tief durch und ein Prickeln überzieht meinen ganzen Körper. Unterwegs sein. Am Meer. Mir steigen vor Glück die Tränen in die Augen. Ich bin am Ziel und doch erst am Anfang meiner Reise.

Nach der kleinen Stärkung laufe ich los. Meine Etappe für heute geht bis nach La-Forêt-sur-Mer. Dort gibt es einen hübsch gelegenen Zeltplatz auf einer Farm unweit des Wanderweges. Hochgelobtes *Camping à la ferme*.

Der GR34 führt mich an steilen, schroffen Klippen hoch über dem Meeresspiegel entlang. Es geht durch sanfte goldsandige Buchten und über satte grüne Wiesen. Möwengeschrei und Wellenrauschen immer in meinen Ohren. Eine leichte Brise als mein Begleiter.

Acht Stunden, neunzehn Kilometer, zwei große Blasen an den Fersen und einen schmerzenden Rücken später habe ich die Farm fast erreicht. Und ganz offensichtlich habe ich mich übernommen. Mein Körper ist zwar gut trainiert, aber stundenlanges Wandern mit Gepäck ist er nicht gewohnt. »Komm schon, Josi. Bis zu *Finn's Farm* ist es nicht mehr weit. Das schaffst du!«, sporne ich mich an.

Laut meiner Recherche sind die Zeltplätze dort auf zwölf beschränkt. Reservieren konnte ich nicht. Ich hoffe sehr, dass noch was für mich frei ist.

Dreißig Minuten später entdecke ich an einer Abzweigung ein Schild, das mir den Weg zu *Finn's Farm* weist. So wie ich die Info auf dem Schild verstehe, gibt es noch zwei freie Plätze für die Nacht. Nachdem ich ein kleines Wäldchen durchquert habe, kommt ein romantisch eingewachsener Zeltplatz in Sicht, auf dem schon mehrere Wanderer herumwuseln und ihre Unterkünfte für die Nacht aufbauen.

»Salut and Welcome«, begrüßt mich eine sportliche, blonde Frau auf Englisch. »Dahinten ist noch was frei. Kommst du gleich mit zum Abendessen?«

»Super. Danke. Hier gibt's auch Abendessen?« Der Rucksack auf meinen Schultern wird mit jeder Sekunde schwerer.

»Das ist das Beste an *Finn's Farm*! Es gibt hier eine vietnamesische Köchin, die wahre Wunder vollbringt, wirst schon sehen. In einer halben Stunde wird serviert. Am Haupthaus. Soll ich dich abholen?« Sie lächelt mich an. »Ich bin übrigens Fiona.«

»Hi Fiona. Ich bin Josi. Und ja, hol mich gern ab.«

»Woher kommst du, Josi?«

»Aus Deutschland. Und du?«

»Aus Neuseeland. Ich bin ein Jahr lang auf Wanderschaft. Durch ganz Europa.«

»Cool. Ich bin ein Jahr mit meinem Auto unterwegs. Wandern gehe ich nur hin und wieder, um mir zwischendurch auch mal die Beine zu vertreten. Und ich glaub, ich hab mich ganz schön übernommen.« Mit einem Ächzen setze ich meinen Rucksack ab.

»Das passiert den Besten unter uns. Komm. Ich helf dir.« Sie schultert meinen Rucksack, als wöge er nichts, und geht voraus.

In wenigen Minuten haben wir mein Zelt für die Nacht aufgebaut und ich bin so erschöpft, dass ich mich eigentlich nur noch darin auf dem Boden zusammenrollen und schlafen will.

»Nichts für ungut, aber du siehst echt fertig aus. Ich schlage vor, wir gehen schon mal zum Haupthaus. Wenn du dich jetzt hinsetzt, schläfst du bestimmt gleich ein.«

Mein Magen grummelt. Die Aussicht, eine warme Mahlzeit serviert zu bekommen, ist sehr verlockend. Ich nicke und gähne dabei. »Einverstanden. Ich ziehe mir nur kurz meine Flip-Flops an.«

Auf dem Weg zum Haupthaus überqueren wir einen kleinen Bach.

»Einen Moment, okay?« Ich deute auf meine Füße.

»Na klar. Mach ruhig.«

Ich verlasse die Brücke, klettere zum Ufer des Baches und halte meine geschundenen Füße in das kühle Nass. Sofort kehren die Lebensgeister zurück.

»Ah, das tut gut«, seufze ich.

Das Haupthaus ist von hier noch nicht zu sehen, aber das Abendessen kann ich schon riechen. Es duftet verführerisch und mein Magen knurrt erneut laut auf. Fiona lacht. »Nichts ist besser, als was Leckeres zu essen nach einem Wandertag, stimmt's?«

»Recht hast du.«

Vor dem malerischen Haupthaus mit hellgrünen Fensterläden stehen einige Tische, auf denen Karaffen mit Wein und Wasser auf uns warten. Schwalben fliegen über unsere Köpfe hinweg und stoßen ihre typischen Schreie aus.

Es kommt mir merkwürdig unwirklich vor, an diesem Ort zu sein. So als wäre ich aus einer konstanten Bewegung heraus abrupt gestoppt worden.

Außer uns ist nur noch eine andere Person da.

Ein Typ, der mit dem Rücken zu uns auf einer der Bänke sitzt und die Flugmanöver der Schwalben am Himmel zu beobachten scheint.

»Da wären wir«, sagt Fiona und der Typ dreht sich um.

PAUL

»Das ist ja mal 'ne schöne Überraschung!« Ich versuche, mir nicht anmerken zu lassen, wie sehr es mich freut, sie wiederzusehen. Das Schicksal meint es gut mit mir und ich bekomme eine zweite Chance, mich dieses Mal weniger bescheuert aufzuführen.

Josephine scheint allerdings alles andere als begeistert. Vor der Brust verschränkte Arme, skeptischer Blick und nur ein schmallippiges »Hi«, das sie sich abringt. Mein Autobahn-Fauxpas ist wohl noch nicht vergessen.

»Und? Wer fährt hier jetzt wem hinterher?« Ich versuche es mit einem Scherz und hoffe, dass sie mir eines ihrer mit Grübchen geschmückten Lächeln schenkt.

»Hmm?« Ihre linke Augenbraue wandert nach oben.

Ich glaube, sie tut nur so, als wüsste sie nicht, was ich meine.

»Auf der Autobahn hast du doch gesagt, ich solle mir eine eigene Route suchen und dir nicht hinterherfahren. Aber so wie's aussieht, bist du jetzt die, die meine Route geklaut hat. Ich war ja schließlich zuerst hier.«

Sie schüttelt erstaunt den Kopf, lächelt dann aber tatsächlich ein bisschen und sofort sind sie da, die süßen Grübchen.

»Wollt ihr euch nicht zu mir setzen, damit ich mich in Ruhe bei dir entschuldigen kann?«, fordere ich mein Glück weiter heraus und deute einladend auf die Bank mir gegenüber.

Josephine kneift ein wenig die Augen zusammen und mustert mich mit einem Röntgenblick, der mich ziemlich nervös macht.

»Okay, aber nur, weil es so verrückt ist, dass wir beide gleichzeitig ausgerechnet hier gelandet sind.«

Dann stellt sie mich ihrer Begleiterin vor und die zwei setzen sich zu mir.

»Hab ich das richtig verstanden? Ihr kennt euch und lauft euch hier gerade zufällig über den Weg?«, fragt Fiona. Gespannt lässt sie ihren Blick zwischen Josephine und mir hin- und herwandern.

»So sieht's aus«, antworte ich. »Muss wohl Schicksal sein.«

»Oder einfach nur ein dummer Zufall«, sagt Josephine schnell. »Ich habe Paul gestern dabei geholfen, einen Reifen zu wechseln«, informiert sie Fiona und schaut mich herausfordernd an, »und dann war er ziemlich unhöflich zu mir.«

»Und dafür möchte ich mich hiermit in aller Form bei dir entschuldigen und mich kurz erklären, wenn du gestattest.« Ich sage das extra gespreizt und hoffe, dem Ganzen damit ein wenig den Ernst zu nehmen.

»Na dann, leg los.«

»Ich habe mir vorgenommen, auf meiner Reise immer hundertprozentig ehrlich zu sein. Zu mir selbst und zu den Menschen, denen ich begegne. Und da ich nun mal diese, zugegebenermaßen etwas absurde, Aversion gegen Kurznamen habe, bin ich bei unserem ersten Treffen etwas in die Zwickmühle geraten. Ich wollte dich nicht beleidigen, aber ich wollte auch nicht lügen.«

Fiona runzelt die Stirn. »Kurznamen-Aversion? Hab ich ja noch nie gehört! Ihr Deutschen seid echt seltsam«, sagt sie trocken.

»Wir sind nicht alle so, weißt du?«, lacht Josephine.

»Aber das mit der Ehrlichkeit find ich cool«, schiebt Fiona noch hinterher.

»Finde ich auch«, pflichtet Josephine ihr bei.

Wenigstens etwas.

»Außerdem …«

»Ach, da ist noch mehr?«, fragt Josephine und ich deute es als gutes Zeichen, dass sie mich ein bisschen aufzieht.

»Außerdem hast du mich in meiner Berufsehre gekränkt. Ich habe eine Tischlerlehre gemacht und Architektur studiert. Ein gutes Augenmaß gehört da zur Grundausstattung. Aber wie gesagt, mein Kommentar war natürlich total blöd.« Ich versuche es mit meinem charmantesten Lächeln. »Kannst du mir verzeihen?«

Zu meiner Überraschung lächelt Josephine zurück.

»Ich verzeih dir, Paul Seltsam. Du hast mich übrigens auch in meiner Berufsehre gekränkt. Ich bin nämlich tatsächlich Polizistin.«

»Ach, komm. Du bist echt Polizistin? Oh Mann, dann tut es mir natürlich doppelt leid, dass ich so 'nen blöden Spruch gebracht hab. Ich weiß auch nicht, was da in mich gefahren ist. Schwamm drüber?«

Ich deute auf den Rotwein und die Gläser.

»Okay, Schwamm drüber.«

Ich gieße uns dreien ein wenig Wein ein.

»Es heißt doch: Die Polizei, dein Freund und Helfer, oder?«

Josephine nickt.

»Geholfen hast du mir ja schon, jetzt müssen wir also nur noch Freunde werden.«

Ich schiebe den beiden jeweils ein Glas über den Tisch.

»Was die Hilfe angeht, gern geschehen, aber ob wir Freunde werden«, sie runzelt die Stirn und wackelt mit dem Kopf, »das steht noch in den Sternen.«

»Und wenn ich dir bei meiner Tischlerehre schwöre, in Zukunft auch immer gut auf den Mindestabstand zu achten?«

Ein Funkeln in ihren Augen. »Dann denke ich vielleicht mal drüber nach.«

»Darauf trinken wir. Cheers!«

Unsere Gläser klirren aneinander.

»Was machst du eigentlich hier auf der Farm?«, fragt sie, nachdem sie einen zweiten Schluck Rotwein getrunken hat.

»Finn ist 'n alter Kumpel von mir, den ich lange nicht gesehen hab, und außerdem gibt es hier das beste vietnamesische Essen der gesamten Bretagne.«

»So, so. Und? Schon neue Reifen besorgt?«

»Na klar, gleich bei der nächsten Gelegenheit. Und was hast du seit vorgestern so getrieben?«

Hinter meinem Rücken ertönt diffuses Stimmengewirr. Die anderen Wanderinnen und Wanderer kommen vom Zeltplatz her zum Essen und nähern sich langsam den Tischen.

»Ich bin heute von Lavalle hierher gewandert«, sagt sie stolz und massiert sich dabei die linke Schulter.

»Und dabei 'nen schweren Rucksack getragen, was? Übernachtest du auch hier?«

Sie nickt.

»Und was hast du dann vor?«

»Das erzähl ich *dir* doch nicht«, antwortet sie kess. Dann

schmunzelt sie versonnen. Man sieht ihr an, dass sie sich sehr auf ihre weiteren Pläne freut.

»Schon klar. Aber vielleicht tauschen wir unsere Nummern aus, damit ich dich bei Gelegenheit mal zum Essen einladen kann. Schließlich muss ich mich noch für den Reifenwechsel bedanken.«

Fiona guckt gespannt zu Josephine.

»Das passt schon so«, winkt sie ab. »Es ist ja eher unwahrscheinlich, dass wir nochmal zufällig zur selben Zeit am selben Ort sein werden.«

Sie lässt mich eiskalt abblitzen, aber ich versuche, mir meine Enttäuschung nicht anmerken zu lassen. Ehrlichkeit hin oder her.

JOSI

»Und? Hat es dir geschmeckt?«, fragt Fiona und hakt sich einfach bei mir unter.

Mein erster Impuls ist, ihr den Arm auf den Rücken zu drehen. Wieder so eine Berufskrankheit. Unerwarteter Körperkontakt mit Fremden? Bedeutete bei mir bisher meist Selbstverteidigung oder Sicherungsgriff.

Wir drehen noch eine kleine Runde über das Gelände. Ich bin neugierig, wie der Rest der Farm aussieht, und gewöhne mich nach einer Weile auch an Fionas freundschaftliche Zutraulichkeit.

Als wir gerade eine Scheune passieren, kommt ein kleiner, einäugiger Hund herausgeflitzt und begrüßt uns stürmisch. Dann schmeißt er sich auf den Rücken und streckt uns sein Bäuchlein entgegen. Um seinen Hals eine kleine Plakette mit der Aufschrift *Saucisson*.

»Der ist aber süß!« Fiona beugt sich sofort zu dem kleinen Wesen hinunter und streichelt es. Auch ich bücke mich, um das Hündchen hinter den Ohren zu kraulen, was es sich gern gefallen lässt.

Die anderen Wanderinnen und Wanderer, die Farmbewohner, die Volontäre, die zeitweise auf der Farm aushelfen, und auch Paul saßen bei unserem Abgang noch an den vollbesetzten Tischen und unterhielten sich angeregt über Gott und die Welt. Den ganzen Abend herrschte eine sehr offene und vertraute Stimmung und ich habe ein paar wirklich interessante Leute kennengelernt. Da war zum Beispiel Finns Freundin Cleo, die ihr Leben als Stylistin in Berlin einfach über den Haufen geworfen hat und auf die Farm gezogen ist. Ich sagte ihr, wie sehr mich das beeindrucke. Woraufhin sie nur lachte und meinte, dass ich doch eigentlich gerade etwas sehr Ähnliches täte.

Oder Louanne, eine ältere Frau in einem türkisfarbenen Hippiekleid, mit einer mystischen Aura und wallenden weißen Haaren. Sie zieht mit einer kleinen Ziegenherde übers Land, macht Käse und wohnt in einem antiken Schäferkarren.

Alle hatten gute und lustige Geschichten auf Lager und wirkten glücklich und zufrieden, hier auf dieser Farm. Auch der leckere Reisnudelsalat mit frittierten Frühlingsrollen, das eiskalte Bier, das stimmungsvolle Kerzenlicht, das Grillenzirpen und der Sternenhimmel machten den Abend unvergesslich und so ganz anders als jeden anderen Abend in meinem bisherigen Leben.

»Dieser Paul schien beim Abschied ein bisschen enttäuscht, dass du ihm nicht doch noch deine Nummer gegeben hast«, sagt Fiona unvermittelt und unterbricht meine Gedanken.

»Findest du?«

Sie nickt. »Hast du immer noch was gegen den? Der ist doch eigentlich ganz nett und viel weniger merkwürdig, als ich zuerst dachte!«

Paul ist wirklich nett. Abgesehen von seinem seltsamen Kurznamen-Spleen. Aber irgendeine Marotte hat ja jeder.

Wir haben uns beim Abendessen immer mal wieder kurz und durchaus angeregt unterhalten. Er erzählte ein bisschen von seinem Job und warum er ihn gekündigt hat. Und ich fand es schon faszinierend, dass er von heute auf morgen sein ganzes Leben über den Haufen geworfen hat, um einfach loszufahren.

»Ich hab gar nichts gegen ihn. Ich will mich nur auf meiner Reise nicht auf irgendwas einlassen«, antworte ich. «Das ist *mein* Jahr. Und in dieses Jahr will ich nicht mit irgendwelchen Verpflichtungen starten.«

»Mensch, Josi! Das hört sich ja so an, als hätte er gleich um deine Hand angehalten. Der Typ wollte dich doch nur als Dankeschön zum Essen einladen. Das kann doch auch ganz schön sein!«

Sie hat recht. Und unterhaltsam wäre der Abend auf alle Fälle.

»Aber jetzt ist es zu spät, oder?«

»Kommt drauf an.« Ihre Augen blitzen vergnügt.

»Worauf denn?«

»Du weißt doch, was für ein Auto er fährt, oder?«

»Ja. Warum?«

»Wirst du schon sehen.«

Sie zieht mich wieder zurück in Richtung Haupthaus. In sicherer Entfernung gehen wir an dem mit weichem Licht beleuchteten Platz vorbei, auf dem die Tische stehen. Ungesehen passieren wir die Menschen, die immer noch ausgelassen miteinander quatschen und den Abend ausklingen lassen.

Wir kommen an einen geschotterten Parkplatz, wo ein paar Autos herumstehen. Pauls Land Cruiser ist auch dabei.

»Hast du was zu schreiben?«

Ich nicke und ziehe ein Notizheft und einen Stift aus meinem Beutel.

»Und nun?«

»Für eine Polizistin stehst du aber ganz schön auf'm Schlauch, Josi.« Sie schüttelt verständnislos den Kopf. »Du schreibst deine Nummer auf und klemmst sie ihm unter den Scheibenwischer. Ist doch klar!«

»Ist doch klar?«, frage ich verunsichert. »So was macht man doch nur im Film.«

»Das ist ja gerade der Spaß daran!«

»Na gut.« Bevor ich wieder einen Rückzieher mache, kritzele ich schnell meine Nummer auf den Zettel und folge Fionas Vorschlag. Mein Herz schlägt dabei ein bisschen schneller. Fast habe ich das Gefühl, etwas Verbotenes zu tun.

Fiona zwinkert mir zu und hakt sich wieder bei mir unter. »Sehr gut! Ein weiteres kleines Abenteuer hat genau in diesem Augenblick begonnen.«

PAUL

Das Angebot von Finn, heute Nacht noch auf der Farm zu bleiben, habe ich ausgeschlagen. Ich will meinen Kaffee morgen früh an einem Strand an der Côte d'Argent trinken.

Während ich zum Parkplatz gehe, lasse ich die letzten Stunden noch einmal Revue passieren. Schade, das mit Josephine. Vor allem nach dem netten Abend. Hin und wieder haben wir uns miteinander unterhalten und ich hatte eigentlich das Gefühl, es wäre richtig nett gewesen.

Hätte nicht gedacht, dass sie Polizistin ist. Eher Lehrerin oder so. Aber dass sie mir am Ende des Abends vielleicht doch noch ihre Nummer gibt, das hätte ich schon gedacht.

Hinterm Lenkrad mache ich es mir im Sitz bequem. Dann starte ich den Motor.

Was ist das denn? Ein Strafzettel kann das ja wohl nicht sein.

Ich steige aus und ziehe das kleine Papier unter dem Scheibenwischer hervor.

Josi 0172 9980752

»Dann hab ich also doch nicht so falschgelegen«, murmele ich und stecke den Zettel in die Brusttasche meines Hemdes, steige wieder ins Auto und fahre los. Mit einem breiten Lächeln im Gesicht.

Die Sonne geht gerade auf, als ich an meinem Ziel ankomme. Ein Strandparkplatz in der Nähe von Cap Ferret. In dem Örtchen habe ich mir schon ein Pain au chocolat für gleich und ein Baguette für später besorgt. Ich parke den Wagen im Schatten einer ausladenden Pinie, steige aus, recke und strecke mich. Die Luft ist kühl und frisch, der Himmel blau. Es wird ein schöner Tag.

Ich gähne ausgiebig, während ich die Hecktür öffne und mein heiliges Ritual vorbereite. Tischchen an der Tür hochklappen, Bialetti befüllen, Gaskocher anzünden und darauf warten, dass die Mokka anfängt zu brodeln, während mir der karamellig-nussige Kaffeeduft in die Nase steigt.

Ich fülle den Kaffee in einen Thermobecher, stopfe die Papiertüte mit dem Pain au chocolat in die große Tasche meines Parkas und gehe leicht bergauf in Richtung der Dünen.

Beim Strandübergang angekommen, verschlägt es mir den Atem. Ich hatte schon Bilder von der Côte d'Argent gesehen. Aber den kilometerlangen goldenen Strand vor dem weiten blauen Meer in echt? Kein Foto der Welt kann dem gerecht werden. Neben einer hölzernen Treppe, über die man hinunter zum Wasser gelangt, steht eine kleine Bank inmitten der Dünen. Ich setze mich und trinke den ersten Schluck Kaffee, während ich das Rauschen und die gleichmäßige Bewegung der Wellen genieße. Die Nachtfahrt hat sich gelohnt.

Ich mache ein Foto von meinem Pain au chocolat vor dem Meer und schicke es an Jalla.

Neidisch?, schreibe ich dazu.

Du Sack!, kommt es postwendend zurück. Dann ein Bild von den Zwillingen am Küchentisch, die mir mit schokoladenverschmierten Gesichtern die Zunge rausstrecken. Vor ihnen auf den Tellern und um die Teller herum hellbeige Fetzen, die aussehen wie Pfannkuchenreste.

Dann schreibt er noch:

Die Mädels wollen wissen, wann die erste Postkarte kommt.

Schon längst abgeschickt. Die nächste schreib ich heute.

Und jetzt wollen sie wissen, ob Du auch ein Klo in Dein Buschtaxi eingebaut hast.

Er schickt ein Video.

Als ich auf Play drücke, sehe ich, wie die Zwillinge einen hysterischen Lachanfall haben und immer wieder kreischen »Onkel Pauli fährt mit seinem Pupie durch Eurooopaaa!«

Ich vermiss die kleinen Nudeln und Dich natürlich auch. Und sag ihnen, dass mein Klo nur 'ne Schaufel ist.

Is gebongt!

Die ersten Surfer laufen in halb angezogenen Neoprenanzügen mit durchtrainierten nackten Oberkörpern und ihren Brettern unterm Arm an mir vorbei die Treppe hinunter.

Ein bisschen Sport würde meiner Wampe mit Sicherheit besser tun als das Pain au chocolat. Vielleicht bleibe ich einfach 'ne Weile hier und mache einen Surfkurs. Warum nicht? Wollte ich immer schon mal machen und wenn nicht hier und jetzt, wo und wann dann?

JOSI

»Les moules frites et un verre de vin blanc, s'il vous plaît.«

Die Kellnerin notiert meine Bestellung und steckt sich den kleinen Block vorne in die Tasche ihrer weißen Schürze. Dann geht sie zurück in das kleine Bistro, das ich mir für mein Mittagessen ausgesucht habe. Ich sitze am Hafen von Saint-Martin-de-Ré auf der Ile-de-Ré und schaue auf die alten, pittoresken Gemäuer, die Boote und das Wasser. Die Mittagssonne scheint mir angenehm warm ins Gesicht und ich kann es nicht erwarten, meine ersten Miesmuscheln in Frankreich zu probieren.

Kulinarisch bin ich auf meiner Reise bisher nur positiv überrascht worden. Hier bekommt man an jeder Ecke die vorzüglichsten Backwaren und in den Kühlregalen der Supermärkte liegt stets perfekt gereifter Camembert. Ein Traum für jemanden wie mich. Ich liebe leckeres Essen, aber Kochen ist überhaupt nicht mein Ding. Und auf meiner Reise will ich damit schon gar keine Zeit verschwenden. Meinen Vorrat an Fertiggerichten habe ich bisher aber noch nicht anbrechen müssen. Noch besser als Baguette und Käse war allerdings das Essen auf *Finn's Farm*. Die Sommerrollen, der Reisnudelsalat! Formidable!

Da fällt mir wieder Paul ein. Ich schüttele ärgerlich den

Kopf. Da gibt man mal einem Typen seine Nummer und dann meldet der sich nicht! Seit unserem überraschenden Wiedersehen auf der Farm ist nun schon eine Woche vergangen. Dass ich in den letzten Tagen in der Erwartung, eine Nachricht von ihm darauf vorzufinden, viel zu oft mein Handy gecheckt habe, ärgert mich enorm. Das hat jetzt ein Ende!

Die Kellnerin bringt erst ein Glas Weißwein und etwas Brot. Dann stellt sie einen schwarzen Emailletopf vor mir ab. Als sie den Deckel abnimmt, duftet es unwiderstehlich nach Knoblauch, Kräutern, Weißwein und ein bisschen auch nach Meer. Das Aroma stimmt mich nostalgisch. Es erinnert mich an meine Kindheit an der Ostsee.

»Bon appétit«, sagt die Kellnerin und verschwindet wieder im Restaurant. Mit einer leeren Muschelschale hole ich aus einer anderen Schale das Muschelfleisch heraus. Köstlich! Ein bisschen mehr Knoblauch, ein bisschen mehr Brühe, als ich es von früher kenne.

Ich lehne mich in meinem Stuhl zurück, genieße, schaue mich um, trinke Weißwein, tunke Baguette in den Sud und kann mein Glück einfach nicht fassen.

Nach einem vertrödelten Nachmittag, den ich in der Sonne liegend am Strand verbracht habe, fahre ich am frühen Abend nach Arcachon. Dort will ich mir gleich morgen früh die größte Düne Europas anschauen. Die hundertzwanzig Meter hohe Dune du Pilat. Die Aussicht von dort oben soll unglaublich sein.

Bedauerlicherweise denke ich während der Fahrt doch immer wieder an Paul. Ich hätte es wissen müssen. Dieser überstürzte Aufbruch aus seinem Leben in Berlin. Typischer Fall von Quarter-Life-Crisis! Der ist auf einem Selbstfindungstrip. Da haben Dankeschön-Essenseinladungen keine Priorität.

Warum wurmt mich das überhaupt so?

Wahrscheinlich geht mir seine Nicht-Melderei nur so auf die Nerven, weil sie einfach wahnsinnig unhöflich ist.

Ich weiß, was mich jetzt auf andere Gedanken bringt. Ich fahre rechts ran, verbinde mein Telefon mit dem Radio, wähle die France-Playlist aus und tippe auf Play.

Die ersten Töne von *Voyage, Voyage* fluten den Bulli und machen mir sofort bessere Laune. Ich singe laut mit, setze den Blinker und drücke aufs Gas.

Les Champs-Elysées, Alors on dance, *Joe le Taxi* und einige weitere Songs später bin ich an meinem Schlafplatz für die Nacht angekommen. Ein Strandparkplatz in der Nähe von Cap Ferret. Ich parke den Bulli unter einer ausladenden Pinie und steige aus. Die Sonne ist gerade dabei unterzugehen.

Ich schnappe mir ein Baguette, den herzhaft duftenden Camembert und die angebrochene Rotweinflasche von gestern und gehe den Weg bergauf zum Strandübergang zwischen den Dünen.

Dort steht eine kleine Bank neben der ausgetretenen Holztreppe, die von der Düne zum Meer hinabführt. Ich blicke weit über den kilometerlangen Strand und den Ozean.

Die glutfarbene Sonne berührt gerade eben so das Wasser. Einige Surfer scheinen auf den Wellen dazu zu tanzen.

Ich entkorke den Wein, trinke einen Schluck, und während der Feuerball langsam im Meer versinkt und der Himmel sich als Traum in Pastell präsentiert, genieße ich es, unterwegs immer wieder anzukommen.

Am nächsten Morgen wasche ich mir mein Gesicht mit eiskaltem Wasser aus dem hinten am Bulli befestigten Kanister und bin sofort hellwach. Dann Zähneputzen und Kaffee trinken. Ich fahre früh zur Dune du Pilat und steige die unzähligen Treppenstufen auf die einhundertzwanzig Meter hohe Düne. Mein heutiges Fitnessprogramm habe ich damit erledigt.

Oben angekommen setze ich mich in den puderfeinen Sand und staune über das umwerfende Panorama, das ich in diesen frühen Morgenstunden fast alleine genießen kann. Zum Inland hin ein endloser Kiefernwald. Auf der anderen Seite der schimmernde Atlantik. Wie kann man ein solches Bild in Worte fassen? Majestätisch, unwirklich, fantastisch? Ich bin schwer beeindruckt und bleibe eine ganze Weile sitzen, bevor ich wieder absteige.

Die nächsten Tage werde ich hier an der Côte d'Argent verbringen, bevor ich mich nach Biarritz aufmache.

Zurück beim Bulli steige ich auf der Beifahrerseite ein und krame nach meiner Sonnencreme.

»Bonjour. Quelle belle voiture!«

Ich zucke zusammen. Ich habe den Mann, der unvermittelt neben mir steht, nicht kommen sehen. Sofort checke ich Statur, Gesichtsausdruck, Körperhaltung und ob er waffenähnliche Gegenstände in den Händen hält.

Klein, freundlich, offen, leere Hände, eine davon zum Gruß erhoben.

»Merci«, antworte ich freundlich und steige aus meinem Auto. Ich bin einen Kopf größer als der freundliche Herr.

»Dein Wagen ist echt ein Schmuckstück. Hast bestimmt viel Arbeit reingesteckt, was?«, sagt er auf Englisch und lächelt mich an. »Ich hatte auch mal so einen. Bin damit durch Afghanistan gefahren. Aber das ist schon hundert Jahre her. Damals standen die Buddha-Statuen von Bamiyan noch.« Er schaut wehmütig in die Ferne.

»Die müssen unglaublich beeindruckend gewesen sein.« Ich erinnere mich daran, wie wir die Zerstörung der Figuren durch die Taliban in der Schule durchgenommen haben.

Er nickt. »Du schläfst auch in dem Ding, oder?«

»Bien sûr.«

»Ich weiß einen guten Stellplatz für dich, falls du hier in der Gegend bleiben willst. Ist wunderschön und einsam gelegen.«

Ich wehre mich gegen mein Misstrauen und sage: »Hört sich toll an! Wo ist der denn?«

Er zückt sein Handy und zeigt mir den Spot auf einer Satellitenkarte. Ich versuche, mir die markanten Eckpunkte zu merken.

»Da kommen nur hin und wieder ein paar Angler vorbei. Du kannst einfach in den Kiefernwald hineinfahren und da stehenbleiben. Bis zum Wasser sind es dann zu Fuß nur noch ein paar Meter.«

»Danke!«

»Gern geschehen. Und falls du Sylvie triffst, sag ihr einen schönen Gruß von Julien. Sie ist Brandungsanglerin und die Chancen stehen gut, dass sie auch heute Abend wieder dort ist.«

»Das mache ich gern.«

»Viel Spaß auf deiner Reise! Genieß es!«

»Werd ich!«

Nachdem ich meine Wasservorräte aufgefüllt habe, steuere ich den beschriebenen Platz an. Julien hat nicht zu viel versprochen. Das Kiefernwäldchen bietet einen wunderbaren Stellplatz für den Bulli und wenn ich die Fenster herunterkurbele, kann ich sogar das Meer rauschen hören.

Das Wetter ist herrlich. Wind, Sonne, Schäfchenwolken.

Vorfreudig packe ich Bikini, Handtuch, Wasserflasche, ein Buch und meine Fleecejacke ein, falls es am Strand doch ein bisschen windiger wird. Es ist ja schließlich schon Ende September.

Mit der Strandtasche über der Schulter, schließe ich den Bulli ab und laufe in Richtung Meeresrauschen.

Die Dünenlandschaft bezaubert mich mit ihren sanften Hügeln und Tälern. Sie sind mit mattgrünem Strandhafer bewachsen, dessen Halme leise im Wind rascheln. Ein Hauch von Salz in der Luft.

Nachdem ich die Dünen hinter mir gelassen habe, liegen nur noch der Strand und der wilde, dunkelblaue Atlantik zwischen mir und dem Horizont. Gebannt betrachte ich die gewaltigen Wellen, die eindrucksvoll ans Ufer tosen.

Der Sand ist so weich, dass ich bei jedem Schritt bis zu den Knöcheln einsinke. Am Wasser angekommen, lasse ich meine Beine von den Ausläufern der anbrandenden Wellen umspülen. Die starke Strömung gräbt meine Füße in den nassen Sand.

Die entfesselte, unbezähmbare Kraft der mit weißem Schaum geäderten Wellen hypnotisiert mich, schwemmt das Zuviel an Gedanken aus meinem Kopf und stimmt mich demütig.

So vieles auf dieser Welt liegt nicht in unserer Macht.

Zurück in den Dünen mache ich es mir in einer kleinen windgeschützten Mulde gemütlich. Ich halte mein Gesicht in die Sonne, lausche der kraftvollen Brandung und fühle mich, wie so oft, seit ich aufgebrochen bin, unglaublich frei.

Wie Julien es vorausgesagt hat, kommen gegen Abend die Brandungsangler. Sie sitzen auf Klappstühlen neben ihren Angeln und fangen sich ihr Abendessen. Dabei schauen sie unablässig aufs Meer, das jetzt ganz leise den Strand küsst. Was für andere das Fernsehprogramm ist, sind für die Angler und mich heute Abend das Glitzern der Lichtreflexionen auf dem Wasser und die gemächlich untergehende, von Wattewolken verzierte Sonne, vor der hin und wieder eine Möwe vorbeisegelt.

Bevor ich zum Bulli zurückkehre, begebe ich mich zu den Anglern; auf der Suche nach Juliens Freundin Sylvie, um ihr seine Grüße auszurichten.

Und tatsächlich erkenne ich zwischen all den Männern eine Frau und spreche sie an. Sie freut sich über den Gruß ihres Bekannten und verspricht spontan, mir einen Fisch zum Auto zu bringen. Ich hoffe, dass sie dieses Versprechen nicht wahrmacht, denn ich hätte überhaupt keine Ahnung, was ich mit dem Fisch anstellen soll.

Die frische salzige Luft hat mich so müde gemacht, dass ich am Bulli angekommen, mir nur kurz das Gesicht wasche, die Zähne putze und mich dann gleich in meine Koje kuschele. Die Fenster bleiben einen Spalt breit offen, damit mich das Meer sanft in den Schlaf rauschen kann.

Weil der Stellplatz einfach zu schön ist, habe ich beschlossen, noch ein bisschen in dem Kiefernwäldchen zu bleiben.

Nach einem weiteren Strandtag bin ich heute schon vor dem Sonnenuntergang wieder beim Bulli. Meine Wangen glühen. Ich war wohl etwas zu nachlässig mit dem Sonnenschutz. Im Außenspiegel blicke ich in ein ziemlich rotes Gesicht. Für die nächsten Tage bedeutet das Sonnenschutzfaktor fünfzig, plus Cap.

Ich überprüfe meine Essensvorräte. In meiner Erinnerung gab es heute Vormittag noch deutlich mehr Käse und Brot. Mist.

»Dann gibt es zum Abendessen wohl Dosenravioli«, murmele ich leidenschaftslos vor mich hin.

»Bonsoir, Josi«, ertönt in meinem Rücken eine Stimme.

»Sylvie, wie schön, dich zu sehen.«

»Gestern hatte ich kein Glück. Aber heute habe ich einen schönen Loup de Mer für dich. Was sagst du dazu?«

Sie hält mir einen Eimer entgegen, in dem mehrere Fische liegen.

»Hmm«, antworte ich skeptisch und mache keine Anstalten, mir einen davon zu nehmen.

»Sag bloß nicht, du magst keinen Fisch!«, ruft sie entgeistert.

»Doch. Schon. Aber ich weiß nicht, wie man ihn zubereitet«, gebe ich kleinlaut zu.

»Das einfachste Rezept der Welt!« Sie lacht. »Und die wichtigste Zutat dafür habe ich immer dabei.«

Sie stellt den Eimer und die Angel ab, greift in ihre Jackentasche und zieht eine Knoblauchknolle hervor. »Von dir brauche ich nur ein Brett, ein Messer und etwas Olivenöl.«

»Du hast Knoblauch dabei?«, frage ich verdutzt.

»Natürlich! Immer! Komm, ich zeig dir wie das mit dem Fisch geht. Darf ich?« Sie deutet auf die geöffnete Seitentür.

»Natürlich, gern.«

Sie schnappt sich zwei Fische aus dem Eimer und steigt in den Bus. An der kleinen Küchenzeile nimmt sie die Fische gekonnt aus, ölt und würzt sie. Mit der flachen Seite des Messers zerdrückt sie die Knoblauchzehen und steckt sie in die Bäuche der Fische.

»Et voilà!«, sagt sie zufrieden.

»Und nun?«

»Nun machen wir ein Feuerchen am Strand, hauen die Fische auf den Grill und genießen das Ganze. Ich nehme mal an, ein Fläschchen Wein und einen Grillrost hast du dabei?«

»Oui. Ich habe sogar Feuerholz«, sage ich stolz.

Wenig später sitzen wir am Strand. Die Sonne ist gerade eben im Meer verschwunden, das heute fast spiegelglatt vor uns liegt und leise am Ufer vor sich hin plätschert. Der wolkenlose Himmel leuchtet zuckerbäckerfarben.

Sylvie berichtet mir von ihrer Jugend in Paris, davon, dass sie mal den Traum hatte, Dichterin zu werden, und dass sie das Meer so liebt, weil es ihr immer wieder die Unbegrenztheit ihrer eigenen Seele vorlebt.

Ich erzähle ihr, dass das Meer für mich immer Heimat ist, weil ich an der Ostsee geboren wurde, und wie sehr es mir gefehlt hat, nachdem meine Familie nach Ludwigsburg umgezogen ist. Und als ich das sage, wird mir bewusst, dass ich mich neuerdings auf eine Art vollständig fühle, wie ich es seit meiner Kindheit nicht mehr gespürt habe.

Wir lassen eine Rotweinflasche zwischen uns hin- und herwandern, während wir weiter über das Meer und das Leben philosophieren. In meinem kleinen Tonnengrill lodern die Flammen vor sich hin, auf dem Rost darüber die Fische. Das pastellige Abendlicht weicht langsam der blauen Stunde.

»Was macht das Leben für dich lebenswert?«, frage ich Sylvie irgendwann und wundere mich über meine eigene Tiefsinnigkeit. Und auch darüber, wie offen ich mit dieser Frau rede, die ich doch gerade erst kennenlerne.

»Freude am Sein, Liebe und ein langsames Gefühl für Zeit«, antwortet sie, ohne zu zögern. »Und für dich?«

»Was meinst du denn mit dem langsamen Gefühl für Zeit?«, frage ich, statt zu antworten.

»Dass ich nicht ständig denke, ich hätte keine Zeit, alles zu schaffen, was ich schaffen muss. Stattdessen erlaube ich mir das Gefühl, für alles immer ausreichend Zeit zu haben.« Sie fährt sich durch die Haare und schaut aufs Meer. »Und weißt du, was das Magische daran ist?«

Ich schüttele den Kopf.

»Dass ich so tatsächlich immer genug Zeit habe. Und dass sich dieses Genug-Gefühl auch auf alle anderen Bereiche in meinem Leben auswirkt.« Sie lacht, als sie in mein ratloses Gesicht blickt. »Du wirst das bald verstehen. Ganz sicher!«

Dann schweigen wir eine Weile vor uns hin, während ich noch versuche zu begreifen, was Sylvie mit der langsamen Zeit und dem Genug-Gefühl gemeint hat.

»Schau mal, wir haben einen Besucher.« Sylvie deutet hinter sich.

Ich drehe mich um und sehe in der Abenddämmerung

einen kleinen Dünenfuchs, der sich nur wenige Meter von uns entfernt in den Sand gelegt hat und uns aufmerksam beobachtet.

»Der liebt gegrillten Fisch und hofft auf Reste«, sagt Sylvie und lacht ihr rostiges Lachen.

Als er so weit ist, nehmen wir den köstlich duftenden Fisch vom Grill, zerpflücken ihn mit den Fingern und stecken uns die saftigen Stücke direkt in den Mund.

»Ich glaube, das ist das Leckerste, was ich je gegessen habe«, sage ich und meine es auch so.

»Und ist es nicht faszinierend, wie einfach dieses Gericht ist?«

»Total!«, antworte ich zwischen zwei Stückchen Fisch. Ich bin im siebten Himmel.

Der Fuchs beobachtet uns noch immer, aber Sylvie bleibt streng.

»Wir dürfen ihn auf keinen Fall füttern. Er ist ein Wildtier und er soll nicht daran gewöhnt werden, sich Menschen zu nähern. Das wäre nur gefährlich für ihn.«

Als wir die letzten Happen vertilgt und unsere Hände im Meer gewaschen haben, sitzen wir noch eine Weile am Feuer und schauen den Flammen dabei zu, wie sie immer leiser werden, bis schließlich nur noch Glut übrig ist. Am Horizont noch ein schmaler heller Streifen als Überbleibsel des Tages. Um uns herum Dunkelheit und über uns die ersten Sterne, die sich in die Nacht glitzern.

Würde ich nicht alleine reisen, hätte ich wahrscheinlich nie einen Abend mit dieser spannenden Frau verbracht, die in ihrem Leben schon so viel erlebt hat.

»Es wird kalt. Lass uns gehen!«, sagt Sylvie und steht auf.

Wir löschen die Glut, packen unsere Sachen ein und wünschen dem kleinen Dünenfuchs im Vorbeigehen eine gute Nacht.

PAUL

Echt Alter? Wellenreiten? Meine Großmutter hat 'ne bessere Körperbeherrschung als Du!

Jallas Nachricht, als ich ihm von meinen Plänen berichtete, surfen zu lernen. Aber ich ließ mich nicht davon abbringen. In einem Anfall von grenzenlosem Optimismus sah ich mich schon lässig auf dem Brett durch einen Wellentunnel gleiten.

Ein Stück weiter die Küste runter, an der Plage des Casernes, stieß ich auf eine Surfschule, die sehr sympathisch wirkte. Es gab dort einen Anfängerkurs, der am nächsten Tag starten sollte. Ich meldete mich an.

In der Nähe fand ich sogar einen schönen Stellplatz auf einem eingewachsenen Feldweg an einem vor sich hin gluckernden Bach.

Seit dem Beginn des Kurses vergehen die Tage wie im Flug. Morgens klingelt der Wecker um halb sieben, um kurz nach acht habe ich schon das Stretching hinter mir und zwänge mich in den engen Neoprenanzug. Im besten Fall stehe ich dann mit wackeligen Beinen für ein paar Sekunden auf dem Brett. Surfen im Wellentunnel? Davon bin ich Lichtjahre entfernt! Jalla hatte recht, ich bin ziemlich talentfrei, was diesen

Sport angeht. Und von dem Muskelkater will ich gar nicht erst anfangen. Jede Faser meines Körpers tut mir weh.

Mittags liege ich völlig fertig am Strand, tue mir selbst leid, lasse mir die Sonne auf meine geschundenen Knochen scheinen, träume in den hellblauen Himmel und beobachte die Möwen bei ihren Flugmanövern. Zu erschöpft, um etwas zu lesen oder zu denken, döse ich meistens schon nach wenigen Minuten zum einlullenden Sound der sanften Brandung ein.

Nachmittags dann wieder zwei Stunden Surfkurs. Eigentlich hatte ich gedacht, dass Surfen Spaß macht. Aber es ist die pure Schinderei und ich bin immer kurz davor, das Ganze hinzuschmeißen.

Aber ich bleibe doch am Ball. Außerdem gibt es noch die anderen Surfschüler, die mehr oder weniger genauso leiden. Es ist schön, neue Leute kennenzulernen und mit ihnen mal was völlig anderes zu machen. Ich kann mich neu erfinden, neu entscheiden, was ich wem von mir erzähle. Der ganze schwerwiegende Ballast, die gemeinsam erlebten guten und schlechten Zeiten, die wahre Freundschaften erst bedeutungsvoll machen, die gibt es hier nicht.

Fühlt sich gut an. Leicht. Einfach. Die kennen eben nicht den unfrohen Architekten-Paul, der seine Jugendträume aufgegeben hat und dessen Herz letztes Jahr sensationell gebrochen wurde.

Hier bin ich der unbeschwerte Aussteiger-Paul, der abends mit den Leuten in der angesagten Strandbar sitzt und mit ihnen gemeinsam darüber klagt, welcher Körperteil gerade am meisten wehtut.

Trotzdem vermisse ich natürlich meinen guten alten Jalla!

Ich habe ihm ein Foto von mir auf dem Brett geschickt,

auf dem ich aussehe, als müsste ich schrecklich doll aufs Klo und würde vor lauter Angst, es nicht rechtzeitig zu schaffen, wie verrückt zittern.

Die anderen aus dem Kurs finden es lustig, sich gegenseitig bei ihren diversen Versuchen, sich auf dem Brett zu halten, zu fotografieren. Es ist offensichtlich, dass ich der Schlechteste von allen bin. Aber Surflehrerin Julie wird nicht müde, mich aufzubauen. Wenigstens merke ich, dass ich langsam fitter werde. Meine Muskeln nehmen zu und dem Wohlstandswanst ist definitiv der Kampf angesagt. Das tut gut!

Heute, am letzten Kurstag, stehe ich nun aber tatsächlich auf dem Brett, schaffe es, mein Gleichgewicht zu halten und mit einer Babywelle in Richtung Strand zu gleiten. Die anderen warten am Ufer und klatschen. Und dann kippe ich.

»Ist noch kein Meister vom Himmel gefallen«, sagt Julie, als ich aus dem Wasser komme. »Du hast deine Sache gut gemacht. It's all about the progress, not about perfection!« Sie überreicht mir ein eingeschweißtes Zertifikat. Grundkurs Wellenreiten bestanden. Ich erinnere mich an die Bundesjugendspiele, die ich immer gehasst habe. Das hier hat dann doch sehr viel mehr Spaß gemacht!

»Wir haben in der Surf-Hütte noch ein Päckchen für dich«, sagt Julie.

Bei unserem Gespräch auf *Finn's Farm* hat Josephine mir von ihrer Duschausrüstung erzählt. Ein Wassersack von der Schweizer Armee, gepimpt mit einem Stück Gartenschlauch und einer Gießkannenbrause. Ich habe mir die Teile online besorgt und zur Surfschule schicken lassen.

Noch habe ich mich nicht bei Josephine gemeldet. Mehrfach angefangene Textnachrichten habe ich immer wieder gelöscht. Zu flach, zu langweilig, zu gewöhnlich. Mir fehlte einfach ein lässiger, unkonventioneller Aufhänger. Die erfolgreiche Umsetzung ihres Duschkonzepts könnte einer sein.

Wahrscheinlich hat sie mich aber eh schon vergessen. Ich hätte ihr gleich schreiben sollen. So tolle Frauen wie Josephine warten bestimmt nicht tagelang auf Nachrichten von Typen wie mir. *Progress, not perfection.* Das sollte ich mir mal hinter die Ohren schreiben.

»Sehen wir uns gleich in der Bar?«, ruft Julie mir noch zu, als ich mit dem Paket unterm Arm in Richtung Parkplatz laufe.

»Bien sûr!« rufe ich zurück.

Am Auto angekommen, reiße ich das Paket auf und gucke mir die einzelnen Teile an. Der Wassersack ist aus dickem schwarzem Gummi und macht einen sehr robusten Eindruck. Er hat einen Tragegurt, mit dem man ihn an einen Baum hängen kann. Josephine hat mir erzählt, dass sie das Ding, wenn gerade kein Baum da ist, auf den Dachträger ihres Bullis wuchtet und dann am Auto duscht. Beides sehr gute Optionen.

Heute Abend werde ich weiter in den Süden fahren. Biarritz ist mein nächster Stopp. Auf dem Weg dahin werde ich den Duschsack an einer Tanke schon mal mit Wasser befüllen. Dann kann ich ihn morgen tagsüber in die Sonne legen, damit sich das Wasser darin erwärmt und abends eine angenehme Temperatur hat.

Ich bin ein bisschen melancholisch, weil meine Woche Surfkurs und mein schöner Stellplatz am Bach schon passé sind. Aber andererseits kann ich es kaum erwarten, mich wieder auf den Weg zu machen. Ich bin gleichzeitig nostalgisch und heiß auf was Neues. Ein kurioses Gefühl!

Nachdem ich mich am Auto umgezogen habe, gehe ich zu den anderen, die schon mit einem Getränk in der Hand in der Strandbar sitzen. Mit unseren nackten Füßen im Sand quatschen wir über unsere bisherigen Leben und genießen dabei den unglaublichen Sonnenuntergang, der so aussieht, als hätte jemand auf dem Horizont ein Ei aufgeschlagen, das jetzt langsam im Wasser verläuft.

Je öfter ich auf meiner Reise jemandem erzähle, was ich bisher beruflich gemacht habe, desto klarer wird mir, dass ich nie wieder in diesen Job zurückkehren werde. Und diese Gewissheit fühlt sich toll an.

Das Bier ist eiskalt, es gibt würzige Miesmuscheln und Pommes und Deutschland könnte gerade nicht weiter weg sein.

Wie schnell ich mich an diesen neuen Alltag gewöhnt habe, ist fast schon unheimlich. Es kommt mir so vor, als hätte ich vorher jahrelang nur als Schatten meiner Selbst existiert. Passiv, gelangweilt, bequem, vom Konsum sediert.

Diese Identität habe ich einfach abgestreift, als ich ins Buschtaxi gestiegen und losgefahren bin. Zur Sonne. Zur Freiheit.

JOSI

Jackpot! Die Mail, die gerade auf meinem Handy eingegangen ist, verrät mir, dass ich heute Nacht im *Hotel du Palais* schlafen werde. Eine Luxusunterkunft der Sonderklasse, in der schon die Gattin von Napoleon III. ihre Sommerfrische verbrachte. Und das habe ich Fiona zu verdanken. Sie hat mir auf *Finn's Farm* eine Schnäppchen-App für Hotelbuchungen empfohlen, in der man Ort, Maximal-Preis und Sterne-Kategorie angibt und sich verpflichtet, das daraufhin von der App zugewiesene Zimmer für denselben Tag zu buchen.

Für meinen zweitägigen Aufenthalt in Biarritz habe ich die App zum ersten Mal ausprobiert und gleich den Sechser im Lotto gelandet.

Ich gebe die Adresse des Hotels in mein Navi ein und düse los in Richtung Biarritz. Die Bilder dieses wunderschönen Städtchens schwirren mir schon seit Tagen im Kopf herum und das Hotel könnte fast schon als dessen Wahrzeichen durchgehen. Mit der roten Fassade, den cremefarben abgesetzten Fensterrahmen und den schwarzen Schindeln ist es die direkt am Strand gelegene Grandezza pur. Ich kann nicht glauben, dass dieses Nobelhotel Zimmerkontingente an eine App für Sparfüchse abgibt. Aber das ist mir jetzt so was von egal! Die Buchung ist fix und ich werde heute Nacht in einem Fünf-Sterne-Bett mit Meeresblick schlafen.

Bei meiner Anfahrt zum Hotel erhasche ich einen ersten Blick auf die Bucht, an der das Städtchen liegt, und bin sprachlos. Schmale Felszungen umrahmen die Grand Plage mit ihrem weißen Sand und dem schimmernden Wasser des Atlantiks. Am Strand flattern einige gestreifte Schirme im Wind. Die Gebäude um die Bucht herum sehen wahnsinnig alt und malerisch aus und irgendwie schreit hier alles »Reich und Schön!«.

Als ich auf das prunkvolle Hotel zufahre, komme ich mir plötzlich ziemlich unzulänglich vor. Hier wohnen Royals, Stars und Sternchen, die mit ihren Bentleys vorfahren. Aber doch nicht Josi, die Polizistin aus Ludwigsburg, die seit zwei Tagen nicht geduscht hat und einen halben Eimer Sand auf der Kopfhaut mit sich herumträgt. Alles in mir schreit, Rückzug! Du passt hier nicht her!

Ich halte kurz an und schnappe mir mein Handy.

Hilfe! Ich glaub, ich hab hier einen Riesenfehler gemacht!

schreibe ich an Dita und schicke noch ein Foto von dem Hotel hinterher, das ich schnell durch die Windschutzscheibe schieße.

Hier kann ich doch nicht wirklich einchecken, oder?

Ungeduldig tippe ich mit dem Zeigefinger gegen mein Telefon. Endlich erscheinen die erlösenden drei Punkte, die eine Antwort von Dita ankündigen.

Natürlich kannst Du! Du kennst das doch mit dem Make-over aus den vielen Rom-Coms, die Du mir zuliebe angeschaut hast.

Hä? Ich versteh nur Bahnhof.

Ganz einfach, mein Engel. Nach dem Einchecken kaufst Du Dir im Städtchen ein schickes Kleid und ein paar Schuhe, gönnst Dir im Hotel-Spa eine Massage und eine Kosmetikbehandlung, lässt Dich danach schminken und gibst Dir beim Styling Deiner Haare ein bisschen Mühe. Und schwupps bist Du Josirella, sitzt glamourös auf der Hotelterrasse herum und nippst mit abgespreiztem, kleinem Finger an einem Glas Champagner. Dann kommt auch noch ein Prince Charming vorbei. Und, wie sagt man so schön auf Französisch? Voilà! 'appy End! Sei eine von ihnen! Nur für eine Nacht! Und wenn Du es nicht für Dich tust, dann tu es wenigstens für mich!!!!

🙂👍

Und natürlich Selfie-Pflicht!

👍👍👍

Ich schlucke meine Komplexe entschlossen herunter. Dita hat recht. Wann werde ich in meinem Leben je wieder die Chance haben, für hundertfünfzig Euro in so einem Palast zu übernachten?

Ich fahre also weiter auf den Eingang des Hotels zu.

Als ich aus dem Bulli aussteige, kommt mir der Concierge in goldbesäumter Livrée entgegen.

»Wie kann ich Ihnen helfen, Madame?«, fragt er und macht eine kleine Verbeugung.

Sofort fühle ich mich wie eine Königin und die Zweifel, ob ich hierhergehöre, fangen an, sich in Luft aufzulösen.

»Oh mein Gott!«, hauche ich, als der Page mein Zimmer mit einem fetten Trinkgeld verlassen hat. Ich husche aufgeregt vom King-Size-Bett ins Marmorbad, probiere sämtliche Schalter aus, lasse Wasserhähne laufen, gehe zurück in den Wohnraum, schalte am Fernseher und an der Stereoanlage herum, lese das Begrüßungsschreiben, bestaune die Obstschale, lasse mich aufs Bett fallen, kugele auf der weichen Matratze hin und her, springe auf und fahre mit den Fingern über den edlen Vorhangstoff, bevor ich auf den Balkon meiner sehr unbescheidenen Behausung trete. Ich überblicke die Grand Plage, sehe die Wogen des Atlantiks ungestüm an den Strand anbranden und erkenne in der Ferne einen leuchtend weißen Leuchtturm. Das muss der Phare de Biarritz sein. Die Aussicht zieht mich vollkommen in ihren Bann und für einen Moment vergesse ich sogar zu atmen. Ich muss mich kurz kneifen, damit ich begreife, dass das hier gerade die Wirklichkeit ist.

Kurz habe ich gezaudert, Ditas Beauty- und Wellnessanweisungen zu befolgen. In einem Hotel wie diesem werden mich Spa und Kosmetik mit Sicherheit mehr kosten als die so günstig ergatterte Übernachtung. Kurz habe ich überlegt, einfach auf meinem Prinzessinnenzimmer zu bleiben und Room-Service zu bestellen. Aber wenn nicht hier, wo dann?

Also habe ich Ditas Plan Schritt für Schritt umgesetzt. Die Massage hat sämtliche Verspannungen der letzten Jahre gelöst, und die Kosmetikerin hat mir nach einem kurzen Gespräch und ein bisschen Überzeugungsarbeit ein dramatisches Abend-Make-up mit Cat-Eyes verpasst. Es passt hervorragend zu dem eleganten Slip Dress, das ich am Nachmittag in einer kleinen Biarritzer Boutique im Sale erstanden habe. Und dann hat sie mich auch noch dazu überredet, mir im hoteleigenen Friseursalon die Haare machen zu lassen. Sie brachte mich zu ihrem Kollegen und schlug vor, meine Haare in große Wellen zu legen, die über meine rechte Schulter fallen. Und genau das setzte dieser dann um.

Sie dachte wohl, ich hätte ein Date. Habe ich ja auch. Und zwar mit mir selbst.

Fertig angezogen, drehte ich mich immer wieder ungläubig vor dem Spiegel hin und her. Dass ich das war, kam mir fast so unwirklich vor wie mein Aufenthalt in diesem Palast.

Auf dem Weg vom Aufzug zum Restaurant hatte ich dann meinen ultimativen Josirella-Moment als ein ziemlich gutaussehender Typ mit offenem Mund einfach stehenblieb und mir nachschaute, während ich an ihm vorüberging.

Allein für mein Selbstbewusstsein war dieser Moment Gold wert.

Nun sitze ich also très chique mit einem Glas Champagner auf der Terrasse des *Hotel du Palais* und komme mir plötzlich gar nicht mehr so fehl am Platz vor.

Ich bitte den Kellner, ein Foto von mir zu machen, stehe auf, stelle mich an der Balustrade in Pose und muss über mich schmunzeln. Josi, Josi, so was hättest du vor dieser Reise nie gemacht!

Ich lächele in die Kamera, Champagnerkelch in der Hand, hinter mir ein spektakulärer Sonnenuntergang und das Meer.

Gut so?, schreibe ich Dita, als ich wieder am Tisch sitze, und schicke das Foto hinterher.

Eine Sekunde später klingelt mein Telefon.

»WAAAAAS?«, kreischt Dita in mein Ohr. »Bist du das?«

Ich lache. »Ja, wer denn sonst?«

»Ich vergehe gerade vor Neid! Du bist wunderschön! Dieses Foto würde auf Insta mindestens hundert Milliarden Likes generieren. Du musst mir unbedingt erlauben, das zu posten! Das glaubt eh keiner, dass du das bist! Und? Hast du dir schon einen Millionär geangelt?«, bestürmt sie mich.

»Natürlich darfst du das Bild nicht posten! Und Nein zum Millionär sowieso! Ich genieße mein Gläschen Schampus heute ganz allein und gleich werde ich mir auch noch etwas sehr Deliziöses zu essen bestellen«, antworte ich ganz vornehm.

»Das mach mal! Für mich bist du ab jetzt nur noch Josirella und ich ordne hiermit an, dass du ab sofort nur noch solche Kleider trägst. Deine vermaledeite ewige Funktionskleidung wirst du gefälligst noch heute Nacht am Strand verbrennen.«

»Das wird nicht passieren.«

»Wer weiß, vielleicht ja doch!« Sie lacht. »Viel Spaß, meine Süße!«

»Dir auch! Wir hören uns bald!«

Wir legen auf. Ich lasse meinen Blick über die Szenerie schweifen. Die herausgeputzten Paare, die an den anderen Tischen sitzen und sich unterhalten. Die Kellner, die geschäftig umherlaufen und ihren Gästen jeden Wunsch erfüllen. Alles um mich herum ist so erlesen, so elegant, so kultiviert. Selbst der Sonnenuntergang scheint hier edler zu sein als anderswo. Es kommt mir komisch vor, dass es diese Welt neben der meinen immer schon gegeben hat. So anders. Eine Welt, in die ich für einen Abend eintauchen kann.

Mein Telefon klingelt erneut. Bestimmt hat Dita noch irgendwas vergessen. »Was gibt's denn noch, mein Dittchen?«

PAUL

»Ähm, hier ist Paul.« Hoffentlich legt sie nicht gleich wieder auf.

»Oh.«

Pause.

»Hi Paul.«

Stille.

Sie klingt nicht besonders erfreut.

»Du, also, ich ruf an, weil du ja Polizistin bist, und ich brauch da mal 'n professionellen Rat.« Ich höre selbst, dass ich stammele.

»Hmm. Und wie kann ich dir helfen?« Jetzt klingt sie fast schon abweisend.

»Was muss man machen, wenn man ausgeraubt wurde?«, bringe ich gerade so hervor.

»Ist das ein Scherz?«

»Nein.« Ich befühle vorsichtig meine linke Gesichtshälfte, die mit jeder Sekunde mehr schmerzt.

»Du bist ausgeraubt worden? Und geht's dir gut? Bist du verletzt?« Sie hört sich sachlich, aber auch ein bisschen besorgt an.

Von meinem Kinn tropft Blut. Anscheinend eine Platzwunde.

»Alles okay, ich bin nur ein bisschen durcheinander. Hab mir ordentlich eine eingefangen.«

»Wurden auch deine Bankkarten geklaut?«

»Ja. Alles. Auch der Wagen. Nur mein Handy ham sie mir gelassen. Mit dem uralten Klotz konnten sie wohl nix anfangen«, sage ich bitter.

»Okay. Du kontaktierst jetzt schnell deine Bank, sperrst alle Karten und dann rufst du mich wieder an. Alles klar?«

»Alles klar.«

»Du meldest dich gleich wieder?«

»Ja.«

Ich lege auf, reibe mir den Schädel und schaue auf mein Hemd. Ziemlich viel Blut für 'ne Platzwunde.

Schnell schaue ich im Internet nach der Notfallnummer meiner Bank, wähle sie und sperre meine Karten. Dann rufe ich wieder Josephine an. Wie gut, dass ich ihre Nummer nach unserer Begegnung auf *Finn's Farm* gleich in mein Telefon eingespeichert hatte.

Beim ersten Klingeln nimmt sie ab.

Ohne Begrüßung sagt sie: »Ich stell dir jetzt ein paar Fragen, die du so knapp wie möglich und so ausführlich wie nötig beantwortest. Dann rufe ich die Polizei für dich an und bitte darum, dir einen Gendarmen vorbeizuschicken, der Englisch spricht. Verstanden?«

»Verstanden.«

»Wo ist der Überfall passiert?«, fragt sie knapp.

»An der Agip-Tankstelle ein paar Kilometer vor Biarritz.«

»Wie ist es passiert?«

»Ich hatte mein Auto abseits von den Tanksäulen in einer etwas dunkleren Ecke geparkt. An der Tankstelle hab ich mir

Wasser für meinen Duschsack gezapft und bin dann zurück zum Auto. Als ich gerade den Schlüssel zücken wollte, kamen aus der Dunkelheit drei Typen. Einer sagte mit stark französischem Akzent *Your money and car keys!*, packte mich am Kragen und hat mich gegen mein Auto geschubst. Ich sagte *No* und eine Sekunde später ballerte der Große mir eine und ich bin völlig benommen am Auto runtergerutscht. Einer der anderen filzte meine Hosentaschen. Den Autoschlüssel und mein Portemonnaie haben sie behalten, mein Handy ins Gebüsch geworfen. Dann sind sie ins Auto gesprungen und mit quietschenden Reifen weggefahren. In zwei Sekunden war alles vorbei.«

»Wie sahen die Täter aus?«

»Zwei waren normal groß, einer sehr groß. Sie hatten alle Hoodies an, deren Kapuzen sie tief ins Gesicht gezogen hatten.«

»Irgendwelche Besonderheiten? Tattoos, Bart, Brille?«

»Mir ist nichts Besonderes aufgefallen.«

»Bewaffnet?«

»Nein.«

»Dein Kennzeichen ist B-OP-42, richtig?«

»Woher …? Ähm, ja korrekt.«

»Ich rufe die Polizei und du wartest auf die. Schick mir eine Nachricht, wenn sie deine Daten aufgenommen haben und du mit denen fertig bist. Dann schick ich dir ein Taxi. Du kannst heute bei mir übernachten. Ich bin in Biarritz und hab dort ein Zimmer.«

»Wirklich?«

»Ja, wirklich! Und jetzt leg ich auf.«

Sofort höre ich das Tuten in der Leitung.

Zehn Minuten später ist die französische Polizei schon bei mir. Charly Dussollier, ein freundlicher Gendarme, nimmt meine Daten und die Einzelheiten des Überfalls auf, befragt den Tankwart, der aber nichts gesehen hat, und bedauert den Zustand meines Gesichts. Erst da fällt mir auf, dass ich die Zeit bis zu seinem Erscheinen nicht genutzt habe, um mir das Blut abzuwaschen, sondern einfach benommen auf dem Kantstein sitzengeblieben bin.

Monsieur Dussollier tröstet mich damit, dass das auch schon anderen Touristen passiert sei, und meint, dass es sich höchstwahrscheinlich um Kleinkriminelle handele.

Am Ende frage ich, wie wahrscheinlich es sei, dass ich mein Auto wiederbekomme.

Er schürzt nur die Lippen und wackelt mit dem Kopf.

»Comme ci, comme ça.«

Das soll wahrscheinlich bedeuten, dass die Chancen nicht gut stehen. Dann steigen seine Kollegin und er in den Streifenwagen und fahren davon.

Ich schreibe Josephine wie besprochen eine Nachricht und gehe auf die Toilette. Im Spiegel sehe ich mein lädiertes Gesicht. Blut am Kinn, am Hals, auf dem Hemd. Der Kieferknochen färbt sich langsam blau. Sieht nicht aus wie ich, der Typ da im Spiegel. Ich stütze mich auf dem Waschbecken ab, atme tief, spritze mir kaltes Wasser ins Gesicht. Dann wasche ich mich. Das Blut färbt das Waschbecken hellrot.

Der Tankwart entschuldigt sich tausend Mal bei mir, als ich von der Toilette wieder in seinen Laden komme, und drückt mir ein Sixpack Bier in die Hand. Das Taxi fährt vor und ich bedeute dem Fahrer, kurz zu warten.

An der Stelle, wo vor Kurzem noch mein Auto stand, liegt nur noch der prall gefüllte schwarze Duschsack.

Ich hebe ihn auf. »Wenigstens du bist mir noch geblieben«, murmele ich und trage ihn zum Taxi.

Ich bin erleichtert, diesen Ort schnell hinter mir zu lassen. Duschsack und Sixpack neben mir auf der Rückbank.

Auf der Fahrt Richtung Biarritz wird mir erst so richtig klar, was gerade passiert ist, und plötzlich bin ich sehr müde. Ich lehne meinen Kopf an die Fensterscheibe und blicke auf die Autos, die uns entgegenkommen. Ich öffne eines der Biere. Der erste Schluck schmeckt seltsam bitter. Wieder taste ich vorsichtig mein Gesicht ab. Scheiße, tut das weh!

»Nous sommes arrivés«, sagt der Taxifahrer und weckt mich damit auf. Ich muss wohl vor lauter Erschöpfung eingeschlafen sein. Er fährt langsam über eine hell erleuchtete Auffahrt auf ein imposantes Gebäude zu. Vor dem Eingang hält er an. Verwirrt steige ich aus, zerre den Duschsack aus dem Wagen, nehme das angebrochene Sixpack in die andere Hand und drehe mich um mich selbst. Plätschernder Springbrunnen, exotische Bepflanzung, spektakuläre Beleuchtung. Alles hier schreit Luxusabsteige.

Mit dem Ellenbogen klopfe ich an die Scheibe des Fahrers, der sie sofort runterlässt.

»Das muss ein Missverständnis sein«, sage ich auf Englisch und hoffe, dass er mich versteht.

Der Fahrer schüttelt nur den Kopf. »Mademoiselle hat mir diese Adresse gegeben.«

Ich klemme mir das Sixpack unter den Arm, taste nach meinem Handy, will den Fehler aufklären. »Warten Sie bitte kurz.« Ich deute auf mein Telefon.

In dem Moment öffnet der Portier die Tür und ich werde schon wieder umgehauen. Aber dieses Mal auf gute Weise.

JOSI

»Hi Paul.«

Erstmal sagt er gar nichts, starrt mich nur entgeistert an. Wie er so dasteht, mit dem prall gefüllten Duschsack in der Hand und dem Sixpack unterm Arm, könnte man meinen, der Schlag hat bei ihm nachhaltig was durcheinandergebracht.

»Alles okay bei dir?«, frage ich, als die Stille weiter andauert.

Er räuspert sich, scheint wieder ins Hier und Jetzt zurückzukehren. »Hi Josephine. Schön, dich wiederzusehen.« Er lächelt mich an. »Ich wusste gar nicht, dass du Millionärin bist.«

Frecher Spruch ist schon mal ein gutes Zeichen.

Aber mir wird plötzlich bewusst, dass er wahrscheinlich damit gerechnet hat, mich im Jogginganzug in einem Chambre d'hôtes vorzufinden. Ich hatte in meiner Fokussierung auf den Überfall und die einzuleitenden Schritte gar nicht darüber nachgedacht, dass ich ihm so aufgebrezelt gegenübertreten würde.

»Tja, ich hab auch so meine Geheimnisse«, sage ich, lächele zurück und versuche meine aufkeimende Unsicherheit zu überspielen. In Funktionskleidung würde ich mich dieser Situation auf jeden Fall gewachsener fühlen.

Als ich näher komme, sehe ich, dass er ganz schön schlimm zugerichtet wurde. Bemitleiden ist jetzt aber die falsche Strategie. Ich will ihn schließlich nicht noch weiter in die Opferrolle drängen.

»Ich hab dir ein frisches Hemd besorgt. Du kannst dich in meinem Zimmer umziehen. Du kannst auch duschen, wenn du willst. Und ich schlage vor, dass ich die Platzwunde verarzte und dein Gesicht kurz abtaste, um sicherzugehen, dass du nicht doch ins Krankenhaus musst.«

Ein Page kommt mit einem Gepäckwagen durch die Tür, geht auf Paul zu und nimmt ihm mit einem ganz selbstverständlichen »Bonsoir Monsieur« den Duschsack und das Sixpack aus der Hand. Beides platziert er sorgfältig auf dem roten Samt des goldenen Gepäckwagens und rollt damit zurück ins Innere des Hotels. Als wäre es das Normalste der Welt, dass Menschen mit Duschsäcken, Sixpacks, lädierten Gesichtern und blutverschmierten Hemden in ein Fünf-Sterne-Luxushotel einchecken.

Paul blickt dem Pagen verwundert hinterher und lacht laut auf. »Sorry, ich komm da gerade irgendwie nicht mit.«

»Kein Wunder. Du wurdest schließlich eben erst ausgeraubt.«

Ich deute auf den Eingang, wo uns der Portier schon seit einer geraumen Weile die Tür aufhält. »Wollen wir?«

Als wir auf den Aufzug warten, dreht er sich zu mir.

»Danke für deine Hilfe und dass du mich hier einfach so aufnimmst. Offensichtlich hattest du für heute Abend andere Pläne, als einen gesichtsramponierten Deppen zu retten. Ich hoffe, ich habe dich nicht bei einem Date gestört?«

Wir steigen in den Aufzug und ich drücke auf den Knopf für die vierte Etage.

»Doch. Hast du.«

Er schaut mich mit großen Augen an, während sich die Tür des Aufzugs schließt.

»Bei einem Date mit mir selbst.«

Er sieht erleichtert aus.

In der vierten Etage angekommen, gehen wir den Gang entlang zu meinem Zimmer.

»Einem Fremden gegenüber so vertrauensselig zu sein und ihn auf dein Hotelzimmer einzuladen, passt gar nicht zu dir.«

»Du weißt also, was zu mir passt? Ist ja interessant.« Ich runzele die Stirn, versuche zu vertuschen, wie richtig er mit seiner Einschätzung liegt und wie sehr er mich mit dem lapidaren Kommentar aus dem Konzept bringt.

»Mein Job macht mich zwar vorsichtig, aber natürlich auch hilfsbereit.«

Bis gerade eben habe ich einfach nur funktioniert und jetzt frage ich mich, ob ich eigentlich völlig wahnsinnig geworden bin, diesen Typen einfach mit auf mein Zimmer zu nehmen. Aber dann fällt mir ein, dass Paul gute Freunde auf *Finn's Farm* hat. So verkehrt kann der Typ nicht sein, beruhige ich mich selbst.

»Da wären wir«, sage ich und entriegele mit der Chipkarte die Tür zu meinem Zimmer.

PAUL

Wir sitzen uns auf der Terrasse des Hotels gegenüber. Ich habe mir ein Bier bestellt, sie sich ein Glas Champagner. Schon ihr zweites an diesem Abend, wie sie mir mit einem spitzbübischen Lächeln verraten hat. Auch dieses Lächeln hat mir gut gefallen. Wie alles an ihr. Mit jeder Minute mehr.

Ich hoffe immer noch, dass ich sie nicht zu lange mit offenem Mund angestarrt habe, als sie vorhin aus dem Hotel getreten ist. Sie sieht wahnsinnig toll, ja einfach umwerfend aus. Ihre langen, offenen Haare, dazu ihre Haut, mittlerweile von der Sonne gebräunt, und ihre Augen. So blau wie der Ozean, auf den ich in den letzten Wochen jeden Tag geschaut habe. Bei unseren bisherigen Begegnungen war mir noch gar nicht aufgefallen, wie blau ihre Augen sind. Aber vorhin, als sie vorsichtig mein Gesicht abgetastet hat. Da standen wir uns so nah gegenüber, dass kein Weg an diesen dunkelblauen Augen vorbeiführte, auch wenn sie mir nicht direkt in meine geschaut hat, sondern nur fachmännisch meine Wunde untersuchte. Ihre zarten Fingerspitzen auf meinem Gesicht. Ich musste schnell was Blödes sagen, um den Moment aushalten zu können, und machte Witze darüber, dass es ja eigentlich ihre Schuld sei, dass ich ausgeraubt wurde. »Du hast mir ja schließlich den Wassersack empfohlen. An der Tankstelle habe ich nur gehalten, um den Sack zu befüllen.«

Sie schüttelte den Kopf, sagte nur ganz trocken: »Na, wenigstens der ist dir noch geblieben«, und ließ nicht erkennen, ob sie das Knistern, die Spannung zwischen uns auch gespürt hatte.

Ins Krankenhaus musste ich laut ihrer Diagnose nicht.

»Hältst du es für wahrscheinlich, dass die Polizei mein Auto wiederfindet?«, frage ich sie jetzt und versuche, mich davon abzulenken, wie sehr ich mich zu ihr hingezogen fühle.

»Nichts ist unmöglich. Wenigstens ist dein Auto auffällig und selten. Sag mal, warum hast du dem Typen eigentlich nicht gleich den Autoschlüssel und dein Geld gegeben? Das blaue Auge hättest du dir damit wahrscheinlich erspart.«

»Ich glaub, das war so eine Art Reflex, weil ich mir doch vorgenommen habe, auf meiner Reise nicht zu lügen und nur Sachen zu machen, auf die ich so richtig Bock hab. Und ich hatte halt überhaupt keinen Bock darauf, dem Typen meinen Schlüssel und mein Geld zu geben. War wohl ziemlich blöd von mir.«

»Beim nächsten Mal machst du's bestimmt besser«, zwinkert sie mir zu und legt sich eine leichte Cashmeredecke mit dem Logo des Hotels um die Schultern. »Ich wollte gerade was zu Essen bestellen, als du angerufen hast. Jetzt hab ich richtig Hunger. Magst du auch etwas?«

Ich nicke. »Nur um das mal klarzustellen. Ich wollte mich morgen bei dir melden, sobald ich die neue Dusche ausprobiert hätte.«

Sie lacht und sieht nicht so aus, als würde sie mir glauben. »Schon klar.«

»Nein, wirklich!« Ich könnte mich dafür ohrfeigen, dass ich mich nicht schon früher bei ihr gemeldet habe. Auf keinen Fall will ich, dass sie denkt, ich hätte sie nur wegen des Überfalls angerufen. Ich beschließe, einfach ehrlich zu sein. »Ich hatte bei unserem letzten Treffen den Eindruck, dass du jemand bist, dem man besser nicht zu sehr auf die Pelle rückt. Ich wollte dich einfach nicht bedrängen und außerdem fehlte mir ein guter Aufhänger. Ich wollte dich nicht mit einer lahmen Heywiegehtsdennso-Nachricht langweilen.«

Sie lehnt sich in ihrem Stuhl zurück, verschränkt die Arme und schaut mich belustigt an. »So, so.« Mehr sagt sie nicht.

»Wie bist du eigentlich hier gelandet?«

Sie erzählt von der App und von ihrer Freundin Dita, die ihr geraten habe, sich mal so richtig zu verwöhnen, weshalb sie heute Abend auch so aussehe. Sie sagt das so, als wäre es ihr unangenehm.

»Du siehst toll aus!«, platzt es aus mir heraus. »Ich hätte diesen Look nicht von dir erwartet, aber das Kleid, die Haare, das Make-up – das alles steht dir großartig.«

Nicht von dir erwartet? Mann! Paul! Du bist echt aus der Übung, was Komplimente angeht. Kein Wunder. Seit Lisa vor einem Jahr mein Herz mit der Abrissbirne pulverisiert hat, ist mir die Lust auf charmante Schmeicheleien vergangen. Bis jetzt.

Sie lächelt. »Danke. Das ist nett von dir. Es fühlt sich ein bisschen so an, als hätte ich erst heute Abend meine Polizeiuniform so richtig abgelegt. Also, im übertragenen Sinne, wenn du weißt, was ich meine.« Sie legt den Kopf schief. »Wie seltsam, dass genau in dem Moment, als ich das getan habe, jemand meine Hilfe wegen eines Überfalls benötigt. Findest du nicht?«

»Tut mir leid, wenn ich dich wieder an deinen Job erinnert habe.«

»Überhaupt kein Problem. Ich hasse meinen Job ja nicht, oder so. Ich brauchte nur einfach mal eine Pause davon.«

Ich wünschte, sie könnte fühlen, wie gut ich sie verstehen kann. »Warum bist du eigentlich Polizistin geworden?«, frage ich.

»Um die Welt ein bisschen besser zu machen.« Sie lacht. »Naiv, oder?«

Ich schüttele nachdrücklich den Kopf. »Überhaupt nicht.«

»Und warum bist du Architekt geworden?«, fragt sie und trinkt noch einen Schluck Champagner.

»Um die Welt ein bisschen besser zu machen.« Ich grinse.

Der Kellner kommt an unseren Tisch und reicht uns die Karte.

»Aus Bequemlichkeit bin ich wohl auf die falsche Bahn geraten. Und plötzlich bin ich dreißig und habe mich selbst und meine Ideale verraten, indem ich protzige Großprojekte für üble Bonzenkonzerne umsetze. Letztendlich bin ich deshalb auf dieser Reise. Um mich wieder vernünftig zusammenzusetzen.« Dass das auch mein Herz betrifft, verschweige ich.

»Das hast du schön gesagt.« Sie streift sich eine Haarsträhne aus dem Gesicht und klappt das Menu auf. »Bei mir ist es ähnlich. Ich bin Polizistin geworden, um Menschen zu helfen. Aber in meiner Funktion werde ich meistens erst gerufen, wenn der Schaden schon entstanden ist. Ich wünschte, ich könnte präventiver arbeiten.«

Sie blickt für eine Weile schweigend in die Speisekarte. Dann legt sie die Karte auf dem Tisch ab und schüttelt amüsiert den Kopf.

»Was ist?«

»Ach, ich find das hier gerade alles ziemlich verrückt. Mal abgesehen davon, was dir heute passiert ist und dass du jetzt hier mit mir sitzt. Es ist doch total irre, dass ich in so 'nem noblen Hotel übernachte und eine Speisekarte studiere, die Hummer und Kaviar anpreist.«

»Das bist du also nicht gewohnt?«

Sie lacht. »Doch. Klar. Bei uns in der Revierkantine ist mittwochs immer Kaviar-all-you-can-eat.« Sie schlägt die Karte wieder auf. »Kommt mir so vor, als würde ich Erwachsensein spielen. Ich nehme den Loup de Mer im Feigenblatt und du?«

»Spielen wir das nicht alle die ganze Zeit?«, frage ich und freue mich, wie überrascht sie mich anschaut. So als hätte ich etwas außerordentlich Kluges gesagt. Etwas, das ihr gut gefällt. Ein Aha-Moment in ihrem Blick.

Seit wir uns kennen, sehen wir uns zum ersten Mal einen Tick länger in die Augen und mir wird heiß. Schnell räuspere ich mich, arrangiere die Serviette auf meinem Schoß neu, nehme mir ein Stück Brot.

»Ich werd die Langustinen nehmen. Sobald ich wieder Bankzugang habe, zahle ich dir dieses Abendessen natürlich zurück!«

»Mach dir mal keine Gedanken darum. Ich bin mir sicher, wir kriegen das schon geregelt.« Sie winkt dem Kellner, der gleich bei uns ist und die Bestellung aufnimmt.

»Bevor ich losgefahren bin, habe ich das Angebot bekommen, zur Kripo zu wechseln. Das bedeutet dann allerdings zwei Jahre Studium an der Polizeihochschule und im Job danach viel Schreibtischarbeit. Eigentlich wollte ich das schon vor Ewigkeiten angehen. Aber ich hab's immer vor mir hergeschoben. Vielleicht bin ich letztlich ja auch aufgebrochen, um mich wiederzufinden.«

Sie schaut aufs Meer, denkt kurz nach. »Nur nicht so spontan wie du. Ich habe einen genauen Plan, dem ich folge.«

»Ich bewundere dich dafür, dass du so lange an einem Traum festgehalten hast und ihn jetzt auch umsetzt.«

»Danke. Und ich bewundere dich dafür, dass du so spontan bist.«

»Du kannst das bestimmt auch.«

»Was?«

»Spontan sein, deine Route mal verlassen. Weißt du, es ist ziemlich befreiend, einfach mal planlos zu sein.«

Sie schaut mich skeptisch an. »Ich weiß nicht so recht. Mein Plan ist schon ziemlich gut.«

»Du kannst es ja mal versuchen und dann schreibst du mir, wie's gelaufen ist. Einverstanden?«

Sie lächelt und nickt.

Ich hebe mein Glas. »Auf das Umsetzen von Träumen und auf die Spontanität.«

Wir stoßen an und die Gläser klingen harmonisch aneinander.

Mein Blick wandert zum Meer. Obwohl mir heute dieser unglaubliche Scheiß passiert ist, bin ich jetzt hier. Und ich kann mir keinen Ort vorstellen, an dem ich gerade lieber wäre. Ich atme tief ein und aus und schaue Josephine an.

»Für diesen Moment hat es sich fast schon gelohnt, was aufs Maul zu kriegen.« Ich lächele sie an und hoffe, dass unser abenteuerliches Wiedersehen für sie vielleicht auch ein bisschen schön ist.

PORTUGAL

JOSI

Die Morgensonne scheint hellrosa durch den Schlitz zwischen den Vorhängen auf mein Bett. Mein Körper bebt, meine Haut ist verschwitzt. Ich höre meinen schnellen Atem, spüre meinen beschleunigten Herzschlag.

Immer wieder dieser Traum. Als würde mich unsere Nacht in Biarritz nicht loslassen. Immer aufregend. Jedes Mal anders. In Nuancen, die nur ich kenne und die meine Erinnerung einfach immer weiter ausmalt.

Beim Abendessen lasse ich mich ein bisschen auf ihn ein, flirte, höre in Gedanken Dita sagen: »Na, geht doch«, und antworte ihr: »Der Champagner ist schuld.« Wir gehen am Strand unterm Vollmond spazieren, lachen gemeinsam über belangloses Zeug. Ich zeige ihm ein paar einfache Selbstverteidigungstricks, komme mir komisch vor in meinem eleganten Kleid. Dabei unsere erste Berührung.

Wir beschließen, auf dem Balkon meiner Suite noch einen Absacker zu trinken. Wir stehen dicht nebeneinander an der Balustrade. Ich zeige auf den Phare de Biarritz, aber sein Blick folgt nicht meinem Zeigefinger. Er schaut einfach weiter mich an und anstatt seinem Blick auszuweichen, schaue ich zurück. Und tauche ein, in seine dunkelbraunen Augen, die mich wollen. Ein Begehren, das plötzlich einen unwiderstehlichen Sog auf mich ausübt und mein lange verdrängtes Verlangen nach Nähe, nach Berührung entfacht.

Dann küsst er mich. Zärtlich und sanft. Er stöhnt leise auf, als ich aus Versehen sein blessiertes Gesicht berühre, raunt mein »Tut mir leid« mit einem »Ist schon gut« weg.

Seine Hände in meinen Haaren, an meinem Rücken, gefolgt von einem Kribbeln, das sich auf meinem ganzen Körper ausbreitet. Sein heißer Atem an meinem Hals, wie er leise meinen Namen flüstert und mich ins Zimmer zieht. Unsere Küsse werden intensiver. Das seidige Kleid gleitet lautlos an meinem Körper herunter, als er die Träger von meinen Schultern streift.

Kurz denke ich, dass ich das hier lieber lassen sollte, dass ich ihn doch gar nicht kenne, dass es keinen Sinn ergibt. Aber es ist zu verlockend, mich selbst mal hinter mir zu lassen, mal nicht alles zu zerdenken, sondern einfach nur Frau zu sein. Mit all meiner Neugier, meinem Begehren, meiner Sexyness.

Ich seufze. Habe ich vor drei Wochen wirklich mit ihm geschlafen? Oder habe ich den Traum nur schon so oft geträumt, dass es mir so vorkommt, als wäre das alles wirklich passiert?

Ich schlage die Decke zurück, setze mich im Bett auf und greife nach meiner Wasserflasche.

Natürlich habe ich mit ihm geschlafen! So gut kann man nicht träumen!

Mit Instant-Kaffee im Thermobecher und einem Rucksack voller Strandutensilien mache ich mich auf den Weg. Der Morgentau benetzt die Gräser neben dem Parkplatz. Die Luft riecht erdig und nach Herbst. Heute will ich den steilen Abstieg zu der einsamen Bucht Praia da Ursa wagen. Unten sollen mich unglaubliche Felsformationen und ein wahnsinnig blaues Wasser erwarten.

Obwohl es schon Oktober ist, sind die Temperaturen noch angenehm. Die Sonne scheint und am Himmel über mir schweben lautlos einige Möwen. Ein leichter Wind treibt sie vor sich her.

Das Wetter hat mich auf meiner Reise bisher verwöhnt. Während der letzten drei Wochen hat es nur zwei Mal geregnet. Und zwar an der Nordküste Spaniens, dic ich nach zwei Übernachtungen schnell hinter mir gelassen habe. Dort war das Klima schon viel rauer als hier. Ich will ein ganzes Jahr lang Sommer und da bin ich im Oktober eher in Portugal an der richtigen Adresse.

Der Bulli und ich haben mittlerweile unseren Groove gefunden. Ein paar Stunden am Tag fahren, einen schönen Stellplatz finden, morgens Kaffee machen, dann erstmal joggen oder wandern gehen, langsam die Natur um mich herum entdecken. Ein leichtes Mittagessen am Auto, danach stundenlang aufs Meer schauen oder malerische kleine Örtchen entdecken und in einem Café sitzend und lesend den Nachmittag verstreichen lassen. Abends bei Wind und Wetter Draußenduschen, hin und wieder ein kleiner Bulli-Hausputz und alle paar Tage meine Essens- und Wasservorräte auffüllen. Es macht Spaß, durch die immer wieder anders bestückten Supermärkte zu laufen und die landestypischen Spezialitäten zu entdecken.

Kurz habe ich überlegt, ob ich mich hier in Portugal spontan für einen Yogakurs anmelden soll, die Idee dann aber schnell wieder verworfen. Zwei Wochen Yoga würden meinen Zeitplan komplett durcheinanderbringen.

Unten am Strand angekommen drehe ich mich ungläubig im Kreis. So früh am Morgen bin ich noch ganz alleine hier und der Ort hat eine mystische Aura. Es ist, als wäre ich der einzige Mensch auf der Welt, als wäre ich aus Versehen in einem anderen Universum gelandet.

Die eindrucksvollen Felsformationen ragen spitz aus dem Wasser. Das Morgenlicht lässt ihr Gestein irisierend schimmern. Uralte Wächter, die mich beschützen.

Generell fühle ich mich auf meiner Reise sicher, aber ich weiß eben auch, wie man sich verteidigt.

Wie es wohl Frauen geht, die alleine unterwegs sind und keine jahrelange Erfahrung in Selbstverteidigung haben? Wie es wohl Paul nach seinem Überfall damit geht?

Seltsam, dass wir einander so nah waren, dass es mir aber trotzdem zu intim erscheint, ihn danach zu fragen. Schon gar nicht per SMS. So wie ich ihn einschätze, hat er die ganze Sache verdrängt. Und wenn er davon erzählt, reißt er bestimmt seine Witze darüber.

Ich breite ein Handtuch auf dem feinen, weißen Sand aus, setze mich und hole den Thermobecher mit Kaffee aus dem Rucksack. Mein Blick geht aufs weite Meer und ich bewundere die schaumigen Muster in den türkisfarbenen Wellen.

Wo Paul wohl gerade ist? Was er wohl gerade macht?

Seit Biarritz haben wir nichts mehr voneinander gehört. Er hat sich an unsere Abmachung gehalten, hat meinen Wunsch respektiert. Aber ich muss gestehen, dass ich irgendwie doch darauf gehofft habe, er würde sich zwischendurch mal bei mir melden.

Ich gebe mir einen Ruck, schicke ihm ein Foto von meiner Aussicht und schreibe *Und Du so?* hinterher. Ich will ja nur wissen, wie's ihm geht. Ganz unverbindlich. Freunde tun so was.

Ich lächele vor mich hin, streiche mir die Haare aus dem Gesicht. Es war schön mit ihm. Ein überraschender Abend. Eine aufregende Nacht. Unvergesslich!

Vor Biarritz hatte ich lange nicht mehr mit jemandem geschlafen und fast schon vergessen, wie es ist, sich hinzugeben, sich fallenzulassen. Und in dieser Nacht mit Paul hat einfach alles gestimmt. Genau die richtige Mischung aus Anziehung und Adrenalin, die mich all meine Bedenken hat vergessen lassen. So gar nicht ich war das. Genau wie der ganze Tag und der Abend davor.

Morgens brachte der Room-Service Pfannkuchen mit Früchten, Croissants und Kaffee. Es war überhaupt nicht peinlich oder komisch zwischen uns. Und ich hoffte, dass es das auch nicht werden würde. Egal wie toll die Nacht war – das ist mein Jahr. Ich habe einen Plan. Und mich unterwegs auf jemanden einzulassen, gehört nun mal nicht dazu.

Als ich noch nach den richtigen Worten suchte, klingelte Pauls Telefon. Die Polizei teilte ihm mit, dass man sein Buschtaxi inklusive seiner Habseligkeiten mit leer gefahrenem Tank auf einem Feldweg aufgefunden habe. Er könne ihn jederzeit bei der Wache in Biarritz abholen.

Ich sagte: »Da hast du aber wirklich Glück gehabt!« Kurz räusperte ich mich. Das, was ich ihm mitteilen wollte, war ja doch auch ein bisschen unangenehm. Aber ich gab mir einen Ruck: »Du, Paul, das war echt schön mit dir, aber ich hoffe … also, ich will nur klarstellen, dass das eine einmalige

Sache war. Ich … Also, die Reise, die plane ich ja nun schon so lange und diesen Traum von mir, den muss ich alleine verwirklichen. Weißt du, was ich meine?«

Zu meiner Erleichterung nickte er und lächelte mich an. Ein kleines bisschen enttäuscht wirkte er auch, aber ich glaube, die Freude, dass die Polizei sein Auto wiedergefunden hatte, überwog. Er sagte: »Klar, Josephine. Das verstehe ich total. Ich fühle mich geehrt, dein hoffentlich unvergesslicher Roadtrip-One-Night-Stand zu sein.«

Ich hielt ihm meine Hand hin. »Freunde?«

»Freunde!«

Wir schüttelten uns die Hände und wie zur Besiegelung eines Paktes gab er mir noch einen letzten sanften Kuss, der mir für nur *Freunde* vielleicht ein bisschen zu gut gefiel.

Ich berühre kurz mit dem Zeigefinger meine Lippen. Ich habe mich gern mit ihm unterhalten, ihn geküsst, in seinen Armen gelegen und alles andere auch. Aber Timing ist nun mal alles im Leben. Da muss man pragmatisch sein.

Nur, wie's ihm so geht und was er so treibt, das würde ich schon gerne wissen.

PAUL

»Scheiße ist das kalt!«, fluche ich, als mir das Wasser über den Körper rinnt. Den Duschsack tagsüber in die Sonne zu legen, hat, soweit ich das hier nackt und im Wind stehend beurteilen kann, absolut nicht das Geringste gebracht. Ich wundere mich, dass das Wasser überhaupt flüssig ist. Nach der Temperatur zu urteilen, müsste es eigentlich gefroren sein. Schnell drehe ich den Hahn zu und seife mich hektisch ein.

Von außen betrachtet sieht das ganze wahrscheinlich nach ziemlich hipper Aussteigerromantik aus. Typ neben Geländewagenklassiker duschend vor imposantem Bergpanorama mitten in den Pyrenäen. Kein anderer Mensch weit und breit. Als Foto auf Social Media würde das voll abgehen.

Aber die Realität ist gerade einfach nur ziemlich unangenehm. Ich bin kurz davor, vor lauter Kälte zu kreischen wie ein kleines Kind, das am Strand ins kalte Wasser rennt.

Nächstes Mal werde ich mir noch einen Topf Wasser auf dem Kocher heiß machen und vor dem Duschen ein paar Schnäpse trinken. Kann ja keiner ahnen, dass es in den Bergen um diese Jahreszeit schon so frisch ist. Und ohne Handyempfang lässt sich schlecht das Wetter checken. Wird Zeit, dass ich wieder an die Küste, ans Meer, in die Wärme komme. Ich bin auch lange genug auf Thoreaus Spuren gewandelt.

Was wohl in den letzten drei Wochen in der Welt so passiert ist? Morgen werde ich es erfahren und abends hoffentlich schon mitten in Lissabon in einem Bistro sitzen, Zeitung lesen, Petiscos essen, Portwein trinken und mich bei Jalla über die Hitze beschweren.

Ich beiße die Zähne zusammen, bevor ich den Hahn wieder aufdrehe. Überrascht stelle ich fest, dass es jetzt schon ein bisschen weniger schlimm ist, aber meine Gänsehaut ist trotzdem immens.

Seife in Windeseile weggespült. Fertig. Halleluja. Ich schnappe mir mein Handtuch, rubbele mich ab und beeile mich, in die frischen Klamotten zu steigen. Parka und Wollmütze inklusive.

Ich hätte mir vor dem Duschen ein Feuerchen anzünden sollen. Das hole ich jetzt nach. An dem gluckernden Gebirgsbach, neben dem ich heute übernachten werde, kann ich auf den Steinen ein kleines Lagerfeuer machen, ohne dass irgendeine Gefahr für die Wälder um mich herum besteht. Vor ein paar Tagen habe ich in der urigen Schänke eines fast verlassenen Bergdorfes einen hervorragenden baskischen Eintopf gegessen, von dem mir die Wirtin noch zwei Portionen zum Mitnehmen verkauft hat. Genau wie eine Flasche selbst gebrannten Izarra. Damit werde ich mich erstmal aufwärmen und den Eintopf erhitze ich dann über dem Feuer.

Als ich die Beifahrertür öffne, um den Sack mit dem Feuerholz aus dem Fußraum zu holen, fällt mein Blick kurz in den Außenspiegel und ich halte inne; überrascht mich zu sehen. Mir schaut ein braungebrannter, entspannter Typ mit etwas zu langem Haar entgegen. Die Bartstoppeln lassen mich fast ein wenig verwegen aussehen. Kann mich gar nicht daran erinnern, wann ich mich das letzte Mal im Spiegel gesehen habe. Wahrscheinlich kurz nachdem ich aus Biarritz in die Berge abgehauen bin. Ich trete noch ein bisschen näher an den Spiegel heran. Meine Blessuren sind gut verheilt

Innerlich auch. Allerdings hat es dafür etwas Zeit und die Einsamkeit hier oben gebraucht. Der Überfall saß mir doch noch ganz schön in den Knochen und ich hatte erstmal überhaupt keinen Bock auf Leute. Und auch die Nacht mit Josephine musste ich erstmal verarbeiten. *Freunde* … das sagt sich so leicht.

Also habe ich Jalla Bescheid gesagt, was passiert ist, wo ich hinfahre, damit er sich keine Sorgen macht, wenn er mich nicht erreicht, und bin ab in die Berge. Keine Menschen, kein Empfang. Nur das Buschtaxi, die Natur und ich.

Die ersten Tage bin ich viel gewandert. Und jeder Schritt durch die herbstlich bunten Wälder, jedes Tier, das mir auf meinen Wegen begegnet ist, haben mich beruhigt. Ich habe mich daran erinnert, wie ich es als kleiner Junge geliebt habe, den ganzen Tag draußen zu sein. Mit einem Grashalm zwischen den Lippen durch die Wälder zu stromern. Planlos, zeitlos, auf dem Rücken liegend durch die Baumkronen in den Himmel zu träumen. Das habe ich hier auch gemacht. Habe Adler durch die Wolken schweben sehen, war stiller Beobachter, als ein Luchs mit einem Kaninchen im Maul in seinem Versteck verschwunden ist, habe Murmeltiere an ihrem Fiepen erkannt und wurde beim Wandern von einem sehr zutraulichen Rotkehlchen begleitet.

Ich frage mich, wieso ich eigentlich so viele Jahre lang lieber Urlaub am Hotelpool gemacht habe, statt im Großen und Kleinen die unglaubliche Welt um mich herum zu entdecken.

Sollte ich mein Leben jemals wieder in festen Strukturen verbringen, werde ich regelmäßig solche Momente erschaffen. Komme, was wolle.

Aus dem Sack nehme ich ein paar Holzscheite, schnitze mit meinem Taschenmesser, das ich hier ständig brauche, ein paar trockene Späne ab, schichte alles an der Feuerstelle auf und entzünde die Späne, die sofort Feuer fangen. Ich reibe meine Handflächen aneinander und halte sie ans Feuer. Wie so oft in solchen Momenten denke ich an Lilly und Max. Ich nehme mir vor, ihnen zu schreiben, wie dankbar ich ihnen dafür bin, dass sie mir mit ihrem Vortrag mental in den Hintern getreten haben.

Am Wagen fülle ich den Eintopf in meinen neuen gusseisernen Topf, greife mir die Faltmatte und setze mich damit ans Feuer. Den Topf werde ich ins Feuer stellen, wenn es etwas heruntergebrannt ist. Jetzt genehmige ich mir erstmal einen Schluck Schnaps direkt aus der Flasche. Der kräftige Izarra entfacht eine angenehme Wärme in meinem Inneren. Ich starre in die Flammen, denke nichts und genieße den Leerlauf in meinem Hirn.

Nach einer Weile kommen die Gedanken zurück – immer wieder Josephine.

Die Erinnerung an unsere gemeinsame Nacht, zu schön, als dass es bei diesem einen Mal bleiben sollte. Aber sie war ja ziemlich deutlich. Freunde. Klar. Besser ein Freund als ein Niemand …

Die Nacht war perfekt. Unsere Unterhaltung über Musik, Filme, über unsere Kindheit, über unsere Eigenheiten. Sie, die immer am ersten Januar ihre Steuererklärung für das vergangene Jahr fertig hat. Ich, der aus reiner Schlampigkeit regelmäßig Mahnungen bekommt und Säumniszuschläge zahlen muss. Sie, die problemlos fünf Muckibudentrainierte zu Boden schicken kann. Ich, der sich nicht mal gegen Jallas Zwillinge vernünftig zu wehren weiß.

Wir spazierten an der Grande Plage entlang. Sie bot an, mir ein paar einfache Selbstverteidigungstricks zu zeigen, was ich dankend annahm. Ich war hingerissen von ihr, wie sie die Decke von den Schultern in den Sand gleiten ließ und mir in ihrem schicken Abendkleid ein paar Krav Maga Basics beibrachte. Ihre Berührungen jagten mir heißkalte Schauer über die Haut. Dann standen wir uns plötzlich ziemlich nah gegenüber und schauten uns in die Augen. Ihre glitzerten. Natürlich war gerade Vollmond. Schon da wollte ich sie küssen, aber so schnell, wie der Moment gekommen war, war er auch schon wieder vorbei. Dann auf dem Balkon der erste Kuss. Unvermittelt. Von ihr ausgehend. Spontan. Ich wollte, dass der Kuss nie aufhört. Und was danach kam … Die Flashbacks von uns beiden halten mich auch jetzt noch nachhaltig auf Trab.

Mit einem Stöckchen stochere ich in der Glut. Die Flammen lodern auf und lassen ein paar Funken fliegen, die einen kurzen Augenblick lang in der Luft tanzen. Genau wie Josephine und ich in dieser unvergesslichen Nacht.

Feiern können die Portugiesen. Das muss man ihnen lassen. Im Bario Alto, dem Ausgehviertel von Lissabon, folge ich meinem Bauch und meiner Nase.

Den ersten Kulturschock nach so viel Einsamkeit habe ich schnell überwunden. Die Dichte an Menschen wurde mir mit dem Luxus einer warmen Dusche auf dem Campingplatz versüßt.

Warm duschen! Lustig, dass man das im Alltag einfach als Selbstverständlichkeit ansieht, und faszinierend, wie schnell man sich an ein Leben auf vier Quadratmetern und ohne Leitungswasser gewöhnt. Eine warme Dusche werde ich für den Rest meines Leben viel mehr zu schätzen wissen.

Vor ein paar Stunden bin ich dann in die Hochfrequenz dieser aufregenden Metropole eingetaucht und sauge die Kultur jetzt mit all ihren Facetten auf wie ein Schwamm. Die aufregende Architektur, die Bars, aus denen ausgelassenes Stimmengewirr dringt, die kleinen Tische vor den Restaurants, an denen unwiderstehlich duftendes Essen serviert wird. Nach so vielen Jahren in Berlin hätte ich nicht gedacht, dass auch das Stadtleben etwas ist, das ich hin und wieder brauche wie die Luft zum Atmen. Drei Wochen als Lone Wolf sind anscheinend fürs Erste genug für mich. Urplötzlich bekomme ich sogar Heimweh nach Berlin, nach Jalla und den Mädels, und fühle mich, zwischen all den Menschen, tatsächlich ein bisschen einsam.

Zur Ablenkung betrete ich die nächste Kneipe, in der Livemusik gespielt wird, und setze mich an einen der Tische. Ich bestelle ein großes Super Bock und einen Haufen Pestiscos und beobachte das Gewusel auf der Tanzfläche, wo einige herausgeputzte Paare sehr gelenkig Salsa tanzen. Sie sehen so aus, als hätten sie sehr viel Spaß, ihre gute Laune wirkt ansteckend und ich denke fast darüber nach, auch selbst jemanden zum Tanzen aufzufordern. Aber nur fast.

Nach dem Essen trete ich in die angenehm kühle Nachtluft. Die Straße ist voll mit Leuten, die gut gelaunt von einer Bar zur nächsten ziehen oder einfach nur vor den unzähligen Etablissements stehen, trinken, rauchen und quatschen. Es ist schon spät, aber ich bin kaum müde. Nur ein bisschen erschöpft von dem ganzen Input der letzten Stunden.

Ich setze mich für einen Moment auf einen der weißen Plastikstühle, die für die Raucher vor einer der Bars stehen, und da fällt mir auf, dass ich mein Handy noch gar nicht wieder eingeschaltet habe. Auch 'ne Art von Entwöhnung, die gar nicht mal so schlecht ist. Ich zücke das Telefon und schalte es ein. Als ich gerade meine Nachrichten checken will, sehe ich, dass sich zwischen den Mülltonnen in der Gasse neben dem Lokal etwas bewegt. Wahrscheinlich eine Ratte. Nee, das ist irgendwas anderes. Ich stehe auf, gehe auf die Tonnen zu und schiebe eine davon beiseite.

Da sitzt ein winziges, ziemlich zerzaustes Kätzchen, das mich mit seinen blauen Augen herzerweichend anschaut und ein klägliches Miauen von sich gibt. Bis auf ein weißes Schnäuzchen ist es schwarz wie die Nacht.

»Wo ist denn deine Family?«, frage ich das Kätzchen und schaue hinter die anderen Tonnen. Keine weiteren Katzen in Sicht. Das Kätzchen tut mir leid. Ich gehe weiter in die Gasse hinein und versuche, mit schmatzartigen Rufen die Katzenfamilie anzulocken. Das kleine Kätzchen tapst ungelenk hinter mir her. Aber meine Rufe und sein Miauen bleiben unbeantwortet. Nach ein paar Minuten gebe ich auf. Ich beschließe, eine Weile zu warten. Vielleicht tauchen ja doch noch ein paar Kumpels von dem kleinen Kerlchen auf.

Ich hole den Stuhl und setze mich neben die Mülltonnen, aus denen mir ein unangenehmer Geruch entgegenwabert. Die kleine Katze setzt sich neben meinen rechten Fuß, schaut mich an und miaut wieder. Dann klettert sie auf meinen Schuh, stellt sich auf die Hinterbeinchen und versucht an meinem Hosenbein hochzuklettern.

»Mein kleiner Freund. Wir kennen uns doch kaum.«

Wieder ein klägliches Miauen.

Ich ignoriere die neuen Nachrichten, die auf meinem Telefon eingegangen sind, und schreibe direkt an Jalla.

Bist Du wach?

Sofort schreibt Jalla zurück.

Thea hat Zahnschmerzen. Also, ja.
Was gibt's? Schön, endlich mal wieder von Dir zu hören.

Ich mache ein Foto von der Katze und schicke es an Jalla.

Hab ich zwischen zwei Mülltonnen gefunden, scheint ganz alleine zu sein. Und nun?

Und nun wirst Du Katzenpapa.
Wenn Dein Herz nicht mittlerweile versteinert ist, musst Du sie mitnehmen.

Die ist ja höchstens ein paar Tage alt. Alleine hat sie kaum 'ne Chance, zu überleben.

Ich schaue auf das Kätzchen, das immer noch versucht, auf meinen Schoß zu klettern. Ich nehme es hoch und setze es auf meinem Oberschenkel ab. »Als Erstes müssen wir dann wohl zum Tierarzt, was? Nicht, dass ich mir noch irgendwelche Krankheiten von dir aufsacke.«

Das Kätzchen schaut mich aufmerksam an. Es sieht fast so aus, als würde es seine Augenbrauen ganz weit hochziehen und die Ohren so doll wie möglich spitzen, um ja kein Wort zu verpassen. Als ich nichts mehr sage, rollt es sich einfach auf meinem Oberschenkel zusammen und ich höre nur noch ein leises, entspanntes Schnarchen. Mir wird klar, dass ich in Zukunft nicht mehr alleine unterwegs sein werde.

Ich seufze in mich hinein, lehne mich in meinem Stuhl zurück und entsperre mein Telefon, um ein Foto von dem schlafenden Kätzchen zu machen. Dann fallen mir wieder die vielen neuen Nachrichten ein. Ich öffne die App, scrolle durch die Mitteilungen, und kann mir ein glückliches Lächeln nicht verkneifen, als ich ihren Namen sehe.

Sie ist ganz in meiner Nähe und sie hat heute Morgen an mich gedacht.

Ich suche ein Foto vom Placa de Commercio mit Blick auf den Tejo raus, damit sie weiß, dass ich in Lissabon bin. Dann füge ich noch das Bild von der kleinen Katze auf meinem Bein hinzu und schreibe

Das ist Papadopoulos, mein neuer Reisebegleiter. Hast Du Lust, ihn kennenzulernen?

JOSI

Dita übertreibt mal wieder:

Ihr trefft Euch, weil Du seine Katze kennenlernen willst???? Gib's zu, das ist doch Vanlife-Slang für 🥒🍑☺️!!!

Du bist unmöglich!!! Er hat ein sehr süßes Katzenbaby adoptiert und er ist gerade in Lissabon. Das ist sowieso der nächste Stopp auf meiner Reise …

Mein Telefon klingelt. Ich will lieber nicht rangehen, aber ich vermisse Dita auch zu sehr, um nicht bei jeder Gelegenheit ihre Stimme hören zu wollen.

»Haha«, ist ihre Begrüßung. »Mir musst du doch kein Katzenbaby aufbinden.« Sie kichert. »Ich weiß genau, dass du auf ihn stehst und dass du nur nach Lissabon knatterst, um da ein bisschen mit ihm zu knattern.«

»Gar nicht. Ich wäre da sowieso hingefahren. Und Paul schuldet mir noch diverse Essenseinladungen«, wiegele ich ab. »Die Nacht in Biarritz war eine einmalige Sache. Wir sind Freunde. Schon vergessen?«

»Genau. Knatterfreunde.« Wieder kichert sie. »Wann trefft ihr euch?«

»Heute Abend im Bario Alto.«

»Und wo übernachtest du?«

»Auf einem Campingplatz mit Blick auf den Tejo.«

»Und er?«

Ich zögere mit meiner Antwort, weil ich genau weiß, wie Dita darauf reagieren wird.

»Auf einem Campingplatz mit Blick auf den Tejo.« Jetzt muss ich selbst lachen.

»Siehst du, siehst du!«, ruft sie aufgeregt. »Mach du daraus, was du willst. Aber für mich sieht das so aus, als hättet ihr beiden euch verabredet, um genau da weiterzumachen, wo ihr in Biarritz aufgehört habt. Warum auch nicht? Du bist in einem Sabbatical. Da kann man sich durchaus mal 'nen Reiselover gönnen.«

»'Nen Reiselover?«

»Ja, 'nen Reiselover. Was denn sonst?«

Ich schüttele entschieden den Kopf. »Nein, Dita. Ich will nichts verkomplizieren.«

»Warum triffst du dich dann überhaupt wieder mit ihm?«

»Weil es Spaß macht, sich mit ihm zu unterhalten und sich über unsere Erlebnisse auszutauschen. Er ist einfach 'n netter Typ. Und er ist auch gerade auf der Reise, das schafft Gemeinsamkeiten.«

»Auch gerade auf der Reise, Gemeinsamkeiten und 'n netter Typ also. Aaaa-ha!«

Ich sehe sie vor mir, wie sie eine ihrer perfekt geschwungenen Augenbrauen hochzieht und mich spöttisch anschaut.

»Ja! Auf der Reise und 'n netter Typ. Dittchen, ich muss

jetzt mal los. Ich will noch runter an den Strand zum Schwimmen, bevor ich nachher nach Lissabon aufbreche.«

»Alles klar! Ich wünsch dir ganz viel Spaß beim Katzenbaby-Anschauen.« Ihre Stimme trieft nur so vor Anzüglichkeit.

Paul hat mir die Adresse von dem Campingplatz und vom Restaurant geschickt, in dem wir uns heute Abend treffen werden. Ein kurzer Blick auf die Uhr sagt mir, dass wir uns in weniger als vier Stunden wiedersehen, und plötzlich spüre ich wieder seine Hand auf meiner Schulter, als er den Träger des Kleides herunterstreift. Unwillkürlich berühre ich die Stelle; ein glühendes Kribbeln breitet sich über meinen Körper aus.

Am Campingplatz angekommen, stellt sich heraus, dass Paul bereits einen Stellplatz für mich reserviert und auch schon bezahlt hat. Ich folge dem Platzanweiser und parke den Bulli.

Anstatt auszusteigen, stelle ich mich auf den Absatz der Fahrertür und stütze mich mit den Armen auf dem Autodach ab. Mein Blick wandert über das Gelände auf der Suche nach dem roten Land Cruiser. Da hinten steht er! Ich komme nicht umhin, festzustellen, dass mein Herz beim Anblick seines Buschtaxis ein bisschen schneller schlägt.

Wenig später bin ich bei Pauls Wagen angekommen. Aber weder er noch die Katze sind weit und breit zu sehen. Ich linse in das Innere des Autos. Sehr gut! Keinerlei Wertsachen zu sehen. Der Mann ist lernfähig.

Mein Handy biept. Dita nochmal:

Bitte tu mir nur einen Gefallen!

Und zwar?

Keine Funktionskleidung heute Abend!

😛

Zurück beim Bulli gehe ich meine Klamotten durch. Das Kleid aus Biarritz kann ich schlecht wieder anziehen. Jeans und T-Shirt müssen reichen. Und die Fleecejacke ist nun mal praktisch. Ich stopfe sie in meinen Rucksack. Dann ziehe ich mich um und mache mich auf den Weg ins Zentrum von Lissabon. Ich habe noch ein Stündchen Zeit, bevor wir uns treffen, und will schon mal ein bisschen die Stadt erkunden. Nach so vielen Tagen in der Natur und an einsamen Stränden ist es bestimmt seltsam, wieder in das Gewusel einer Metropole einzutauchen. Und als ich unterwegs in einem Vorgarten ein passendes Gebüsch sehe und gerade noch dem Impuls widerstehen kann, mich einfach zum Pinkeln dahinter zu hocken, weiß ich, dass ich wirklich zivilisationsentwöhnt bin.

PAUL

Hätte nicht gedacht, dass sie jemand ist, der zu spät kommt. Ich trommele mit den Fingern auf den Tisch und schaue mich in dem Restaurant um, das ich für uns ausgesucht habe. Ob es ihr wohl gefällt?

Gemütlich ist es hier; und voll. Der Laden scheint beliebt zu sein. Aber schick ist er nicht.

Der Kellner kommt an meinen Tisch. Ich hoffe, dass ihm nicht auffällt, dass ich eine Katze dabeihabe. Papadopoulos ist gerade wieder aufgewacht und kratzt an dem Segeltuch seiner halb geöffneten Tragetasche herum, die unter meinem Stuhl steht. Normalerweise schläft er um diese Zeit. Aber alleine im Wagen lassen wollte ich ihn nicht. Ich ordere ein Bier. Der Kellner scheint nichts bemerkt zu haben.

Ich beuge mich zur Tragetasche hinunter und flüstere: »Du musst jetzt ganz lieb sein und schlafen.«

Sofort hört er auf zu kratzen und fiept nur kurz. Dann höre ich nichts mehr.

Und wenn sie nicht kommt? Wenn sie mich versetzt?

Ich zücke mein Handy. Keine neue Nachricht von ihr. Aber ein Video von Jalla.

Ich drücke auf Play und sehe die Zwillinge, wie sie als Katzen verkleidet im Wohnzimmer auf allen vieren herumkrabbeln und dabei so tun, als würden sie sich das Gesicht mit den Pfoten putzen und sich gegenseitig anfauchen.

Du hast hier eine regelrechte Katzenhysterie entfacht. Nichts geht mehr ohne. Und natürlich wollen die beiden jetzt auch ein Katzenbaby! Alter! Sehr uncool von Dir!!

Ich grinse, schreibe *Tut mir leid, Mann!* Und schicke ihm ein Bild von dem leeren Stuhl. Er weiß, dass ich heute Josephine treffe.

Sie wird schon kommen.

Dein Wort in Papadopoulos' Ohren.

Ich hole das Buch, das ich gerade angefangen habe, aus meinem Rucksack und versuche mich darin zu vertiefen. Aber meine Gedanken schweifen ab. Wieder und wieder wandert mein Blick zum Eingang des Restaurants.

Dann geht die Tür auf und alles leuchtet. Sie trägt Jeans und ein T-Shirt. Ihre Haare in einem hohen Dutt. Wie bei unserer ersten Begegnung. Allerdings viel weniger streng. Einige Strähnen haben sich aus dem Knoten gelöst und rahmen ihr Gesicht ein. Sie gefällt mir so noch viel besser als in dem schicken Kleid, das sie in Biarritz getragen hat. Lässig sieht sie aus und entspannt.

Sie blickt sich suchend im Restaurant um. Als sich unsere Blicke treffen und sie mich erkennt, kommt sie lächelnd auf mich zu. Ich springe sofort auf und schiebe meinen Stuhl dabei so ungeschickt nach hinten, dass eines der Beine an Papadopoulos' Tasche stößt, woraufhin er sich ziemlich laut beschwert. Schnell beuge ich mich hinunter, um ihn zu beruhigen. Und dann steht sie auch schon vor mir. Ich müsste nur meine Hand ausstrecken und könnte sie berühren. So oft habe ich mir das in den Bergen vorgestellt, und jetzt bin ich total paralysiert. Was tun? Umarmung? Wangenkuss? Handschlag?

Sie legt ihre Hand auf meine Schulter und küsst mich auf die Wange. Ihre Lippen hinterlassen ein Prickeln, ihre warme Hand brennt sich durch mein Shirt.

Ich komme mir blöd vor. Vor lauter Unentschlossenheit, wie ich sie begrüßen soll, stehe ich einfach nur stocksteif da.

»Schön, dich zu sehen. Und tut mir leid, dass ich zu spät bin. Ich habe die Entfernungen hier wohl ein bisschen unterschätzt. Und wo ist Papadopoulos?« Ganz selbstverständlich setzt sie sich mir gegenüber an den Tisch und ich entspanne mich wieder. Sie wirkt ausgeglichen. Als würde sie mit jedem Kilometer ihrer Reise mehr sie selbst werden.

»Er ist in der Tasche unter meinem Stuhl. Aber vielleicht begrüßt du ihn lieber später. Ich weiß nicht, ob Katzen hier so gern gesehen sind.«

»Schade, aber na gut. Der Laden ist übrigens echt nett. Hast du super ausgesucht.«

»Freut mich, dass es dir gefällt. Laut ecosia gibt's hier typisch portugiesisches Essen vom Feinsten. Und wie es aussieht, sind die anderen Gäste fast alles Einheimische, das ist immer ein gutes Zeichen.«

»Prima! Und? Was liest du gerade?«, sagt sie und deutet mit dem Kinn in Richtung meines Buches.

»*Léon und Louise* von Alex Capus. Ist echt toll. Auch schon gelesen?«

»Nee.« Sie greift nach dem Buch und studiert den Klappentext. »Ich les gerade *Zusammen ist man weniger allein* von Anna Gavalda. Hat mir meine Schwester für die Reise geschenkt.«

»Und? Wie isses?«

»Ich kann's kaum aus der Hand legen. Vielleicht können wir tauschen, wenn wir fertig sind.«

Ich nicke. »Gute Idee. Allerdings würde das bedeuten, dass wir uns nochmal wiedersehen müssten.«

Sie lächelt. »Und wäre das so schlimm?«

»Gar nicht«, beeile ich mich zu sagen. Warum sage ich nur immer die falschen Sachen?

Eine kleine Pause entsteht, und ich merke, wie nervös ich bin. Da hilft nur was Lustiges. Schnell räuspere ich mich: »Was ich dich schon die ganze Zeit fragen wollte.«

»Ja?«

»Wusstest du eigentlich, dass es an der Côte d'Argent Nacktgolfer gibt?«

»Jaaa!« Sie lacht laut auf. »Oh mein Gott, hast du die etwa auch gesehen? In der Nähe von Vensac? Ich hätte wegen denen fast 'n Unfall gebaut!«

Ich kann nicht glauben, dass sie tatsächlich auch an dem Nudisten-Golfplatz vorbeigekommen ist.

»Ich auch! Ich fuhr gerade daran vorbei, als ein ziemlich alter Mann am Abschlag war. Er zog durch und alle beweglichen Teile schwangen mit. Das hat mich so schockiert, dass ich fast die Kontrolle über mein Auto verloren hätte.«

Sie kichert. »Bei mir war es eine Frau mit sehr großen Brüsten.«

Der Kellner kommt an unseren Tisch. Sie ordert ein Super Bock und ich mein zweites.

Aus dem Jutebeutel, der an meiner Stuhllehne hängt, hole ich das Geschenk, das ich gestern für sie besorgt habe. Ich schiebe die kleine unscheinbare Schachtel über den Tisch.

»Was ist das denn?«, fragt sie überrascht.

»Pack's aus.«

Sie öffnet die Schachtel und zieht ein Päckchen Espresso und eine kleine, hellblaue Mokka hervor.

»Oh, die ist aber hübsch! Genau in der Farbe vom Bulli. Danke!«

Ihre Augen strahlen und sie sieht so aus, als hätte ich ihr wirklich eine Freude gemacht.

»Seit du mir auf *Finn's Farm* erzählt hast, dass du dir nur Instant-Kaffee machst, ist mir das nicht mehr aus dem Kopf gegangen.«

»Echt nett von dir.« Sie packt die Mokka und den Kaffee wieder in die Schachtel und steckt sie in ihren Rucksack. »Ich werd's auf jeden Fall ausprobieren.«

»Wie lange bist du eigentlich schon in Portugal?«, frage ich, nachdem der Kellner unsere Biere auf dem Tisch abgestellt hat.

»Seit Biarritz eigentlich.« Sie errötet ein wenig, schaut auf den Tisch und malt mit dem Zeigefinger unsichtbare Linien auf dem Holz nach.

Sofort sehe ich sie wieder im Vollmondlicht in meinen Armen liegen und spüre, wie auch mir die Hitze ins Gesicht steigt.

»Und? Schon viel gesehen?«, sage ich schnell, um unser Gespräch wieder auf neutrales Terrain zu bugsieren.

»Oh ja! Eigentlich die ganze Küste«, lacht sie glücklich. »Ich find's hier einfach nur super! Und die Strände hier sind nicht von dieser Welt. Von der Praia da Ursa konnte ich mich überhaupt nicht trennen. Dort ist es magisch. Ich hab einen ganzen Tag damit verbracht, aufs Meer zu schauen und zu beobachten, wie die Ebbe geht und die Flut kommt. Und dabei ist mir wieder bewusst geworden, dass nur der Mond dafür verantwortlich ist. Das ist doch völlig abgedreht, oder?«

Ich nicke, betört von ihrer Begeisterung.

»Den Gezeitenwechsel zu beobachten, hat mir mal wieder klargemacht, dass wir alle ein Teil der Natur sind und dass sie uns viel mehr beherrscht, als wir sie je beherrschen könnten. Weißt du, was ich meine?«

»Total! Manche Menschen behaupten ja, dass der Mond keinen Einfluss auf sie hätte. Aber wenn der schon ganze Ozeane bewegt, glaub ich nicht, dass wir Menschen uns ihm entziehen können. Wenn Vollmond ist, bin ich zum Beispiel immer ziemlich kopf- und meistens auch schlaflos und es passieren verrückte Dinge.«

»Ja«, sagt sie leise.

Ihr Blick verhakt sich kurz in meinem. Unergründlich, was in ihrem Kopf vorgeht. Und ob sie womöglich auch gerade an Biarritz denkt.

Sie greift nach ihrem Bier, prostet mir zu und wir trinken einen Schluck.

»Und was hast du sonst so getrieben, außer eine Katze zu adoptieren und dir Lissabon anzuschauen?«

»Ach, nicht der Rede wert. Bin 'ne Weile in den Pyrenäen abgetaucht. Musste mal 'n bisschen für mich sein.«

»Hmm«, sie schaut mich nachdenklich an. »Hat das vielleicht was mit dem Überfall zu tun?«

Ihre Stimme klingt sanft und einfühlsam.

Plötzlich habe ich Sorge, dass sie mich für einen Schwächling hält, und antworte »Weiß nicht«. Aber da Ehrlichkeit nach wie vor mein Reisemotto ist, sage ich noch »Kann sein«, und freue mich über ihr verständnisvolles Nicken.

»So ein Erlebnis kann ganz schön traumatisch sein. Ich habe mich schon gefragt, wie du damit umgehen und das Ganze verarbeiten wirst. Und ich lag wohl gar nicht so falsch mit meiner Annahme. Hat dir die Einsamkeit denn gutgetan?«

Sie hat also über mich nachgedacht.

»Paul?«

»Äh. Ja. Total.« Ich rutsche auf meinem Stuhl hin und her. »Vielleicht musste das mit dem Überfall passieren, damit ich überhaupt erst richtig auf meiner Reise ankommen konnte. So 'ne Art Wake-up-call. Bis zum Überfall war der Trip fast wie ein anderer, mit anderem Zeug vollgestopfter Alltag. In den Bergen bin ich erst richtig zur Ruhe gekommen. Vor ein paar Tagen habe ich dann aber doch wieder Sehnsucht nach ein bisschen Trubel gehabt. Das ist wohl ein gutes Zeichen, oder?«

Wieder ein aufmunterndes Nicken von ihr.

»Anfangs hab ich mir ständig über die Schulter geschaut, um zu checken, ob jemand hinter mir ist. Und 'ne Zeitlang hatte ich ziemlich üble Träume, aber seit ein paar Tagen träume ich gar nichts mehr. Ist echt erleichternd.« Ich lehne mich in meinem Stuhl zurück. Das mit den Träumen habe ich noch nicht mal Jalla erzählt. »Sorry, für den ganzen Psychotalk.«

»Kein Problem. Es ist wichtig, dass du das mal loswerden kannst.«

»Tut tatsächlich gut, mal drüber zu sprechen.« Ich seufze. »Und du? Wurde deine berufliche Expertise nochmal gebraucht oder konntest du deinen Alltag in den letzten Wochen wirklich hinter dir lassen?«

»Ich versuch's zumindest. Ich hab oft ein schlechtes Gewissen, meinen Kolleginnen und Kollegen gegenüber, weil die sich um Recht und Ordnung kümmern, während ich in der Weltgeschichte herumgondele. Aber das nimmt immer mehr ab. Und ich bin ja auch viel nützlicher, wenn ich meine Akkus mal wieder so richtig aufgeladen habe.«

Ich nicke zustimmend. »Die üblichen ein bis zwei Wochen Urlaub sind eh nur ein Tropfen auf dem heißen Stein, was Erholung angeht.«

Nach einem weiteren Schluck Bier frage ich: »Sag mal, gehst du echt zurück in deinen Job, wenn die Reise vorbei ist?«

Sie kippt den Kopf nach hinten, so als wäre die Frage ein Geschoss, dem es auszuweichen gilt. »Puh! Ich will doch jetzt noch nicht ans Ende meiner Reise denken! Ich bin doch gerade erst losgefahren!«

»Sorry! Ich grüble gerade einfach selbst viel darüber nach. Und ich weiß ganz sicher, dass ich nie wieder protzige Hochglanztürme für irgendwelche shittigen Großkonzerne bauen will.«

»Hmm.« Sie lehnt sich nachdenklich in ihrem Stuhl zurück. »Ich werd wohl das Studium machen und dann zur Kripo gehen. Aber so richtig Lust hab ich nicht darauf.« Sie versucht, leicht und ungezwungen zu klingen, aber es gelingt ihr nicht.

»Was macht dir denn am meisten Spaß an deinem Job?«, frage ich sie.

»Ganz ehrlich?«

Ich nicke gespannt. »Immer!«

»Der Selbstverteidigungskurs für Frauen, den ich jede Woche gegeben habe. Mir gefällt daran, wie präventiv und wirkungsvoll er ist.«

»Dann mach das doch hauptberuflich!«

JOSI

»Du bist ja witzig. Wie soll das denn gehen? Den Kurs mache ich doch ehrenamtlich«, entgegne ich entgeistert. »Falls du immer noch denkst, dass ich Millionärin bin, muss ich dich leider enttäuschen.«

Wieso habe ich ihm das überhaupt erzählt? Noch nicht mal Dita und Eleni wissen, dass der Kurs mir viel mehr Freude macht als mein eigentlicher Job.

»War nur so ein Gedanke. Ich kann mir total gut vorstellen, wie sehr die Frauen, die in den Kurs kommen, von deiner Erfahrung und dem, was du ihnen da zeigst, profitieren.«

Er stützt die Ellenbogen auf dem Tisch auf und lehnt sich ein wenig vor.

Hatte er immer schon so durchtrainierte Arme?

Der Gedanke leitet nahtlos in die Erinnerung über. Ich sehe ihn auf dem Hotelbett ganz dicht neben mir liegen. Er schlingt seine Arme um meinen Körper. Meine Finger in seinen Haaren.

»Josephine?«

»Äh. Ja. Tschuldigung.« Ich lächele irritiert, trinke noch einen Schluck Bier und bin froh, dass er keine Gedanken lesen kann.

Wir bestellen fangfrischen Fisch mit leckeren Gemüsebeilagen und rauschen während des Essens angeregt und leicht von einem Gesprächsthema zum nächsten, während sich das Lokal immer weiter füllt. Stimmengewirr und Gelächter, Gläserklirren und leise portugiesische Musik begleiten unsere Unterhaltung.

Als wir beim Dessert angelangt sind, habe ich erfahren, dass er immer schon nachhaltige Kleinstwohneinheiten für sozial benachteiligte Menschen designen wollte, dass er gerne kocht, dass er den Geruch von frisch gesägtem Holz liebt und dass sein Herz den kleinen Töchtern seines besten Freundes gehört, die gerade in eine totalen Katzenhysterie verfallen sind. Eine Ex erwähnt er nur kurz.

»Lange her«, sagt er und dabei huscht ein dunkler Schatten über sein Gesicht.

Ich habe das Gefühl, er will nicht weiter darüber sprechen, und so frage ich auch nicht weiter nach.

Ich habe ihm erzählt, dass ich eigentlich im norddeutschen Glücksburg geboren wurde und erst seit meinem achten Lebensjahr in Ludwigsburg lebe, dass meine besten Freundinnen griechische Schwestern sind, die mich ständig mit irgendwem verkuppeln wollen, dass ich allzu aufwendiges Kochen für überschätzt halte und dass ich stattdessen verrückt nach Schmelzkäse bin. Als ich ihm dann noch gestehe, dass die Mahlzeit, die ich mir am häufigsten zubereite, aus einfachen Nudeln mit ebendiesem Schmelzkäse und ordentlich Ketchup drauf besteht, bekommt er einen Lachanfall.

Justus, meinen Ex, erwähne ich mit keinem Wort.

Der Abend vergeht wie im Flug. Und immer wieder widerstehe ich dem Drang, einfach meine Hand auszustrecken, um sie auf seine zu legen. Es wäre so einfach, jetzt in diesem Moment genau da anzuknüpfen, wo wir in Biarritz aufgehört haben. Und es wäre schön! Aber eben auch kompliziert.

Er zahlt. Wir verabschieden uns vom Kellner und gehen in die laue Nacht hinaus.

»Lust auf 'n Absacker?«, fragt er, als wir draußen auf der Straße stehen.

»Erstmal Papadopoulos«, antworte ich entschieden. »Nur seinetwegen bin ich schließlich hier.«

Er fasst sich ans Herz, spielt den Getroffenen, hebt aber sofort die Tasche ein bisschen an und öffnet den Reißverschluss noch etwas weiter.

»Sag Hallo zu Josephine, kleiner Papadopoulos.«

Sofort steckt der kleine Kater sein Köpfchen aus der Tasche. Seine Haare stehen ihm regelrecht zu Berge. Er sieht so aus, als hätte er sein Pfötchen in eine Steckdose gesteckt.

»Oh Gott, ist der süß.« Ich streiche dem Kätzchen über den Kopf, was es sich gern gefallen lässt. »Du warst aber ganz schön geduldig, du niedliches Wesen.«

Als wäre ihm aufgefallen, dass genau das überhaupt nicht zu einer kleinen Katze passt, fängt er plötzlich an, für seinen kleinen Körper ziemlich laut drauflos zu miauen.

»Seine Art, mir mitzuteilen, dass er das gar nicht okay fand, sich so lange verstecken zu müssen.« Paul hält dem Kater seine Hand hin und Papadopoulos klettert sofort auf seinen Arm.

»Warum eigentlich Papadopoulos?«

»Ach das.« Paul grinst und krault den Kater hinter den Ohren. »In Griechenland gibt's eine Kekssorte namens *Papadopoulos Caprice,* die ich früher im Urlaub immer tonnenweise verdrückt hab. An die musste ich neulich denken, weil ich mich schon total darauf freue, die zu kaufen, wenn ich in Griechenland ankomme. Laut Internet gibt es die auch hier und in Spanien. Hab aber bis jetzt noch keine finden können. Jedenfalls hatte ich das wohl noch irgendwie im Hinterkopf. Und der Name passt zu ihm, finde ich.«

»Stimmt. Er ist aber auch zu süß. Ich hätte ihn bestimmt auch mitgenommen, wenn ich an deiner Stelle gewesen wäre.« Ich halte dem Kätzchen meine Hand vor die Schnauze. Sofort schleckt der Kleine meinen Finger ab.

»Und?«, fragt er.

»Was und?«

»Noch 'n Absacker?«

Er deutet gegenüber der Kneipe auf einen mit einer bunten Lichterkette beleuchteten Anhänger, der diverse chupitos anpreist.

»Gern. Kennst du *Ron y miel*?«, frage ich ihn.

Er schüttelt den Kopf.

»Ist das deine Empfehlung?«

»Ja«, sage ich und verstehe seine Frage als Zustimmung.

Wir gehen auf den Anhänger zu, in dem eine junge, gut gelaunte Frau gerade Gläser poliert.

»Was kann ich für euch tun?«, fragt sie und ich bestelle für uns beide jeweils einen Rum mit Honig.

»Salud«, sagt er und prostet mir zu.

»Salud.«

»Lecker. Hast du richtig gut ausgesucht.«

»Danke! Ich find's echt toll, in so kurzer Zeit schon so viele unterschiedliche Spezialitäten in den verschiedenen Regionen Europas kennengelernt zu haben.«

»Und das von jemandem, dessen Lieblingsgericht Nudeln mit Schmelzkäse und Ketchup ist«, lacht er.

»Moment, Moment. Ich habe nicht gesagt, dass das mein Lieblingsgericht ist. Ich habe nur gesagt, dass ich mir das oft mache. Ich koch halt nicht so gern.«

»Warum denn nicht?«

»Weiß auch nicht. Überfordert mich irgendwie. Und für eine Person alleine find ich's blöd. Und außerdem kochen Dita und Eleni immer für mich mit.« Ich schmunzele und bestelle noch zwei Schnäpse. »Ich vermiss die beiden ganz schön. Hätte nicht gedacht, dass ich auf meiner Reise Heimweh haben würde.«

»Geht mir genauso. Ich vermisse Jalla und die Mädels auch«, gibt er zu und ich finde es erfrischend und total männlich, dass er das so unumwunden feststellt.

Die Frau im Hänger reicht uns die Gläser mit dem Schnaps.

»In welcher Sprache sagst du am liebsten Prost?«

»Gute Frage. Ich glaube, ich mag am liebsten das italienische Salute. Und du?«

»Sláinte!«

»Was ist das denn für 'ne Sprache? Das hab ich ja noch nie gehört.«

»Ist Gälisch. Sagt man in Irland und Schottland«, antwortet er.

»Willst du da auch noch hin?«

»Auf jeden Fall. Die schottischen Inseln stehen ganz oben auf meiner Liste. Ich war da vor 'ner Ewigkeit schon mal mit Finn unterwegs. Auf Harris, das ist eine der Äußeren Hebriden. Unglaublich ist es dort. Finn war von der Insel so beeindruckt, dass er sich damals sogar *Harris* als Künstlernamen für seine Karriere als Fotograf ausgesucht hat. Und du? Willst du auch noch nach Großbritannien?«

»Eigentlich nicht. Meine Route geht über Finnland, Schweden, Norwegen und Dänemark wieder zurück nach Ludwigsburg.«

»Wer weiß.« Er wippt lächelnd auf seinen Zehenspitzen auf und ab.

»Du kannst es nicht lassen, mich zum Spontanismus anzustiften, was?« Ich lache, hebe mein Glas und sage: »Sláinte! Auf Kleinstwohneinheiten und Selbstverteidigung!«

»Und auf eine bessere Welt! Sláinte!«

Wir exen die Schnäpse, und die Flüssigkeit rinnt mir süß und warm die Kehle runter.

Wir stellen die Gläser zurück auf den Tresen des Anhängers und machen uns langsam auf den Weg zurück zum Campingplatz. Durch eine milde Herbstnacht in Lissabon. Die Straßenlampen tauchen die Gassen in ein warmes Licht.

»Und? Was hast du als Nächstes vor?«, frage ich ihn nach einer Weile und schaue kurz in seine Richtung.

»Das erzähl ich *dir* doch nicht«, antwortet er betont spöttisch und als ich verdutzt stehenbleibe, grinst er mich an.

Mir fällt wieder ein, dass ich auf *Finn's Farm* genau das zu ihm gesagt habe, und es kommt mir so vor, als wäre es schon Jahre her.

»Haha, sehr witzig.« Ich remple ihn leicht an. Mein Arm für eine kurze Sekunde an seinem.

»Nach Granada. Ich will unbedingt die Alhambra sehen«, sagt er dann.

»Da ist es bestimmt schön.«

»Fährst du nicht dahin?«, fragt er mich überrascht.

»Nee. Liegt nicht auf meiner Route. Ich heb mir die Alhambra für meine nächste Reise auf.«

»Zu tourimäßig?«

»Daran liegt es sicher nicht. Ich bin die Letzte, die über das Abklappern von Touristen-Attraktionen die Nase rümpfen könnte. Meine Italienetappe ist voll davon. Ich werde mir sogar den schiefen Turm von Pisa anschauen. Mehr Touri geht wohl nicht.«

»Stimmt. Aber wenn du Bock drauf hast, kannst du dir angucken, was immer du willst. Hauptsache, es macht dich glücklich. Ich glaube ja, dass der Sinn des Lebens darin besteht, möglichst oft glücklich zu sein.«

»Uh! Deep!« Ich nehme ihn ein bisschen auf die Schippe.

»Mal ehrlich. Wenn das alle Menschen so sehen würden, wäre die Welt ein besserer Ort. Glaubst du nicht?«

Irgendwie scheint mir das ein schrecklich naiver Gedanke, aber ich will auch nicht zynisch sein. »Ja, vielleicht. Aber vielleicht wäre die Welt dann auch nur ein ziemlich egoistischer Ort und alle würden noch hemmungsloser konsumieren«, gebe ich zu bedenken.

»Nee. Das glaub ich nicht. Ich würde sogar sagen, dass es die Welt retten könnte, wenn alle viel mehr das tun würden, was sie happy macht. Dann würden die Menschen nämlich viel weniger konsumieren. Allerdings müssten sie dafür natürlich erst herausfinden, was sie wirklich, ganz tief hier drinnen«, er klopft sich auf die Brust, »glücklich macht. Konsum ist ja nur der Quick-Fix für Unzufriedenheit, etwas, um das emotionale Loch in der Seele vorübergehend zu stopfen. Leute, die unzufrieden sind und zu viel Geld haben, kaufen sich doch ständig irgendwelchen Scheiß. Klamotten, die sie nie tragen, Küchengeräte, die sie nie benutzen, das hundertste Paar Schuhe, dda. Ich war da leider keine Ausnahme.«

»Dda?«

»Dies, das, Ananas«, er grinst. »Jedenfalls, wenn es um wahres Glück und innere Zufriedenheit geht, gilt doch definitiv der Grundsatz: Weniger ist mehr. Das ist sogar wissenschaftlich erwiesen.«

»Ich war in letzter Zeit tatsächlich immer besonders glücklich, wenn ich meiner Intuition gefolgt bin, wenn ich einfach das gemacht habe, worauf ich am meisten Lust hatte«, stelle ich fest. »Und seit ich unterwegs bin, kann ich mich an kleinen Dingen und Begebenheiten viel mehr erfreuen.«

»Siehst du! Du bist der beste Beweis dafür, dass meine These stimmt! Jetzt müsste man nur einen Weg finden, auch anderen Menschen klarzumachen, dass sie öfter mal auf ihre innere Stimme hören sollten, statt sie mit Konsum zu übertönen.« Er wird kurz stutzig. »Okay, ich merk grad selbst, dass es in Sachen Ressourcenverbrauch vielleicht auch nicht besonders vorbildlich ist, mal eben mit dem Auto durch ganz Europa zu ballern.«

Er lächelt etwas verlegen, und ich mag es, dass er sich selbst reflektiert.

»Aber generell glaub ich schon, dass man, wenn man im Großen und Ganzen mit seinem Leben zufrieden ist, viel weniger materielle Dinge anschafft. Ich zum Beispiel war in meinem ganzen Leben noch nie so zufrieden wie jetzt, wo ich wirklich nur das Allernötigste dabeihabe.«

Wir biegen auf die Straße ein, die zum Campingplatz führt.

»Ich kann da nicht so richtig mitreden, weil ich mir noch nie viel nutzloses Zeug gekauft habe. Ich hab das Geld lieber gespart. Für die Reise. Und seit ich unterwegs bin, habe ich erst recht nicht das Bedürfnis, mir irgendwas anzuschaffen. Außer mal das ein oder andere Lieblingsteil zur Erinnerung«, stimme ich ihm zu. »Ich konsumiere momentan halt lieber Erlebnisse.«

»Genau das meinte ich!«

»Und wenn man das mit dem Spritverbrauch mal zu Ende denkt, ist es doch so, dass wir momentan einen deutlich kleineren CO_2-Fußabdruck haben, als wenn wir zuhause geblieben wären. Allein die Tatsache, dass wir nicht heizen und keinen Strom verbrauchen, reicht dafür schon aus.«

»Wir täten wahrscheinlich alle ganz gut daran, die Dinge öfter mal zu Ende zu denken.«

Vor der Pforte des Campingplatzes bleiben wir unentschlossen stehen, so als würde das Nicht-Öffnen derselben das Ende des Abends von uns fernhalten.

»Da wären wir«, sagt Paul nach einer kurzen Pause und öffnet das kleine Tor. »Ich bring dich noch nach Hause.«

Als wir vor dem Bulli stehen, zeigt er nach oben. »Schau mal, heftige Milchstraßenaction.«

Wir beide blicken für eine Weile stumm auf die Abermillionen von leuchtenden Sternen am Himmel. Ich erkenne Formationen wieder, die ich als Kind beim Blick durch mein Dachfenster in Ludwigsburg einfach erfunden habe. Der Wal, der Seestern, die Muschel, die Alge und die Welle glitzerten mich damals in den Schlaf. Die nächtlichen Begleiter beruhigten mich, wenn ich nicht schlafen konnte und die Sehnsucht nach meiner geliebten Ostsee zu groß wurde. Als Heranwachsende hatte ich nie wieder an diese Sternenbilder gedacht, geschweige denn sie am Nachthimmel erkannt. Bis heute.

Am liebsten würde ich mich an ihn lehnen, würde ihm die Bilder zeigen, würde wollen, dass er seinen Arm um meine Schulter legt, wir für eine ganze Weile so stehenbleiben, während vielleicht sogar noch eine Sternschnuppe über unsere Köpfe hinwegfliegt.

Und gleichzeitig komme ich mir irgendwie ganz schwach und dumm vor, dass ich mich plötzlich so nach dieser Art von Nähe sehne. Gerade jetzt; auf meiner Reise. Vorher bin ich doch auch gut ohne ausgekommen.

Ich räuspere mich. »Gute Nacht, Paul. Danke für den schönen Abend. Vielleicht trinken wir morgen früh noch einen Kaffee zusammen? My treat. Mit der neuen Mokka.«

Nur ganz langsam löst er seinen Blick vom Sternenzelt, dreht sich zu mir und schaut mich an.

»Machen wir. Gute Nacht, Josephine. Es ist schön, dich wiederzusehen.«

Ein halber Schritt von mir, ein halber Schritt von ihm und wir wären uns wieder so nah wie in Biarritz. Aber ich bleibe wie angewurzelt stehen und er beugt sich nur leicht vor, um einen Hauch von Kuss auf meiner Wange zu hinterlassen. Dann dreht er sich um und geht zwischen den anderen Fahrzeugen hindurch zu seinem Buschtaxi.

»Komm doch noch mit rein«, flüstere ich ihm hinterher, als ich sicher bin, dass er mich nicht mehr hören kann.

Wenn er sich nochmal umdreht, dann sage ich es laut.

Aber dann bin ich doch zu feige, weiter abzuwarten, und verschwinde lieber schnell in meinem Bulli.

»Besser so. Besser so. Besser so«, bete ich mir selbst vor, während ich mich bettfertig mache.

Unter der Decke wälze ich mich hin und her. Wieso hat er

nichts versucht? Ist er vielleicht ganz zufrieden mit dem Status *Freunde*?

Immer wieder gehen mir einzelne Gesprächsfetzen durch den Kopf. Ich versuche zu deuten, zu interpretieren, zu durchschauen. Denke an sein »Wenn Vollmond ist, passieren verrückte Dinge«, und frage mich, ob er damit unsere gemeinsame Nacht gemeint hat.

Dann fällt mir wieder ein, dass ich es war, die *Freunde* vorgeschlagen hat. Und all dieser Gedankenkram fängt an, mir tierisch auf die Nerven zu gehen.

Als es langsam hell wird, habe ich keine Sekunde geschlafen und war drei Mal kurz davor, den Spuk in meinem Kopf zu beenden und einfach zu ihm rüberzugehen. Aber so ein gewagtes, nächtliches Manöver mit Zurückweisungsrisiko, dafür fühlte ich mich emotional nun überhaupt nicht gewappnet.

Am Wasser bekomme ich bestimmt den Kopf frei. Ich ziehe mich an, laufe runter zum Tejo, blicke auf den Fluss. Die Sonne ist kurz davor, aufzugehen, und ihr hellrosa Licht berührt schon zärtlich die Dächer der Stadt.

Diese Sehnsucht nach Nähe, dieses Weich-sein-Wollen. Das kenne ich nicht von mir. Und es gefällt mir nicht! Es macht mich verletzlich und nach der Sache mit Justus habe ich mir geschworen, genau das nie wieder zu sein.

Aber Paul so ganz aus meinem Leben schmeißen, nur weil ich nicht Herrin meiner Gefühle bin, das will ich nun auch wieder nicht.

Freunde hatten wir gesagt. Und dabei soll es bleiben.

An der nächsten Ecke entdecke ich eine kleine Bäckerei, die einen betörenden Duft von frischgebackenen Leckereien verströmt. Ich kaufe einen Galao zum Mitnehmen für mich und ein paar Natas und eine Postkarte für Paul.

Zurück beim Campingplatz, der noch im Dornröschenschlaf liegt, bewege ich mich lautlos zwischen den Stellplätzen auf Pauls Buschtaxi zu. Leise lege ich die Karte und die Papiertüte mit dem Gebäck vor seiner Tür ab.

Zurück beim Bulli, setze ich mich hinters Steuer und starte den Motor.

Freunde, aber bis sich mein Gefühle sortiert haben, lieber erstmal auf Distanz.

PAUL

Papadopoulos und ich haben es uns nach einem kleinen Morgenspaziergang nochmal im Buschtaxi gemütlich gemacht. Durch die offene Hecktür schauen wir beide aufs Meer. Ich im Schneidersitz mit dem Rücken an den Vordersitz gelehnt, eine Wolldecke über meinen Beinen; der Kater nahe der Tür in einer Art meditativer Starre. Der Wind hier oben auf der Klippe ist frisch, aber der Ausblick ist phänomenal: vor uns das Meer, dunkelblau und wild und so weit das Auge reicht. Das Rauschen der Wellen, ein gleichmäßiger, erdender Rhythmus.

Auf dem kleinen Sideboard neben dem Bett steht mein Becher, in dem mein zweiter heißer Kaffee dampft. Ich greife nach dem Becher und wärme mir daran die Hände, während ich in die Weite schaue und dem Schnurren des kleinen Katers lausche.

So richtig bin ich immer noch nicht darüber hinweg, dass sie in Lissabon einfach abgehauen ist, ohne sich zu verabschieden. Gerade hatte ich sie mir mit meinem Lone-Wolf-Dasein in den Pyrenäen halbwegs aus dem Kopf geschlagen, da schreibt sie mir *Und Du so?* und ich Depp denke, sie hat diese Nacht vielleicht auch nicht vergessen können.

Wie kann man nur so blöd sein? Freunde heißt Freunde.

Jemand, der zwanzig Jahre lang eine Reise plant, steht zu dem, was er sagt. Noch dazu, wenn dieser Jemand eine Polizistin ist.

Und dann bin ich wie ein Trottel durch den Abend in Lissabon gestolpert und habe geglaubt, aus ihren Gesten und ihrem Lächeln herauszulesen, dass sie wenigstens darüber nachdachte, mal auszuprobieren, ob wir nicht doch mehr als Freunde sein könnten. Ich dachte, ich hätte ein Aufflackern unserer Magie in Biarritz gespürt. Bei unserer Verabschiedung hatte ich sogar kurz gedacht …

Aber mit alldem habe ich gründlich falschgelegen. Freunde. Das ist alles. Die Karte, die ich morgens vor dem Buschtaxi fand, untermauerte das noch.

Vielen Dank für den schönen Abend! Viel Spaß bei Euren nächsten Abenteuern! Bis bald am Meer, Josi

Wie hat sie es überhaupt geschafft, dass ich mich so arglos aus meinem emotionalen Schneckenhaus herausgewagt habe? Ich hatte doch seit Lisa mein Junggesellendasein ganz wunderbar kultiviert und mir geschworen, von Frauen generell und vor allem von denen, die mir ernsthaft gefährlich werden könnten, erstmal schön die Finger zu lassen.

Und dann Josephine, die so anders ist als jede Frau, die ich bis jetzt kennengelernt habe. So vollkommen anders als Lisa. Tough, unabhängig, selbstbewusst, sozial und engagiert.

Sie begeistert mich. Als Mensch.

Ein Blick aufs Telefon verrät mir, dass ich mich schon mal einwählen kann. Ich stelle den mittlerweile leeren Becher wieder auf dem Sideboard ab, schnappe mir meinen Laptop, verbinde ihn mit meinem Handy und starte Skype.

Als Jallas Name auf dem Bildschirm auftaucht und eine Sekunde später auch er selbst, entweicht mir ein tiefer Seufzer. Es tut so gut, ihn zu sehen.

Bevor er auch nur Hallo sagen kann, stürmen aber schon die Zwillinge in den Bildausschnitt.

»Onkel Pauli, Onkel Pauli, Onkel Pauli!!! Wo ist die Katze? Wo ist die Kaaaaaaatze?«, krähen Marta und Thea vergnügt, während sie ihre Gesichter viel zu nah in Jallas Laptop-Kamera halten. Man sieht nur noch Martas Mund und Theas Nase.

»Ihr beiden Quälgeister gebt wohl nie Ruhe, was? Können wir uns vielleicht erstmal begrüßen?«, höre ich Jalla sagen. Die beiden gehen ein Stück zurück, so dass ich meinen lieben, alten Freund wieder zu Gesicht bekomme. »Knackig schaust du aus, Paul! Richtig fit. Glatt zehn Jahre jünger!« Er nickt anerkennend. »Surfen und reisen tun dir gut!«

»Danke! Ich hab mir auch angewöhnt, jeden Morgen ein paar Liegestütze und Sit-ups zu machen. So wie du es mir seit Jahren predigst.«

»Ich bin begeistert! Soll dich übrigens von Feli grüßen.«

»Katze! Kater! Katze! Kater! Katzentater! Katzomater! Kritzekratzekatzentheater!«, skandieren Marta und Thea in Jallas Rücken und hüpfen wie Flummis in ihren knallgelben Schlafanzügen auf und ab.

»Ich kann euch Papadopoulos gern mal zeigen.«

»JAAAAAA!«, kreischen die beiden und drängen sich wieder ganz nah an die Kamera.

Ich drehe meinen Laptop in Richtung Kater.

»Den habe ich mir aber viel bunter vorgestellt«, sagt Marta prompt und klingt ein bisschen enttäuscht. »Und lustiger!«

»Warum sollte er denn bunt sein?«, frage ich entgeistert und drehe den Laptop wieder um.

»Na das weiß doch jeder Doofi, Papadopoulosse sind immer ganz bunt und sitzen auf der Schulter und können sprechen!«, kräht Marta entrüstet.

»Der wird bestimmt noch bunt, wenn er groß ist. Ich liebe den!«, tröstet mich Thea. Dann wendet sie sich Jalla zu und grinst ihn von unten an. »Biiiiiittttteee, liebster Papipapa der Welt. Können wir auch so einen haben?«

Ich muss lachen, weil sich Papipapa wie Tatütata anhört, und bin froh, dass Thea nicht meine Tochter ist. Sicher könnte ich ihr keinen Wunsch abschlagen. Auch Jalla sieht kurz so aus, als würde sein Herz bei der Bitte seiner Tochter butterweich. Aber er bleibt standhaft.

»Erstmal keine lebenden Tiere in unserem Haushalt. Sorry!«

»Dann wenigstens Katzenzungen?«, fragt Thea mit einem Schmollmund der Sonderklasse und Hoffnung in ihren dunkelbraunen Augen.

»Na gut. Ihr wisst ja, wo ihr die findet. Und danach geht ihr oben spielen, ja?«

Die beiden rennen los und sind sofort aus meinem Blickfeld verschwunden.

»Katzenzungen?«, frage ich. »Diese Schokoladendinger? Gibt's die noch?«

Jalla nickt. »Irgendwie eklig, oder? Aber die Mädels lieben die. Hauptsache, alles hat irgendwie mit Katzen zu tun.«

»Ist doch schön, wenn man so begeisterungsfähig ist.«

»Und was hast du die letzten Tage so gemacht?«

»Wandern, aufs Meer glotzen, lesen, Podcast hören. Ich

glaub, ich kenn jetzt alle Folgen von *Talk ohne Gast* seit 2019.« Ich strubbele mir durchs Haar. »Alter, is echt schön, dich und die Kleinen zu sehen!«

»Gleichfalls, ich freu mich bärig, dass wir's endlich mal geschafft haben!« Er hält inne und runzelt die Stirn. »Sag mal, was ist denn das da neben dir auf dem Sideboard? Ist das etwa 'ne Packung Schmelzkäse?«

»Ach, das«, ich fühle mich ertappt und winke ab. »Josephine ist 'n großer Schmelzkäse-Fan. Und ich dachte, falls wir uns nochmal begegnen … Ist ihre Lieblingsmarke, hab ich in 'nem Touri-Ort im Supermarkt gefunden und der ist ja ewig haltbar …«

»Schmelzkäse also. Interessant. Den würdest du doch normalerweise nicht mal mit der Kneifzange anfassen.« Lachend lehnt er sich zurück. »Und? Habt ihr euch in Lissabon getroffen?«

Ich nicke.

»Ist da was gelaufen?«, raunt er mir zu.

»Nee, Alter.«

»Warum denn nicht? Du bist doch 'n attraktiver Bub.« Er tut so, als würde er mir durch die Kamera in die Wange kneifen. »Kann doch einfach nicht sein, dass sie dir widerstehen kann. Und du bist ja offensichtlich ziemlich hingerissen von ihr, wenn du dich sogar dazu herablässt, Schmelzkäse zu kaufen.«

Als ich nicht antworte, fragt er: »Was is'n los, Mann?«

»Keine Ahnung. Ich …« Ich lehne mich zurück, reibe mir das Gesicht. »Die Hingerissenheit scheint wohl nicht auf Gegenseitigkeit zu beruhen.«

Schnell habe ich Jalla unseren Abend und Josephines morgendlichen Abgang skizziert.

»Ach, Scheiße! Meinst du, dass sie dich jetzt endgültig gefriendzoned hat?«, fragt Jalla mitfühlend.

Ich seufze. »Sieht wohl so aus. Ich wüsste nicht, wie ich ihr plötzliches Verschwinden anders deuten sollte. Vielleicht bin ich ihr mit irgendwas zu sehr auf die Pelle gerückt. Dabei hab ich mir echt Mühe gegeben, genau das zu vermeiden. Die Nacht in Biarritz habe ich mit keinem Wort erwähnt und am Ende des Abends auch keine Anstalten gemacht, daran anzuknüpfen. Bin ganz brav in meinem Buschtaxi verschwunden.«

»Hmm!«, brummt Jalla. »Oder war genau das vielleicht der Fehler?«

»Alter! Diese Hin- und Hergrübelei kann ich auch selbst! Ich hatte eigentlich gehofft, dass du mir da Klarheit verschaffen würdest.«

»Weißt du, man kann nun mal nix erzwingen. Wenn der Krug nicht zum Brunnen gehen will, dann bleibt das Glas eben halbleer.«

»Ganz deiner Meinung. Mir ist das Alles sowieso total unheimlich. Wie konnte sie mich überhaupt so umhauen? Nach der Nummer mit Lisa hatte ich mein Herz doch wieder richtig gut im Griff.«

»Dein Herz im Griff? Was ist das denn für'n Quatsch!«, brummt Jalla stirnrunzelnd. »Ich würd eher sagen, du hast 'ne Mauer um dein Herz gebaut. Und das, mein lieber Freund, ist auf Dauer ungesund. Da kann man schnell mal zu 'nem alten Gnatzkopp mutieren. Soll ja schon den Besten unter uns passiert sein, nicht wahr?« Er zeigt mit beiden Zeigefingern direkt auf mich. »Außerdem kann so 'ne Mauer immer einstürzen. Sei doch froh, dass du wieder was fühlst, dass du wieder in Kontakt mit deinen Emotionen bist. Vielleicht verarbeitest du jetzt erstmal die Trennung von Lisa. Ich glaube nämlich, dass du das eigentlich nie getan hast. Auf der Reise kannst du dich auf dich selbst konzentrieren und mal wieder so richtig zu dir kommen.« Er räuspert sich. »Vielleicht hat Josephine dich auch nur so umhauen können, weil du in der Anfangseuphorie der Reise die Zugbrücke deiner emotionalen Festung ein bisschen zu schnell runtergelassen hast.«

»Wow! Bist du jetzt unter die professionellen Seelenklempner gegangen, oder was?«

»Feli«, ein zärtlicher Gesichtsausdruck huscht über Jallas Gesicht.

»Stimmt. Ich hatte ganz vergessen, dass sie Psychologin ist. Überhaupt. Jetzt quatsche ich die ganze Zeit nur über mich und frag dich gar nicht, wie es euch geht.«

»Uns geht's gut. Einfach richtig gut. Feli ist total verknallt in die Mädels und mich. Die Mädels und ich sind total verknallt in Feli. Friede, Freude, Käsekuchen, da gibt's nichts weiter zu bequatschen. Zurück zu dir. Was willst du jetzt machen?«

»Ich werd mich jetzt um mich selbst kümmern. Genau wie du sagst. Das letzte Jahr verarbeiten. Und Josephine werde ich erstmal komplett in Ruhe lassen.«

»Und wenn sie sich wieder bei dir meldet? Willst du dann erstmal den Kontakt abbrechen, oder wie soll das laufen?«

»Weiß nicht. Muss ich dann sehen. Aber wenn wir uns nochmal wiedertreffen, dann als Freunde. Keine Erwartungen. Keine Enttäuschungen. Ich glaub, ich krieg das hin.« Ich nicke entschieden. »Wär auch sonst echt schade, weil sie 'n richtig cooler und interessanter Mensch ist. Und davon gibt es nicht so viele. Vielleicht ist sie sogar der interessanteste Mensch, den ich je getroffen habe.«

»Interessanter als ich?«, ruft Jalla entrüstet und bringt mich damit zum Lachen.

SÜDSPANIEN

JOSI

Ein Novembergewitter mit Blitzspektakel über dem aufgewühlten Meer. Und ich liege mit offener Schiebetür im Bulli, beobachte, wie dramatisch die Lichter zwischen den graublauen Wolken herumzucken, und höre dem Regen dabei zu, wie er unaufhörlich auf das Autodach prasselt. Gemütlich unter meine Decke gekuschelt.

Gerade hat der Wind ein wenig nachgelassen, aber die letzten zwei Tage waren richtige Brot- und Müsli-Tage. Es war so stürmisch, dass ich beim Kochen weder die Fenster noch die Tür auflassen konnte, um die Abgase des Kochers wegzulüften. Egal in welche Richtung ich den Bulli parkte, der ständig drehende Wind drückte den Regen immer irgendwie ins Auto. Deshalb gab es eben nur Brot und Müsli.

Laut Wetterbericht soll es morgen aber schon wieder besser werden. Hin und wieder checke ich auch die Wetterlage in Ludwigsburg. Fünf Grad und Graupelschauer. Da habe ich lieber zwei Tage Sturm und danach wieder herrliche achtzehn Grad und Sonne.

Ich habe das schlechte Wetter in den letzten Tagen genutzt, um meine Vorräte aufzufüllen, meine Sachen in einem Waschsalon zu waschen und im Bulli ein bisschen aufzuräumen. Währenddessen habe ich alle acht Folgen von *Pudding mit Aussicht* gehört. Ein lustiger Podcast von einem Paar, das mit seinem umgebauten Land Rover immer mehrere Monate im Jahr durch Europa tourt. Ich konnte viele Parallelen zu meinen eigenen Erlebnissen und Gewohnheiten on the road feststellen. Und als die letzte Folge endete, war ich richtig traurig, weil Lilly und Max und ihr Podcast mir so ans Herz gewachsen waren. Sie haben ihren Landy als ihr kleines Vier-Quadratmeter-Zuhause beschrieben und ich weiß genau, was sie damit meinen.

Ich blicke mich in meinem Bulli um, freue mich über das kleine, lilafarbene Wand-Makramee, das ich bei einer Straßenhändlerin in Tarifa erstanden habe, und darüber, dass ich mich in dem Wagen so wohlfühle. Der Bulli ist mein kleiner Kosmos Heimat und schenkt mir Geborgenheit. Gerade weil das Drumherum immer wieder neu und unbekannt ist.

Echt inspirierend, wie oft Lilly und Max ihr Leben schon total umgekrempelt haben. Bisher war ich davon ausgegangen, dass ich für immer Polizistin bleiben würde. Aber seit ich unterwegs bin und vor allem seit dem Gespräch mit Paul in Lissabon bin ich mir da gar nicht mehr so sicher. Bei ihm klang es total einfach, etwas völlig Neues zu wagen. Aber meine Beamtinnenkarriere an den Nagel zu hängen und ein sicheres Einkommen auf Lebenszeit in den Wind zu schießen, würde ja heutzutage schon fast an Irrsinn grenzen.

Und doch spüre ich bei der Vorstellung, etwas anderes zu tun, diesen kleinen Funken Euphorie, den ich nur zu gut von der Planung meiner Reise kenne. Den Funken, der ein mächtiges Feuer der Begeisterung und Leidenschaft entzünden kann, wenn ich ihm nur genug Zeit und Aufmerksamkeit widme. Aber was soll dieser Funke jetzt entzünden?

Ich lehne mich an die Wand, erleichtert, dass ich hier und heute keine Antwort auf diese Frage finden muss. Stattdessen genieße ich es, einfach nur in die Gegend zu schauen und die Natur zu beobachten. Ich hätte nie gedacht, wie unglaublich erholsam das ist und dass ich das überhaupt kann.

In meinen Urlauben war ich bisher immer die Macherin, die Entdeckerin, die Sportlerin gewesen. Hauptsache, Action. Und heute? Lerne ich, dass entspanntes Nichtstun, die Seele baumeln lassen und den Wolken hinterherträumen einem oft viel mehr Frieden bringt als jeder Aktionismus.

Sogar die Musik, die bei mir sonst eigentlich ständig läuft, habe ich schon seit Tagen nicht mehr angestellt, weil das Donnergrollen, unterlegt mit Meeresrauschen und Regengeprassel gerade der beste Soundtrack überhaupt ist.

Das Meer ist zum Greifen nah und ich kann nicht genug davon bekommen, auf die aufgewühlte See zu schauen. Seit ich denken kann, hat das Meer eine große Faszination auf mich ausgeübt. Aber ich hätte nicht gedacht, dass es mich, nachdem ich es in den vergangenen Monaten so viele Stunden lang beobachtet habe, immer noch weiter in seinen Bann zieht.

An jedem neuen Ort, zu jeder Tageszeit entdecke ich neue Besonderheiten. Mal ist das Wellenrauschen so laut, dass es meine eigenen Gedanken zum Schweigen bringt, mal so leise, dass ich das Gefühl habe, es wolle mir etwas zuflüstern. Mal sehe ich blauschwarze Wellenberge bedrohlich auf mich zurollen, dann wieder ist das Wasser ganz hell, türkisfarben und einladend glatt. Mal kräuseln sich die Wellen nur leicht, laufen lautlos am Strand auf und hinterlassen fantastische Muster im Sand, mal brechen sie mit solcher Kraft am Ufer, dass noch ihre letzten Ausläufer meine Beine so heftig mit Sand umspülen, dass ich fast mein Gleichgewicht verliere.

Und dann sind da auch noch die Sonne, der Mond, die Sterne, die Dünen, die Felsen und die Möwen, die das Meer immer wieder neu in Szene setzen.

Mein aktueller Stellplatz in der Nähe von Tarifa ist ein Traum. Seit dem tollen Tipp von Julien in Frankreich habe ich noch einige weitere Hinweise zu Übernachtungsmöglichkeiten bekommen, die so viel besser waren als die ursprünglich von mir ausgesuchten Plätze. So auch dieser.

Im Internet lässt sich vieles vorab recherchieren, aber eben nicht alles. Und natürlich ist es viel schöner, ganz allein in einer einsamen Bucht zu stehen als auf einem Strandparkplatz oder einem Campingplatz, wie es meistens mein ursprünglicher Plan war.

Im Sommer kommen hier wahrscheinlich ständig Leute vorbei, aber jetzt, Ende November und bei diesem Wetter, habe ich die kleine Bucht, die mir ein älteres Ehepaar empfohlen hat, für mich alleine. Und bisher ist auch noch kein Polizist vorbeigekommen. Laut diverser Auskunftsquellen wird freies Übernachten in Spanien nämlich seit einigen Jahren nicht mehr so locker gesehen, wie es früher der Fall war. Kann ich aber auch irgendwie verstehen. Wenn plötzlich jeder zugängliche Spot am Meer von riesigen Wohnmobilen bevölkert wird, die wochenlang bleiben und am Ende vielleicht sogar noch Müll hinterlassen, muss man als Land ja irgendwas unternehmen.

Wie gut, dass ich diese Verbote nicht durchsetzen muss! Und überhaupt – wie rebellisch von mir, dass ich hier übernachte, obwohl es offiziell eigentlich nicht erlaubt ist.

Für Paul wäre das wahrscheinlich keine große Sache.

Wo er wohl gerade ist?

Dita hat mir ordentlich einen eingeschenkt, als ich ihr schrieb, dass bei meinem Wiedersehen mit Paul nichts zwischen uns gelaufen war. Sie fing gleich an, zu schimpfen, deshalb verschwieg ich ihr die Umstände meines morgendlichen Abgangs lieber ganz. Sie nannte mich eine spießige Beamten-Spaßverderberin und fluchte noch irgendwas auf Griechisch daher. Ich meine, die Worte *parthéna* und *varetó* gehört zu haben, was laut ecosia *dumm* und *langweilig* bedeutet. Aber das fand ich erst später heraus.

Mir fehlten einfach die Worte, ihr meinen Gefühlsstatus zu erklären. Ich konnte ihn mir ja noch nicht einmal selbst erklären.

Ich befülle die himmelblaue Mokka, die Paul mir in Lissabon geschenkt hat, und stelle sie auf den Herd. Er hat recht gehabt. Instant-Kaffee ist tatsächlich *bittere Plörre,* verglichen mit einem, der frisch aus der Mokka kommt.

Während der Kaffee in der Mokka herrlich duftend vor sich hin blubbert und der Regen weiter nachlässt, krame ich in einer der Kisten mit den Essensvorräten herum. Dabei schimmert mir die rote Dose mit den gefüllten Waffelröllchen entgegen. Auf dem Weg hierher habe ich Pauls Lieblingskekssorte von *Papadopoulos* in einem kleinen Laden entdeckt und musste unbedingt eine Packung für ihn mitnehmen. Eine für ihn und eine für mich.

Mit der geöffneten Keksdose und dem Kaffee in meinem Emaillebecher mache ich es mir wieder im Bett gemütlich und schaue weiter aufs Meer. Ein paar Möwen haben sich in den wilden Wogen niedergelassen und wirken so, als wäre es das Normalste der Welt, während eines Gewitters baden zu gehen. Ich zücke mein Handy, schieße ein Foto von dem Kaffee und den Keksen vor dem Meer und kann mich gerade noch beherrschen, ihm das Foto mit einem *Und Du so?* zu schicken. Ich will ja auch nicht aufdringlich sein. Und dann habe ich eine Idee, was ich stattdessen machen werde.

PAUL

Ich habe es fast geschafft. Laut Navi bin ich in zwei Stunden am Ziel. An einer Tanke gab's ein paar Tapas und eine CD der Gipsy Kings, die schon seit Stunden läuft. Gerade schmettern die Compadres *Volare* und hauen dazu virtuos in die Saiten. Es ist Dezember und der Fahrtwind weht lauwarm in den Wagen hinein.

Die letzten Tage auf der Klippe bei Longueira haben mich zurück in die Spur gebracht. Vor allem das Gespräch mit Jalla und seine Sicht auf die Dinge haben extrem gutgetan. Wahrscheinlich hatte er recht damit, dass meine unverarbeitete Vergangenheit für das emotionale Chaos in meiner Gegenwart gesorgt hat. Aber nun weiß ich es besser, werde mich damit auseinandersetzen und mich nicht mehr so schnell auf gefühlsduselige Achterbahnfahrten begeben. Ich werde meinen Kompass neu ausrichten. Sogar die kleine schwarze Tasche, die ich schon so lange nicht mehr geöffnet hatte, habe ich gestern aus einer der Kisten unterm Bett hervorgekramt.

Ich schaue in den Rückspiegel, um mich zu vergewissern, dass sie noch da ist.

Ist sie. Genau wie Papadopoulos.

Er hat sich dicht an die Tasche gekuschelt und schläft seelenruhig. Kater müsste man sein. Dann würde man mit all den Ungewissheiten und Unwegsamkeiten des Lebens viel weniger hadern, sondern die Dinge einfach akzeptieren, wie sie sind.

Meine Gedanken werden vom Biepen des Handys unterbrochen. Ich sehe, dass es eine Nachricht von Josephine ist, und mein Herz schlägt ein bisschen schneller. Mist!

Rasch drücke ich den Ausknopf des Telefons. Ihr Timing ist echt fies. Aber dieses Mal werde ich die Prüfung bestehen und einfach weiter mein Ding machen.

Ich will gar nicht wissen, was sie schreibt.

Die nächsten fünf Stunden schaffe ich es, mich aufs Fahren zu konzentrieren, mit den Gipsys um die Wette gut gelaunt zu sein, mich auf meinen Besuch der Alhambra zu freuen und nicht an Josephine zu denken. Aber als ich in Granada auf den Besucherparkplatz rolle, halte ich es dann doch nicht mehr aus. Man kann ja mal gucken.

Ich hoffe, Papadopoulos und Dir geht's gut! Wenn ich Dich richtig verstanden habe, müsstest Du in den nächsten Tagen bei der Alhambra sein. Schau doch nach der Besichtigung mal bei der Bank gegenüber des Ausgangs vorbei. Da wartet etwas auf Dich. 🙂

Boah! Was soll ich denn damit anfangen? Ist das jetzt süß von ihr? Oder nur freundschaftlich süß?

Du Trottel! Bist du jetzt echt schon wieder am Grübeln? Gar nichts sollst du damit anfangen! Ich dachte, du bist schon einen Schritt weiter. Freunde! Schon vergessen?

Obwohl ich es vor lauter Neugier kaum aushalten kann, folge ich ihren Anweisungen und werde erst nach meinem Besuch des historischen Gemäuers nach der Bank Ausschau halten.

Ich kaufe ein Ticket, passiere den Eingang und sofort ist jede Grübelei vergessen. So fasziniert bin ich. So sehr in einer anderen Welt.

Staunend laufe ich durch den maurischen Palast aus dem dreizehnten Jahrhundert und wandle durch die fantasievoll angelegten Gärten. Ich kann die detailverliebte Architektur kaum fassen. Jeder Zentimeter ein Meisterwerk. Auf Bildern kann man die Kunstfertigkeit, die Poesie, den Witz, die Pracht nicht begreifen, die dieses Bauwerk ausstrahlt. Genau wie die unglaubliche Natur in den Pyrenäen nährt auch die Alhambra meine Seele.

Voll von den vielen Eindrücken und bis zum Rand abgefüllt mit Inspiration verlasse ich nach vier Stunden das Palastgelände.

Gegenüber des Ausgangs entdecke ich eine steinerne Bank. Sofort fällt mir Josephines Nachricht wieder ein, und plötzlich bin ich ganz aufgeregt.

Auf den ersten Blick kann ich nichts Ungewöhnliches erkennen. Wenn sie hier etwas hinterlegt hat, ist es entweder schon weg, oder sie hat es irgendwo versteckt. Vielleicht unter der Bank. Ich greife mit der linken Hand unter die Sitzfläche und ertaste etwas Rundes, Kühles und etwas, das sich anfühlt wie Klebeband. Ich komme mir vor wie ein Geheimagent, hoffentlich beobachtet mich keiner und hält mich am Ende noch für einen Terroristen.

Ich löse das Klebeband und hole eine Dose *Papadopoulos Caprice* unter der Bank hervor.

Wie cool ist das denn?!

Überwältigt von Erinnerungen öffne ich den Deckel, entferne die Versiegelung, nehme mir eines der knusprigen Waffelröllchen. Zwischen Daumen und Zeigefinger lasse ich es hin- und herwackeln, so dass es aussieht wie eine Welle. Das habe ich früher stundenlang gemacht. Stundenlang. Wahnsinn, wie viel Zeit für Blödsinn man früher hatte. Und dabei kamen mir immer die besten Ideen. Ich beiße in das Röllchen und bin wieder auf dieser einen unvergesslichen Griechenlandreise mit Jalla nach dem Abi. Ich sehe uns, wie wir mit seinem senfgelben, klapprigen Opel Kadett Kombi unterwegs waren, uns grenzenlos und frei fühlten, beim Fahren Pizzareste unter der Motorhaube aufwärmten und abends einfach am Strand unter den Sternen schliefen.

Ich zücke mein Handy, stelle die Dose auf die Bank und mache ein Foto.

Dazu schreibe ich

Weißt Du noch, Alter?

Dasselbe Foto schicke ich auch an Josephine und schreibe

Ich dachte, für Dich geht es immer nur am Meer entlang? 🙂

Danke! Lieblingskekse mit Erinnerungsbonus!!

Dann lehne ich mich zurück und stelle mir vor, wie sie durch die Alhambra gelaufen ist, wie es ihr gefallen hat; stelle mir vor, wie sie an mich gedacht hat, als sie hier auf der Bank gesessen und die Keksdose versteckt hat. Und ich freue mich darüber, dass es einen Menschen in meinem Leben gibt, der so etwas für mich tut. Besser ein Freund als ein Niemand. Und ich werde jetzt einfach versuchen, ihr ein wirklich guter Freund zu sein.

ITALIEN

JOSI

- Tapas und Gaudí-Architektur in Barcelona ✓
- Sonnenuntergang mit Campari-O in den traumhaften Dünen der Plage de l'Espiguette ✓
- Wanderung durch die Carmague inklusive Sichtung wilder Pferde ✓
- Die Spielplätze von Reich und Schön in St. Tropez und Cannes besuchen und für langweilig befinden ✓
- Chagalls und Picassos in Nizzas Museen bewundern ✓
- In einem hippen Strandlokal in der Nähe von La Spezia den wunderbar sonnigen Nachmittag vertrödeln – gerade dabei.

Und zwar in einem schmeichelhaften, geblümten Sommerkleid, das ich mir in Barcelona gekauft habe. Zusammen mit einer Sonnenbrille im Eighties-Stil mit riesigen Gläsern.

Beides sind jetzt schon Lieblingsteile, die ich so oft wie möglich tragen werde. Überhaupt hätte ich nie gedacht, wie sehr es mir gefallen würde, leichte Sommerkleider zu tragen. Sie verkörpern eine Facette von mir, die ich mir lange nicht erlaubt habe, ein sichtbares Stück meiner Weiblichkeit.

Manchmal finde ich es fast erschreckend, wie viele Aha-Momente ich auf der Reise schon hatte. Wie oft ich mich selbst und meinen eingefahrenen Habitus bereits entlarvt habe.

Meine jüngste Erkenntnis war, dass ich mich völlig von meinem Frau-Sein entfremdet habe. Durch meinen Job, durch das, was ich in diesem Job jeden Tag erlebte, und durch die Sache mit Justus hatte ich irgendwann aufgehört, mich als weibliches Wesen wahrzunehmen. Ich habe mich selbst auf meine gesellschaftlichen Rollenbilder reduziert. Polizistin, gute Freundin, Schwester, Tochter, Selbstverteidigungslehrerin.

Und Josi, die echte Josi, mit ihren Ängsten, ihren Sorgen, ihrem Bedauern, ihrer Sehnsucht nach Geborgenheit, hatte sich hinter diesen Rollenbildern versteckt, wenn nicht gar aufgelöst.

Der leichte Wind fährt mir durch die Haare, zerzaust sie ein wenig, was mich schon lange nicht mehr stört. Ich strecke mich in meinem Stuhl, lasse meinen Blick über den Strand streifen und genieße die Wärme der Sonne auf meiner Haut.

In den beeindruckend hohen Wellen tummeln sich zahlreiche Surfer. Dass das Wasser schon ziemlich kalt ist, scheint sie nicht zu stören.

Bei einem Glas Averna beobachte ich amüsiert, was für ein Brimborium sie um ihre Wellenreiterei machen.

Das stundenlange Aufs-Wasser-Schauen mit Kennermiene, bevor sich auch nur umgezogen wird. Der nie gelingende Versuch, möglichst cool in den Neoprenanzug zu steigen. Das lässige Joggen mit Brett unterm Arm ins Wasser. Das gewissenhafte Aufs-Meer-Hinauspaddeln und das anschließende Herumgesitze Auf dem Brett. Das gekonnte Abpassen der perfekten Welle. Der mehr oder weniger geschmeidige Wechsel in den Stand, der Ritt auf der Welle mit unterschiedlichen Graden spielerischer Leichtigkeit. Alles irgendwie auch eine Inszenierung.

Bei den scheinbar ritualisierten Abläufen sticht mir ein Typ besonders ins Auge. Und ich muss gestehen, dass er mich beeindruckt. Sein Wellenreiten wirkt vollkommen unangestrengt und mühelos. So easy und aus dem Handgelenk geschüttelt, dass es fast schon ein bisschen schlampig wirkt.

Jetzt sitzt er seit einer Weile auf seinem Brett, hat den Neoprenanzug dabei oben herum ausgezogen und blickt in meine Richtung. Die Sonne steht schon tief und schräg hinter ihm.

Es fühlt sich so an, als würden wir uns in die Augen schauen, aber über die weite Entfernung kann ich nicht sagen, ob das stimmt.

Dann kommt er aus dem Wasser. Genau wie im Film.

Mit dem Brett unterm Arm joggt er lässig über den Strand und schüttelt dabei seine Haare. Wassertropfen fliegen durch die Luft und Sonnenlicht schimmert auf seinem nassen Oberkörper. Und zwei Sekunden später sitzt er mir gegenüber in einem weißen Plastikstuhl und sagt mit einem Akzent, den ich nicht definieren kann: »Ciao, Preciosa. Two questions, okay?«

Dabei lächelt er mich an, seine weißen Zähne blitzen und sein Oberkörper sieht aus wie von Rodin gemeißelt, so dass ich von seiner Schönheit wie vor den Kopf gestoßen bin und nur ein bisschen belämmert nicke.

»One: Where did you hide all my life? And two: Would you like to have a drink with me?«

Sein Lächeln wirkt überhaupt nicht aufgesetzt und selbstverliebt, sondern zugewandt und nett, und weil ich noch nie im wahren Leben so einen schönen Mann gesehen habe, fällt mir auf seine ultraplumpe Anmache nichts Besseres ein, als zustimmend mit den Schultern zu zucken.

»My name is Liam, by the way.«

»Hi Liam, I'm Josi.«

Dann fragt Liam noch, ob es okay wäre, wenn er sich kurz umziehen ginge. Und wenig später kommt er in Jeans und T-Shirt zurück an meinen Tisch.

Er trinkt ein Bier. Ich noch einen Averna, weil's gerade so schön ist und auch eh schon egal. Und ich frage mich, ob das hier gerade wirklich passiert.

Er lädt mich ein paar Lokale weiter zum Essen ein, erzählt mir, dass er Buschdoktor an der Westküste Australiens sei, wo er mit dem Flugzeug zu den weit entfernten Farmen fliegt, wenn dort medizinische Hilfe benötigt wird. Er arbeitet immer acht Monate am Stück und hat dann vier Monate frei. Und die verbringt er jedes Jahr in Europa, um dem extrem heißen australischen Sommer zu entfliehen und dabei seiner Leidenschaft, dem Surfen, nachzugehen. Überraschenderweise ist er viel schlauer und interessanter, als sein lahmer Spruch von vorhin hätte vermuten lassen, und er stellt genau die richtigen Fragen.

Ob ich als weibliche Polizistin um Respekt bei Einsätzen zu kämpfen habe. Wie der Umgang vor allem mit den männlichen Kollegen ist und was mich an meinem Job am meisten nervt.

Als ich ihm erzähle, dass da viel über die Körpersprache läuft, dass unser Team sehr für Gleichberechtigung steht und dass es mich am meisten frustriert, dass es immer noch so viel häusliche Gewalt gibt, merke ich, mit wie viel weniger Emotion ich davon berichte. Ich bin weniger verbittert, nicht mehr so involviert. Ich habe Abstand gewonnen.

Bei Kerzenlicht gibt es Spaghetti Vongole für mich und für ihn eine Pizza Napoli. Er fragt mich über meine Reise aus. Ich ihn über seinen Job. Wir trinken schweren Roten, im Hintergrund läuft Italopop aus den Achtzigern. Noch nie war Smalltalk mit einem Mann so easy, was wahrscheinlich einfach an Italien liegt.

Nach dem Essen schlendern wir durch den Ort. Ich kaufe uns Schokoladeneis, das so unglaublich samtig und schokoladig schmeckt, dass dagegen jedes andere Eis, das ich jemals zuvor gegessen habe, den Namen nicht verdient.

Als wir uns auf der Mauer eines leise plätschernden Brunnens niederlassen, fragt er: »Und wie feierst du Weihnachten?«

»Ein Stück die Küste runter, am Cala Violina.«

»Bist du dir sicher?«

»Ja. Warum?«

»Na ja, ich dachte, ich könnte dich vielleicht dazu überreden, noch etwas hierzubleiben.«

Dann beugt er sich zu mir rüber und küsst mich. Einfach so. Und ich lasse es geschehen. Vielleicht weil ich in Italien bin, oder vielleicht weil ich gerade das beste Schokoladeneis meines Lebens gegessen habe.

Der Kuss ist, wie der ganze Mann, einfach perfekt. Sanft, neu, leicht, fordernd, schokoladig. Kurz öffne ich die Augen. Ja, der Typ ist echt, genau wie der Kuss. Und dann, in dem Moment, wo sich unsere Lippen voneinander lösen, merke ich, dass da etwas fehlt.

Er deutet in eine unbestimmte Richtung. »Ich hab meinen T4 da hinten stehen.«

»Oh«, sage ich lächelnd.

Sicher könnte ich jetzt einfach mit ihm gehen, aber da ist keine Gänsehaut, kein Verlangen nach mehr. Und dann denke ich an Paul und frage mich zum hundersten Mal, ob er die Kekse wohl bekommen hat und warum er seit Lissabon nichts mehr von sich hören lässt.

Nach zwei wunderschönen Wandertagen in den Bergen des Parco Alpi Apuane bin ich heute in Pisa angekommen. So cool, dieser Turm! Und ein paar Tage vor Weihnachten ist in Pisa noch viel weniger los, als ich dachte. Ich bitte eine Frau, ein Foto von mir zu machen, auf dem es so aussieht, als würde ich den Turm umschubsen.

Genau so eins hat Paul mir vor ein paar Tagen geschickt und ich habe mich sofort gefragt, warum eigentlich vor ihm noch niemand auf diese Idee gekommen ist. Alle anderen tun auf ihren Bildern ja immer so, als würden sie den Turm abstützen. Außerdem gab er mir einen Tipp, wo es in Pisa die beste Pizza gebe, und er erkundigte sich bei mir, ob ich überhaupt noch leben würde. Er würde sich Sorgen machen, weil ich auf seine Dankes-SMS zu den Keksen gar nicht geantwortet hätte.

Seine SMS hatte ich nie bekommen. Sie war wohl beim Daten-Roaming irgendwo zwischen Spanien und Frankreich verloren gegangen.

Die erste Freude über seine Nachricht wurde schnell von einem schlechten Gewissen wegen meiner Knutscherei mit Liam überschattet. Und seither: Schuldgefühle gegen Rechtfertigung in Dauerschleife.

Das hat Paul nicht verdient! versus *Du schuldest ihm keine Erklärung!*

Du musst ihm die Wahrheit sagen! versus *Du kannst küssen, wen du willst!*

Ich war davon völlig überfordert und antwortete erstmal nicht auf Pauls SMS.

Fakt allerdings war: Hätte ich Pauls Nachricht bekommen, hätte ich Liam niemals geküsst.

Hätte, Popätte!, würde Dita jetzt sagen.

Ich nehme mein Telefon von der Touristin entgegen und tippe

Bin noch am Leben und auf Deinen Spuren.
#totallytouri
PS: Deine Dankes-SMS hab ich nie bekommen.

Und bevor ich's mir wieder anders überlege, schicke ich die Nachricht und das Bild ab.

Die Pizzeria, die er mir empfohlen hat, ist zu Fuß nur wenige Minuten vom schiefen Turm entfernt. Ein kleiner Laden. Rot-weiß karierte Tischdecken.

Als ich mich an einen der Tische draußen vor dem Lokal setze, begrüßt mich auch schon eine sehr freundliche junge Frau und nimmt meine Bestellung auf.

Das Wetter ist wieder mal herrlich. Mittagssonne, knallblauer Himmel und angenehme siebzehn Grad. Mir reicht zur Jeans ein Wollpullover. Die Einheimischen tragen allerdings so dicke Mäntel und Daunenjacken, als wären wir am Nordpol.

Wenige Minuten nach der Cola wird mir auch schon die fantastisch duftende Pizza gebracht. Sie ist so riesig, dass der Rand über den Teller hinausragt.

Ich nehme mir das erste Stück. Der Käse zieht lange Fäden. Ich puste auf die Spitze und beiße hinein. Die Sauce tanzt tomatig-würzig auf meiner Zunge, der Mozzarella dazu ist herrlich cremig und der Teig genau so dünn und knusprig, wie ich es liebe.

Während ich ein Stück nach dem anderen genieße, beobachte ich die Menschen um mich herum. Eine Gruppe von Schülern, die rauchend über Literatur diskutieren. Eine Familie mit drei kleinen Kindern, die sich zum Mittagessen an einen der Nachbartische setzt und gut gelaunt durcheinanderredet. Eine elegante ältere Dame und ein wie aus dem Ei gepellter Herr in ihrem Alter, die sich zufällig über den Weg laufen.

»Come stai?«, fragt sie.

»Benissimo! E tu?«, antwortet er.

»Benissimo!«, lacht sie.

So ganz anders als in Deutschland, wo die Leute scheinbar Skrupel haben, wenn es ihnen zu gut geht. Da heißt es höchstens »Kann nicht klagen« oder »Muss ja«.

Und wann trifft man sich in Deutschland schon mal zufällig, wechselt ein paar nette Worte und entscheidet dann spontan, in der Bar gegenüber einen Espresso zu trinken? Ich liebe das! So anders und so schön.

Generell fühle ich mich in Italien seltsam zuhause und ich bin glücklich, dass ich mein erstes Solo-Weihnachten in der Toskana verbringe.

Ganz schaffe ich die Pizza nicht. Ich bitte die Kellnerin, mir das letzte Viertel einzupacken und die Rechnung zu bringen.

Ich muss Paul unbedingt fragen, was er an Weihnachten macht. Und kurz huscht die Möglichkeit durch meinen Kopf, dass er ja vielleicht noch hier in der Nähe ist und die Cala Violina noch nicht kennt …

Bevor ich mich zu weiteren Weihnachtsfantasien hinreißen lassen kann, steht die Kellnerin wieder vor mir.

»Sie heißen Josephine, oder?«, fragt sie mit einem Strahlen im Gesicht.

Als ich verdutzt nicke, überreicht sie mir den Pizzakarton. Darauf steht eine kleine Papiertüte, die Henkel mit einer hellblauen Schleife zusammengebunden.

Sie sagt: »Die Rechnung wurde schon bezahlt«, und wünscht mir einen wunderschönen Tag.

PAUL

»Buongiorno. I would like to go to Sardegna.«

»Sure, Sir. There is a ferry in an hour, at ten PM. It arrives in Olbia at six thirty in the morning. Would you like to book a ticket?«

Ich nicke, zücke meine Kreditkarte, bin wenige Minuten später schon wieder an meinem Auto und fahre in Richtung Verladerampe, wo ich mich in eine der Autoschlangen einreihe.

Was für ein freies Gefühl, immer alles dabeizuhaben und jederzeit meine Route ändern zu können. Ich muss nirgendwo meine Zelte abbrechen, kann einfach spontan zum Hafen fahren, ein Ticket kaufen und wenig später auf die Fähre nach Sardinien rollen. Die Aussicht, die Feiertage auf der Insel zu verbringen, die auch als Karibik Europas bezeichnet wird, finde ich mehr als verlockend. Dieses Jahr werde ich in der Abgeschiedenheit der sardischen Natur erleben, wie es sich anfühlt, Weihnachten einfach mal ausfallen zu lassen.

Schon während der gesamten Adventszeit empfinde ich den Abstand zu dem ganzen Weihnachtsrummel als sehr angenehm. Das Einzige, was mir fehlen wird, ist der Glühweinumtrunk mit Jalla und seinen Mädels in ihrem Garten. Und natürlich die leuchtenden Augen der Zwillinge, wenn sie unterm festlich geschmückten Weihnachtsbaum ihre Geschenke auspacken.

Aber dieses Jahr ist es eben mal anders. Ich habe vor, mich für den Vierundzwanzigsten mit einer besonders guten Flasche Rotwein, knusprigem Brot, leckeren Oliven und einem großen Stück gut gereiftem Pecorino auszustatten und hoffentlich an einem einsamen Plätzchen den ganzen Tag aufs Meer schauen zu können. Ich will die einfachen Dinge genießen, die mehr und mehr zu meinem schönsten Luxus werden.

Ich verehre die Italienerinnen und Italiener dafür, dass sie so viel Wert auf die exzellente Qualität ihrer Zutaten legen und aus diesen dann mit totaler Hingabe die wunderbarsten Produkte und Gerichte zaubern. Ich schmecke jetzt schon den nussigen, salzkristalligen Käse und den beerigen Wein. Das wird richtig gut!

Verladetechnisch scheint hier erstmal nichts weiter zu passieren. Ich schalte den Motor aus und zücke den *Spiegel*, den ich in einer Tabacceria in Livorno bekommen habe. Aber so richtig komme ich nicht rein in die Artikel, die sich detailliert mit der deutschen Politik befassen. Mein Heimatland könnte mir gerade nicht ferner sein.

Ich lege die Zeitschrift beiseite. Hat sowieso keinen Sinn.

Wie zur Bestätigung krabbelt Papadopoulos in diesem Moment auf den Beifahrersitz und macht es sich auf dem *Spiegel* bequem.

»Echt cool, was wir alles zusammen erleben, kleiner Kumpel«, sage ich und der Kater fängt augenblicklich an, zu schnurren.

Nach der Alhambra haben er und ich uns einige Zeit in

der Sierra Nevada herumgetrieben. Auf Sandpisten sind wir durch die wilde Landschaft gezuckelt und haben tagelang keine Menschenseele getroffen. In den höheren Lagen fiel sogar schon der erste Schnee. Natürlich habe ich Papadopoulos' erste Begegnung mit dem kalten Weiß gefilmt. Jallas Mädels sind ausgerastet, als sie das ultrasüße Video angeschaut haben, in dem er ahnungslos in den Schnee läuft und dann überrascht ein Pfötchen nach dem anderen schüttelt, als wollte er dadurch die Kälte abschütteln.

Danach haben wir uns Ronda, die atemberaubend gelegene Stadt auf dem Felsplateau angeschaut, haben auf der vergeblichen Suche nach einsamen Stellplätzen die ziemlich zugebaute Ostküste Spaniens abgeklappert, sind durch Barcelona mäandert und haben schließlich in der Camargue wieder für einige Tage die pure Natur genossen. In Genua sind wir eine Weile hängengeblieben und haben uns in den Musikkneipen des Hafenviertels herumgetrieben. Dann sind wir weiter über Pisa nach Civitavecchia gefahren, wo heute Abend unsere Fähre nach Sardinien ablegt.

Wummernde Bässe reißen mich aus meinen Gedanken. Hinter mir reihen sich drei Kleinbusse mit deutschem Kennzeichen in die Schlange ein. Ein paar Typen steigen aus. Mit Dosenbier in der Hand stehen sie rauchend neben ihren Autos herum. Einer ruft: »Party!« und fängt sofort an eine Technoversion von *Verdammt ich lieb dich* mitzugrölen, die aus der Autoanlage schallt. Ich schäme mich, will am liebsten mein deutsches Kennzeichen abkleben.

Das Verladepersonal lässt sich davon nicht stören, steht lässig rauchend und mit schnittigen Sonnenbrillen im Haar in der Gegend rum.

Warum sehen Italiener eigentlich immer irgendwie elegant aus? Selbst in 'ner Hafenarbeiterkluft.

Als die Verladung wenig später endlich beginnt, verstummt die dröhnende Partymucke. Alle springen eilig in ihre Autos und lassen die Motoren an.

Als ich an Bord fahren soll, wird mir hektisch gewunken und in diverse Richtungen gezeigt, die ich nicht deuten kann. Schimpfwörter, garniert mit typisch italienischen Handgesten, werden mir zugeschrien. Der Platzanweiser schlägt auf meinen Kotflügel, als ich nicht gleich kapiere, dass ich wenden und dann rückwärts in den Laderaum fahren soll. Papadopoulos fängt an, sich laut maunzend zu beschweren, und mir steht der Schweiß auf der Stirn.

Als ich endlich die mir zugewiesene Parkposition erreicht habe und mit einem nachlässigen Daumen hoch des Einweisers bedacht werde, bin ich völlig fertig und komme mir vor wie der letzte Depp.

Ich packe meinen Rucksack mit ein paar Sandwiches und einer Cola aus meinem Bordkühlschrank. Dann schnappe ich mir die Tasche mit dem Kater, schließe das Buschtaxi ab und verlasse den nach Abgasen und Stahl stinkenden Bauch des Schiffes.

Oben an Deck setze ich mich auf eine Bank und stelle Papadopoulos in seiner Tasche neben mich. Ich blicke auf die sich entfernenden Lichter von Civitavecchia, atme die frische, salzige Meeresluft ein, sehe ein paar Möwen über mir schweben und freue mich auf ein neues Abenteuer.

Ich schalte mein Handy ein, um ein Foto von dem sich entfernenden Hafen in der Dunkelheit zu machen, und sehe ihre Nachricht.

Bin noch am Leben und auf Deinen Spuren.
#totallytouri
PS: Deine Dankes-SMS hab ich nie bekommen.

Und ein Bild von ihr, wie sie eine Grimasse schneidend so aussieht, als würde sie den schiefen Turm von Pisa umschubsen. Sie hat meine letzte SMS also doch bekommen und es geht ihr gut. Erleichterung macht sich in mir breit. Ob sie wohl die Pizzeria besucht, in der ich auf gut Glück den Schmelzkäse hinterlegt habe?

»Na, kleiner Kumpel? Meinst du, sie bekommt unsere Überraschung und freut sich darüber?«

Anstelle einer Antwort kratzt er vorsichtig an seiner Tasche.

»Na gut. Aber du musst dich benehmen.«

Ich habe ihm ein leichtes Gurtzeug gekauft, an dem ich eine Leine befestigen kann. Thea und Marta sagen, dass er damit aussieht wie ein Superheld. Sie wollen ihm sogar einen Umhang nähen. Jalla hat mir Fotos von Bildern geschickt, die die beiden gemalt haben. In Druckbuchstaben unter der gleichzeitig lustig und gefährlich aussehenden Katerfigur: SUPERCAT.

»Wir werden bald ein neues für dich brauchen, mein Freund. Du hast ganz schön zugelegt in den letzten Wochen.«

Er springt von der Bank und erschnuppert vorsichtig die Umgebung um uns herum.

Aus meinem Rucksack hole ich ein Sandwich und beiße hinein. Ich werde ihr nicht gleich zurückschreiben. Erstmal abwarten, was sie zu der Überraschung sagt.

Ich lehne mich zurück, genieße den Blick auf Civitavecchia und die Küstenlinie, die immer schmaler wird, während das Schiff mit einem konstanten Brummen durch die sanften Wellen pflügt. Später werde ich wohl reingehen müssen. Die Nachtluft ist auf der offenen See schon ziemlich kühl.

Während der Überfahrt checke ich immer wieder mein Telefon. Ich will unbedingt wissen, ob mein Plan geklappt hat. Aber leider habe ich keinen Empfang. Da kann man nix machen.

»Che gatto simpatico. Lo posso accarezzare?«

Eine hübsche junge Frau in einer überdimensionierten Daunenjacke mit langen dunkelblonden Haaren beugt sich zu Papadopoulos runter und hält ihm ihre Hand vors Schnäuzchen.

»Sorry. I don't speak Italian«, antworte ich entschuldigend.

»Can I pet?«, fragt sie mit einem charmanten italienischen Akzent, lächelt und macht eine Streichelgeste über seinen Kopf.

»Sure. He likes that«, antworte ich und grinse. Der kleine Kater ist ein wahrer Frauenmagnet. In den vergangenen Wochen wurde ich seinetwegen schon mehrfach angesprochen.

Sie lächelt mich an und streichelt Papadopoulos, der ihr seinen Kopf schon erwartungsfroh entgegenstreckt.

»Can I sit?«, fragt sie nach einer Weile und deutet neben mir auf die Bank.

»Klar«, antworte ich und rücke unnötigerweise noch ein Stück zur Seite.

Der Kater hüpft sofort auf ihren Schoß, macht es sich in der Kuhle ihrer Daunenjacke bequem und fängt an, sich zu putzen.

»Holiday?«, fragt meine Sitznachbarin.

»Yes.«

»How long?«

Ich zucke mit den Schultern.

Sie lacht. »Freedom forever?«

»Yes!«, antworte ich und grinse. »Would you like a beer?«

Sie nickt und ich überreiche ihr die Leine.

Als ich mit den Bieren zurückkomme, schläft Papadopoulos zusammengeknäuelt auf ihrem Schoß und sie streichelt vorsichtig sein Fell.

Die junge Frau tippt sich an die Brust, sagt »Chiara.«

»Nice to meet you, Chiara, my name is Paul. And that's my little buddy, Papadopoulos.«

Ich reiche ihr die hübsche Bierflasche und setze mich wieder zu ihr. Wir stoßen an, und Chiara erklärt mir, dass das Bier, das wir gerade trinken, ein sardisches ist, und bringt mir bei, wie man den Namen *Ichnusa* richtig ausspricht.

Sie erzählt, dass sie in Florenz Biologie studiert und über Weihnachten ihre Eltern in der Heimat besuchen will.

Sie fragt, woher ich komme und was mich nach Sardinien bringt, und ich berichte ihr von meinem über den Haufen geworfenen Leben in Berlin und von meiner Reise.

»Berlino. No Knödel, no Rotekraute!« Sie lacht, als sie meinen verständnislosen Blick sieht, und erklärt, dass sie vor Jahren mal in Berlin war und dort vergeblich versucht hat, diese deutschen Spezialitäten zu probieren. Stattdessen hat sie überall nur italienische, vietnamesische und griechische Restaurants vorgefunden.

»Wenn du mal wieder in Berlin bist, sag mir Bescheid. Dann gibt's hausgemachte Knödel satt«, verspreche ich Chiara und wundere mich erneut, wie leichtfertig ich jemanden, den ich gar nicht kenne, dazu einlade, sich bei mir zu melden. Seit ich unterwegs bin, mache ich das ständig. Ich verteile auch bereitwillig meine Mailadresse, so als gäbe es dafür einen Preis zu gewinnen. In Berlin würde ich das nie machen, geschweige denn eine Wildfremde zum Essen einladen. Das muss wohl das Reisen sein.

»And do you like Italy?«, fragt sie und schaut mich erwartungsfroh an.

»I looove Italy!«, sage ich inbrünstig und hoffe, dass sie spürt, wie sehr mich ihr Heimatland begeistert. »Food, drink, people.« Ich mache die typische Italiano-Geste, drei Finger zum Mund und das Kussgeräusch.

»And do you know Sardegna?«

»No, it's my first time.«

»Oh«, sie lächelt, legt den Kopf schief. »You will love it.« Sie wirkt dabei, als wäre sie verliebt in diese Insel.

Papadopoulos wacht auf, klettert von ihrem Schoß über meinen Arm auf meine Schulter und setzt sich dort hin.

»You look like a pirate with his parrot.« Chiara lacht. »You two have a channel on instagram?« Sie zückt ihr Handy und blickt mich fragend an.

Ich schüttele den Kopf.

»May I take a picture?«

»Sure.«

Ich muss lachen, als ich das Foto sehe, weil der Kater und ich wirklich aussehen wie ein Pirat mit Papagei auf der Schulter. Die Zwillinge werden von dem Foto begeistert sein.

»Know what?«, fragt Chiara, nachdem sie das Handy wieder weggesteckt hat.

»What?«

»You and your parrot should come to my parents house. Per celebrare.«

»To celebrate?«, frage ich etwas dümmlich und bereue sofort, dass ich nicht gleich eingewilligt und mich bedankt habe.

»Of course! Us meeting each other. So easy. So nice. Only possible, because of the open borders in Europe. So, I suggest, we celebrate Europe. And life, of course!«

Als Papadopoulos und ich am nächsten Morgen mit der Adresse von Chiaras Eltern und einer Verabredung für den Abend ziemlich müde, aber guter Dinge von der Fähre rollen, biept mein Handy. Schnell fahre ich rechts ran. Vielleicht hat Chiara es sich doch wieder anders überlegt?

Es ist eine Nachricht von Josephine. Ein sehr lustiges Boomerangvideo, in dem sie in Dauerschleife grinsend in eine mit viel zu viel Schmelzkäse bestrichene Brötchenhälfte beißt und dabei genießerisch mit den Augen rollt.

Dazu schreibt sie:

Danke! Du hast Pisa für mich noch unvergesslicher gemacht!
#inlovewithschmelzkäse #schmelzkäsebuddies

JOSI

Das habe ich mir wirklich ganz anders vorgestellt! Um diese Zeit wollte ich schon längst einen Stellplatz in der Nähe der Cala Violina gefunden haben und mich auf mein Solo-Weihnachten vorbereiten. Stattdessen stehe ich benommen in einer stickigen, völlig verqualmten Werkstatt im Zentrum von Cecina herum und warte darauf, dass Frederico, der Kette rauchende, sich den Schnurrbart zwirbelnde KFZ-Mechaniker mir sagt, was mit meinem Auto los ist.

Ich unterdrücke einen Würgereiz. Ich muss sofort hier raus.

Auf dem Weg nach draußen laufe ich an einem kleinen, gesprungenen Wandspiegel vorbei, der neben einem Pinboard voller Postkarten an der Wand hängt. Erschrocken bleibe ich stehen und starre mich an. Ich sehe tatsächlich noch schlimmer aus, als ich mich fühle. Dunkle Ringe unter den Augen, sämtliche Bräune aus meinem Gesicht gewichen. Mein Teint gleicht eher der Farbe von Fredericos gelblichen Raucherhänden.

Ich brauch erstmal 'ne Cola.

Die vergangene Nacht mit Brechdurchfall nach einem Teller Spaghetti Scampi in einer Tourifalle hat ihre Spuren hinterlassen.

Vielleicht hätte ich einfach auf dem Tankstellenparkplatz

stehenbleiben sollen, anstatt mich völlig fertig hinters Steuer zu hieven, um meinen Plan mit der Cala Violina umzusetzen. Denn kurz hinter Cecina fing der Bulli plötzlich an, äußerst beunruhigende Geräusche zu machen.

Ich reiße die Tür der Werkstatt auf. Endlich im Freien atme ich ein paar Mal tief ein und aus und setze mich auf einen der drei Stühle, die vor dem Gebäude stehen.

Womit habe ich das verdient? Ich hatte mich doch so auf Italien gefreut, aber seit Pisa geht hier wirklich alles schief.

Nachdem ich mich eine Weile in Selbstmitleid gesuhlt habe, hole ich mir vom Kiosk gegenüber eine Packung Cracker und eine eiskalte Cola. Zurück auf dem Stuhl vor der Werkstatt verzehre ich beides in Zeitlupe. Meinen Kopf lehne ich dabei an die Wand. Zwischendurch döse ich immer wieder ein.

Gefühlte Stunden später geht die Tür der Werkstatt auf und heraus kommt der gut gelaunte Frederico.

Vielleicht kann ich ja heute doch noch weiterfahren. Die Cracker, die Cola und das Nickerchen haben auf jeden Fall schon mal dazu beigetragen, dass mir weniger schwummerig ist.

»Quiere un espresso?«

Frederico hält mir ein Tässchen Espresso hin, das ich dankend ablehne. So weit bin ich noch lange nicht.

Rauchend und mit Händen und Füßen gestikulierend, erläutert er mir, was mit dem Bulli los ist. Aber ich verstehe ihn nicht. Für all die technischen Fachausdrücke reicht mein Italienisch leider nicht aus. Er bittet mich, mit in die Werkstatt zu kommen, damit er es mir zeigen kann. Ich versuche, nicht allzu tief einzuatmen.

Der Wagen ist auf der Hebebühne aufgebockt. Unter dem Auto deutet Frederico auf eines der Drehstablager an der Hinterachse. Ich sehe, dass es gebrochen ist.

»Capisco«, sage ich.

»No catastrofe. No costoso.« Sein Fazit serviert er mir mit lässigem Schulterzucken. »Quattro giorni e tutto pronto. Va bene?«

Vier Tage?

Als er mein erschrockenes Gesicht sieht, erklärt er mir, dass es nun mal wegen der Feiertage so lange dauert, bis das Ersatzteil da ist.

Aber mein Plan? Mein Weihnachten?

Glücklicherweise schaltet sich Travel-Jo, mein neues Alter Ego ein. Travel-Jo ist eine gelassenere, braungebrannte Version von mir, die meine Pläne und das Leben generell nicht so ernst nimmt. Und genau die lächelt Frederico jetzt freundlich an und sagt: »Perfetto. Va bene.«

Er gibt mir darauf einen Handschlag.

Und dann zückt Frederico einen Schlüssel und hält ihn mir vor die Nase. Ich könne seine Vespa leihen, um damit nach Bolgheri zu fahren. Dort sei es nämlich sehr schön und seine Cousine habe da eine kleine Pension, in der ich günstig übernachten, mich ausruhen und vielleicht ja auch ein schönes Weihnachten verbringen könne.

Außerdem empfehle er mir, mal einen Tag am Strand von Marina di Bibbona zu verbringen und dort anschließend im Restaurant seines Bruders frische Pasta Verdura zu essen. Wenn mir nach Wandern sei, könne ich mich im Riserva Naturale du Caselli herumtreiben und vielleicht sogar ein paar Rehe sehen. Für die kurzen Strecken würde der Roller schon reichen.

»Und du leihst mir einfach so deine Vespa?«, frage ich und nehme den Schlüssel entgegen.

»Normale!« Er zuckt mit den Schultern. »What are you going to do? Steal it?« Mit einem Grinsen unterm Schnurrbart beugt er sich ohne ein weiteres Wort über den Motor eines weißen Fiat 500.

Draußen vor der Werkstatt steht der polierte Roller. Was für ein wunderbares Klischee, mit einer kirschroten Vespa durch die Toskana zu gondeln.

Ich schultere meinen Rucksack mit Kulturbeutel und Wechselklamotten, setze den Helm auf und steige auf mein neues Gefährt. Lange her, dass ich auf so einem Ding gesessen habe.

Ich verlasse Cecina über die Schnellstraße E80, fahre in San Guido ab und befinde mich laut Frederico auf der längsten Zypressenallee der Welt, die mich über sanfte Hügel nach Bolgheri führt. Es ist erst später Nachmittag, aber es wird schon langsam dunkel. Vor mir die schnurgerade Straße, besäumt von einer unendlichen Reihe dunkelgrüner Zypressen, so weit das Auge reicht. Dahinter der roséfarbene Himmel.

Vor dem imposanten Burgtor von Bolgheri stelle ich die Vespa auf einem Parkplatz ab und betrete den Ort zu Fuß.

Mich empfangen kleine, verwinkelte Gassen und hübsche Häuser mit alten Steinmauern und weihnachtlich-warmer Beleuchtung.

Die Pension von Fredericos Cousine finde ich zwei Straßen weiter. Frederico hat mich schon angekündigt. Ich werde so herzlich empfangen, als wäre ich eine lange verloren geglaubte, liebe Freundin, und bekomme gleich eine Einladung zum Weihnachtsessen mit der Familie.

Die unglaublich liebenswürdige Donna Sofia führt mich in den zweiten Stock, in dem mein Zimmer liegt. Sie will mir später eine Kraftbrühe bringen. Frederico hat ihr erzählt, dass ich mir den Magen verdorben habe.

Im Zimmer lege ich meinen Rucksack auf einem Sessel ab und setze mich aufs Bett.

Mein Blick schweift über die Einrichtung. Es ist rustikal gemütlich. Bad, Bett und Fernseher. Vier Wände. Viel mehr Platz als im Bulli. Aber ich fühle mich trotzdem irgendwie eingeengt und angepflockt.

Seit Biarritz habe ich nur noch im Bulli übernachtet. Das mit diesem Lifestyle verbundene Freiheitsgefühl und die damit verknüpften Erlebnisse haben mich schon jetzt so sehr verändert. Der majestätische, weiße Reiher, der an der Küste von Sines über mich hinweggeflogen ist, die unzähligen Seepferdchen, die ich in den Grotten der Praia da Marinha entdeckt habe, das zufällige Hineinstolpern in ein Straßenfest in dem hutzeligen provenzialischen Dorf Oppède, der Outdoor-Kinoabend mit französischen Stummfilmen und Live-Musik mitten in Marseille, die Nacht am Strand von Saint Tugen in der Bretagne, in der ich einfach in den Dünen unter freiem Himmel geschlafen habe, und alle anderen wunderbaren Nächte, die ich mit Meeresrauschen in meinem Bulli verbracht habe.

Vier Monate bin ich schon unterwegs. Ein Drittel meiner Reise ist vorbei. Habe ich es bisher genug genossen? Genug neue Eindrücke aufgenommen? Genug erlebt, um mein Leben lang davon zu zehren? Kann ich danach wieder Polizistin sein? Und wie zum Teufel soll ich jemals wieder in einer Wohnung leben können?

Die Panne hat mir die Luft aus den Reifen gelassen, und dieser plötzliche Stillstand gefällt mir nicht. In solchen Momenten kommen Fragen auf. Fragen nach der Zukunft.

»Chill, Josilein. Das Beste kommt doch erst noch und das mit der Zukunft, das siehst du dann schon«, sagt Travel-Jo ganz sanft in meinem Hinterkopf, aber so richtig beruhigen kann sie mich damit nicht. Ich lege mich aufs Bett, schließe meine Augen und frage mich, ob es Paul wohl ähnlich ergeht. Ob auch er nicht mehr gern in geschlossenen Räumen schläft und ob auch er Angst davor hat, dass seine Reise irgendwann zu Ende geht.

PAUL

»Ciao, Paolo.« Eine Frau, die vermutlich Chiaras Mutter ist, öffnet mir freudestrahlend und mit offenen Armen die Holztür zu dem kleinen Steinhäuschen in den Bergen. Sie küsst mich rechts und links auf die Wange und bedeutet mir, einzutreten. Hinter ihr Chiaras Vater, der nach einer ebenso herzlichen Begrüßung sofort wasserfallartig auf mich einredet, während Chiaras Mutter meine Jacke entgegennimmt.

»Piacere di conoscerti, mi chiamo Felipe e questa é Gianna. Com'é andata la traversata? Chiara mi dice che hai portato il tuo gatto. A proposito, dov'e?«

»Ciao Paul«, ruft Chiara und erscheint hinter ihrer Mutter und ihrem Vater. »Mama, Papa, lasst Paul doch erstmal reinkommen. Draußen ist es doch viel zu kalt. Und ich hatte euch doch gesagt, dass Paul kein Italienisch spricht, English please?«

»Sei doch nicht so streng, darling.« Gianna wechselt umstandslos ins Englische und tätschelt Chiara die Wange. »Hattest du Probleme, uns hier in den Bergen zu finden?«, fragt Gianna.

»No problemo«, antworte ich. »Chiara hat mir eine gute Wegbeschreibung gegeben.«

»No problemo? Er spricht doch perfekt Italienisch!«, lacht Gianna.

»Ich hoffe, du hast großen Hunger, Paolo«, sagt Felipe, legt mir von hinten die Hände auf die Schultern und führt mich in die urige Küche, als wäre ich ein alter Freund der Familie. In der Küche steht zu meiner Überraschung statt eines modernen Herdes ein antiker, mit Holz befeuerter Ofenherd. Darauf mehrere Töpfe, aus denen es unwiderstehlich herzhaft duftet.

Jalla, Felicitas und die Mädels würden es hier lieben.

»Es gibt Culurgiones und Zuppa gallurese«, lässt mich Gianna wissen, während sie eine Flasche Prosecco öffnet und vier Gläser befüllt.

»Cin Cin. Auf unseren Gast«, sagt Felipe.

»Auf euch, vielen Dank für die Einladung.« Ich überreiche Gianna die Flasche Rotwein, die ich auf dem Weg hierher gekauft habe.

»Oh. Der ist gut!«, sagt Gianna mit einem Kennerblick aufs Etikett und reicht die Flasche weiter an Chiara, die sie sogleich öffnet.

Nachdem ich Felipes Aufforderung gefolgt bin, Papadopoulos doch gerne reinzuholen, nehmen wir an dem langen Holztisch in der Küche Platz. Der Kater erkundet derweil neugierig das Haus.

Als Vorspeise gibt es hausgemachten Pecorino und Oliven, dazu frischgebackenes Brot und in Kräutern angebratene Steinpilze. Ich probiere von all den Köstlichkeiten, bin im siebten Himmel und bringe meine Begeisterung ausgiebig zum Ausdruck. Felipe und Gianna freuen sich und erzählen enthusiastisch, wie sie ihr Business mit typisch sardischen Produkten aufgezogen haben und dass sie diese mittlerweile erfolgreich nach ganz Europa exportieren. »Wir sind sogar auf

Social Media unterwegs«, berichtet Gianna stolz und bedauert, dass Chiara trotzdem nicht daran interessiert sei, später mal das Geschäft zu übernehmen.

»Aber Paolo vielleicht«, schlägt Felipe so fröhlich vor, als wäre das die Idee des Jahrhunderts.

Und ich finde den Gedanken, spontan und mit einem Gläschen Prosecco im Kopf, auch gar nicht so schlecht. Dann müsste ich erstmal nicht weiter über meine Zukunftspläne nachdenken. Und außerdem fühle ich mich hier, in dieser herzlichen Familie gerade ziemlich wohl.

»Papa!«, schimpft Chiara und zu mir sagt sie: »Er will immer alle meine Freunde fürs Business rekrutieren.«

»Dein Vater hat doch recht. Man kann nicht früh genug anfangen, einen Nachfolger oder eine Nachfolgerin zu finden. So viele junge Leute mit Sinn für gutes Essen gibt es nämlich leider nicht mehr«, pflichtet Gianna ihrem Mann bei.

Als Gianna und Felipe zusammen am Herd stehen, die Teller mit der Hauptspeise befüllen und sich angeregt auf Italienisch unterhalten, sagt Chiara leise zu mir: »Ich hab noch nie erlebt, dass einem meiner Freunde die Geschäftsnachfolge schon vor der Hauptspeise angeboten wurde.« Sie lächelt und zwinkert mir zu. »Ich hoffe, es ist dir nicht zu viel?«

»Gar nicht! Es ist toll bei dir zuhause. Und Papadopoulos findet's auch ziemlich gut, würde ich sagen.« Ich deute auf den Hocker neben dem Herd, auf dem es sich der Kater gemütlich gemacht hat.

Felipe serviert die Culurgiones, sardische Ravioli gefüllt mit einer Mischung aus Ricotta, Kräutern und Minze, und ich lasse mir genau von ihm erklären, wie er es geschafft hat, die Füllung so würzig hinzubekommen.

»Chiara hat uns schon erzählt, dass du durch ganz Europa reist. Wir finden das toll. Die Welt sehen, etwas erleben, Erfahrungen sammeln, das gehört zum Erwachsenwerden dazu. Was hast du denn noch so vor in nächster Zeit?«

»Also, der grobe Plan ist, den Winter im Süden Europas zu verbringen, und jetzt will ich erstmal ein paar Tage lang Sardinien erkunden.«

»Ein paar Tage reichen dafür nicht, mein Junge«, sagt Felipe lachend. »Wofür interessierst du dich denn? Vielleicht können wir dir noch ein paar Tipps geben. Chiara sagte, du bist Architekt?«

Ich nicke mit vollem Mund und finde es erstaunlich, dass ich mit jedem Happen noch eine neue Geschmacksrichtung entdecke. Gerade ist es Rosmarin.

»Alghero ist ein Muss für dich«, meint Gianna. »Die Einflüsse der Spanier. Die Stadtmauer.«

Chiara sagt: »Aber vielleicht auch die Dörfer in der Barbaggia. Mit den Natursteinhäusern, die wie Schwalbennester an den Bergen kleben. Und vielleicht siehst du dir auch das antike Nuraghendorf in Barumini an.«

»Ja, das habe ich mir auch schon überlegt«, pflichte ich ihr bei. »Aber ich würde auch gern mal wieder eine Weile einfach nur in der Natur sein. Möglichst abgeschieden, am liebsten am Meer.«

Felipe haut auf den Tisch, dass die Gläser klirren. »Da haben wir genau das Richtige für dich.«

Und alle drei rufen gleichzeitig: »Marianos Bucht!«

»Mariano ist mein Cousin. Sein Freund Giuseppe hat einen Bauernhof an der Westküste und über sein Land führt eine holprige Piste direkt in eine traumhafte Bucht. Mariano schwärmt ständig in den höchsten Tönen davon. Da bist du ganz allein. Direkt am Meer. Ohne Giuseppes Erlaubnis kommt da niemand einfach so hin. Die Piste ist zwar sehr schlecht, aber mit deinem Geländewagen ist das kein Problem.«

»Ernsthaft? Ihr kennt jemanden mit einer Privatbucht und würdet für mich arrangieren, dass ich da hinkann?« Ich bin plötzlich ganz aufgeregt.

»Na ja, die Bucht gehört Giuseppe nicht. Jeder kann am Meer entlang dahin wandern, aber mit dem Auto kann man sie eben nur über sein Land erreichen. Und dafür braucht man seine Erlaubnis.«

Ich kann mein Glück gar nicht fassen und will am liebsten sofort los. »Ich glaub, da muss ich gleich als Allererstes hin!«

Nachdem auch die dritte Flasche Rotwein geleert wurde, verabschieden sich Gianna und Felipe und gehen ins Bett. Allerdings nicht, ohne mir das Versprechen abzunehmen, bald wiederzukommen und dann auch ihre Firma zu besichtigen.

Chiara holt zwei Schnapsgläser und ein Fläschchen mit der Aufschrift *Mirto*. Sie gießt eine dunkle Flüssigkeit in die Gläser. Dann setzt sie sich neben mir auf den Stuhl, auf dem eben noch ihre Mutter gesessen hat, und rückt ihn ein bisschen dichter an mich heran. Ihre Hand auf meinem Arm.

»Und?«, fragt sie. »Hattest du einen schönen Abend?«

Ich nicke. »Ich habe mich schon lange nicht mehr so wohlgefühlt.«

»Und hast du auch Lust, mich in Florenz zu besuchen, wenn du Sardinien fertig erkundet hast?«, fragt sie weiter. »Da hätten wir ein bisschen mehr unsere Ruhe.« Ein kleines Flirren in ihrem Blick. Ich genieße es, dass sie mir ihre Zuneigung einfach so zeigt. Ohne Wenn und Aber.

»Ja, das wäre sicher schön.«

Sie lächelt, hebt den Kater, der um unsere Beine streicht, auf ihren Schoß und krault sein Köpfchen. »Darauf trinken wir.« Sie hebt ihr Glas. »Salute!«

Das Wort hallt in meinem Kopf. Josephines Lieblingstrinkspruch. Ich denke an das lustige Video mit dem Schmelzkäse, das ich von ihr bekommen habe. Ist das erst heute Morgen gewesen? Ich habe ihr noch gar nicht darauf geantwortet.

»Alles okay, Paul?« Chiara streift sanft mit der Hand über meinen Unterarm und holt mich zurück ins Jetzt. Ich verfolge die Bewegung ihrer Hand auf meinem Arm.

»Ja, klar. Ich war nur in Gedanken. Salute!«

JOSI

Obwohl Paul mich vorgewarnt hat, rutscht mir das Herz in die Hose, als die vier großen Hunde plötzlich laut bellend auf den Bulli zugerast kommen. Sie sehen so aus, als hätten sie große Lust, mir die Reifen zu zerbeißen. Der schwarze fletscht sogar die Zähne. Aber Paul hat beteuert, dass sie nur ihre Show abziehen und eigentlich ganz lieb sind. Ich solle einfach weiter auf den Hof zufahren. Die Hunde würden dann schwanzwedelnd hinter mir herlaufen.

Und genau so ist es auch. Nach einer Weile hören die vier sogar auf zu bellen, flankieren den Bulli und eskortieren mich zum Gehöft von Giuseppe. Paul sagte mir, ich solle einfach hupen. Giuseppe würde dann kommen und mir zeigen, wo es zur Bucht geht.

Nach einem wundervollen Weihnachten mit Donna Sofia und ihrer Familie konnte ich am Siebenundzwanzigsten meinen heißgeliebten Bulli wieder in Empfang nehmen und endlich weiterfahren. Ich war guten Mutes, dass ich meine Reise jetzt ohne Zwischenfälle fortsetzen konnte, aber leider Pustekuchen. Nach der Panne in Cecina ging meine Pechsträhne munter weiter. Es gab eine unfallbedingte Vollsperrung kurz vor Grosseto, in der ich den ganzen Tag ausharren musste. Danach dann mehrere geschlossene Tankstellen auf dem Weg nach Rom, woraufhin ich trotz meiner Spritreserve mit leer gefahrenem Tank in einer Haltebucht strandete. Erst nachdem mir ein sehr netter Helfer des italienischen Automobilclubs einen Kanister Benzin gebracht hatte, konnte es drei Stunden später weitergehen.

Meine Italien-Etappe flog mir permanent um die Ohren. Es war, als hinge ein Fluch über mir in diesem Land. Alles ging schief.

Und dann schrieb Paul.

> Tut mir leid, dass ich mich auf Deine Schmelzkäse-Nachricht gar nicht zurückgemeldet habe! Ich hoffe, Du bist nicht sauer auf mich. Ich hab mich in den letzten Tagen auf Sardinien ein bisschen verloren.

Sauer war ich nicht, aber enttäuscht irgendwie schon. Unterschwellig hatte ich die ganze Zeit auf eine Antwort von ihm gewartet und mich schon gefragt, ob ihm was passiert sei. Aber ich war zu stolz, ihn zu fragen. Ich hatte mich so über den Schmelzkäse in Pisa gefreut, dass ich ihm sogar ein ziemlich unschmeichelhaftes Boomerang-Video von mir schickte, und dann kam keine Antwort.

Er schrieb weiter:

> Als kleine Entschuldigung hätte ich eine traumhafte, sehr einsame Bucht im Angebot – exklusiv für Dich.

Du müsstest allerdings Deinen geliebten Plan über den Haufen werfen und nach Sardinien übersetzen. Sozusagen eine Challenge für Dich in Sachen Spontanität 🙂. Ich kann Dir nur raten, lass Dir diese Gelegenheit nicht entgehen! Sardinien ist generell wunderbar, aber diese Bucht ist ein absoluter Traum! Vielleicht willst Du hier sogar Silvester verbringen?
Sardische Grüße, Paul

Ich dachte sofort, das könnte vielleicht genau das Zeichen der Reisegöttinnen sein, um das ich in der Nacht zuvor verzweifelt gebeten hatte. Travel-Jo hielt das Ganze auf jeden Fall für eine ausgezeichnete Idee. Silvester ohne Trubel in einer einsamen Bucht? Das wäre der perfekte Ersatz für meine ausgefallenen Weihnachtspläne.

Ich rief ihn an, um mehr Details zu der Traumbucht zu erfahren, und als er mich fragte, wie es mir denn so ergangen sei, versuchte ich ganz tapfer über die Missgeschicke der letzten Tage zu witzeln. So nach dem Motto. »Ja, genau. Durchfall und Kotzen im Platzregen, keine Tanke weit und breit, Weihnachten bei netten Fremden, aber eingesperrt in einem Zimmer statt im Freien und am Meer. Haha, Reisepech, haha, das hat ja jeder Mal.«

Eigentlich hatte ich erwartet, dass er mich fragt, ob wir uns treffen wollen, auf Sardinien. Die Aussicht, ihn wiederzusehen, fand ich nach den vielen deprimierenden Missgeschicken der letzten Tage einfach nur schön.

Aber er wirkte zurückhaltend am Telefon. Nett, aber kurz angebunden. Von ihm kam keinerlei Vorschlag für ein Wiedersehen. Und dann erzählte er mir, dass er schon wieder am anderen Ende der Insel und auf dem Sprung zurück aufs Festland sei.

Vor dem etwas in die Jahre gekommenen Hof halte ich an und hupe einmal kurz. Erst als ich aussteige, sehe ich, dass auf einer Bank vor dem Gebäude ein faltiges Mütterchen in der Sonne sitzt und strickt. Sie winkt mir freundlich zu, während ich von den Hunden umringt werde, die mich neugierig beschnuppern und sich eine Streicheleinheit abholen wollen.

»Buongiorno!«, rufe ich ihr zu.

»Buongiorno! Giuseppe kommt gleich«, antwortet sie auf Italienisch und zeigt auf das Haus, aus dem in diesem Moment ein schlanker Typ mit dunklem Vollbart in Jeans und T-Shirt tritt.

»Du bist bestimmt Josephine. Das ist meine Mamma, Carla.«

Ich nicke Carla noch einmal zu.

»Und du musst Giuseppe sein.«

»Sì. Paolo hat gesagt, du bräuchtest mal eine kleine Auszeit vom Reisen. War Italien denn bis jetzt nicht gut zu dir?«

Er wirkt ehrlich interessiert. So als würde er nicht wollen, dass ich einen schlechten Eindruck von seiner Heimat habe.

»Puh. Sagen wir mal, ich hatte ein paar Ups und Downs.«

»Sardegna wird das wieder wettmachen, versprochen. Ein paar Tage in der Bucht und du wirst dich wieder in Italien verlieben!«

»Hier kommst du wieder in die Spur. Ganz bestimmt«, ruft Carla von der Bank aus.

»Ich zeig dir, wo's langgeht«, sagt Giuseppe. Er deutet auf einen Pfad, der über das Grundstück führt. »Wenn du diesem

Weg folgst, kommst du nach ein paar hundert Metern an ein Tor. Da musst du durch. Das Tor bitte hinter dir wieder zumachen und dann immer weiter bis zum Meer. Du kannst es nicht verfehlen.«

»Toll! Vielen Dank, dass du mir erlaubst, ein paar Tage in deiner Bucht zu bleiben.«

»Meine Bucht?« Er lacht. »Dieses Wunder der Natur kann niemals einem Menschen gehören! Ich freue mich, wenn du in der Bucht Ruhe und Frieden findest. Dafür ist sie da. Ich wünsche dir eine gute Zeit in der goldenen Sichel.«

»Goldene Sichel?«

»Paolo hat mich darauf gebracht und ich mag den Namen. Apropos Paolo. Er bat mich, dir auszurichten, dass er in der Bucht etwas für dich hinterlassen hat. In der Höhle, da, wo der Drachenkopf im Meer liegt.«

Ich blicke ihn verwirrt an. Und gleichzeitig breitet sich ein warmes Gefühl in meinem Bauch aus. So unwichtig, wie es mir am Telefon vorgekommen ist, bin ich ihm also doch nicht.

»Du wirst schon sehen. Ich wünsch dir was, Josephine.«

Was denn?, würde ich ihn am liebsten fragen, aber da hat er sich schon umgedreht und geht zurück zum Haus.

Bevor ich wieder ins Auto steige, streichele ich noch einmal alle Hunde und winke Carla. Gern würde ich mich noch ein wenig zu ihr auf die Bank setzen und mit ihr plaudern. Sie sieht so aus, als hätte sie jede Menge Weisheiten parat. Aber ich bin neugierig, was mich in der Bucht und vor allem in dieser geheimnisvollen Höhle erwartet. Und so steige ich in den Bulli und fahre fast schon beschwingt meinem nächsten Abenteuer entgegen. Vielleicht war es wirklich eine gute Entscheidung, hierherzukommen. Bis jetzt jedenfalls sind mir die Reisegöttinnen hold.

Das Tor, das Giuseppe gemeint hat, besteht aus einem ausrangierten, verbogenen Matratzenrost und führt auf einen ausgewaschenen Feldweg.

Für Schritttempo bin ich eigentlich viel zu gespannt, aber die buckelige Piste lässt keine höhere Geschwindigkeit zu. So unglaublich schön, wie Paul die Bucht beschrieben hat, kann sie eigentlich unmöglich sein. Aber das Wetter ist schon mal herrlich. Milde Sonne und eine leichte Brise.

Eine halbe Ewigkeit rattere ich über Stock und Stein, während in meinen Schränken Becher und Teller durch die Gegend hüpfen. Bis jetzt habe ich solche Wege immer gemieden. Der Bulli ist ja schließlich kein Geländewagen.

Immer wieder denke ich, ich hätte mich verfahren, was aber gar nicht sein kann. Es gibt ja nur diesen einen Weg, der immer schmaler und steiler zu werden scheint.

Dann flacht die Piste ein wenig ab und es wirkt so, als würde die Macchia, die eben noch rechts und links ganz dicht am Weg entlanggewuchert ist, mit einer einladenden Geste einen großen Schritt zur Seite treten. Plötzlich stehe ich auf einer Ebene. Vor mir das Meer. Links von mir die unglaublichste Bucht, die ich je gesehen habe.

Goldener Sand, türkisfarbenes Wasser, Möwen, die knapp über der Oberfläche entlanggleiten. Die tiefe Nachmittagssonne, die kleine goldene Tupfen auf dem Meer tanzen lässt, und am Ende der Bucht ein Felsen, der so aussieht, als hätte sich ein Drache ins Wasser gelegt, um über diesen zauberhaften Flecken Erde zu wachen.

Ich fahre weiter ganz vorsichtig den Weg entlang, bis ich auf einem kleinen Felsplateau etwa zwei Meter oberhalb des Strandes mitten in der Bucht stehe. Ich stelle den Motor ab und steige aus. Außer dem Wellenrauschen und den Möwen ist rein gar nichts zu hören. Keine Geräusche vom Hof, kein Hundegebell, kein Straßenlärm. Kein Mensch weit und breit. Einfach nur himmlische Natur und Robinson-Crusoe-Feeling pur.

Mit einer Mischung aus aufgeregter Vorfreude und ehrfürchtiger Befangenheit angesichts eines so unbeschreiblich schönen Ortes sehe ich mich um. Am rechten Rand des Plateaus entdecke ich zwischen den großen Steinen eine kleine von tennisschlägerförmigen Kakteen besäumte Holztreppe, die zum Strand hinunterführt. Ein paar Stufen später bin ich auch schon mit den Füßen im Sand.

Auch hier ist das Meer wieder ganz anders als an allen Orten, an denen ich es bereits bewundern durfte. Kleine Wellen schwappen sanft ans Ufer. Einladend. So als wollten sie mir sagen, dass es doch nichts Besseres geben kann, als im Dezember noch in ihnen zu baden. Ich lasse meine Füße vom Wasser umspülen, das tatsächlich immer noch erstaunlich warm ist, und gehe ein paar Schritte am Strand entlang. Etwas Weißes glitzert mir aus dem Sand entgegen. Es ist eine kleine Muschel, die ich in die Hand nehme und bestaune, bevor ich sie behutsam wieder an ihren Platz zurücklege.

Mein Blick fällt auf den Drachenfelsen. Die Höhle. Pauls Überraschung.

Am Wasser entlang brauche ich etwa fünf Minuten bis zum anderen Ende der Bucht und da sehe ich sie auch schon. Eine kleine Grotte im Fels. Die letzten Sonnenstrahlen erhellen sie gerade genug, dass ich mich in ihr umsehen kann. Auf einen großen Stein hat jemand mit Kreide einen Stern gemalt, daneben ein J. Hinter dem Stein entdecke ich die rote Keksdose, die ich für Paul unter der Alhambra-Bank versteckt habe, daneben eine Flasche Rotwein. Ich fühle mich wie ein Pirat, der einen Schatz gefunden hat.

Wieder am Strand sehe ich meine Fußspuren im Sand. Die einzigen weit und breit. Die nächste Flut wird sie wieder verschwinden lassen, genau wie sie Pauls Fußspuren hat verschwinden lassen. Als wäre er nie hier gewesen. Aber ich halte den Beweis seiner Anwesenheit in den Händen.

Ich gehe zurück bis zur Mitte der Bucht, setze mich in den Schneidersitz und grabe meine Finger in den noch nachmittagssonnenwarmen Sand.

Mit meinem Taschenmesser entkorke ich den Wein. Auf dem in schlichtem Hellbraun gehaltenen Etikett steht *Nepente di Oliena,* ein sardischer Cannonau. Dann öffne ich die Keksdose. Darin ein kleines, in hellblaues Seidenpapier gewickeltes Geschenk und ein zusammengerolltes Stück Papier.

Vorsichtig ziehe ich das Geschenk aus der Keksdose und wickele es aus dem Seidenpapier.

Kurz stockt mir der Atem. Es ist ein wunderschönes Fußkettchen. Drei kleine Muscheln aneinandergereiht, daneben winzige bunte Glas-Perlen, auf ein weiches braunes Lederband gezogen. Der Verschluss besteht aus silbernen Ösen.

Dann lese ich den Brief.

Liebe Josephine,
Hippiephasen sind doch die besten! Ich hoffe, das Kettchen macht Dir so viel Freude wie das aus Deiner Teeniezeit.
Ach, und der Wein, der ist genau wie diese Bucht:
eine Offenbarung für die Sinne.
Ich hoffe, Du magst es hier so sehr wie ich.
Alles Liebe,
Paul

Wie benommen trinke ich einen Schluck direkt aus der Flasche. Woher weiß er überhaupt …

Aber dann erinnere ich mich wieder. Bei unserem Treffen in Lissabon hatte ich auf das Fußkettchen einer Frau am Nachbartisch hingewiesen und ihm erzählt, dass ich als Teenie mal eine Hippiephase hatte und damals genau so ein Fußkettchen trug. Und dass ich dieses Kettchen unglaublich geliebt habe, aber traurigerweise überhaupt nicht weiß, wo es geblieben ist.

Dass er sich das gemerkt hat …

Ich trinke noch einen Schluck von dem Wein und merke erst jetzt, wie lecker er schmeckt. Unglaublich vollmundig, samtig und beerig. Eine Offenbarung für die Sinne. Genau wie diese Bucht.

Verrückt, wie schnell die Welt ganz anders aussehen kann. Eben war ich noch total frustriert, weil einfach alles schiefging, und nun sitze ich hier, mit einem Fußkettchen am Knöchel und einem Kloß im Hals vor lauter Glück.

Ich mache ein Foto von der Flasche, vor dem großen orangefarbenen Sonnenball, der gleich im Meer versinken wird, und eins von dem Kettchen an meinem Fuß. Doch als ich die Foto's zusammen mit einem riesengroßen Dankeschön an Paul schicken will, sehe ich, dass ich keinen Empfang habe.

»Hier kommst du wieder in die Spur«, hat Giuseppes Mutter gesagt. Und während ich dem nächsten Schluck Rotwein nachspüre und mein Blick nochmal auf das Fußkettchen und den goldenen Sand, den Drachenfelsen, die schimmernde Oberfläche des Wassers, die glutrote Sonne und den wolkenlos pastelligen Himmel fällt, hoffe ich, dass sie recht hat.

PAUL

Ich hätte nie gedacht, dass ich jemand bin, der einen Flaggenaufkleber auf sein Auto pappt. Aber die sardische Flagge mit den vier schwarzen Köpfen im roten Kreuz vor weißem Hintergrund ist einfach zu schön. Außerdem hätte ich ja auch nie gedacht, dass ich überhaupt mal ein Auto haben würde. Also? Was soll's!

Ich löse die Folie von dem runden Aufkleber und platziere das hübsche Ding hinten über dem linken Blinker.

Dann setze ich mich wieder auf meine Faltmatte und blicke aufs Meer.

Keine Ahnung, wie ich nach dieser Reise jemals wieder in Berlin leben kann. Das Meer macht süchtig. Und ich bin total auf Droge. Mein erstes Weihnachten allein in der Sichelbucht hat sein Übriges dazu beigetragen. Abgeschnitten von allem, in dieser magischen Umgebung, kam ich mir vor wie in einem Märchen. Der Aufenthalt an diesem fantastischen Flecken Erde hat mir nochmal bestätigt, dass ich auf dem richtigen Weg bin. Jeden Tag ein Stück weiter zu mir selbst. Es ist erstaunlich, wie viel Sollte, Könnte, Müsste von einem abfällt, wenn man sich für längere Zeit nur mit den Basics wie Kochen, Essen und Körperpflege beschäftigt. Wenn man nicht permanent von der lauten Welt da draußen abgelenkt und reizüberflutet wird. Wenn man stattdessen endlich mal so richtig zu sich kommen kann.

Als ich dem Vortrag von Lilly und Max gelauscht habe, war mir nicht klar, dass bei dieser Art des Reisens auch das Gedöns im Kopf nach und nach weniger wird und dass man, je länger man unterwegs ist, auch mental mit immer leichterem Gepäck reist.

Wenn das so weitergeht, kann ich vielleicht auch bald mal wieder ein paar Entwürfe zeichnen. Bis jetzt war ich blockiert, hatte Angst vor dem weißen Papier. Und außerdem hatte Josephine dafür gesorgt, dass in meinem Kopf alte Verletzungen und neue Begehren miteinander Samba tanzten.

Aber nach der Zeit im Off, mit der emotionalen Distanz zu Josephine, die sich durch die Begegnung mit Chiara noch vergrößert hat, geht es bei mir voran. Das spüre ich.

Auch habe ich mir Jallas sanften Appell zu Herzen genommen, mich nochmal mit meiner Ex-Beziehung zu befassen. Die Verletzung über den Betrug, die Scham, dass ich nichts von Lisas Doppelleben mitbekommen habe, das Sich-in-Luft-Auflösen meiner Zukunft mit Hochzeit und Kindern … Scheiße weh hat es getan, sich das in den letzten Wochen nochmal anzuschauen, aber es war auch reinigend und heilsam.

Zerstückelt. So fühlte ich mich, bevor ich meine Reise antrat. Zerstückelt, müde, traurig, pessimistisch. Vier Monate und viele Kilometer später geht es eher in Richtung energiegeladen, fröhlich, ganz und optimistisch.

Noch ein letzter Kaffee auf der Insel und noch ein paar Stündchen Ostküstenflair. Dann muss ich los, sonst verpasse ich die Fähre. Wenn ich ehrlich bin, bereue ich es fast, mich mit Chiara für Silvester in Florenz verabredet zu haben, weil es bedeutet, dass ich heute Abend abreisen muss. Ja, sie ist toll. Aber alles in mir sagt gerade Nein zum Festland.

Die Insel hat mich total in ihren Bann gezogen. Die letzten zehn Tage waren der Hammer und ich habe bisher nur einen Bruchteil von Sardinien gesehen.

Wäre ich meinem Reisemotto treu, müsste ich Chiara absagen und den Besuch verschieben. Absolute Ehrlichkeit … Aber nach der tollen Gastfreundschaft ihrer Eltern und ihrem Gutenachtkuss am Buschtaxi kann ich das nicht machen. Das wäre wirklich nicht besonders nett.

Und wenn ich bliebe, würde ich der Versuchung nicht widerstehen können, Josephine wiedersehen zu wollen. Und das, das spüre ich, ist immer noch keine gute Idee.

Aber mich fragen, ob sie schon in der Bucht ist, ob sie es dort auch so unfassbar schön findet, ob sie die Keksdose und den Wein wohl schon gefunden hat und wie ihr beides gefällt, das darf ich schon.

JOSI

»Au, au, au, au! Das ist gar nicht gut!«, wimmere ich und setze mich an Ort und Stelle hin.

Rasch öffne ich die Schnürung meines rechten Wanderstiefels, um einen Blick auf das Malheur zu werfen.

»Scheiße, tut das weh!«

Ich ziehe in Zeitlupe den Stiefel aus und rolle vorsichtig die Socke vom Fuß. Mein Knöchel färbt sich bereits blau und die Schwellung ist schon in vollem Gange. Hatte ganz vergessen, wie schnell das geht.

Behutsam taste ich das Fußgelenk ab und zucke unter meiner Berührung zusammen. Wenigstens scheint nichts gebrochen zu sein.

Verstaucht aber auf jeden Fall. Hoffentlich ist keins der Bänder gerissen! Aber ich denke nicht. Zum Glück war ich schon auf dem Rückweg meiner Küstenwanderung und bin nicht mehr allzu weit vom Bulli entfernt.

Ich richte mich wieder auf und versuche vorsichtig, den rechten Fuß zu belasten. »Shit!«, fluche ich. Lieber nicht!

Langsam, ganz langsam und auf einen dicken Ast gestützt humpele ich zurück zum Auto. Der holprige Pfad, auf dem ich vorhin noch so beschwingt entlanggewandert bin, ist jetzt gefährliches Terrain.

Das ist doch echt zum Aus-der-Haut-Fahren! Ich dachte, ich hätte meine Pechsträhne auf dem Festland zurückgelassen! Aber nein! Sie ist mir anscheinend auf die Insel gefolgt.

Zwanzig ewig lange Minuten später bin ich endlich am Bulli angekommen und verwünsche die spontane Travel-Jo. Ohne sie wäre ich jetzt nicht hier. Stattdessen würde ich wahrscheinlich gemütlich und mit unversehrtem Knöchel in Neapel die leckerste Anchovi-Pizza essen und über meine weiteren Stopps bei der Umrundung Italiens nachdenken.

Ich wollte eigentlich gar nicht nach Sardinien! Die Insel war nicht Teil des Plans und nun sieht es so aus, als wäre ich hier erstmal gestrandet. Zugegeben, in dieser Bucht ist es wunderschön und ich hätte etwas verpasst, wenn ich diesen Flecken Erde nicht besucht hätte. Aber der Preis dafür ist verdammt hoch. Die Zeit, das nicht gerade günstige Fährticket und nun auch noch mein Knöchel, der bestimmt eine Woche braucht, bis er wieder heil ist. Mit der Schwellung kann ich Autofahren fürs Erste vergessen!

Habe ich überhaupt ausreichend Lebensmittel, um so lange hier zu bleiben? Habe ich genug Wasser?

Im Kopf gehe ich meine Vorräte durch. Wenn ich sie ein wenig rationiere, müsste es passen.

Ich hätte mir wenigstens Giuseppes Nummer aufschreiben sollen. Mist!

Erschöpft lasse ich mich auf dem Faltstuhl nieder, den ich neben dem Bulli aufgestellt habe, und krame nach meinem Telefon. Kein Netz. Meine Dankesnachricht an Paul von gestern Abend ist immer noch nicht durchgegangen. Ich versuche erneut, sie zu verschicken, und schreibe dazu, dass er mir bitte Giuseppes Nummer schicken soll, weil ich mir beim Wandern den Fuß verstaucht habe.

Dann stehe ich auf, hüpfe auf dem linken Bein zu meinem Bordkühlschrank und hole mir ein Coolpack und ein eiskaltes Ichnusa heraus. Den Stuhl drehe ich so, dass ich meinen Fuß neben der Schiebetür des Bullis ablegen und aufs Wasser blicken kann. Das Coolpack drapiere ich auf meinem blessierten Knöchel, öffne die hübsche braune Flasche und trinke den ersten Schluck.

»Ahhh! Das tut gut!«, seufze ich und schaue aufs Meer.

Es gibt definitiv schlimmere Orte, an denen man einen verstauchten Knöchel haben kann. Vielleicht ist dieses Missgeschick nur ein weiteres Zeichen von den Reisegöttinnen, mal innezuhalten und einfach gar nichts zu tun. Einfach nur zu sein.

Wirklich loslassen, mich wirklich einlassen auf das Hier und Jetzt fällt mir immer noch schwer. Vielleicht symbolisiert Italien genau diese Herausforderung. Mehr dolce vita, weniger deutsche Planung.

Nach zwei Bieren und einer Schmerztablette finde ich, dass es eine gute Idee wäre, noch ein drittes zu trinken und eine weitere Tablette zu nehmen. Ob das wohl auch als dolce vita zählt?

Nach dem dritten Bier bin ich so weit, Dita und Eleni anzurufen und ihnen zu befehlen, gefälligst sofort hierherzukommen und mir irgendwas Deftiges zu kochen, was aber leider nicht funktioniert, weil ich immer noch keinen Empfang habe.

Wenigstens ist das Pochen in meinem Knöchel fast weg. Mein ganzer Körper fühlt sich an, wie in Watte gepackt. Vermutlich bin ich ganz schön betrunken. Drei Biere auf leeren Magen plus Schmerztabletten? Definitiv ungesund.

Zwar ist es erst sieben Uhr, aber die Sonne wurde schon längst vom Meer verschluckt. Zeit fürs Bett!

Ungelenk stiesele ich im Bulli herum, stoße zwei Wasserflaschen um, die laut zu Boden poltern, und ramme mit dem Po den Einbauschrank. Und obwohl letzteres ziemlich schmerzhaft ist, gluckst ein leises Kichern aus mir hervor.

»Oje, Josi, du bist ja schlimmer als das Rentnerehepaar auf dem Parkplatz bei Grosseto.«

Ich sehe die beiden vor mir, wie sie auf höchst umständliche Weise ihre Campingmöbel im Inneren ihres Wohnmobils verstauen. Wieder muss ich kichern.

Dann ziehe ich die Schiebetür hinter mir zu und lasse mich ins Bett fallen. Sofort werden meine Augenlider schwer.

Hab ich die Tür abgeschlossen?

Wurscht! Hier ist eh keiner und noch während ich das denke, falle ich schon in einen tiefen Schlummer.

Ein Brummen, eine klappernde Motorhaube und zwei grelle Lichter, die durch die Frontscheibe meines Bullis leuchten, reißen mich aus dem Schlaf und ich richte mich orientierungslos auf.

Wo bin ich?

Ach ja, auf Sardinien, in einer Bucht.

»Au.«

Ach ja, der Knöchel, und mir fällt wieder ein, was heute Nachmittag passiert ist.

Vorsichtig spähe ich durch die Vorhänge, um zu erkennen, was da draußen vor sich geht.

Durch den Spalt im Vorhang kann ich schemenhaft einen Geländewagen erkennen, der direkt vor meinem Bulli zum Stehen kommt. Der Motor wird abgestellt, jemand steigt aus.

»Josi? Alles klar?«

Wie lustig, dass ich mir wohl erst die Füße brechen muss, damit er mich mal Josi nennt.

PAUL

»Josi? Alles klar?«, rufe ich schon, während ich eilig aus dem Auto aussteige. Mir ist ganz schlecht vor Sorge und ich mache mir tierische Vorwürfe, dass ich ihr gesagt habe, sie solle hierherkommen. Ganz alleine im Nirgendwo. Das ist alles nur meine Schuld!

Die Scheinwerfer des Buschtaxis beleuchten das Areal um Josis Wagen herum. Sie ist nirgends zu sehen. Auch im Bus ist es dunkel. Sie muss schon schlafen gegangen sein, und das, obwohl es erst neun Uhr ist. Ein weiterer Schritt und ich bin an ihrer Schiebetür. Ich muss mich zurückhalten, die Tür nicht sofort aufzureißen. Leise klopfe ich.

»Josi. Bist du da? Ich bin's. Paul.«

Von innen höre ich Gerumpel.

»Au! Shit!«

Sie muss sich gestoßen haben.

Dann öffnet sich mit einem Ruck die Schiebetür.

Sie sieht verschlafen und ein wenig zerzaust aus, wie sie so aus ihrem Auto blinzelt. Ich bin irre erleichtert, sie einigermaßen wohlauf anzutreffen.

»Bissu gekommn, um mich zu retten?« Sie lallt ein bisschen und grinst mich mit zusammengekniffenen Augen an. Das Licht meiner Scheinwerfer blendet sie. »Dann herzlich willkommn.« Sie stöhnt und schließt die Augen. »Tschuldigung, aber ich leg mich wieder hin.«

Und schon liegt sie wieder in ihrem Bett.

»Geht es dir gut, Josi?«, frage ich und klettere einfach hinter ihr her in den Wagen.

»Na klar. Warum denn nicht? Ich hab doch Bier«, sagt sie und legt den Arm über ihre Augen. »Kannste mal das Licht ausmachen?«

»Sei mir nicht böse, aber hast du vielleicht ein bisschen viel getrunken?«

»Zwei Bier oder so. Nicht der Reise wert. Ähm. Rede natürlich. Ich lebe nämlich gerade la dolce vita.« Sie rülpst leise und kichert. »Tschuldigung.«

Neben ihrem Bett sehe ich drei leere Halbliter-Ichnusa-Flaschen.

»Und hast du was gegessen?«

Sie schüttelt den Kopf. »Licht aus, Mann!«

Schnell gehe ich zu meinem Auto und schalte auf das nicht so grelle Standlicht um.

Ich mache mir ein bisschen Sorgen um sie, weil sie eigentlich nicht zu den Leuten gehört, die mit einem verstauchten Knöchel in einer einsamen Bucht versehentlich zu viel trinken.

»Weißt du, was wir jetzt machen, Josi?«, frage ich sie, als ich zurück bei ihr im Bulli bin.

»Nee, Pauli. Keine Ahnung!« Sie hat immer noch den Arm über ihren Augen. »Aber ich sag dir mal was. Ich find's ganz doll schön, wenn du mich Josi nennst. Und ich gebe dir hiermit die polizeiliche Sonderanweisung des Landes Baden-Württemberg, einfach mal über deinen Schatten zu springen und mich für immer so zu nennen.« Wieder kichert sie. »Alles klar?«

»Alles klar«, schmunzele ich. »Aber ich wollte gern was anderes vorschlagen.«

»Und das wäre?«

»Ich zünde uns ein Feuer an. Du ziehst dir was Warmes an, setzt dich in deinem Schlafsack und mit hochgelegtem Bein ans Feuer und leistest mir Gesellschaft, während ich eine Suppe für dich aufwärme. Und vorher trinkst du noch mindestens einen Liter Wasser. Einverstanden?«

»Nein!«, sagt sie entschieden und richtet sich auf. »Das ist doch viel zu viel. Ich muss rationieren. Ich muss doch jetzt noch mindestens eine Woche hierbleiben.«

Ich lächele sie an und sage mit meiner beruhigendsten Beschwichtigungsstimme: »Ich bin doch jetzt hier. Da musst du nicht mehr rationieren. Ich hab genug Wasser und auch genug Essen für ’ne ganze Kompanie dabei. Und Giuseppes Mutter hat mir noch eine tolle Kräuterkompresse für deinen Knöchel mitgegeben. Sie meinte, wenn wir die gleich auflegen, kannst du in zwei Tagen schon wieder herumspringen wie ein junges Zicklein.«

»Haha. Du bist selber so ’n junges Zicklein.«

»Komm.« Ich helfe ihr, sich weiter aufzurichten, und reiche ihr einen Wollpullover, der zusammengeknüllt am Fußende ihres Bettes liegt. Dann steige ich aus und rücke ihren Stuhl neben dem Bulli zurecht.

»Und wo’s der Papadoplupos?«

»Der kommt gleich.«

Aus dem Buschtaxi hole ich ein paar Holzscheite und entzünde an einer passenden Stelle vor dem Bulli ein Feuer.

Neben den Stuhl stelle ich einen kleinen Hocker aus Treibholz, den ich mir in Spanien als Beistelltisch gebaut habe.

Josi sitzt mittlerweile auf ihrer Bettkante und hat es nach einer Menge Herumgewurschtelei geschafft, sich den Pullover richtig herum anzuziehen. Auch wenn ich es bewundernswert und sehr attraktiv finde, wie sie sich sonst so selbstbewusst und eigenständig durch die Welt bewegt, muss ich zugeben, dass ich sie so ein bisschen neben der Spur auch ziemlich süß finde.

»Und nun?«, fragt sie.

»Nun kommst du hierher und legst dein Bein hoch.« Ich biete ihr meinen Arm an und geleite sie zu ihrem Stuhl am Feuer, das schon gemütlich vor sich hin knistert.

Sie lässt sich in den Stuhl plumpsen und legt das Bein auf den Hocker.

»Ist dir auch schon mal aufgefallen, dass die Rentnerehepaare, die mit ihren Wohnmobilen unterwegs sind, immer wahnsinnig lange dafür brauchen, die Stühle und Tische vor ihren Wohnmobilen auf- und wieder abzubauen?«, fragt sie mich und öffnet ihren in Unordnung geratenen Zopf. Ihre Haare fallen ihr in leichten Wellen über die Schultern. Das Licht des Feuers schimmert auf ihrer gebräunten Haut.

Ich hatte ganz vergessen, wie wunderschön sie ist. Ich muss mich zusammenreißen, sie nicht anzustarren.

»Und wie!«, sage ich und mache mich schnell an der Hecktür des Buschtaxis zu schaffen. »Und es sind immer wahnsinnig viele Bürsten dabei im Spiel.«

»Ja. Bürsten. Genau«, lacht sie.

»Ich habe letztens zwei Rentner dabei beobachtet, wie sie nach einem Strandspaziergang eine halbe Stunde lang erst mit einer mittelgroßen Bürste ihre Schuhe, dann mit einer kleineren Bürste ihre Füße und schließlich mit einem extra Handfeger noch den Tritt vor der Tür gereinigt haben. Wahrscheinlich haben die auch noch 'ne Bürstenbürste, um damit die vorher benutzten Bürsten abzubürsten, bevor die wieder ins Womo dürfen. Scheint so 'ne Art Ritual zu sein. Oder die haben 'ne wirklich schlimme Stauballergie.«

Ich hole Papadopoulos aus dem Auto und setze ihn ihr auf den Schoß.

»Du meinst doch nicht etwa, Rüdika, oder?« Sie richtet sich in ihrem Stuhl auf und streichelt den Kater, der sich anscheinend sehr darüber freut, sie wiederzusehen.

»Rüdika?«, frage ich verständnislos und knie mich neben ihr nieder.

»Ja, Rüdiger und Erika. Steht auf dem Schild an ihrem Wohnmobil. Ich hab sie der Einfachheit halber Rüdika getauft. Ich glaube, genau die beiden habe ich auch gesehen. Auf einem Strandparkplatz in der Toskana. Die hatten auch noch 'ne extra Bürste für die Zierleisten am Womo. Ich habe insgesamt sechs Bürsten gezählt. Und du?«

Ich muss lachen. »Das kommt hin. Tübinger Kennzeichen?«

»Jupp.«

»Lass mal sehen.« Vorsichtig ziehe ich ihre Jogginghose ein Stück hoch und betrachte die Schwellung. »Das muss echt wehtun. Tut mir leid, dass du dir meinetwegen den Knöchel verstaucht hast.«

Sie schnaubt abwehrend.

»Ich hab mir doch nicht deinetwegen den Fuß verstaucht. Bist du deswegen hergekommen? Weil du dich schuldig fühlst?«

»Nee, weil ich nach dir sehen wollte.«

»Ich dachte, du wärst schon weg von der Insel.«

Statt einer Antwort, lege ich ihr behutsam die kühle Kompresse auf den Knöchel.

»Au!«

Ich zucke zurück. »Sorry! Bin auch schon fertig.« Auf keinen Fall will ich ihr noch mehr wehtun. »Schluck Wasser?«

Sie nickt und ich hole eine Flasche aus dem Auto.

»Ich würde dir ja jetzt eigentlich auch noch einen Schnaps anbieten, aber ich denke, du hast schon genug Alkohol im Blut, oder?«

»Kann sein«, murmelt sie.

»Lust auf was zu essen?«

Sie nickt und ich werte es als gutes Zeichen, dass sie Appetit zu haben scheint.

An meinem Hecktürtisch mache ich ihr den Rest einer Minestrone warm, die ich mir am Vortag gekocht habe.

»Du wirst sehen, in Nullkommanichts bist du wieder fit wie'n Turnschuh«, scherze ich und rühre die Suppe um.

»Du meinst wohl, fit wie ein Zicklein, was?«, witzelt sie zurück und der Schein des Feuers leuchtet ihr warm ins Gesicht.

JOSI

Mein Kopf dröhnt, als ich die Augen aufschlage. Muss wohl an der Kombination aus Tabletten und Bier liegen, dass ich so einen Kater habe. Apropos Kater. Habe ich es nur geträumt, oder sind Paul und Papadopoulos gestern Abend wirklich noch hier aufgetaucht?

Ich richte mich auf und blicke zum Fußende meines Bettes.

Müssen sie wohl. Warum sonst läge da so ein niedliches schwarzes Fellknäuel zwischen meinen Füßen.

Bei dem Versuch, unter der Decke hervorzukrabbeln, werde ich schmerzhaft daran erinnert, dass ich mir den Knöchel verstaucht habe. Ich setze mich erst einmal hin und entferne vorsichtig die Kompresse. Zwar ist der Knöchel jetzt erst richtig grün und blau, aber die Schwellung ist schon deutlich zurückgegangen.

Ich fröstele. Im Bulli ist es kalt. Die Sonne steht noch nicht hoch genug, um die Nachtkühle zu vertreiben.

Schnell krieche ich wieder unter die Decke, dieses Mal mit dem Kopf am Fußende, neben Papadopoulos. Als ich sein weiches Fell berühre, schnellt sein Köpfchen nach oben und er blickt mich etwas verwundert an. Wahrscheinlich fragt er sich, warum ich nicht Paul bin. Als ich ihn streichele, legt er seinen Kopf wieder auf der Decke ab, rollt sich auf den

Rücken, streckt die Vorderpfoten gen Himmel und schnurrt entspannt.

Der Versuch, mich daran zu erinnern, wie ich gestern ins Bett gekommen bin, missglückt. Ich weiß nur noch, wie dankbar ich Paul für die heiße Suppe war, die ich in Nullkommanichts verschlungen hatte, und wie schön es war, unter dem klaren Sternenhimmel den Erzählungen von seinen Sardinien-Abenteuern zu lauschen, während ich langsam eingenickt bin. Seine angenehme Stimme hat mich behaglich in den Schlaf geschaukelt.

Bedeutet dann wohl: Er hat mich irgendwann ins Bett gebracht … Hmm. Hoffentlich habe ich nichts Peinliches gesagt oder getan.

Nach einer Weile rappele ich mich auf und versuche durch die Frontscheibe zu erspähen, ob Paul schon wach ist. Aber ich kann ihn nirgends entdecken.

Bevor ich die Schiebetür des Bullis öffne, werfe ich noch einen Blick in den Spiegel. Glücklicherweise sehe ich besser aus, als ich mich fühle. Ich ziehe Jogginghose und Parka über, schlüpfe in meine Uggs und setze eine Wollmütze auf.

»Buongiorno, Signora Ichnusa.« Paul grinst mich an, als ich aus der Tür in den hellen Tag blinzele. Er steht gut gelaunt an der Hecktür seines Buschtaxis. Neben ihm auf dem aufgeklappten Tisch die vor sich hin brodelnde Mokka, die einen unwiderstehlichen Kaffeeduft verströmt.

»Haha. Sehr witzig«, antworte ich, während ich zu meinem Stuhl humpelhüpfe und mich hineinplumpsen lasse. Er hat mir eine gemütliche Wolldecke in den Stuhl gelegt und auch das Feuer von gestern Abend lodert wieder vor sich hin. Vielleicht hat er ja auch einen Kaffee für mich mitgemacht?

Hinter mir hüpft nun auch Papadopoulos leichtfüßig aus dem Auto und läuft wie ein kleiner Hund freudig auf Paul zu.

»Na, du kleiner Verräter?« Er beugt sich runter zu dem Kater und nimmt ihn auf den Arm. »Ich hätte wissen müssen, dass du mich für Josi einfach so im Stich lässt.«

»Für Josi?« Überrascht schirme ich meine Augen mit der Hand gegen die Sonne ab. »Ich dachte, du hast was gegen Namensabkürzungen?«

»Ach, das seh ich nicht mehr so eng. Und außerdem würde ich es doch nie wagen, einer polizeilichen Sonderanweisung des Landes Baden-Württemberg zu widersprechen.« Er lehnt sich lässig gegen sein Auto und grinst.

Und mir fällt bruchstückhaft wieder ein, was für einen Quatsch ich ihm gestern erzählt habe.

»Du hättest mir doch einfach sagen können, wie gern du von mir Josi genannt werden möchtest.« Immer noch vor sich hin grinsend gießt er Kaffee und heiße Milch in einen dunkelblauen, verbeulten Emaillebecher.

Ich winde mich.

»Das findest du jetzt richtig gut, ne?«

»Was meinst du?« Er tut unschuldig. »Kaffee?«

Ich rolle mit den Augen, strecke aber dankbar meine Hand nach dem Becher aus.

»Wie geht's dir denn heute Morgen?«

»Besser als erwartet. Die Kompresse hat Wunder gewirkt. Meinst du, Giuseppes Mama hat noch so eine für mich? Dann bin ich vielleicht schon in ein paar Tagen wieder fit.«

»Bestimmt! Ich fahre nachher mal hoch und frage sie.«

»Das wäre toll. Danke.« Der Becher wärmt meine kalten Hände.

»Und? Lust auf einen Tag mit Verwöhnprogramm und einem kleinen mitternächtlichen Silvesterdrink?« Paul stemmt die Hände in die Hüften und lächelt mich an.

Bei der Vorstellung, nicht alleine ins neue Jahr starten zu müssen, wird mir ganz warm ums Herz.

»Du hast doch bestimmt andere Pläne, als an Silvester mit einer fußlahmen Schnapsdrossel abzuhängen, oder? Warst du nicht eigentlich schon auf dem Sprung nach Irgendwohin?«

Er scheint nicht auf diese Frage antworten zu wollen. Statt etwas zu sagen, befüllt er einen weiteren Becher mit Kaffee, gießt Milch dazu und trinkt gleich einen kleinen Schluck. Dann schaut er aufs Meer. »Schön hier. Nicht?«

»Du kannst mir ruhig die Wahrheit sagen. Oder hast du deinen Vorsatz mittlerweile über Bord geworfen?«

»Ich hatte eine Verabredung in Florenz.«

Und so wie er das sagt, ist mir sofort klar, dass es sich bei dieser Verabredung um ein Date mit einer Frau handelt.

Damit habe ich nicht gerechnet.

Mir entfährt ein »Oh«.

Sofort ärgere ich mich über das kaum zu überhörende Bedauern in dem *Oh* und versuche, es mit »Tut mir leid, dass ich deine Pläne vermasselt habe« zu neutralisieren.

Paul winkt ab. »Das muss es überhaupt nicht. Erstens bin ich dir noch einiges schuldig und zweitens liebe ich diesen Ort hier. Wenn ich ehrlich bin, finde ich es ziemlich gut, dass ich Silvester hier verbringen kann. Mir war eh nicht so nach Party in der Stadt.«

Ich weiß nicht so recht, was ich darauf sagen soll, und trinke lieber noch einen Schluck Kaffee. Wenigstens kann ich mein schlechtes Gewissen in Bezug auf Liam nun endgültig über Bord werfen.

Paul atmet tief ein und wieder aus. »Hört sich vielleicht ein bisschen cheesy an, aber in dieser Bucht kommt es mir so vor, als wär die Welt eigentlich ziemlich in Ordnung, als würde es den ganzen Scheiß, den die Menschen so verzapfen, gar nicht geben.«

»Ich weiß genau, was du meinst. Wenn man sich erstmal auf so einen Ort einlässt, will man mit der echten Welt gar nichts mehr zu tun haben.«

»Aber ist nicht eigentlich das hier«, er schwenkt seinen Kaffeebecher durch die Bucht, »die echte Welt?«

»Schön wär's. Du kannst ja nicht für immer hierbleiben. Irgendwann musst du wieder in die Zivilisation und Geld verdienen.«

»Nicht zwangsläufig.«

»Wie meinst du das?«

»Na ja, es ist eine Entscheidung, die man trifft. Vielleicht kann man sich das Leben auch so einrichten, dass es die meiste Zeit in so einer Bucht wie dieser stattfindet. Die Vorstellung, richtig lange hierzubleiben und langsam zu verinseln, ist doch traumhaft, oder?«

»Verinseln – sehr schönes Wort. Aber meinst du nicht, du würdest vielleicht auch vereinsamen?«

»Keine Ahnung. Meine Vorstellung vom Aussteigertum ist nicht absolut, sondern eher fluide.«

Ich muss lachen. »So, so. Fluides Verinseln also. Alles klar.«

»Denkst du nicht auch manchmal darüber nach, einfach immer weiter unterwegs zu sein?«

»Nee. Ich hab doch 'nen Job, der in Ludwigsburg auf mich

wartet.« Irgendetwas hält mich zurück, ihm gegenüber zuzugeben, dass ich das sehr wohl tue.

»Weißt du, ich war so negativ, bevor ich aus Berlin abgehauen bin. So negativ und so zynisch und so unglaublich gelangweilt. Ich glaub, ich bin einfach froh, dass die Reise mich wieder hat lebendig werden lassen. Und begeistert. Und das will ich nicht wieder aufgeben.« Aus seiner Jackentasche fischt er eine Mütze und setzt sie auf. »Ich kann mir nur ansatzweise vorstellen, was es mit dir gemacht haben muss, jeden Tag mit Kriminalität in all ihren Facetten konfrontiert zu werden. Es muss irre schwer sein, sich davon abzugrenzen und weiter an das Gute zu glauben. Und es muss wahnsinnig erschöpfend sein.«

Ich nicke, habe aber keine Lust, näher darauf einzugehen. »Erschöpfend ist genau das richtige Wort. Apropos Kriminalität. Meinst du, du hast den Überfall mittlerweile komplett verarbeitet?«

»Ich denke schon. Ist schon ganz schön heftig, wenn einem die ganzen Sachen unterm Arsch weggeklaut werden. Aber eine geballert zu bekommen, das kenn ich noch von früher aus der Schule. Wegen meiner großen Klappe. Ich muss allerdings zugeben, dass ich ganz vergessen hatte, wie schmerzhaft das ist.«

»Und dann hast du nie mal darüber nachgedacht, irgendeine Form der Selbstverteidigung zu lernen?«, frage ich erstaunt.

»Als ich geschnallt habe, dass so was vielleicht ganz nützlich wäre, hatte ich schon Jalla. Der hatte immer 'nen siebten Sinn dafür, wenn ich Dresche bekommen sollte. Dann war er sofort da, riss seine großen Augen auf und schrie ›Jalla, Jalla,

Jalla! Verpisst euch, ihr Kartoffeln, sonst rupf ich euch die Säcke ab!‹ und schon war die Angelegenheit erledigt. Daher hat er übrigens auch seinen Spitznamen.«

»Der hört sich echt gut an, der Jalla. Den würde ich auch gerne mal kennenlernen.«

»Er dich auch.« Er wackelt mit dem Kopf, als wäre es ihm unangenehm, dass er das gerade gesagt hat.

Er zieht eine der Kisten unter dem Bett in seinem Wagen hervor und wühlt darin herum.

»Madeleine?«

»Wer?«

»Ob du eine Madeleine möchtest.«

Er reicht mir eine Packung mit den kleinen französischen Küchlein, von denen ich mir freudig gleich mehrere nehme.

PAUL

Sie nimmt sich gleich drei. Genau das mag ich so an ihr.

»Die sind noch aus Frankreich.« Ich trinke einen Schluck Kaffee. »Weißt du noch, dass ich dir gestern erzählt habe, dass ich hier auf Sardinien zum ersten Mal in meinem Leben an einem Felsen geklettert bin?«

»Nee«, sie lacht und wird ein bisschen rot. »Ich weiß nur, dass du was von Flamingos in einer Lagune erzählt hast. Ich fürchte, danach bin ich eingepennt. Oder habe ich das mit den Flamingos nur geträumt?«

»Nein, hast du nicht. Das hab ich dir tatsächlich erzählt.«

»Und wie lief's beim Klettern?«

»Ganz gut. Aber ich denke, ich bin auf dem Surfbrett besser aufgehoben.«

»Du surfst?« Sie reißt ungläubig die Augen auf.

»Wieso bist du denn so überrascht?«

»Ähm. Ich weiß auch nicht. Ich hab dich einfach nur nicht für einen Surfer gehalten.«

»Na ja, ehrlich gesagt bin ich auch echt lausig. Aber ich mache Fortschritte.«

»Dann bist du bestimmt schon viel besser, als du denkst.« Kurz schweigt sie und guckt aufs Meer. Dann räuspert sie sich und sieht plötzlich ein wenig verlegen aus.

»Danke, dass du hergekommen bist. Es hätte auch gereicht, wenn du Giuseppe angerufen hättest, damit er nach mir schaut. Und du hättest deine Verabredung in Florenz nicht verpasst. Die ist jetzt bestimmt am Boden zerstört.«

Chiara war eher sauer als am Boden zerstört, als ich ihr von der Planänderung und den Gründen dafür erzählte. Irgendwie auch verständlich, aber es handelte sich nun mal um einen Notfall.

»Giuseppe erreicht man nie per Telefon und außerdem wollte ich selbst nach dir sehen. Das ist wirklich das Mindeste, nach allem, was du schon für mich getan hast.«

Wir trinken beide unseren Kaffee und hängen unseren Gedanken nach, während Papadopoulos ins Buschtaxi hüpft und es sich in einer Mulde auf dem Bett gemütlich macht.

»Ich fahr gleich mal hoch zu Giuseppe und besorg noch so 'ne Kompresse für dich. Du kannst dich währenddessen noch ein bisschen von deiner Sauferei erholen. Was hältst du davon?«

Sie rollt mit den Augen, lächelt aber trotzdem ein bisschen und da sind sie wieder, ihre wundervollen Grübchen.

JOSI

Ich blicke dem Buschtaxi hinterher, das sich langsam und brummend den Hang hocharbeitet. Die Sonne ist nun schon viel wärmer und ich falte die Decke zusammen, die Paul mir ganz fürsorglich über die Beine gelegt hat.

Was habe ich gestern bloß noch alles zu ihm gesagt?

Hoffentlich nicht, dass er mein ritterlicher Retter ist. Denn genau so fühlt es sich gerade an. Ich finde es schön, dass er sich um mich kümmert, und ich fühle mich geschmeichelt, dass er sein Silvester-Date in Florenz für mich hat sausen lassen.

Ich lehne mich in meinem Stuhl zurück und halte mein Gesicht in die angenehme Wärme der Sonne. Morgen beginnt ein neues Jahr. Kaum zu glauben, dass das jetzige schon wieder rum ist.

Ich stecke mir noch eine Madeleine in den Mund, schmecke die fluffige Süße des Gebäcks und höre ein paar Vögeln zu, deren Rufe sich wie ein krächziges »Ciao« anhören.

Mein Blick wandert zum felsigen Drachen, der diese Bucht bewacht, zu den Kakteen, die den Strand besäumen, zum goldenen Sand und über das in der Morgensonne schimmernde Meer. Heute ist es dunkelblau, dekoriert mit kleinen Sahnebaisers, die mal hier, mal da auftauchen und gleich wieder verschwinden. Ich schließe die Augen und atme tief ein. Ich rieche es: Sein Salz, seine Frische. Und in dem Moment, als ich die Augen wieder öffne, fliegt ein Schwarm sehr kleiner Vögel über das Wasser. Bestimmt zwanzig Stück, in perfekter Synchronität. Erst sehe ich ihre grau-weißen Rücken, dann drehen sie mir ihre Bäuche zu, die silbern in der Sonne schimmern. Wie ein Schwarm Heringe drehen und wenden sie sich perfekt aufeinander abgestimmt wie in einer lange eingeübten Choreografie. Sie fliegen weiter hinaus und dann sind sie auch schon aus meinem Blickfeld verschwunden.

Ich wünschte, Paul hätte sie auch gesehen.

Und plötzlich weiß ich, dass er recht hat. Das hier, die Natur, ist die Realität, ist das echte Leben. Und die Welt da draußen hat den Bezug dazu verloren.

PAUL

Als ich wieder auf die Bucht zufahre, ist es schon viel wärmer geworden. Die Sonne steht höher und scheint zart auf Josi in ihrem Stuhl vor dem sanft anbrandenden Meer.

Ich parke das Buschtaxi und steige aus.

»Weißt du, wie die kleinen Vögel mit den silbernen Bäuchen und den langen Schnäbeln heißen?«, fragt sie mich anstelle einer Begrüßung.

»Das waren Sandstrandläufer, nehme ich an.«

»Und die, die sich so anhören, als würden sie ›Ciao, ciao‹ rufen?«

»Schwarzes Gefieder, roter Schnabel und rote Füße? Das müssten Bergkrähen sein. Die sind in Europa sehr selten geworden. Ich dachte, ich würde die erst auf dem Balkan oder in Schottland zu sehen bekommen. Da gibt es nämlich auch noch ein paar Populationen auf den Äußeren Hebriden.«

»Auf dieser Insel, von der du mir erzählt hast? Die, auf der du mit Finn unterwegs warst?«

»Harris, ja, da gibt es auch Bergkrähen. Hast du etwa welche gesehen?« Aufgeregt schaue ich mich in der Bucht um und sehe, wie Josi mich verwundert mit ihrem Blick verfolgt.

»Bist du jetzt unter die Ornithologen gegangen?«, frotzelt sie.

Dass ich mich seit meiner Begegnung mit dem Rotkehlchen in den Pyrenäen in einen totalen Bird-Nerd verwandelt habe und sogar in einem Buch notiere, welche Vogelarten ich schon sichten konnte, verrate ich ihr lieber nicht.

»Gesehen habe ich sie nicht. Nur gehört. Aus dieser Richtung.« Sie deutet auf eine Hecke in der Macchia und wie auf Kommando steigen genau in diesem Moment vier schwarz gefiederte Bergkrähen auf und rufen ihr krächziges »Ciao«.

»Wahnsinn! Das sind tatsächlich welche! Ich sag's ja, das hier ist das Paradies!« Ich unterdrücke den Impuls, zum Auto zu rennen und meine Kamera zu zücken.

»Es ist wirklich zu schön hier«, stimmt sie mir zu.

Ich öffne die Beifahrertür und hole den Pappkarton heraus, den Giuseppe mir in die Hand gedrückt hat.

»Giuseppe hat mir ein paar Eier fürs Frühstück mitgegeben und 'ne Angel. Er meinte, es gäbe hier gerade 'ne Menge Meeräschen, die ein vorzügliches Abendessen abgeben würden.«

»Du hast also wirklich vor, noch hierzubleiben?« Sie kneift ganz leicht die Augen zusammen, wie sie es immer macht, wenn sie skeptisch ist. Und auch die kleine Falte zwischen ihren Augenbrauen ist wieder da. »Und was ist mit deinen Florenz-Plänen?«

»Verschoben. Bis du wieder ganz und gar fit bist. Ist doch selbstverständlich. Willst du jetzt die neue Kompresse oder lieber später?«

»Gleich. Ich muss nur erstmal wohin. Stell dich besser schon mal darauf ein, dass hier gleich eine Armada von Offroadern, die Polizei, die Feuerwehr oder sogar die Armee vorbeikommt.«

»Hä? Wieso das denn?«

»Fast immer, wenn ich mal muss oder gerade duschen will, kommt jemand vorbei. Egal wie einsam ich irgendwo stehe. Scheint mein Reise-Ding zu sein. In Portugal ist tatsächlich ein Hubschrauber der Armee im Tiefflug an meinem total abgelegenen Küstenstellplatz vorbeigeflogen. Genau in dem Moment, in dem ich mich ausgezogen hatte, um zu duschen.« Sie lacht. »Aber ist ja auch 'ne gute Lebensversicherung. Wenn ich in der Wildnis mal in Not gerate, muss ich mich nur ausziehen und schon ist Kirmes angesagt.«

Sie drückt sich aus dem Stuhl und humpelt einige Meter weiter in Richtung der Büsche, wo eben noch die Bergkrähen herumgeflattert sind. Dann verschwindet sie aus meinem Blickfeld, und ich mache mich daran, die Köder fürs Angeln zu präparieren.

»Hast du auch so 'n Reiseding?«, fragt sie, als sie wieder zurück ist.

Ich überlege kurz. »So was Ähnliches. Egal wie groß und leer ein Parkplatz ist, sobald noch ein Auto dazukommt, stellt es sich garantiert so dicht neben mich, dass ich kaum noch meine Autotür aufkriege. Immer!«

»Tja, der Mensch ist eben ein Herdentier.«

»Und mein anderes Reiseding ist wohl, dass ich ständig meinen Autoschlüssel verlege«, gebe ich zu.

Sie schüttelt entsetzt den Kopf. »Nicht dein Ernst! Das ist doch das eine Teil, das man immer, aber wirklich *immer* an derselben Stelle aufbewahrt.«

»Ach, ist das so?«

»Na klar ist das so. Ich find's echt bemerkenswert, wie du mit deiner chaotischen Art überhaupt irgendwo ankommst.«

Eine hochgezogene Augenbraue, ein Zwinkern in ihren Augen. »Wahrscheinlich bist du einfach der ultimative Glückspilz.«

»Ich verrate dir mein Geheimnis.«

»Ich höre.«

»I go with the flow.«

»Aha. So einfach soll das sein? Das ist nix für mich. Du siehst ja, wo mich das hinführt.« Sie wedelt mit der Hand in Richtung ihres Knöchels. »Sag mal, hast du eigentlich mittlerweile den Wassersack ausprobiert?«

»Na klar! Der funktioniert super! Allerdings muss ich gestehen, dass ich ihn manchmal nur zur Hälfte vollmache und ihn dann mit einem Topf heißem Wasser auffülle. Aber bitte verrat's keinem. Ich will ja nicht als Warmduscher dastehen. In Griechenland rechne ich in den nächsten Monaten aber mit so warmem Wetter, dass es nicht nötig sein wird zu schummeln. Apropos. Was ist eigentlich dein nächster Stopp?«

»Süditalien und dann Griechenland.« Sie lächelt. »War doch klar, oder?«

»Keine Sorge. Ich denke, Griechenland ist groß genug für uns zwei. Wir werden uns schon nicht ständig über den Weg laufen. Versprochen! Es sei denn natürlich, einer von uns wird überfallen oder bricht sich die Gräten. Deal?« Ich halte ihr meine Faust hin.

»Deal!«

Wir besiegeln die Abmachung mit einem Fist Bum und werden dabei von Papadopoulos angemaunzt, der es irgendwie geschafft hat, aufs Buschtaxi zu klettern.

»Und wie lange wirst du in Griechenland bleiben?«, frage ich.

»Vier Wochen. Dann geht es langsam über Albanien, Montenegro und Kroatien nach Polen und dann mit der Fähre nach Skandinavien.«

»Hört sich toll an. Du bleibst also dabei, den Sommer in Skandinavien zu verbringen.«

»Ja. Durch den Abstecher nach Sardinien musste ich ein paar Ziele in Italien von meiner Route streichen, aber dann will ich alles wieder genauso durchziehen wie geplant.«

»Und deine letzte Station, bevor's wieder nach Deutschland geht?«

»Da mag ich noch gar nicht dran denken«, sagt sie gequält und blickt in die Ferne.

Es tut mir sofort leid, dass ich das Ende der Reise angesprochen habe. »Na ja, ist ja auch noch lange hin. Lust auf Rührei zum Frühstück? Mit Zwiebeln und ein paar Kräutern?«

JOSI

»Das klingt super.« Ich lehne mich in meinem Stuhl zurück und versuche, wieder ganz im Hier und Jetzt zu sein.

»Und du? Wo geht's nach Griechenland für dich als Nächstes hin?«, frage ich ihn.

»Weiß noch nicht. Ich denke, ich werde da überwintern und dann so lange bleiben, bis es mir nach dem Frühling irgendwann zu heiß wird. Dann schau ich weiter.«

»Hast du denn gar kein Enddatum für deinen Trip?«

Er schüttelt den Kopf. »Meine Reise ist zu Ende, wenn das Geld alle ist. Und das dauert noch ein Weilchen.«

Ich bewundere seine Art zu denken. Das könnte ich nie. Und ich bin ein bisschen neidisch auf seine Freiheit, was mir sofort sehr albern und undankbar vorkommt. Ein Jahr ist doch schon der totale Luxus. Mein Blick fällt auf meinen gesunden Knöchel. »Übrigens: Danke für das Fußkettchen und den Wein. Das war wirklich eine tolle Überraschung!« Ich merke, wie mir die Hitze in die Wangen steigt.

Er zieht eine der Kisten unter seinem Bett hervor und stellt sie auf den Boden. Ich sehe Brot, Pecorino, diverse Flaschen Wein und allerlei frisches Gemüse daraus hervorragen.

»Freut mich, dass du dich gefreut hast«, sagt er und verschwindet mit dem halben Oberkörper unter dem Bett.

»Wo hast du das Kettchen denn gefunden?«, frage ich, als er mit einer weiteren Kiste wieder aus den Untiefen seines Wagens auftaucht.

»In einem kleinen Fischerort in Andalusien.«

Aus der zweiten Kiste, in der sich einige Küchenutensilien befinden, zieht er ein kleines Mäppchen hervor, das er in einem Schwung auf dem Klapptisch entrollt. Darin lauter verschiedene Messer.

»Ui. Bist du nebenberuflich unter die Messerwerfer gegangen?«

»Nee, ich koch nur gern.«

»Beeindruckend. Ich habe ungefähr ein einziges Messer für alles dabei.«

Er zieht ein sehr großes Messer aus dem Mäppchen, schnappt sich eine Zwiebel und ein Brett, und in Nullkommanichts zerlegt er die Zwiebel sehr professionell in klitzekleine, exakt gleich große Würfel. Dann macht er ein Bund frischer Kräuter klein. Das Messer spült er sorgfältig ab und verstaut es gleich wieder in dem dafür vorgesehenen Mäppchen.

»Wow. Und so ordentlich«, staune ich.

»Du sagst das so, als wäre ich sonst der Oberchaot.«

Er holt einen zweiflammigen Gaskocher aus einer der anderen Kisten.

»Bist du doch auch. Ich hab vorhin einen Blick in deinen Wagen geworfen. Totales Chaos. Überall Klamotten. Kein Wunder, dass du deinen Autoschlüssel ständig verlegst. Erstaunlich, dass du in dem ganzen Tohuwabohu überhaupt etwas findest.« Es macht Spaß, ihn ein bisschen zu necken.

»Kreatives Chaos.« Er tut so, als ficht ihn das gar nicht an, und zuckt nur mit den Schultern. »Ich bin Künstler, schon vergessen?« Er zieht eine Augenbraue hoch und lächelt mich an. Der Dreitagebart steht ihm gut.

»Nur mit meinem Werkzeug, da bin ich penibel. Bei meinen Zeichen- und Kochutensilien muss immer Ordnung herrschen.«

Er platziert eine Pfanne auf einer der bereits entzündeten Flammen, gießt etwas Olivenöl hinein und gibt die Zwiebeln dazu.

Mir fällt seine Idee mit den Wohneinheiten wieder ein. »Hast du eigentlich schon angefangen, an deiner Idee zu arbeiten?«

»Was meinst du?« Gekonnt schwenkt er die Zwiebeln in der Pfanne.

»Deine Idee mit den nachhaltigen Kleinstwohneinheiten. Hast du schon mal eine entworfen und darf ich die vielleicht mal sehen?«

»Ich hatte noch nicht so richtig die Muße dafür.«

Er sagt das ganz beiläufig, als wäre nichts dabei, aber ich meine zu spüren, dass er dem Thema ausweicht.

»Viel wichtiger ist doch folgende Frage: Wie magst du dein Rührei? Raw, medium oder well done?«

Lässig schlägt er mit einer Hand nacheinander die Eier in eine Schüssel, quirlt sie mit einer Gabel durch und gießt die Flüssigkeit in die Pfanne.

»Zwischen medium und well done.«

»Wird gemacht.« Auf der zweiten Gasflamme röstet er in einer weiteren Pfanne zwei Scheiben Brot, während er das Rührei wendet.

Papadopoulos sitzt immer noch auf dem Autodach und beobachtet uns aufmerksam.

»Du hast es echt drauf. Ich glaub, ich hab mir unterwegs noch nie Brot geröstet.«

»Ach, das ist doch gar nichts. Du wirst schon noch sehen. Mein Name ist nämlich *Signore Culinario*. Und das da oben«, er deutet mit dem Kochlöffel auf Papadopoulos, »ist mein Assistente *Signorito Appetito* und wir haben gehört, dass Sie für die nächsten Tage das Dolce-Vita-Verwöhnprogramm gebucht haben.« Er deutet eine Verbeugung an. »Stets zu Ihren Diensten, junge Frau!«

»Du hast also wirklich vor, noch ein wenig zu bleiben?«, frage ich ganz beiläufig, um zu verbergen, wie sehr mich seine Ansage freut.

»Naturalmente! Und das Verwöhnprogramm beginnt subito!« Er reicht mir einen Teller mit geröstetem Brot und ganz leicht angebräuntem Rührei, das himmlisch nach frischen Kräutern duftet.

Und die Aussicht darauf, in dieser unglaublichen Bucht heute Abend nicht allein ins neue Jahr zu starten, sondern gemeinsam mit Paul, der alle seine Pläne über den Haufen geworfen hat, um nach mir zu sehen, stimmt mich ziemlich froh.

PAUL

Jedem anderen Menschen auf der Welt hätte ich Ketchup zu meinem Gourmet-Rührei äußerst übelgenommen. Aber Josi kann ich weder Schmelzkäse noch Ketchup verübeln. Ich bin einfach nur happy, dass es ihr schon wieder besser geht und die Schwellung an ihrem Knöchel zurückgegangen ist.

»Ich spül noch kurz die Frühstückssachen ab, dann leg ich dir eine neue Kompresse auf, okay?«

Als sie nicht gleich antwortet, drehe ich mich um und sehe, dass sie in ihrem Stuhl eingenickt ist. Genau wie gestern Abend.

Leise spüle ich unsere Teller und das Besteck und verstaue alles wieder an seinem Platz im Auto. Dann packe ich die Utensilien zusammen, die ich zum Angeln brauche.

Als ich an Josi vorbei in Richtung Strand gehe, höre ich sie ganz leise schnarchen.

Giuseppe hat mir verraten, dass die Fische an den Felsen gegenüber vom Drachenkopf am besten beißen. Und da gehen Papadopoulos und ich jetzt hin. Der kleine Kater ist ziemlich übermütig und scheint ganz glücklich zu sein, dass wir wieder hier sind.

Als wir an einer geeigneten Stelle stehenbleiben, streicht

er um meine Beine und setzt sich dann aufmerksam neben mich.

»Und meinst du, wir werden für Josi was fangen, kleiner Dopu?«

Ich werfe die Leine weit ins Wasser und stelle mich darauf ein, für ein ganzes Weilchen hier zu stehen.

Wochenlang haben Josi und ich uns nicht gesehen und doch kommt es mir so vor, als sei seit Lissabon nicht viel mehr als ein Tag vergangen. Ein unsichtbares Band scheint uns auf dieser Reise zu verbinden.

Ohne ihr viel erklären zu müssen, weiß sie sofort, was ich meine, wenn ich ihr beschreibe, wie ermüdend oder entspannend es sein kann, stundenlang Auto zu fahren, wie erholsam oder einsam es ist, nur auf sich allein gestellt zu sein, wie anstrengend, aber auch aufregend, sich ständig Neuem auszusetzen, wie aufreibend oder befreiend, permanent Entscheidungen treffen zu müssen, wie beruhigend oder aufwühlend, unterwegs sein Leben zu reflektieren, und wie rundum bestürzend es ist, das Meeresrauschen so zu vermissen, als wäre es die Luft, die man zum Atmen braucht.

Und vielleicht fühlt sie sich auch manchmal so verloren wie ich, weil sie sich ihrem früheren Zuhause nicht mehr so richtig zuordnen kann, und gleichzeitig aber auch total angekommen, weil sie unterwegs immer wieder neue Orte entdeckt, die sie mitten ins Herz treffen. Orte, an denen sie sich fühlt wie die Königin der Welt.

Und dann geht dort auch noch gerade die Sonne auf oder unter, ein paar Möwen fliegen vorbei und die Wellen begrüßen sie mit einem warmen Rauschen, als hätten sie nur auf sie gewartet, und die sorgenvollen Gedanken, die sie vielleicht eben noch hatte, lösen sich durch die atemberaubende Schönheit des Moments einfach auf.

Wir teilen die gleiche Art des Reisens, entdecken die gleichen Länder zu den gleichen Jahreszeiten, lassen uns vom Meer und der Natur faszinieren und haben sogar schon dieselben Leute beobachtet. Wir teilen Geschmäcker, Gerüche, Geräusche und Orte wie diese besondere Bucht.

Und ein Bett haben wir auch miteinander geteilt.

Ein Rucken an der Angel.

»Da hat einer angebissen, Dopu!«

Unter einiger Kraftanstrengung hole ich die Angel ein und siehe da, eine Meeräsche.

»Na das ist doch schon mal ein richtiges Prachtexemplar!«

Zur Bestätigung hebt der Kater seine Pfote.

Wie immer beim Angeln kommt mir jegliches Zeitgefühl abhanden.

Es beißen noch zwei weitere Fische an. Sie landen nacheinander in meinem Eimer.

»Ich würd sagen, drei Stück reichen fürs Abendessen, was Dopu?«

Ich knie mich neben den Kater und streichele sein Fell. Es ist ganz warm von der Sonne.

Nach ihrem Stand zu urteilen, muss es später Nachmittag sein. Auf die Uhr schaue ich nur noch selten. Zeit ist relativ. Früher habe ich den Spruch nicht verstanden. Jetzt schon.

Ich drehe mich zu den Autos um und sehe, dass Josi aus dem Stuhl aufgestanden ist und in meine Richtung schaut.

Ich ziehe die Fische aus dem Eimer, halte sie hoch, winke ihr und sie winkt zurück.

JOSI

Wie es aussieht, hat er tatsächlich ein paar Fische gefangen. Hätte ich ihm gar nicht zugetraut, dass er angeln kann. Auch die Qualität seiner Kochkünste hat mich überrascht. Das Rührei war vorzüglich. Fast hätte ich darauf verzichtet, nach Ketchup zu fragen. Und als ich es dann doch tat, hat er nicht mal mit der Wimper gezuckt.

Ich humpele zum Bulli und schaue in den Seitenspiegel. Ich kann nicht glauben, dass ich schon wieder mitten in unserem Gespräch eingeschlafen bin. Nicht, dass es langweilig gewesen wäre. Im Gegenteil. Aber wenn er mir etwas erzählt, fällt alles von mir ab. Automatisch stellt sich eine Art Tiefenentspannung ein.

Schnell hole ich eine Bürste aus dem Auto und versuche wenigstens ein bisschen Ordnung in meine Haare zu bringen.

»Hey Josi, gut geschlafen?«

»Ja, danke! Wie ich sehe, war dir Petri hold. Oder wie sagt man?«

»Ich hab uns auf jeden Fall ein paar anständige Fische gefangen, wenn du das meinst«, sagt er lächelnd, stellt den Eimer und die Angel neben seinem Auto ab und wäscht sich am Wasserkanister die Hände.

»Wenn du willst, kümmere ich mich um die Zubereitung der Fische«, schlage ich vor.

»Das kannst du? Ich dachte, du kochst nicht.«

»Das ist doch nicht kochen. Das ist grillen. Und die wichtigste Zutat hab ich immer dabei.«

Ich ziehe eine Knolle Knoblauch aus meiner Jackentasche und halte sie ihm triumphierend vor die Nase.

»Du schleppst immer Knoblauch mit dir rum?«, fragt er ungläubig.

»Du etwa nicht?« Ich schaffe es, dabei ganz ernst zu bleiben, und er sieht immer irritierter aus.

Ich erzähle ihm von meinem Abend mit Sylvie an der Atlantikküste und dass ich seither als eine Art Glücksbringer immer eine Knoblauchknolle in meiner Jackentasche habe.

»Klingt vernünftig. Und soll ja auch ganz gut gegen Vampire helfen«, sagt er trocken und bringt mich damit zum Lachen.

»Gegen alles, würde ich sagen. Nur vielleicht nicht gegen verstauchte Knöchel.«

»Wie geht's dem denn, deinem Knöchel?«

»Auf dem Wege der Besserung.« Ich bücke mich und nehme Dopu auf den Arm. Er lässt es sich gefallen, kuschelt sich an mich und schnurrt sogar.

»Vielleicht machen wir es so, dass du dich doch lieber wieder hinsetzt, den Fuß hochlegst und mir von deinem Thron aus sagst, wie ich den Fisch zubereiten soll.«

»Okay, einverstanden. Aber nur damit hier kein falscher Eindruck entsteht: Ich könnte auch gut für mich selbst sorgen.«

»Das glaub ich sofort. Aber ist es nicht auch mal ganz schön, sich ein bisschen betüddeln zu lassen?«

Seine Worte lösen ein warmes Kribbeln in mir aus. Betüddeln lassen. Das klingt wirklich schön.

»Na gut.« Ich lasse mich wieder in meinem Stuhl nieder und lege mein Bein auf dem Hocker ab.

»Wie kamst du eigentlich als Neunjährige auf die Idee, mit 'nem Bulli durch die Weltgeschichte fahren zu wollen?«, fragt er mich, während er ein paar Scheite auf die noch flimmernde Glut legt und das Feuer neu entfacht.

»Ach«, ich lehne mich etwas vor und halte meine Hände an die Flammen, »als ich sieben war, sind wir von Glücksburg nach Ludwigsburg umgezogen. Und ich war damals überhaupt nicht damit einverstanden. Ich habe es in Glücksburg geliebt, das Meer und der Strand waren direkt vor der Tür. Zu allem Übel liegt Ludwigsburg innerhalb Deutschlands auch noch am weitesten weg von allen Küsten Europas. Ich habe mich total entwurzelt gefühlt und konnte auch mit den Leuten in Ludwigsburg erstmal überhaupt nichts anfangen. Ich hab fast ein Jahr gebraucht, bis ich den Dialekt richtig verstehen konnte. Glücklicherweise sind dann Dita und Eleni in meine Klasse gekommen. Von da an wurde das Leben wieder besser. Ihre Familie war gerade aus Griechenland nach Deutschland eingewandert. Die beiden vermissten ihre Heimat am Meer genauso wie ich.«

Bei der Erinnerung, wie die beiden sich vorne am Pult an den Händen hielten und ziemlich verloren aussahen, als sie von der Lehrerin vorgestellt wurden, empfinde ich wieder diese warme Zuneigung von damals. Ich wusste genau, wie die beiden sich fühlten. Und ich wusste genau, dass wir Freundinnen werden würden.

»In den Sommerferien sind meine Eltern mit meinen Geschwistern und mir dann immer für ein paar Wochen zurück an die Ostsee gefahren. Aber das hat meine anschließende Sehnsucht nach unserem alten Zuhause nur noch verschlimmert.

Wenn es am Ende des Sommers hieß, Abschied zu nehmen, dachte ich immer: Wenn ich groß bin, bleibe ich am Meer, solange ich will. Und solange ich will, ist dann Sommer. Daraus ist die fixe Idee mit der Reise entstanden.«

»Und hat die Reise deine Sehnsucht nach dem Meer schon stillen können?«, fragt er und tritt noch einen Schritt näher ans Feuer heran.

»Ein bisschen …«, ich seufze tief und bevor ich es verhindern kann, sage ich, »aber die Sehnsucht nach einem richtigen Zuhause noch nicht.« Augenblicklich formt sich ein Kloß in meinem Hals. Laut ausgesprochen hört sich das wahnsinnig schwerwiegend an und ich wünschte, ich könnte es zurücknehmen.

Wie um dem Gesagten zu entkommen, lehne ich mich weit in meinem Stuhl zurück. Es ist mir unangenehm, so viel Persönliches und Verletzliches von mir preisgegeben zu haben.

Er schaut mich an und fragt nur: »Darauf einen Nepente?«

»Unbedingt!« Ich bin ihm dankbar, dass er nichts weiter dazu sagt.

Aus einem Schränkchen holt er zwei Weingläser hervor und reicht mir eins. Es wird an der Seite von einer leicht erhabenen Libelle geziert. Ich fahre mit dem Finger über das filigrane Insekt.

»Dass du so stilvolles Zeug dabeihast«, stelle ich verwundert fest.

»Du hältst mich also für einen extrem unordentlichen, geschmacklosen Neandertaler«, erwidert er amüsiert.

»Gar nicht. Ich hätte dir nur einfach nicht so ein Glas zugetraut.« Ich deute auf den Bulli. »Die Flasche, die du mir geschenkt hast, ist noch fast voll. Steht auf dem Beifahrersitz.«

Ohne ein weiteres Wort holt er die Flasche und gießt uns ein.

»Auf das Meer und den Knoblauch.«

Wieder einmal bringt er mich zum Lachen.

»Auf das Meer und den Knoblauch!«

Eine verirrte Haarsträhne kitzelt seinen Augenwinkel. Er streicht sie nach hinten. »Ich kann deine Faszination fürs Meer total verstehen. Ich habe keine Ahnung, wie ich jemals wieder irgendwo leben soll, wo das Meer nicht gleich vor meiner Haustür ist. Es gibt einfach nichts Schöneres, als beim Einschlafen den Wellen zu lauschen oder sogar durchs Fenster beobachten zu können, wie die Brandung an den Strand oder gegen die Felsen rauscht.«

»Nichts Schöneres«, stimme ich ihm zu.

Gut zu wissen, dass ich hier nicht die einzige Meersüchtige bin.

PAUL

»Dann wollen wir mal.« Ich lege ein Brett auf den Tisch an der Hecktür, spüle die Fische mit Wasser ab und Josi erklärt mir, wie ich sie zu würzen habe.

Wenn es darum geht, ihre wahren Gefühle vor der Welt zu verstecken, ist sie im Gegensatz zu mir das reinste Pokerface. Aber ich werde langsam besser darin, sie zu lesen.

Wenn sie zum Beispiel langsamer blinzelt als sonst, so wie gerade eben, dann fühlt sie sich wohl. Wenn sie die Lippen leicht zusammenpresst, sagt sie nur einen Teil der Wahrheit. Und wenn sie sich ganz weit zurücklehnt, heißt das, dass sie einem Thema ausweichen, nicht weiter darüber sprechen will.

Ich habe schon ein paar Brocken Josisch gelernt und wünschte, ich würde diese Sprache fließend beherrschen.

Gern hätte ich sie besser getröstet, als sie von ihrer Sehnsucht nach einem Zuhause gesprochen hat.

Die Sonne steht schon tief. Ihr warmes Licht taucht die Bucht in einen goldenen Schimmer. Der Strand und das Meer leuchten weich.

»Ist das eigentlich dein erster Winter im Süden?«

Sie nickt. »Mir fehlt der graue deutsche Winter kein bisschen. Und die Sonnenuntergänge, die sind hier jetzt fast noch spektakulärer als im Sommer. Als ich vor zwei Tagen hier angekommen bin, ist der Himmel vor lauter Farben explodiert.«

»Heute werden wir auch wieder ein Spektakel zu sehen bekommen, da bin ich mir sicher. Und einen tollen Sternenhimmel noch dazu.«

Sie schweigt, tippt sich mit dem Finger an die Lippen, als würde sie überlegen, ob sie den Gedanken, der gerade in ihrem Kopf herumspukt, mit mir teilen soll. Ich hoffe, dass sie es tut, und bin gespannt, was es ist.

»Sylvie hat etwas zu mir gesagt, über das ich immer mal wieder nachdenke«.

»Und das wäre?«, frage ich neugierig.

»Sie meinte, dass ein langsames Gefühl für Zeit ihr Leben lebenswert macht. Kannst du dir darunter was vorstellen?«

»Ich nehme mal an, sie meint damit, sich nicht zu hetzen, nichts zu überstürzen und den Moment zu genießen. Nicht zu sehr in der Zukunft zu leben. So wird das Jetzt länger. Das kennst du doch bestimmt von den Momenten, in denen du aufs Meer schaust, oder?«

»Hmm. Interessant.« Sie schaut nachdenklich in die Flammen.

»So richtig erklären, kann ich's auch nicht. Wahrscheinlich muss man's selbst erleben beziehungsweise erfühlen.« Ich lege die Fische auf den Grillrost. »Noch ein bisschen Wein?«

Sie nickt und ich schenke ihr nach.

Ich hole die Schaufel, die hinten am Rahmen des Buschtaxis befestigt ist, und schaufele ein paar Holzkohlen aus dem Feuer in den kleinen Grill, den ich zwischen unseren Stühlen platziert habe. Dann lege ich den Rost mit den Fischen darauf. Sofort fangen sie an zu brutzeln und die Glut zischt, als ein Tropfen Wasser von den Fischen auf die Kohle tropft.

Ich schaue zu Josi hinüber, die beseelt der Sonne dabei zuschaut, wie sie ganz langsam ins Meer eintaucht.

Ich bin gerne hier. Mit ihr.

»Oh! Paul! Da!«, ruft sie plötzlich, zeigt aufs Meer und springt auf. »Au Scheiße, mein Knöchel! Aber da! Da sind Delfine!!!«

Sie ist völlig aus dem Häuschen und ich glaube, nur der verletzte Knöchel hält sie davon ab, vor Begeisterung auf und ab zu hüpfen. So aufgeregt habe ich sie noch nie erlebt.

»Wo?«, rufe ich und bin plötzlich auch ganz aufgeregt.

»Komm her, schnell«, ruft sie ein bisschen zu laut.

Ich stelle mich dicht neben sie, schaue aufs Meer in die Richtung, in die ihr Finger zeigt, und versuche mich aufs Ausschau-Halten zu konzentrieren und nicht auf ihre unerwartete Nähe.

Sie zeigt nochmal aufs Meer und da sehe ich sie. Drei, nein vier Rückenfinnen, die neben der untergehenden Sonne auf- und wieder abtauchen. Und dann ein paar Meter weiter links noch einmal. Ich löse meinen Blick vom Meer, sehe sie im Profil. Ein glückliches Lächeln umspielt ihre Lippen, kleine Lachfältchen um die Augen herum verraten ihre tief empfundene Freude über die unverhoffte Entdeckung.

Sie so aufgeregt und in einem Moment vollkommener Glückseligkeit zu erleben, ist für mich das eigentliche, das viel bewegendere Naturschauspiel.

Ich verschränke meine Arme und wir schauen noch eine Weile aufs Meer. Aber die mystischen Tiere sind schon wieder verschwunden.

»Was für ein Erlebnis! Ich hab noch nie Delfine gesehen, und du?«

Ich schüttele den Kopf, nicht in der Lage, etwas zu sagen, weil ich so ergriffen davon bin, dass ich meine ersten Delfine mit ihr an diesem magischen Ort sehen durfte.

»Ich glaub's nicht! Ich hab Delfine gesehen!« Sie freut sich immer noch wie ein Kind. »Wie kannst du da nur so cool bleiben? Delfine, Paul! Wir haben Delfine gesehen!«

Ich lache. Ihre unbändige Freude reißt mich mit. »Ich bin gar nicht cool. Ich hätte fast geweint, eben«, sage ich mit gespielter Ironie in der Stimme.

»Das muss ich unbedingt Dita und Eleni erzählen! Die nerven mich schon seit Jahren, weil sie immer davon reden, dass sie auf Milos ständig Delfine sehen. Einfach so. Und jetzt habe ich auch endlich welche gesehen.« Sie schüttelt den Kopf. »Ich glaub's ja nicht, Delfine. Und dann auch noch hier an diesem unglaublichen Ort und im Sonnenuntergang.«

Strahlend setzt sie sich wieder in ihren Stuhl und trinkt einen Schluck Wein, während ich mich daranmache, noch schnell einen einfachen Tomatensalat zuzubereiten.

»Wie sind die denn so, Dita und Eleni?«

»Wahnsinnig nervig. Vor allem Dita.« Sie lacht. »Nee, gar nicht. Die sind toll und lustig und sehr, sehr lieb. Dita hat einen Beautysalon und Eleni führt mit ihrem Mann ein Restaurant.«

»Wow! Das hört sich so an, als hätten die beiden ziemlich viel um die Ohren.« Ich werfe einen weiteren Blick auf den Fisch. »Meinst du, der ist schon fertig?«

Josi beugt sich über den Grillrost und zieht vorsichtig an der Flosse eines der Fische.

»Nee, der muss noch drei Minuten. Wenn sich die Flosse ganz leicht rauslösen lässt, ist er gut.«

»Ah. Den Trick kannte ich noch gar nicht. Und du behauptest, du könntest nicht kochen?«

»Den Tipp hab ich von Sylvie.« Sie setzt sich wieder bequem in ihren Stuhl. »Ich vermiss die beiden. Aber ich treffe sie in Griechenland. Sie kommen für ein paar Wochen nach Milos, wenn ich auch gerade dort bin. Ein großer Teil ihrer Familie wohnt noch da.«

»Das ist dann wohl das Gegenteil von alleine unterwegs sein.«

»Ja, das totale Gegenteil. Aber ich werd auf Milos trotzdem im Bulli schlafen. Ich kann mir irgendwie gar nicht mehr vorstellen, in einem Haus zu übernachten.«

»Geht mir genauso.« Ich lehne mich zu ihr rüber und flüstere verschwörerisch. »Siehst du dich auch schon alt und hutzelig mit grauem Haar in deinem rostigen, alten Auto hausen?«

JOSI

»Total!«, kichere ich. Tatsächlich sehe ich uns beide vor mir, wie wir braungebrannt, faltig und zufrieden auf einem malerischen Felsen mitten im Nirgendwo in unseren Stühlen vor unseren Autos sitzen und uns Geschichten von damals erzählen.

»Oh, guck mal. Das Meer hat gerade die Sonne verschluckt, jetzt kommt gleich das Feuerwerk«, sagt er und lenkt meine Aufmerksamkeit zum Horizont, wo eben noch die Delfine waren. Ich kann immer noch nicht glauben, dass ich Delfine gesehen habe! In echt! Das werde ich mein Leben lang nicht vergessen.

Wir schauen beide für einen Moment ganz still auf das Meer, und bewundern, wie alle möglichen Rosé- und Orange-Töne am Himmel ineinanderfließen.

Nach einer Weile geht Paul zum Auto, holt zwei Sturmlaternen, zündet sie an und stellt sie neben uns auf die Erde.

»Ist doch seltsam«, sage ich nach einer Weile. »Wir können uns auf unserem Trip nichts Schöneres vorstellen, als einsame Orte zu finden, an denen wir möglichst alleine sind. Und manche Menschen vereinsamen einfach, obwohl sie es gar nicht wollen. Vor allem im Alter.«

»Einsamkeit ist wohl nur schön, wenn man sie aus freien

Stücken wählt. Und vielleicht wünscht man sich auch automatisch mehr Gesellschaft, wenn man alt und gebrechlich ist. Man ist dann ja auch auf Hilfe angewiesen und fühlt sich einfach sicherer mit anderen Menschen.«

Er macht den Eindruck, als wäre ihm das Thema unangenehm. »Ehrlich gesagt, denk ich da gar nicht gerne drüber nach«, gibt er zu. »Ich finde die Vorstellung, im Alter auf Hilfe angewiesen zu sein, um ganz alltägliche Dinge zu erledigen, echt furchtbar.«

»Aber wieso gehst du überhaupt automatisch davon aus, dass du im Alter Hilfe benötigen wirst? Also, ich persönlich hab jedenfalls vor, auch im hohen Alter noch alleine klarzukommen. Ich mache Sport, ernähre mich gesund, achte auf mich. Ich nehme keine Drogen und trinke nicht allzu viel Alkohol. Und genau das solltest du auch tun.«

»Klingt vernünftig. Darauf noch einen Nepente?«, fragt er und zwinkert mir zu.

»Unbedingt! Ich habe ja schließlich das Dolce-Vita-Verwöhnprogramm gebucht.«

»Das hast du.« Lächelnd gießt er mir noch etwas Wein nach.

Dann prüft er nochmal die Flosse des Fisches, die sich jetzt ganz leicht lösen lässt.

»Ich denke, ich kann jetzt servieren.«

Wenig später sitzen Paul und ich mit einem großen Teller mit lecker duftendem, gegrilltem Fisch und Tomatensalat auf unseren Knien am Lagerfeuer und wünschen uns einen guten Appetit. Der Fisch ist himmlisch und abgesehen von einigen *Mmmh!*s und *Mannistdaslecker!*s reden wir nicht viel.

Wir genießen einfach nur.

Nachdem wir aufgegessen haben, lehne ich mich wieder gemütlich in meinem Stuhl zurück. Ich bin hundemüde. So als hätte ich heute eine zwanzig Kilometer lange Wanderung unternommen. Wahrscheinlich von dem ungewohnt vielen Gerede. Seit ich unterwegs bin, rede ich manchmal tagelang fast gar nicht.

Mein Blick wandert vom Lagerfeuer zu ihm. Er sieht auch ein wenig müde aus. Als er meinen Blick bemerkt, springt er auf, nimmt mir den Teller ab und macht sich daran, das Geschirr zu spülen.

»Das können wir doch auch morgen machen.« Ich versuche ihn zu überreden, noch ein wenig bei mir sitzenzubleiben.

»Auf gar keinen Fall. Meine Küche muss immer picobello sein. Wer weiß, ob die Dame nicht später noch einen Silvester-Snack wünscht.« Er verbeugt sich extra steif wie ein englischer Butler und bringt mich damit zum Lachen.

»Wie spät ist es überhaupt?«

»Keine Ahnung.«

Er schaut auf die Uhr im Buschtaxi. »Noch drei Stunden bis Mitternacht. Meinst du, wir können überhaupt noch so lange wachbleiben?«

»Wahrscheinlich eher nicht«, antworte ich bedauernd.

»Das macht doch nichts. Silvester ist überbewertet. Ich find's eh besser, die Feste zu feiern, wie sie fallen.«

»Da stimme ich dir zu.« Es tut mir trotzdem leid, dass er statt einer aufregenden Partynacht mit einer wahrscheinlich ziemlich umwerfenden Italienerin nun einen eher unspektakulären Abend mit einer ungeduschten Schlafmütze bekommt.

»Und? Irgendwelche Vorsätze fürs neue Jahr?«

»Na klar.«

»Und zwar?«

»Ich werde mir auf jeden Fall ein hochwertiges Bürstenset zulegen. Mindestens zehnteilig.«

»Du bist ein echter Spinner«, grinse ich. »Aber wenn du was Hochwertiges möchtest, empfehle ich das Model *Rüdika deluxe.*«

»Und du? Hast du irgendwelche Vorsätze?«

»Ich will unbedingt weniger Pech haben.«

»Hört sich gut an. Das klappt bestimmt.« Er wirbelt die Spülbürste durch die Luft. »Soll ich dir noch 'ne neue Kompresse auflegen, wenn ich hier klar Schiff gemacht habe?«

Ich nicke. »Ich mach mich kurz fertig und dann wär's toll, wenn du mir die drumwickelst, wenn ich schon im Bett liege. Ginge das? Dann verrutscht sie nicht mehr so.«

Er zögert kurz.

»Na klar, gerne.«

PAUL

Als das letzte Glas gespült und weggeräumt ist, hole ich die Kompresse aus dem Buschtaxi. Unser Lagerfeuer ist mittlerweile runtergebrannt und ich lege noch zwei Scheite auf die Glut. Ich will gleich noch ein wenig am Feuer sitzen und den Sternenhimmel bewundern. Aber bis Mitternacht werde ich wohl auch nicht mehr wachbleiben.

Ich schaue zum Bulli hinüber. Die Schiebetür steht offen. Eine kleine Lampe am Kopfende von Josis Bett beleuchtet ihr Gesicht. Ihre Augen sind geschlossen. Wahrscheinlich schläft sie schon tief und fest.

Leise gehe ich zu ihr in den Bulli, setze mich an das Fußende ihres Bettes und ziehe die Decke vorsichtig ein wenig beiseite. An ihrem gesunden Knöchel funkelt mir das Fußkettchen entgegen. Es macht mich glücklich, dass sie es trägt.

Der verletzte Knöchel ist zwar schon deutlich weniger dick, aber immer noch nicht komplett abgeschwollen.

Sachte lege ich die Kompresse auf und umwickele sie behutsam mit einem Verband. Als ich gerade das Ende des Verbands einschlagen will, seufzt Josi ein wenig im Schlaf und dreht sich auf die Seite. Ihre Decke rutscht ein Stückchen höher und gibt den Blick auf ihre braungebrannten Beine frei.

Behutsam decke ich sie wieder zu.

»Paul?« Schlaftrunken richtet sie sich auf. »Ist was passiert?«

»Ich hab nur die Kompresse gewechselt. Schlaf ruhig weiter«, antworte ich leise.

Sie lächelt, legt sich wieder hin und flüstert noch: »Danke Paul, schön, dass du hier bist.«

Irgendwas liegt mir auf der Brust und erschwert mir das Atmen. Langsam öffne ich die Augen und hebe meinen Kopf an. Es ist nur Dopu, der seine neueste Lieblingsposition eingenommen hat. Er liegt auf meinem Brustkorb, ein Pfötchen ausgestreckt ganz nah an meinem Hals, so als wolle er mich streicheln.

»Ich weiß gar nicht mehr, wie ich früher ohne dich klargekommen bin, du kleiner Dopu.« Ich kraule ihn hinter den Öhrchen und spüre das Vibrieren seines schnurrenden Körpers.

»Und? Bist du bereit für einen neuen wundervollen Tag?«

Dopu gähnt und zeigt mir seine spitzen Zähne.

Als ich mich bewege, um aufzustehen, hört der Kater sofort auf zu schnurren und öffnet die Augen.

»Jetzt schau mich doch nicht so vorwurfsvoll an!«

Widerwillig erhebt er sich, steigt von meinem Oberkörper, macht kurz einen Katzenbuckel und verschwindet unter der noch warmen Decke. Ich drapiere die Decke nestartig um ihn herum, so dass er es maximal gemütlich hat.

»Meinst du, Josi ist schon wach?«

Keine Antwort.

»Okay, ich brauch jetzt erstmal Kaffee.«

Draußen ist von Josi noch nichts zu sehen. Ich strecke mich und genieße den Ausblick auf die Bucht an diesem schönen Morgen. Die Sonne ist zwar noch nicht hinter den Bergen aufgetaucht, aber es ist schon hell. Keine Wolke am Himmel. Nur einige Möwen, die ihre Runden über dem weiten Meer drehen. Ein Hauch von Nebel schwebt über dem Strand, der jetzt bei Ebbe so viel breiter ist. Unter dem Nebel ein feiner, nasser Spiegel vom leise plätschernd auflaufenden Wasser. Kein anderer Mensch weit und breit in dieser unberührten Natur. Mystisch, geheimnisvoll. Ein weiterer, flüchtiger, unvergesslicher Moment am Meer.

Jetzt bin ich schon zum zweiten Mal hier, habe insgesamt schon fast zehn Tage hier verbracht, aber diese Bucht habe ich noch nicht ansatzweise in all ihren Facetten gesehen und erlebt. Wie lange man wohl an einem Ort bleiben muss, um das behaupten zu können? Für immer? Und wie sieht es eigentlich bei einem Menschen aus? Wie lange muss man einen Menschen kennen, um ihn ganz und gar zu erfassen? Bei Lisa haben drei Jahre, fünf Monate und sieben Tage gereicht. Da wusste ich dann plötzlich ganz genau, wen ich vor mir habe.

Der Kaffee blubbert in der Mokka. Ich nehme ihn von der Flamme und schenke mir ein. Dazu ein bisschen Milch. Der erste Schluck wie immer der totale Himmel.

Gleich fahre ich hoch zu Giuseppe und werde ihn um eine weitere Kräuterkompresse bitten. Die Dinger scheinen Wunder zu bewirken. Josi sagte gestern, sie könne heute bestimmt schon wieder ein bisschen auftreten und rumlaufen. Mal sehen.

Außerdem habe ich versprochen, eine Nachricht an ihre Freundinnen zu verschicken. Josi meinte, Dita und Eleni wären bestimmt schon in Sorge, weil sie keine Happy-New-Year-Nachricht von ihrer Freundin bekommen haben.

Als ich oben bei Giuseppe ankomme, hole ich den Zettel mit Ditas Nummer und der Nachricht an sie hervor, den Josi mir gestern Abend noch in die Hand gedrückt hat.

Hallo Dita, hier schreibt Paul im Auftrag von Josi. Ich soll Dir folgende Nachricht überbringen:

> *Hi meine Süße,*
> *ich bin auf Sardinien in einer Bucht, wo man nur alle hundert Jahre mal ein bisschen Handyempfang hat.*
> *Ich habe mir den Fuß verstaucht, aber mach Dir keine Sorgen. Paul ist auch da und kümmert sich um mich.*
> *Alles ist gut. Ich melde mich nochmal, wenn ich wieder unterwegs bin.*
> *Drück Dich!! Und Happy New Year an alle!!*
> *Ich hoffe, Ihr habt schön gefeiert!!*

Als ich nach dem Versenden der Nachricht gerade aussteigen will, um an Giuseppes Tür zu klopfen, klingelt mein Telefon.

»Hallo?«

»Hallo Paul. Hier ist Dita. Schön, dass wir uns auch endlich mal kennenlernen. Ich habe schon viel von dir gehört. Nur Gutes natürlich. Ach ja, und Frohes Neues! Aber jetzt erstmal zu unserem kleinen Agapiménos. Was ist denn da bei euch los? Wieso ist sie auf Sardinien? Warum bist du bei ihr und wie zur Hölle hat sie sich den Fuß verstaucht?«

Ich hab schon gleich wieder vergessen, was die erste Frage war, und bin von diesem energischen Wortschwall so eingeschüchtert, dass ich erstmal gar nichts sage.

»Haaalloooo, Pau-el! Bist du noch da?«, tönt es fordernd aus dem Telefon.

»Ähm.« Ich räuspere mich. »Ja.« Josi hatte nicht erzählt, wie forsch Dita ist. »Du weißt gar nicht, dass sie auf Sardinien ist?«

»Nein.«

»Okay, also ich hab hier eine tolle einsame Bucht aufgetan und habe ihr davon erzählt. Sie hatte in Italien ein paar uncoole Erlebnisse und war 'n bisschen gestresst und als ich ihr dann von der Bucht und von Sardinien vorgeschwärmt habe, hat sie spontan entschieden, herzukommen.«

»Spontan? Das klingt aber gar nicht nach unserer Josi. Und was ist mit ihrem Fuß?«

»Sie ist bei einer Wanderung umgeknickt und hat sich den Fuß verstaucht. Ich war noch auf der Insel, also bin ich gleich hergefahren, um nach ihr zu sehen.«

»Aha. Soso. Um nach ihr zu sehen. Verstehe.« Es hört sich so an, als würde sie ihre Hand über den Hörer halten und noch einmal wiederholen, was ich gerade gesagt habe.

»Ich mach dich mal auf laut. Eleni ist auch hier und will auch noch was wissen.« Es raschelt kurz in der Leitung.

»Was gibt es zu essen? Verpflegst du sie auch anständig?«, fragt Eleni mit einer etwas weniger resoluten Stimme als ihre Schwester.

»Also gestern gab's zum Frühstück Rührei mit Kräutern und abends gegrillten Fisch, gewürzt und zubereitet nach Josis Rezept. Gleich mache ich ihr Pfannkuchen und für heute Abend habe ich Spinat-Ricotta-Ravioli geplant.«

»Josi weiß, wie man Fisch zubereitet?«, fragt Dita skeptisch, während Eleni hocherfreut »Wunderbar, er kann kochen!« ruft.

»Und? Magst du Kinder?«, fragt Dita jetzt ganz unvermittelt und ich habe keine Ahnung, was das eine mit dem anderen zu tun hat, und sage erstmal gar nichts.

»HallOooo Pau-el! Noch da?«

»Ja, aber …«

»Was aber! Wir müssen doch wissen, ob du ein anständiger Mensch bist, wenn unsere Josi da an diesem einsamen Flecken mit dir festsitzt.«

»Ähm. Also, ja, ich hab zwei Patenkinder, die ich sehr lieb habe.«

»Na das hört sich doch schon mal ganz vernünftig an. Wenn du wieder in Deutschland bist, würden Eleni und ich dich sehr gerne mal kennenlernen.«

»Jetzt setz ihn doch nicht so unter Druck, Dita«, schimpft Eleni leise. »Vielleicht hast du ja Lust, uns alle mal zum Essen zu besuchen. In meinem Restaurant.«

»In Ludwigsburg«, sagen beide dann noch unisono.

»Ja, gern«, antworte ich vorsichtig.

»Und du stellst natürlich sicher, dass es unserer Josi schnell wieder gut geht und dass es ihr an nichts fehlt und dass sie glücklich ist. Sonst bist du fällig! Verstanden?«

»Jetzt mach ihm doch keine Angst, Dita. Du wirst dich bestimmt hervorragend um sie kümmern. Vielen Dank, Paul.«

»Natürlich, und danke nochmal für die Einladung.«

JOSI

»Sie hat dich einfach angerufen?«, frage ich entsetzt und wünschte, ich wäre selbst mit ihm hochgefahren, um die Nachricht zu verschicken. »Ich hoffe, sie war nett zu dir?«

»Vermutlich«, sagt er und grinst.

»Wieso vermutlich?«

»Na ja, ich nehme mal an, dass es nett gemeint war, als sie sagte, dass ich fällig bin, wenn ich mich nicht ordentlich um dich kümmere.« Er lacht. »Sind aber sehr sympathisch, deine Freundinnen.«

»Wieso Freund*innen*. War Eleni etwa auch am Telefon?« Das wird ja immer schlimmer.

Er nickt und ich rolle mit den Augen, was er nicht sieht, weil er schon damit beschäftigt ist, Eier, Mehl und Milch zu verquirlen.

»Und dann hat Dita mich nach Ludwigsburg eingeladen«, sagt er nach einer Weile.

»Sie hat was?«, frage ich schockiert und bereue es sofort.

»Keine Sorge, ich hätte dich natürlich vorher gefragt. Und ich weiß ja noch gar nicht, wann ich das nächste Mal wieder in Deutschland bin.« Er klingt defensiv.

»Nein, nein. Das war überhaupt nicht so gemeint. Es wäre schön, wenn du die beiden kennenlernst.« Ich lächele ihn entschuldigend an. »Ich mag's nur einfach nicht, wie Dita so über meinen Kopf hinweg Sachen entscheidet.«

»Sie ist halt 'ne impulsive Person. Ist doch gut, dass du so eine Freundin hast, wo du selbst doch eher kontrolliert bist«, sagt er so lapidar, als wäre das eine allgemein bekannte Tatsache.

»Du findest mich kontrolliert?«

»Ja, schon.«

»Hmm.« So habe ich mich noch nie gesehen. Diszipliniert, organisiert, vernünftig – ja. Aber kontrolliert? Puh. Das hört sich ja eher nach Zwangsneurose an.

»Du hast halt gern alles im Griff. Ist doch klar, bei deinem Job. Überrascht dich das echt? Das müssten dir doch auch schon andere Leute gespiegelt haben.«

Wieder brumme ich nur »Hmm«.

»Jedenfalls waren Dita und Eleni sehr nett und gastfreundlich, aber wenn du nicht möchtest, dass ich euch in Ludwigsburg besuche, dann mach ich das natürlich auch nicht.«

»So ein Quatsch! Ich freu mich, wenn du mich besuchst und die beiden kennenlernst. Die sind toll.« Damit ist die Situation hoffentlich gerettet. Aber Dita drehe ich trotzdem den Hals um.

»Und da bist du jetzt auch ganz ehrlich?«

»Pauls-Reisemotto-ehrlich!« Ich grinse ihn an.

»Okay. Dann mach ich das vielleicht wirklich. Ich soll dich auf jeden Fall von den beiden grüßen und dir gute Besserung für deinen Fuß wünschen.«

»Danke!«

Er reicht mir einen Becher Kaffee, den ich dankbar entgegennehme.

»Und bereust du es, Silvester verschlafen zu haben?«

»Überhaupt nicht. Bestes Silvester ever!«, sagt er mit Überzeugung in der Stimme. »Ich fand's schon immer anstrengend, wie viele Erwartungen in so einen Abend hineinprojiziert werden. Dann lieber so.«

»Geht mir auch so.« Ich wärme meine kalten Finger an dem blauen Emaillebecher. »Hast du heute Morgen auch den leichten Nebel überm Strand gesehen?«

»Ja, war wunderschön, oder?«

»Sehr. Ich war ganz verzaubert davon. Und das Meer sieht heute wieder ganz anders aus als gestern.«

Paul nickt und gießt die erste Portion Teig in die Pfanne. Sofort riecht es nach meiner Kindheit.

»Als wir klein waren, hat mein Vater sonntags immer Pfannkuchen für alle gemacht. Das war toll.«

»Kann ich mir gut vorstellen.«

»Meinst du, deshalb nehmen so viele Leute ihr eigenes Essen mit in den Urlaub? Weil sie sich in der Ferne nach Geborgenheit sehnen?«

»Vielleicht. Vielleicht aber auch, weil sie der Fremde nicht trauen und nicht gern Neues ausprobieren.« Er schwingt die Pfanne, der Pfannkuchen fliegt elegant durch die Luft und landet perfekt auf der anderen Seite. »Für mich macht gerade das das Reisen aus. Und nur um das klarzustellen, Pfannkuchen sind kein mitgebrachtes Essen. Die gibt es auch in der italienischen Küche. Was möchtest du denn eigentlich dazu?«

»Zimt und Zucker, wenn du hast?«

»Klar.« Er lässt den Pfannkuchen auf einen Teller gleiten, streut Zimt und Zucker aus einer kleinen Dose darüber und reicht mir den Teller. »Besteck?«

»Wenn's dir nichts ausmacht, würd ich den lieber mit den Fingern essen.«

Wieder diese kleine Falte zwischen seinen Augenbrauen, die immer da ist, wenn er belustigt, überrascht und neugierig zugleich ist.

»Natürlich. So wie es dir am besten schmeckt.«

Ich rolle den Pfannkuchen zusammen, beiße in die süße Herrlichkeit und schließe die Augen.

»Mmh! So lecker!«

Er lehnt sich gegen das Buschtaxi, verschränkt die Arme und beobachtet mich lächelnd.

»Machst du dir keinen?«

»Doch. Gleich. Ich find's nur gerade sehr schön zu sehen, dass bei dir auch mal was ohne Ketchup geht.«

PAUL

»Hast du's dir so vorgestellt?«, fragt sie mich vier Pfannkuchen später.

»Was denn?«

»Die Reise. Unterwegs zu sein.«

»Ich hab mir eigentlich gar nichts vorgestellt. Ich hab einfach nur gefühlt, dass ich das machen muss.«

»Interessant.«

»Und du?«

»Ich hab mir alles ganz genau vorgestellt. Ist doch klar. Wenn Du *Signore Culinario* bist, dann bin ich *Signora Controllo*.«

»So schlimm bist du nun auch nicht«, necke ich sie. »Die spannende Frage ist doch, ob du nach all der Vorstellerei jetzt von der Realität enttäuscht bist.«

Als sie nicht gleich etwas sagt, schaue ich zu ihr rüber. Sie schaut mich an, lächelt. »Nee. Im Gegenteil.«

Dann dreht sie ihren Kopf wieder in die Sonne und schließt die Augen.

Später humpelt Josi mit mir an den Strand, versucht zwischendurch immer wieder den Fuß zu belasten und ist sich sicher, dass er morgen schon fast wieder in Ordnung ist.

Wir setzen uns ganz nah ans Wasser und lassen uns von den gleichmäßigen Wellen hypnotisieren. Dopu erkundet den Strand und beobachtet gebannt die lustig herumhüpfenden winzigen Flohkrebse.

Keine Ahnung, wie wir überhaupt darauf kommen, aber plötzlich erzähle ich ihr, dass mein Vater gestorben ist, als ich drei Jahre alt war, und dass ich als Kind viel trauriger darüber war, keine Geschwister zu haben, als über den fehlenden Vater. »Je älter ich werde, desto erstaunlicher finde ich, dass ich meinen Vater eigentlich nie vermisst habe.«

Ich erzähle ihr, wie ich Jalla in der Grundschule kennengelernt habe und dass er für mich immer wie ein großer Bruder war.

»Und wie hat deine Mutter den Tod deines Vaters verkraftet?«, fragt sie einfühlsam.

»Ehrlich gesagt, weiß ich das gar nicht. Wir haben nie darüber gesprochen.«

»Vielleicht fragst du sie mal, wenn du wieder in Berlin bist. Wann auch immer das sein mag.« Sie lässt ein bisschen Sand durch ihre Finger rieseln.

»Vielleicht.«

Dann schweigen wir weiter und lassen die Zeit verstreichen. Es ist schön, mit ihr zu schweigen. Es gibt gerade nichts, was ich lieber täte. Keinen Ort, an dem ich lieber wäre.

»Kurz bevor ich losgefahren bin …« Sie unterbricht sich.

»Ja?«

»Da war eine Frau in meinem Selbstverteidigungskurs, die offensichtlich misshandelt wurde. Ich hab ihr gesagt, sie soll sich bei mir melden, wenn sie Hilfe braucht. Aber das hat sie nie getan. Und manchmal habe ich das Gefühl, sie im Stich gelassen zu haben. Das verfolgt mich irgendwie.«

»Deinen Kurs hat doch bestimmt jemand übernommen, oder?«

Sie nickt.

»Dann ist sie vielleicht weiter hingegangen und jemand anderes hat ihr geholfen.«

»Oder sie ist untergegangen.«

In Josis Stimme schwingt etwas Düsteres mit, das ich nicht von ihr kenne, das mich aufhorchen lässt.

»Warum fühlst du dich so verantwortlich?«, frage ich vorsichtig.

Lange sagt sie nichts.

»Ich … Ich hatte mal einen Freund. Justus. Ist schon ein paar Jahre her. Wir haben uns viel gestritten. Und irgendwann während eines besonders schlimmen Streits, als ihm die Argumente ausgegangen sind, ist er handgreiflich geworden.«

Heiße Wut flammt in mir auf. Ich will diesen Drecksack am liebsten sofort zur Rechenschaft ziehen.

»Und dann?«, frage ich und versuche meine Stimme beherrscht und ruhig klingen zu lassen.

»Dann habe ich ihm fast den Arm ausgekugelt und ihn danach sofort verlassen. Aber seitdem weiß ich einfach, wie schnell es zwischenmenschlich eskalieren kann. Wenn das sogar mir passiert. Einer Polizistin.«

Ich möchte ihr diese Erinnerung nehmen, aber das kann ich nicht und so lege ich ihr etwas unbeholfen meine Hand auf den Rücken.

»Tut mir leid, dass du das erlebt hast.«

»Ich hab das noch nie jemandem erzählt. Dita und Eleni

hätten Justus wahrscheinlich gelyncht. Wär gut, wenn du das für dich behältst.«

»Natürlich behalte ich es für mich. Darf ich fragen, warum du das noch nie jemandem erzählt hast?«

»Ich glaub, ich hab mich dafür geschämt. Und die Scham wurde immer größer, je länger ich's nicht erzählt habe. Ich wollte mich wohl nicht damit auseinandersetzen, dass die Sache mit Justus, zusammen mit den Erfahrungen in meinem Beruf, dazu geführt hat, dass ich jegliches Vertrauen in eine funktionierende Beziehung verloren habe.« Sie seufzt. »Ich brauchte wohl erst die Entfernung von meinem gewohnten Umfeld, um das alles reflektieren zu können.«

»Du sprichst mir so aus der Seele. Manche Dämonen wird man so nebenbei im Alltag einfach nicht los. Da braucht's erstmal Abstand.«

»Welcher Dämon sitzt denn bei dir auf dem Beifahrersitz?«

»Ach«, sage ich und sehe Lisa neben mir im Buschtaxi sitzen. Aber nur noch schemenhaft, nur noch ein Schleier ihrer Silhouette. »Meine Ex, aber ich glaube, ich bin schon viel weiter jetzt.«

Mit ein paar Sätzen erzähle ich, was damals passiert ist.

»Blöde Kuh«, sagt sie trocken.

Ich muss lachen. »Ja, irgendwie schon.«

»Tut mir leid, dass die dir das angetan hat.«

»Mir auch.«

»Bleibt nur zu hoffen, dass wir in Zukunft eine bessere Menschenkenntnis an den Tag legen.«

Die Flut kommt langsam näher, umspielt schon unsere Füße und wir rücken ein wenig weiter den Strand hinauf.

Wir stellen fest, dass wir an der Atlantikküste auf dem Strandparkplatz bei Cap Ferret unter derselben Pinie geparkt und auf derselben Bank, ich morgens, sie abends, gesessen und aufs Meer geschaut haben und dass wir bis hierher noch zweiundzwanzig weitere Orte gemeinsam haben. Wir fragen: »Warst du auch bei dem Bäcker an der Kirche, um eine Quiche zu kaufen?«, »Hast du da auch an der Hafen-Mole gesessen und ein Zitroneneis gegessen?«, »War der Strand von Messanges auch so einsam, als du da warst?«, »Hast du auch diese irren Muscheln am Lette blanche gesehen?«.

Aber am meisten wollen wir voneinander wissen, wie wir das Meer an den jeweiligen Orten fanden.

War es auch so türkis, so blau, so grün, so aufgewühlt, so glatt, so wild, so sanft, so schön, so warm, so kalt, so salzig, so gischtig, so weit, so nah, so seidenmatt, so glitzernd?

Wir legen unsere Erlebnisse übereinander, gleichen sie ab, freuen uns wie Kinder an den Überschneidungen. Sie brennen sich dadurch noch tiefer in meine Erinnerung. Ich beginne zu verstehen, wie toll es sein kann, wenn man zu zweit unterwegs ist. Alles, was mich beeindruckt und bewegt, direkt und ungefiltert mit jemandem teilen zu können, muss unglaublich schön sein.

Ich berichte ihr von Lilly und Max und dass ihr Vortrag der Auslöser für meine Reise war. Woraufhin sie lacht und mir erzählt, dass sie zufällig vor ein paar Wochen den Podcast der beiden entdeckt hat, den ich wiederum noch gar nicht kenne.

Irgendwann, als die Sonne schon tief steht, gehen wir zurück zu unserem Lager. Als sie wieder in ihrem Stuhl am Feuer sitzt, das Bein auf dem Hocker, eine Flasche Ichnusa in der

Hand, sagt sie lächelnd: »Für die schöne Zeit hier hat es sich fast schon gelohnt, mir den Fuß zu verstauchen.«

Und ich frage mich kurz, ob sie wohl absichtlich den gleichen Wortlaut benutzt hat wie ich damals in Biarritz.

JOSI

»Heute habe *ich* mal Kaffee für *dich* gemacht«, begrüße ich Paul fröhlich, als er verschlafen aus dem Auto klettert.

»Echt? Das klingt gerade richtig gut!« Ein Sonnenstrahl fällt auf sein Gesicht und ich sehe eine kleine Narbe an seinem Kinn, die mir vorher noch nicht aufgefallen war.

»Du siehst müde aus. Hast du nicht gut geschlafen?«, frage ich ihn.

»Nachdem du ins Bett gegangen bist, hab ich noch 'ne Weile unterm Sternenhimmel gesessen und Sternschnuppen gezählt. Ich bin auf sechsundzwanzig gekommen.«

»Und hast du dir auch sechsundzwanzig Mal was gewünscht?«

»Na klar.«

»Und was?«

»Das darf man doch nicht sagen. Schon gar nicht vor dem Kaffee.«

Er blinzelt in den Tag und gähnt. »Ich verrate dir ein düsteres Geheimnis von mir, okay?«

»Okay.«

»Bevor ich nicht meine Dosis Koffein hatte, bin ich morgens kein besonders geistreicher Gesprächspartner. Der Kater hat sich auch schon darüber beschwert.«

»Schon in Ordnung, damit kann ich leben.«

Ich gieße Kaffee aus der Mokka und etwas Milch in meinen Emaillebecher und reiche ihn Paul.

»Ah. In der Farbe des Bullis.« Er trinkt einen Schluck und nickt anerkennend. »Der Kaffee ist gut.«

Wir blicken eine Weile stumm auf die Bucht, die auch heute wieder wie ein romantisches Gemälde von William Turner vor uns liegt. Der Nebel, den ich auch heute ganz früh am Morgen gesehen habe, hat sich mittlerweile verzogen und die Sonne haucht ihre ersten Strahlen über die Bergspitzen in die Bucht. Der Morgentau zaubert kleine Diamanten auf die Felsen, den Sand, die Macchia; und das Meer ist ein einziger, unendlicher Saphir.

Kurz zögere ich, ihm zu sagen, dass es meinem Fuß schon viel besser geht. Denn ich finde es schön hier, in dieser Bucht, mit ihm. Seine Gesellschaft und die Gespräche über das Reisen und das Leben tun mir gut. Ich mag seine Art, zu denken. Übergreifend und komplex. Er ist reflektiert, interessiert und dabei immer optimistisch. Und er kann die schlimmen Dinge, die ich in meinem Job erlebe, aushalten, kann sie stehenlassen, ohne mich auf Teufel komm raus trösten zu wollen.

Gestern Abend haben wir uns noch lange unterhalten. Ernsthaftes und Lustiges geteilt. Er hat mir sogar verraten, dass er mittlerweile der totale Bird-Nerd ist und deshalb ganz aus dem Häuschen war, als ich ihm von den Bergkrähen erzählt habe.

Und wenn wir uns gerade nichts zu erzählen hatten oder noch ein wenig über das eben Gesagte nachdachten, haben wir einfach geschwiegen, in den Sternenhimmel geschaut und dem Knistern des Feuers und dem Wellenrauschen dahinter gelauscht. Und auch das war angenehm und hat sich so angefühlt, als würden wir uns schon ewig kennen.

Fast hätte ich ihm die erfundenen Sternenbilder meiner Kindheit gezeigt, aber dann fiel mir wieder ein, dass in Florenz noch jemand auf ihn wartet.

»Ich glaube, mein Fuß ist wieder so weit hergestellt, dass ich gut allein zurechtkomme. Ich hab vorhin mal ausprobiert, die Kupplung zu treten, und das geht schon ganz gut. Ich werde noch ein oder zwei Tage hierbleiben, um den Fuß noch ein bisschen zu schonen. Aber du kannst jederzeit losfahren«, sage ich und warte auf seine Reaktion.

Er runzelt die Stirn, trinkt noch einen Schluck Kaffee.

»Bist du sicher?«, fragt er.

»Ganz sicher!«, antworte ich bestimmt.

»Dann habe ich meine Mission also erfolgreich erfüllt?«

»Hast du!«

Er überlegt, dann sagt er: »Okay. Dann würde ich dir nach dem Frühstück noch ein paar neue Kompressen holen, deine Wasservorräte nochmal auffüllen und dann würde ich fahren. Hast du einen Frühstückswunsch?«

»Ähm, ja klar, ich hab gehört, dass es hier ein berühmtes Koch-Duo gibt, das ein fantastisches Rührei zubereitet.« Ich versuche zu überspielen, dass ich ganz verdattert bin, weil er wirklich gleich fahren will. Anscheinend hatte ich unterbewusst gehofft, er würde zumindest noch bis morgen bleiben.

Er öffnet die Hecktür des Buschtaxis, hinter der der kleine Dopu sitzt und sein Pfötchen hebt, so als wolle er uns Hallo sagen.

»Buongiorno Signorito Appetito! Was meinst du? Machen wir jetzt gleich ein leckeres Rührei für die Dame?«

Er streichelt den Kater, der sich sofort an seine Hand schmiegt.

Anstatt meiner Enttäuschung Raum zu geben, versuche ich, mich auf den Kater zu konzentrieren.

»Ihr zwei seid echt ein Herz und eine Seele, oder?«

Paul nickt und schaut den kleinen Dopu liebevoll an.

»Beste Entscheidung ever, dass ich ihn mitgenommen habe.«

»Als ich dich das erste Mal getroffen hab, hätte ich nie gedacht, dass du jemand bist, der einen Kater adoptiert. Geschweige denn, dass du so gut kochen kannst oder auch nur in irgendeiner Art handwerklich begabt bist.«

Er runzelt die Stirn. »Was hast du denn vor mir gedacht, als wir uns das erste Mal getroffen haben?«

»Ehrlich?«

»Immer!«

»Dass du ziemlich verpeilt, ungehobelt und auf 'nem Quarterlife-Crisis-Trip bist.« Ich hoffe, dass er nicht sauer ist.

Er zieht die Mundwinkel nach unten, schiebt die Unterlippe vor. »Puh! Damit kann man ja wirklich keinen Blumentopf gewinnen. Und was denkst du jetzt?«

»Dass du ein sehr interessanter Gesprächspartner, ein liebevolles Katerherrchen, ein unverbesserlicher Optimist und ein echt guter Freund bist, auf den man sich verlassen kann. Danke, dass du hergekommen bist, Paul! Das werde ich dir nie vergessen!«

PAUL

Dopu guckt aus dem Heckfenster und maunzt kläglich, als ich den Motor starte und losfahre.

»Alter, reiß dich zusammen, sonst hört sie dich noch. Ist besser so! Vertrau mir!«

Ich sehe sie im Rückspiegel. Sie nimmt das pinke Cap ab, das ihre blauen Augen immer so leuchten lässt, und schwenkt es über ihrem Kopf.

Noch einen Tag länger mit ihr in der Bucht und ich hätte versucht, sie zu küssen.

Als sie aus meinem Blickfeld verschwunden ist, entfährt mir ein tiefer Seufzer. Es kommt mir so vor, als hätte ich die letzten drei Tage lang die Luft angehalten.

»Ich Idiot! Wie kann man nur so blöd sein! Freunde, nee klar, ist ja gar kein Problem, ich krieg das schon hin, alles lässig. Aber gar nichts krieg ich hin!«

Der Kater gibt ein langgezogenes, anklagendes Miauen von sich, wie zur Bestätigung. Oder weil es ihm nicht gefällt, auf dem rumpeligen Pfad so durchgeschüttelt zu werden.

»Komm her, Dopu. Hier vorne ist es besser. Und hör auf zu jaulen. Du machst mich ganz verrückt.«

Wenig später bin ich auch schon auf der Küstenstraße nach Olbia und fahre in Richtung Fährhafen.

Unterwegs halte ich kurzentschlossen auf einem Strandparkplatz, ziehe mir meine Badehose an, renne ins Meer und tauche durch die erste Welle, die mir entgegenkommt. Als ich auftauche, schnappe ich nach Luft. Das Wasser ist irre kalt. Ich schwimme, bis ich meinen Körper nicht mehr spüre. Wieder zurück am Strand prickelt meine Haut. Die Wintersonne wärmt mich auf und ein leichter Wind weht durch meine Haare. Jetzt fühle mich schon wieder ein bisschen mehr wie ich selbst.

Halb abgetrocknet und mit dem Handtuch um die Hüften setze ich mich ins Auto und wähle Jallas Nummer.

»Du Sack!«, begrüßt er mich. »Ich hab eben gesehen, dass in ganz Italien die Sonne scheint. Hier schneeregnet's gerade.«

»Hallo, lieber Jalla«, antworte ich übertrieben höflich, »ich find's auch schön, mal wieder deine Stimme zu hören.« Irgendwie bin ich aber froh, dass das Gespräch in eine ganz andere Richtung geht, als von mir geplant.

»Ich hab den Winter in Deutschland so satt!«, meckert er munter weiter. »Die Kinder schleppen eine Erkältung nach der anderen an und Berlin ist gerade der graueste Ort der Welt.«

»Dann komm doch her«, sage ich kurzentschlossen. »Ich weiß, ist nicht besonders cool und männlich, aber ich vermiss euch gerade ganz tierisch.«

»Hmm. Gar keine schlechte Idee. Nach Italien?«

»Weiß nicht. Ich glaub, ich bin nicht mehr so lange in Italien. Vielleicht kommt ihr besser nach Griechenland.«

»Und wo da?«

»Ich überleg mir was.«

»Und wann?«

»Wann passt es euch denn am besten?«

»Zweite Januarhälfte.«

»Alles klar.«

»Cool, Alter. Wie früher. Good old Opel-Kadettilac-Times. Nur viel älter und weiser.«

»Weiser? Du vielleicht.«

JOSI

Kein Wunder, dass die Amalfiküste schon unzähligen Filmen als Kulisse gedient hat. Aber in echt ist sie noch so viel unglaublicher, als es die professionell in Szene gesetzten Aufnahmen erahnen lassen. Pastellfarbene Häuser zu meiner Linken, das Meer zu meiner Rechten. Zitronen- und Orangenbäume. Goldenes Sonnenlicht, das mich begleitet; ein lauer Fahrtwind, der durch mein Fenster weht. Ein neues atemberaubendes Fotomotiv hinter fast jeder Biegung der extrem kurvigen Küstenstraße, die den schwarzen Duschsack auf dem Beifahrersitz manchmal lustig hin und her gluckern lässt. Ich tätschele ihn liebevoll. »Wir beide, wir haben heut noch ein Date, nicht wahr?«

Und zwar an meinem nächsten Stopp. Positano.

In einem Reiseblog bin ich auf ein Ristorante namens *Bellissima Costa* gestoßen. Die Spezialität des Hauses, Spaghetti alla Nerano, wurde in so hohen Tönen gelobt, dass ich mir das unmöglich entgehen lassen kann. Also habe ich das Restaurant spontan als zusätzlichen Stopp auf meiner Route mit eingeplant. Heute habe ich mir dort einen Tisch für ein frühes Abendessen reserviert und werde mir mal wieder so richtig was gönnen. Ein schöner Abschluss für meine Zeit in Italien, die auf so vielen verschiedenen Ebenen ganz anders war, als ich es mir vorgestellt hatte.

Aber ich habe mich längst mit allem versöhnt, was hier in den letzten Wochen schiefgelaufen ist. Dita meinte nur trocken: »Die Göttinnen legen dir Steinchen in den Weg, damit du was kapierst. Und ein Steinchen kommt dann selten allein. Denk doch nur daran, wie bei mir in manchen Monaten alles Mögliche gleichzeitig kaputtgeht. Letztes Jahr Backofen, Wasserkocher und Staubsauger, alles in einer Woche.« Ich sah sie förmlich vor mir, wie sie bei *einer Woche* den Zeigefinger in die Luft hob. »Und was habe ich daraus gelernt? Erstmal keine Hausarbeit!« Sie lachte laut. »Also denkst du besser mal darüber nach, was die Göttinnen dir damit sagen wollen!«

Mein Herz hüpft bei dem Gedanken, dass wir uns in einer Woche auf Milos wiedersehen werden. Endlich! Ich vermisse sie und Eleni so sehr und kann es nicht erwarten, mit den beiden in der Beachbar ihres Cousins zu sitzen und den lieben langen Tag am Strand zu liegen.

Dass ich mich darauf freue, eine Auszeit von meiner Auszeit zu nehmen, ist schon ein bisschen lustig.

Am Straßenrand sehe ich das Ortsschild von Positano und drossele das Tempo noch ein wenig mehr, wobei ich sowieso schon die ganze Zeit sehr langsam fahre, um möglichst viel von der atemberaubenden Landschaft zu sehen.

Ich passiere das Restaurant, das eine Terrasse und einen grandiosen Blick auf das Meer hat. Gleich werde ich dort sitzen und fürstlich speisen, aber erst will ich noch meinen heutigen Schlafplatz checken, duschen und mir etwas Hübsches anziehen. Und dann zu Fuß zum Restaurant gehen.

Die Tage werden schon wieder länger und auch die Sonne hat bereits mehr Kraft. In Deutschland dagegen Schnee und Graupelschauer im ganzen Land bei um die null Grad. Meine

Eltern haben mir ein Foto von sich und meinen Geschwistern beim Sonntagsspaziergang in dicken Wintermänteln geschickt.

Ich fahre durch Positano, entdecke die kleine Gasse, die zum Meer führt, und bin wenig später schon an meinem Stellplatz für die Nacht angekommen.

Am Ende des fast leeren Parkplatzes stelle ich mich so geschickt in eine Ecke, dass ich hinter dem Bulli duschen kann, ohne dabei von jemandem gesehen zu werden.

Was am Anfang der Reise noch locker eine Stunde gedauert hat, ist mittlerweile in zehn Minuten erledigt. Generell sind meine täglichen Abläufe über die letzten Monate so routiniert geworden, dass ich gar nicht mehr viel darüber nachdenken muss.

Und heute – juhuu – schaffe ich die Körperpflege sogar ohne Carabinieri und Armeehubschrauber.

Zur Einstimmung auf den Abend mache ich mir erstmal mein momentanes Lieblingslied von Bilderbuch an und suche nach einem passenden Outfit. Ich habe Lust auf das blau-gelb gestreifte Kleid. Dazu eine Strickjacke und ein paar Ledersandalen. Während ich den Refrain von *Nahuel Huapi* mitsumme, lege ich noch ein bisschen Mascara und Gloss auf. Einfach so. Nur für mich.

Dann mache ich mich auf den Weg zum *Bellissima Costa* .

Der Patrone stellt sich als Alfredo vor, begrüßt mich herzlich und führt mich nach draußen an einen der Tische direkt am äußersten Rand der Terrasse. Der Boden aus grobem Terracotta kontrastiert das weiche Blau von Himmel und Meer. Die Holztische sind mit cremefarbenem Leinen gedeckt, darauf weißes Porzellan mit zitronengelben dezenten Elementen. Alles ist wahnsinnig stilvoll und das Ambiente verspricht, dass die nächsten Stunden wunderbar und ganz anders sein werden als mein auch so wunderbarer gestriger Abend mit Tütensuppe und einem kleinen Feuer in meinem Tonnengrill am Strand.

Was macht dein Leben lebenswert? Die Frage begleitet mich seit meinem Abend mit Sylvie. Und je länger ich unterwegs bin, desto präziser kann ich darauf antworten.

Bisher habe ich das Umsetzen von Plänen, Zeit mit Freundinnen und der Familie verbringen, Menschen helfen und natürlich Reisen auf meine Liste setzen können. Jetzt kommt noch die Vielfalt, die Unterschiedlichkeit hinzu. Das Wissen, dass der größte Luxus ein Teller Spaghetti mit frittierten Zucchini im stilvollen *Bellissima costa*, aber auch eine Tütensuppe in einer wunderschönen Bucht sein kann.

Obwohl das Lokal auch außerhalb der Saison durchgehend geöffnet hat, sitzt auf der Terrasse abgesehen von mir nur ein verliebtes Pärchen, das schon beim Nachtisch angekommen ist und sich gegenseitig mit Tiramisu füttert.

Ich freue mich für die beiden, dass sie sich haben, nicke ihnen zu und wünsche ihnen buon appetito.

Alfredo bringt mir einen eiskalten Bellini, der aufs Haus geht und mir beim ersten Schluck vor lauter Glück die Tränen in die Augen treibt. Das muss frischer Pfirsich sein, der den Champagner sonnenuntergangsorange färbt und mit seiner Fruchtigkeit meine Geschmacksknospen wachküsst.

Mein Blick schweift über die Terrasse, zu dem Pärchen, das noch einen Espresso trinkt, über den weißen Strand, an dem eine Familie ein Picknick in der Abendsonne macht, übers Wasser, auf dem ein paar Boote schaukeln, in Richtung Horizont. Ich suche diese feine Linie am Ende der Welt; die eigentlich so klar erkennbare Grenze zwischen Himmel und Meer, die ich aber heute nur erahnen kann, weil die Farben von beiden sich so sehr ähneln, dass sie die Grenze zu einer Illusion werden lassen.

Nach ein paar exquisiten Oliven, hausgebackenem Brot, dazu herbem Olivenöl, bekomme ich als Vorspeise einen Insalata caprese serviert. Die Tomaten sind würzig und gleichzeitig fast schon süß. Der Mozzarella ist cremig und zergeht auf der Zunge. Eines des Kräuter kommt mir bekannt vor, aber ich kann es nicht einordnen. Noch eine weitere Gabel wandert in meinen Mund. Und plötzlich weiß ich, woher ich den Geschmack kenne, und bin wieder in der Bucht. Auf Sardinien. Mit Paul. Und esse das von ihm zubereitete Rührei, das mit einem dieser Kräuter gewürzt war.

Unweigerlich wandert meine Hand zu meinem linken Knöchel und ich ertaste das Fußkettchen, das ich seitdem nicht mehr abgelegt habe.

Wir haben uns seit Sardinien nicht mehr gehört. Er hatte seither offensichtlich Besseres zu tun, als an mich zu denken. Und ich? Ich hätte ihm längst schreiben, mich nochmal bedanken sollen. Aber ich konnte irgendwie nicht.

Ich habe überhaupt kein Recht darauf, sauer zu sein, weil er eine andere trifft. Aber nur weil ich kein Recht darauf habe, heißt es ja nicht, dass es mir gefallen muss.

»Ich sehe, der Bellini hat Ihnen gemundet. Darf ich Ihnen nun einen exquisiten Rotwein zum Essen präsentieren?«

»Gern.« Ich bin dankbar, dass Alfredo meine Gedanken zerstreut.

Er zeigt mir die Flasche, öffnet sie, schenkt mir einen kleinen Schluck ein. Alles mit einer eleganten Perfektion, die eine jahrelange Routine und bedingungslose Hingabe verrät.

Aus einer Laune heraus frage ich ihn, ob er jemanden kennt, der ein Ausflugsboot hat und mit Touristen rausfährt, um ihnen Positano vom Wasser aus zu zeigen.

»Aber natürlich«, antwortet Alfredo, während ich den Wein probiere. »Es gibt einen Anbieter, der hat nur jetzt leider keine Saison. Aber«, er beugt sich verschwörerisch zu mir runter und pausiert.

»Aber?«, frage ich gespannt und bedeute ihm, dass der Rotwein toll ist und er mir gerne nachschenken kann.

»Aber wenn Sie es wünschen, könnte ich meinen Sohn Gio fragen, ob er Sie nachher mit rausnimmt. Er liebt das Meer und macht jeden Abend eine kleine Feierabendrunde vor der Küste von Positano.« Er gießt den Wein ein, der beruhigend in mein Glas gluckert, und natürlich gibt es darauf nur ein begeistertes Ja als Antwort.

Die Spaghetti mit den genau auf den Punkt frittierten Zucchini sind ein Gedicht. Dazu der Rotwein, die Aussicht und der Duft vom Meer und aus der Küche, das Stimmengewirr der anderen Gäste um mich herum, das diverser und lauter wird, weil sich die Terrasse langsam weiter füllt.

Nach einem doppelten Espresso bezahle ich die Rechnung und Alfredo sagt mir, wo ich Gio finde.

Ich folge der Wegbeschreibung und sehe am Anleger einen jungen Mann, der seinem Vater wie aus dem Gesicht geschnitten ist.

»Du bist Gio, richtig?«

»Ciao, Josi. Alfredo hat mir schon Bescheid gesagt.«

Er deutet auf ein knallgelbes Boot und hält mir den Arm hin, damit ich hineinsteigen kann. Er klettert hinterher und wirft gleich den Motor an. Wir tuckern aus der Bucht aufs offene Meer hinaus, der Wind in meinem Haar, die orangerote Sonne eine Handbreit über dem Wasser. Immer wieder blicke ich zurück zur Küste. Zur Terrasse des Restaurants, auf der ich eben noch gesessen habe. Ich sehe die Kerzen auf den Tischen, die ein Kellner gerade angezündet haben muss.

Wir fahren weiter raus. Die Kerzen werden zu kleinen Punkten und die Häuser zu bunten Rechtecken am Hang, in abendrotes Licht getaucht.

Als Gio sieht, dass ich fröstele, reicht er mir eine Decke, die ich mir um die Schultern lege.

»Klingt vielleicht abgedroschen, aber wenn ich hier draußen bin, bei Sonnenuntergang, habe ich das Gefühl, ich bin der reichste Mann der Welt«, lacht er und zuckt mit den Schultern. »Wunderschön ist es hier«, seufze ich und versuche, das Ambiente mit jeder Pore meines Körpers aufzunehmen. Ich hoffe, dass ich das hier, wie so vieles andere, nie vergessen werde. Und ich nehme mir ganz fest vor, in Zukunft spontaner zu sein und öfter mal Dinge zu tun, die eigentlich nicht zu mir passen.

PAUL

Zwischen mir und dem Kloster in Calabrien liegen noch knapp fünfhundert Kilometer und ich liege gut in der Zeit. Die Autobahn ist frei. Ich werde rechtzeitig morgen früh da sein.

»Bist du auch schon so gespannt, was uns im Süden erwartet, kleiner Dopu?«

Der Kater hat sich auf dem Beifahrersitz zusammengerollt und gähnt. Keine weitere Reaktion. Ich befürchte fast, unsere Wanderung am Monte Meta heute Vormittag hat ihn ein bisschen überfordert. Im Internet habe ich mir vor ein paar Tagen einen Rucksack mit einem kleinen Netzfenster bestellt, in dem ich Dopu in Zukunft bei längeren Wanderungen tragen werde. Die Katzenkraxe wird mir vom Händler ins Kloster geschickt.

Gut gelaunt drehe ich am Radio herum und finde einen Sender, der nicht diese überdrehten italienischen Diskussionssendungen ausstrahlt, sondern klassischen Italo-Pop.

Die Sonne scheint. Ich hab was Gutes vor und bekomme mein Leben wieder in den Griff. Meine Finger trommeln zum Rhythmus von *Azzurro* aufs Lenkrad. Meine Fünf-Sterne-Suite mit Allradantrieb, mein kleiner Kumpel und ich sind auf dem Weg zu unserem nächsten Abenteuer und Frauen sind dabei erstmal außen vor. Außer im Kloster natürlich, aber ich nehme mal an, dass wir für die dortigen Damen ein paar Jahrzehnte zu jung sind.

Ich streiche über meine rechte Wange, denke nochmal an die Ohrfeige, die ich mir bei Chiara in Florenz abgeholt habe, als ich ihr getreu meinem Reisemotto erklärte, dass sie wirklich toll ist, aber dass das Timing nicht stimmt. Und dass ich wohl doch mehr als nur freundschaftliche Gefühle für die Frau in der Bucht habe.

Die Ohrfeige war wohl verdient und zu erwarten und doch war ich kurz überrascht. Jalla sagt, dass er sich langsam Sorgen um mich macht, weil ich unterwegs ständig verprügelt werde.

Aber vielleicht hat man auch nicht richtig gelebt, bis man von einer temperamentvollen italienischen Frau eine Ohrfeige kassiert hat.

Josi und ich hatten seit Sardinien keinen Kontakt mehr. Ich hätte ihr schon längst schreiben sollen, fragen, wie es ihrem Fuß geht. Aber irgendwie konnte ich nicht.

Bei der nächsten Raststätte fahren wir ab. Pause machen, Tanken, Cola kaufen, Snack einschmeißen. Weil ich das Gefühl habe, mich ein bisschen bewegen zu müssen, räume ich noch das Buschtaxi auf. In einem Waschsalon in Florenz habe ich meine Klamotten gewaschen, die ich jetzt zusammenrolle und in den Kisten auf dem Dach verstaue. Als ich meine Einkäufe unterm Bett bunkern will, fällt mir mal wieder die kleine schwarze Tasche in die Hände, die in den letzten Wochen in den Kisten unterm Bett immer weiter nach hinten gewandert ist.

»Vielleicht im Kloster«, sage ich zu Dopu, der mich mit einem schief gelegten Köpfchen anschaut. Die Tasche verschwindet unter Nudeln, eingelegten Tomaten, Oliven und mehreren Packungen Grissini und die Kiste kommt zurück unters Bett.

Und schon sitze ich wieder hinter dem Steuer, starte den Motor und es geht zurück auf die Straße. Das satte Brummen des Buschtaxis, das den Innenraum des Wagens erfüllt, klingt in meinen Ohren. Manchmal fehlt es mir fast, wenn ich den Motor ausstelle. Manche Leute finden es ja lästig, längere Strecken mit dem Auto zu fahren, ich hingegen liebe es. Manchmal denke ich dabei an meinen Alltag in Berlin zurück, versuche besondere Einzelheiten herauszusieben, aber es ist, als wären alle Tage gleich gewesen. Als hätte ich in den letzten Jahren gar nichts Außergewöhnliches erlebt. Eine Abfolge immer gleicher Tätigkeiten. Vorhersehrbar, routiniert, trägsackig.

Ich kann mir nicht vorstellen, irgendwann wieder so ein Leben zu führen. Vielleicht werde ich einfach für immer unterwegs sein. Ungebunden, frei, in meiner mobilen Junggesellenbude mit Dopu als meinem Beifahrer. Mich von einem Abenteuer zum nächsten hangeln, mit Gelegenheitsjobs mein Geld verdienen, ohne Verpflichtungen, nur das tun, was mich glücklich macht. Mein Handy biept. Bestimmt Jalla, der mich fragen will, ob ich schon eine gute Destination in Griechenland ausfindig gemacht habe. Ich drossele mein Tempo und schaue kurz aufs Display. Textnachricht von Josi.

Ihr Timing ist wirklich bemerkenswert.

In der nächsten Haltebucht fahre ich rechts ran und lese:

Falls Dich Dein Weg an der Amalfiküste vorbeiführt und Du Lust auf ein kleines Abenteuer hast, dann nimm die Abfahrt nach Positano. Frag einfach im Ristorante Bellissima Costa nach Alfredo und sag, dass Josi Dich geschickt hat. Aber es muss noch mindestens zwei Stunden vor Sonnenuntergang sein.
Vielen Dank nochmal für Deine Hilfe in der Bucht! Mein Fuß ist wieder vollkommen hergestellt und ich setze gerade nach Griechenland über.
Ich hoffe, es geht Dir gut!

Als würde sie es spüren, wenn ich mich ihrer Anziehungskraft entziehe.

Ich verbinde das Handy mit dem Radio, wähle meine aktuelle Lieblingsplaylist aus und fädele mich wieder in den Verkehr ein. Die Amalfiküste liegt praktisch neben mir und auf dem nächsten Straßenschild ist Positano sogar schon ausgewiesen.

Noch sechsundsiebzig Kilometer bis zu dem malerischen Örtchen am Meer, das ich aus diversen Filmen kenne. Ich würde gegen frühen Nachmittag dort eintreffen und Zeit genug für einen weiteren Stopp hätte ich.

Mit jedem Kilometer, den ich auf Positano zufahre, bin ich gespannter, was das für ein Abenteuer ist, das da auf mich wartet.

Dann die Ausfahrt. POSITANO. Mein Herz schlägt schneller, meine Handflächen schwitzen, Maurice Ernst singt gerade *Wenn ich sterbe, dann an Liebe overdose*, ich setze den

Blinker, mache den Schulterblick. Und fahre dann schnurstracks weiter geradeaus und an der Ausfahrt vorbei.

Am späten Nachmittag steuere ich auf das ehemalige Mönchskloster in der Nähe von Torretta zu. Ein sandsteinfarbener, schlichter U-förmiger Bau aus dem sechzehnten Jahrhundert, der von ein paar patenten Frauen umgebaut wurde, um dort fantastisches, lokal produziertes Essen herzustellen und Kochkurse zu geben. Für ihre Pasta ist das Unternehmen *Le Donne* berühmt und ich werde in den nächsten Tagen lernen, diese berühmte Pasta mit meinen eigenen Händen herzustellen.

Im Innenhof sind einige Frauen mit Kopftüchern und Kittelschürzen gerade dabei, neue Kräuterbeete anzulegen. Ich lasse das Buschtaxi langsam ausrollen und schalte den Motor aus. Eine der Frauen winkt mir freudig zu, richtet sich auf und kommt aufs Auto zugelaufen.

»Bin gleich wieder da«, lasse ich Dopu wissen, bevor ich aussteige und der Frau entgegengehe.

»Ciao, du musste Paolo sein. Wir haben schon auf dich gewartet. Ich bin Donna Ignazia.« Ihre freundliche Ausstrahlung, ihr fester Händedruck, ihr klarer Blick verleihen ihr eine sympathische Autorität.

»Schön, Sie kennenzulernen. Sie sprechen ja super deutsch.«

»Naturalmente. Ich war zwanzig Jahre lang Köchin in deutsche Konsulat.« Ihr helles Lachen hallt durch den Innenhof. »Lange her. Da gab es eine deutsche Chauffeur. So schöne Mann! Faste so schöne wie du.«

Sie streckt ihre Hand aus und im ersten Moment fürchte ich, schon wieder eine gelangt zu kriegen, aber sie tätschelt mir nur kurz die Wange.

»Du biste viel zu dünn für eine junge Mann. Aber in einer Woche wir machen dich rund wie eine Canneloni!« Wieder ihr lautes Lachen, das mich ansteckt. Widerspruch kann ich mir hier sparen. Das weiß ich jetzt schon. Hier wird gemacht, was Donna Ignazia sagt.

»Deine Auto kannste du hinter die Kloster an die kleine Bach parken. Und heute Abend gibt es die erste Lezione. Aber du musste nix machen. Nur schmecken. Wenn die Glocken schlagen, wir servieren Essen auf Terrasse hinter die Casa. Okaye?«

»Okay, danke.«

»Jetzt fährst du zum Bach mit deine«, sie wedelt in Richtung des Buschtaxis, »rote kleine Teufelskiste. Und kannste erstmal ankommen und den Blick genießen. Okaye?«

Obwohl die Glocken noch gar nicht geläutet haben, sitzen an dem langen Holztisch hinter dem Kloster schon ein paar Gäste. Wir stellen uns einander vor, erzählen, woher wir kommen und wer oder was uns hierhergebracht hat.

Über das weite Land kann ich von hier bis zum Meer schauen. Ein in der Ferne schimmerndes Blau, das mich schon wieder zu sich ruft, obwohl ich doch noch gar nicht so lang von ihm getrennt bin.

Was hätte wohl in Positano auf mich gewartet?

Vielleicht werde ich es nie erfahren. Sich gegen etwas zu entscheiden, heißt ja auch immer sich *für* etwas anderes zu entscheiden. Und ich bin froh, dass ich mich dieses Mal einfach nur für mich entschieden habe.

Als schließlich die Glocken läuten, tragen Donna Ignazia und ihre Kolleginnen die Antipasti auf. Es gibt eingelegte

Auberginen, Pilze, getrocknete Tomaten, grüne und schwarze Oliven und Bruschette, abgeschmeckt mit frischen Kräutern. Dazu noch ofenwarmes Ciabatta und le Donne, die zwischen den Gästen sitzen, erzählen, wie sie die einzelnen Speisen gewürzt und wie sie das Brot so knusprig gebacken haben.

Dann verschwinden sie wieder in der Küche, um nur kurze Zeit später mit diversen Tabletts zurückzukommen; in den tiefen Tellern üppige Portionen mit in Öl geschwenkten Steinpilz-Ravioli, dekoriert mit frittierten Salbeiblättern. Der erste Bissen ist eine pure Geschmacksexplosion. Der Teig, al dente und leicht, die cremige Füllung und der nussige knusprige Salbei feiern ein Fest in meinem Mund.

Spätestens nach diesem ersten Happen bin ich nur noch glücklich hier zu sein und überzeugt davon, dass diese Klosterwoche eine der besten Entscheidungen meines Lebens war.

GRIECHENLAND

JOSI

Oben an Deck wärmt mich die griechische Sonne, während die Fähre gemütlich durch die Ägäis stampft und ein sich immer wieder veränderndes Marmormuster durch das türkisfarbene Wasser zieht. Dazu ein paar Möwen im Konvoi und um mich herum das weite, schimmernde Meer, in dem hin und wieder ein paar Inseln auftauchen. Die nächste von ihnen ist Milos und ich kann die Vorfreude, meine Mädels gleich in die Arme zu schließen, kaum noch aushalten.

Um die Wartezeit zu verkürzen, hole ich mir im Bord-Restaurant noch einen Kaffee und frische Kourabiedes, ohne die ich nicht mehr leben will. Beides genieße ich auf meinem Sitzplatz in der Sonne. Die Möwen lachen, recken ihre Hälse und halten Ausschau nach einem Happen von meinem leckeren Mandelgebäck.

Als wir wenig später durch die Meerenge in die imposante Hafenbucht von Adamantas einfahren, packt mich wieder der euphorische Erkundungsgeist. Die bergige, geheimnisvoll anmutende Insellandschaft und die kleinen weißen Fischerhäuschen mit ihren leuchtend roten, hellblauen und knallgrünen Türen und Fensterläden, an denen wir gerade vorbeifahren, tun ihr Übriges. Am liebsten würde ich sofort von der Fähre an Land hüpfen und mir alles genau anschauen.

Während die Fähre anlegt, stelle ich mich an die Reling, schirme meine Augen mit der Hand gegen die Sonne ab und halte Ausschau nach zwei dunkelhaarigen, aufgeregt winkenden Frauen.

Aber sie scheinen noch nicht da zu sein. Eine Durchsage ertönt und fordert die Passagiere auf, sich zu ihren Autos zu begeben.

»Josi!«, höre ich dann doch noch eine vertraute Stimme rufen.

Und da sind sie. Auf einem gelben Motorroller, den Eleni gerade in Parkposition bringt. Dita winkt heftig. Ihre langen Locken glänzen in der Sonne, ihre bunten Kleider leuchten und die Röcke wehen leicht im Wind.

»Was machst du denn noch da oben? Komm schnell runter!«, ruft Dita und ich nicke nur, weil ich vor lauter Freude so einen dicken Kloß im Hals habe, dass ich aufpassen muss, nicht gleich in Tränen auszubrechen.

Schnell laufe ich die Treppen hinunter in den Bauch des Schiffes, wo der Bulli auf mich wartet. Auf das Handzeichen des Deckarbeiters hin starte ich den Motor, fahre über die Rampe von Bord und halte am Rand der Mole gleich neben Dita und Eleni. Mit einem Satz springe ich aus dem Auto und den beiden direkt in die Arme.

Tausendundeine Erinnerung sausen durch meinen Kopf, die ich endlich mit ihnen teilen will. Die Hochs und Tiefs der bisherigen Reise, die Gefühle dazwischen, die in keine Textnachricht, in kein Telefonat gepasst haben. Die friedvolle Glückseligkeit, als ich in einem Wald von einem Schauer überrascht wurde und unter einer riesigen Buche dem Prasseln des Regens gelauscht habe, die aufreibenden Zweifel, die mich befallen, wenn ich an meine berufliche Zukunft denke, die unendliche Ruhe, die ich beim Betrachten des Meeres verspüre, das Leuchtfeuer der Gefühle, als Paul meinetwegen seine Pläne mit einer anderen über den Haufen geworfen hat, die stachelige Enttäuschung darüber, dass er nicht nach Positano gefahren ist.

Aber statt irgendwas zu sagen, laufen mir nur ein paar stille Tränen über die Wangen und ich genieße es einfach, von den beiden ganz fest in den Armen gehalten zu werden.

Als wir uns voneinander lösen, hält Dita mich aber noch an den Armen fest und mustert mich von oben bis unten.

»Na, na, sind das etwa Tränen? Wer hat dich unglücklich gemacht? Wen muss ich verhauen? Etwa Paul?« Sie zieht ihre Augenbraue bis zum Anschlag hoch und wartet auf eine Antwort.

Ich schüttele unmerklich den Kopf. »Niemand muss verhauen werden. Ich bin einfach nur sehr glücklich, euch zu sehen.«

»Und seit wann trägst du freiwillig figurbetonte Kleider und die Haare offen?«

»Ähm. Weiß nicht.« Ich schaue an mir herunter und greife in den wadenlangen Rock meines neuen roten Lieblingskleides mit den weißen Punkten.

»Du schaust richtig gut aus. Nicht mehr so …«, Eleni sucht nach dem passenden Wort, »hart.«

Dita guckt sie strafend an.

»Ist doch wahr. Sie sieht weicher aus, findest du nicht?«

»Heißt das, ich hab zugenommen, oder was?«, frage ich und muss lachen.

»Nee, Josilein. Das heißt, du siehst so aus, als ob du in den letzten Monaten ein bisschen zu dir kommen konntest und dich endlich mal ein bisschen locker gemacht hast.«

»Und als wärst du mehr du selbst«, ergänzt Dita.

Ich lächele und wische mir die feuchten Wangen trocken. »Vielleicht ist da was dran«, sage ich, aber ob ich dieses weicher sein so gut finde, das weiß ich noch nicht.

»So, ihr Lieben. Es ist schon nach eins. Alle haben Hunger, und Jannis wartet mit dem Essen. Auf geht's. Du fährst einfach hinter uns her.«

»Ich hatte schon fast vergessen, wie bossy du bist.« Ich stupse Dita mit dem Ellenbogen an. »Aber nur fast.«

Auf dem Weg zu der schon so oft von Dita und Eleni in den schillerndsten Farben beschriebenen Bucht, in der die Taverne ihres Cousins steht, bewundere ich die vielen weißen Häuser mit den hellblauen Fensterläden und die Landschaft um mich herum.

Die beiden vor mir auf dem knatternden Roller; Eleni, die ihre Arme um Ditas Taille geschlungen hat, und ihre langen Locken im Wind zaubern mir ein Lächeln auf die Lippen.

Zehn Minuten später sind wir da. Am Ende einer kleinen geschotterten Piste parke ich den Bulli neben der Vespa. Vor uns ein strahlend weißer Sandstrand. Ein paar Pinien hier und da spenden Schatten und die kleine Taverne mit der überdachten, großzügigen Terrasse fügt sich wie selbstverständlich in die Natur ein. Alles hier ist viel heller als in Italien, und ich schirme meine Augen zusätzlich zu der Sonnenbrille mit der Hand ab.

Als ich aus dem Bulli aussteige, weht mir ein kräuteriger

Geruch in die Nase, der sich mit der salzigen Meeresbrise mischt.

»Endlich lernen wir uns auch mal kennen.« Ein bärtiger, gut gelaunter Typ kommt aus der Taverne direkt auf mich zugelaufen und begrüßt mich mit Küsschen rechts, Küsschen links. »Ich bin Jannis.«

Dann umarmt er nacheinander seine Cousinen und wuschelt ihnen durch die Haare.

»Idiot«, rufen beide und Dita kneift ihn in den Oberarm.

»Stellt euch nicht so an, ihr kleinen Katsìkes. Kommt! Das Essen wartet schon auf euch.«

Zusammen gehen wir auf die Terrasse und setzen uns an einen der schlicht, aber schön gedeckten dunkelbraunen Holztische. Ich bewundere die hübschen Muscheln in der Mitte und die farblich aufeinander abgestimmte roséfarbene und dunkelblaue Keramik.

»Wie war die Fahrt? Warum kommst du erst jetzt? Was ist passiert? Warum trägst du plötzlich Kleider? Hast du deine Funktionsklamotten tatsächlich verbrannt?« Ditas Fragenhagel scheint gar kein Ende zu nehmen.

Jannis stemmt die Hände in die Hüften. »Nun mal langsam, Cousinchen. Du siehst doch, dass deine Freundin erstmal eine Stärkung braucht.«

Er verschwindet in der Taverne.

»Nikos, Jannis' Koch, ist vor ein paar Tagen verschwunden«, erklärt Dita. »Wir vermuten, er ist der Liebe wegen nach Zypern abgehauen. Und nun steht die nächste Saison vor der Tür – und Jannis dumm da. Aber ich muss zugeben, dass ich mich auch für uns freue, weil Jannis einfach viel, viel besser kocht als Nikos.«

Bei griechischem Wein, Oliven und Feta-Häppchen erzähle ich Dita und Eleni, dass ich spontan noch einen Tag länger an der Amalfiküste verbracht habe, weil mir ein netter Restaurantbesitzer von einer Wahnsinnsbucht erzählt hat, die ich unbedingt noch anschauen wollte.

»Hast du das gehört? Ganz spontan …«, raunt Dita ihrer Schwester mit skeptischer Miene zu.

»Weißt du, ich kann dich hören«, lache ich und trinke noch einen Schluck von dem köstlichen Wein.

Als Jannis uns Kichererbsenkeftédes und Tsatsiki auftischt, sind wir bei Sardinien angelangt und ich erzähle den beiden von Paul.

»Er hat jemanden kennengelernt. Ich freue mich für ihn«, sage ich lapidar und zucke mit den Schultern. »Und auch für sie«, füge ich noch schnell hinzu. »Er ist 'n Guter, denke ich.«

»Aha.«

Ich sehe genau, dass Dita sich auf die Zunge beißen muss, um nicht noch mehr zu sagen.

»Nun sag schon, was du denkst. Es bricht ja eh gleich aus dir heraus.«

»Gar nichts. Ich denke gar nichts.«

Ich meine wahrzunehmen, dass Eleni Dita unter dem Tisch anstupst, aber bevor ich weiter darüber nachdenken kann, wendet Eleni sich an mich.

»Willst du in einem der Gästezimmer schlafen? Du musst dich doch langsam mal nach einem richtigen Bett sehnen.«

»Nee, danke. Ich schlafe lieber weiter im Bulli, wenn das für euch okay ist.«

»Na klar ist das okay, und wir haben auch noch ein paar

einsame Stellplätze für dich in petto, falls es dir hier vor der Taverne zu trubelig ist.«

»Das hört sich toll an.«

Nach dem Essen beschließen wir, unseren Standort an den Strand zu verlegen.

»Wisst ihr, was das Schönste an der Reise ist?«, frage ich, als wir mit Handtüchern, Büchern und Zeitschriften bewaffnet zum Wasser hinuntergehen.

»Dass du nicht mehr von mir die Augenbrauen gezupft bekommst«, sagt Dita wie aus der Pistole geschossen.

»Genau«, antworte ich und sage sonst nichts weiter. Ich weiß, dass ich sie damit zur Weißglut treibe.

»Das ist doch nicht dein Ernst! Jetzt sag schon!«

»Na gut, weil du es bist«, grinse ich. »Das Schönste an der Reise ist, dass das Meer überall anders ist, dass es mir überall etwas anderes zu sagen hat.«

»Du klingst ja richtig philosophisch. Langsam wirst du mir unheimlich.«

»Ach, Dita. Was redest du denn da? Als Philosophin ist Josi hier in Griechenland doch bestens aufgehoben.« Eleni hakt sich bei mir unter. »Ich weiß genau, was du meinst. Das Meer hat auch schon oft zu mir gesprochen.«

Wir verlassen den kleinen Holzsteg, der von der Taverne in die Bucht führt, und betreten den angenehm warmen und seidig weichen Sand.

»Ich habe mittlerweile schon Meerweh, wenn ich nur mal einen Tag lang nicht an der Küste bin. Voll schlimm!«, gebe ich zu.

»Heißt das etwa, dass du mit dem Gedanken spielst, aus

Ludwigsburg wegzugehen und ans Meer zu ziehen?« Dita klingt alarmiert und sofort tut es mir leid, dass ich überhaupt etwas gesagt habe.

»Nein, nein«, versuche ich schnell, sie zu beschwichtigen. Aber ganz ehrlich ist das nicht.

»Gut. Ich dachte schon.« Dita klingt erleichtert.

Am Ende der Bucht breiten wir unsere Handtücher im Halbschatten einer Pinie aus. Wie immer graben sich meine Zehen sofort in den warmen Sand und mein Blick wandert über die dunkelblaue Ägäis, die auf kleinen Wellen weiße Schaumkronen zum Strand balanciert.

Ich nehme ein bisschen Sand in meine Hände und lasse ihn durch die Finger rieseln. Mittlerweile ein mir heiliges Ritual, wenn ich einen neuen Strand betrete. Dann lege ich mich auf den Rücken und schaue in den blauen Himmel.

Das gute Essen, der warme Wind, der leise in den Pinien raschelt, der sanfte Sound der Brandung, meine Freundinnen neben mir. *Life is good!* Ein Aufkleberspruch, der mir letztens auf einem Auto ins Auge gesprungen ist und hinter dem sich für jeden Menschen etwas anderes verbirgt. Für mich ist es einfach alles an dem heutigen Tag.

Meine Augenlider werden schwer, und gerade als ich wegdöse, sehe ich noch einmal Paul vor mir, wie er in der Sichelbucht die Fische, die er für uns gefangen hat, gegen das Licht hält.

»Ahhhh. Bist du wahnsinnig?«, kreische ich, als ich wenig später von eiskalten Wassertropfen auf meinem Bauch geweckt werde.

Ich öffne die Augen und sehe Dita und Eleni kichernd und mit tropfendem Haar über mir stehen.

»Du liebst es doch so, das Meer. Dann komm schnell mit rein! Es ist herrlich!«

Eleni reicht mir die Hand und zieht mich hoch.

Kreischend und lachend rennen wir los und stürzen uns in die Fluten. Ich tauche unter, öffne unter Wasser die Augen, betrachte für einen Moment die Beine meiner Freundinnen, die sich wie in Zeitlupe bewegen, und tauche schließlich wieder auf. Über der Wasseroberfläche schnappe ich nach Luft, weil das Wasser doch viel kälter ist, als ich dachte. Aber auch herrlich erfrischend.

»Gut, oder?«, ruft Eleni.

Ich nicke und wir drei lassen uns nebeneinander ein wenig treiben.

»Und? Was habt ihr so vor in den nächsten Tagen?«, frage ich.

»Eigentlich genau das Gleiche, was wir heute auch gemacht haben. Mit dir am Strand rumhängen, dösen, im Meer baden, über die Insel düsen, lesen, uns gegenseitig die Fingernägel lackieren und die Haare machen, Bötchen fahren, uns alles von dir erzählen lassen, was du bisher erlebt hast, und uns von Jannis mit den feinsten Leckereien verwöhnen lassen.«

»Das klingt nach einem fabelhaften Plan.«

Der faule Nachmittag geht in einen gemütlichen Abend über, den wir wieder gemeinsam auf der Terrasse der Taverne verbringen. Außer unserem sind nur noch drei weitere Tische besetzt. Trotzdem zünden wir auf allen die bunten Windlichter an und erfreuen uns an dem flackernden Kerzenschein, der zusätzlich zu einer bunten Lichterkette die Terrasse erhellt. Während die Sterne und der Mond aufgehen, trinken wir Mythos und Ouzo und Dita und Eleni erzählen von ihrer Urgroßmutter, die die Taverne mit ihrem Bruder aufgebaut hat.

»Sie hatte bis zu ihrem Tod in der Küche das Sagen und war auf Milos eine echte Berühmtheit. Erstens, weil sie die besten Kolokithokeftédes gemacht hat, und zweitens, weil sie mit ihrem Geliebten in wilder Ehe lebte. Für ihre Zeit war das natürlich völlig unmöglich und sehr progressiv.«

»Da ich euch kenne, fällt es mir nicht schwer, mir vorzustellen, was für eine starke Frau eure Urgroßmutter gewesen sein muss«, sage ich, als Eleni mir ein Foto von ihrer Vorfahrin zeigt. Ein offenes, kantiges Gesicht, wilde Locken wie ihre Urenkelinnen und ein entschlossener Blick, der einen Drachen bezwingen könnte.

»Sie war ein echter Hippie. Voller Weisheit, wunderschön, sehr emanzipiert und unglaublich stur. Obwohl ihre Familie und auch die Community hier gegen all ihre Ideen waren, hat sie sich immer durchgesetzt.«

»Schon irre, wie selbstbestimmt wir Frauen in Europa heute leben, oder?« Eleni lehnt sich entspannt in ihrem Stuhl zurück. »Vor hundert Jahren noch wäre es undenkbar gewesen, als Frau Polizistin zu werden. Oder alleine durch die Weltgeschichte zu reisen.«

»In einigen Teilen der Welt ist das für Frauen leider nach wie vor unmöglich«, wende ich ein. »Und selbst in Deutschland sind wir noch so weit von der vollen Gleichberechtigung entfernt. Allein, was Jobs und Gehälter angeht. Und was mich auch tierisch nervt ist, dass wir Frauen zwar alleine reisen können, aber dass wir uns dabei ganz andere Gedanken um unsere Sicherheit machen müssen als ein Mann.« Ich stütze meine Ellenbogen auf dem Tisch ab. »Ich hab unterwegs mit einigen alleinreisenden Frauen gesprochen. Und sie meinten alle, dass sie in der Regel lieber einen Campingplatz aufsuchen, als in freier Wildnis zu campen, obwohl sie die einsame Natur eigentlich viel schöner finden würden.« Kurz kommt mir Paul in den Sinn, dem die Tatsache, dass er ein Mann ist, bei dem Überfall allerdings auch nicht geholfen hat.

Dita schüttelt den Kopf. »Das kann ich total gut verstehen. Ich hab das immer schon sehr bewundert, dass du da so angstfrei bist.«

»Das liegt wahrscheinlich daran, dass ich mich zu verteidigen weiß.« Ich seufze und merke wieder mal, wie sehr mich dieses Thema frustriert. »Eigentlich sollte Selbstverteidigung schon in der Schule unterrichtet werden.«

»Gute Idee. Selbstverteidung, Nachhaltigkeit und der achtsame Umgang mit Social Media.«

»Au ja. In kleinen Schritten zu einer besseren Welt.«

»Darauf trinken wir!«

»Jámas!«

»Jámas!«

In kleinen Schritten zu einer besseren Welt. Die Worte hallen in meinem Inneren nach, während ich in den schwarzblauen Himmel mit den unzähligen glitzernden Sternen schaue und mir unglaublich klein und unbedeutend vorkomme.

Was kann eine Einzelne schon bewirken?

Ich denke an den jugendlich naiven Idealismus, den ich hatte, als ich meine Ausbildung begann, an meinen Job, in den ich nicht zurückwill, daran, dass ich am liebsten für immer unterwegs sein würde. Bald ist die Hälfte meiner Reise vorbei. Mir wird mulmig zumute. Aber diesen Abend mit derartigen Grübeleien zu beschließen, wäre eine echte Verschwendung.

»Lust auf eine Session?«, fragt Dita in die Runde und holt aus ihrer Handtasche das kleine goldbestickte Etui hervor, in dem sie ihre Tarotkarten aufbewahrt.

»Warum nicht«, antworte ich, froh über die willkommene Zerstreuung.

Sie mischt das Tarot-Deck, ich ziehe auf ihre Anweisung hin drei Karten und lege sie verdeckt auf den Tisch.

Dita deckt die erste Karte auf. »Uuuh. Interessant. Die Schlange, die ihre alte Haut abgelegt hat und sich um den Stab der Weisheit windet. Das bedeutet, dass Heilung und Einsicht zu dir kommen, sobald deine emotionale Häutung vollzogen ist.«

»Das hört sich ja eklig an«, lache ich, aber Dita lässt sich nicht beirren. Sie schlägt ihr Handbuch auf.

»Von Katharsis ist hier die Rede.«

»Also von der Selbstbefreiung von psychischen Konflikten«, streut Eleni ein. »Ist natürlich ein griechisches Wort.«

Dita dreht die nächste Karte um. »Na, das passt ja. Die zweite Karte sagt, dass du dein Glück erst finden wirst, wenn du alte Fesseln durchschlägst. Dafür steht das Schwert hier. Siehst du?« Sie tippt mit dem Zeigefinger auf die Karte.

Ein leiser Windhauch lässt das Kerzenlicht zu ihren Worten geheimnisvoll flackern und jagt mir einen Schauer über den Rücken.

Auf der nächsten Karte ist eine Krähe abgebildet.

»Diese hier bedeutet, dass du die Lösung für ein schwerwiegendes Problem findest, wenn du aus der Vogelperspektive auf die Welt schaust. Die Krähe, die du hier auf der Karte siehst, wird dir den Weg weisen.«

»Und das liest du alles aus diesen drei Karten hier? Sicher, dass du dir das nicht ausgedacht hast?«, necke ich meine Freundin und versuche zu überspielen, dass mir das Ganze etwas unheimlich ist.

»Ganz sicher! Ich mach ein Foto von den Karten und schick es dir, zusammen mit meiner Auslegung, damit du es nicht vergisst.«

»Meinetwegen.« Ich versuche gleichmütig zu klingen. »So richtig glaube ich eh nicht daran.« Aber die prickelnde Gänsehaut in meinem Nacken straft mich Lügen.

»Du kannst glauben, was du willst. Am Ende behalten die Karten doch immer recht.«

»Wir werden sehen.« Ich streiche Dita über den Rücken. »Danke, dass ich hier sein darf. Mit euch! Hätte ich gewusst, wie schön es auf Milos ist, wäre ich schon viel früher hergekommen.« Ich lege meinen Kopf auf ihre Schulter.

»So anhänglich kenn ich dich ja gar nicht.« Sie lehnt ihren Kopf gegen meinen und wir schauen alle drei schweigend in das tanzende Kerzenlicht.

Nach einer Weile rückt sie von mir ab und schaut mich an. »Du weißt noch nicht, ob du wieder nach Ludwigsburg zurückkommst, stimmt's?«

PAUL

Während die Fähre auf mein nächstes Reiseziel zusteuert, genieße ich noch einen Moment lang die Wärme der Mittagssonne oben an Deck. Dopu sitzt auf meiner Schulter und tut es mir gleich.

»Mama, schau mal«, höre ich einen kleinen Jungen rufen und öffne die Augen. »So einen möchte ich auch.« Er zieht seine Mutter am Ärmel und zeigt auf Dopu.

Die Mutter lacht nur, schüttelt den Kopf und zieht den Jungen weiter, der sich immer wieder nach Dopu und mir umdreht.

Auf den letzten Metern zum Hafen passieren wir ein paar kleine, bunte Fischerhütten, die sich an den dahinterliegenden Hügel schmiegen, und ich freue mich schon darauf, sie in den nächsten Tagen mit Jalla und den Mädels aus der Nähe zu sehen.

Ich hatte ganz vergessen, wie schön es in Griechenland ist, sonst wäre ich schon viel früher mal wieder hergekommen. Die schneeweißen Häuser an den Hängen der kargen Berge, die verwinkelten Orte mit ihren schmalen Gassen, die Cafenions, in denen die alten, schnauzbärtigen Männer sitzen und Schach oder Domino spielen, und an jeder Ecke Erinnerungen an Jallas und meinen Roadtrip nach dem Abi.

Sogar die Gerüche kamen mir auf dem Weg hierher bekannt vor.

Ich setze Dopu auf dem Boden ab, umfasse die Reling und beuge mich ein bisschen weiter vor. Senkrecht unter mir schäumt das von der Fähre aufgewühlte Wasser am Rumpf des Schiffes entlang. Nur noch wenige Meter und wir sind da.

Echt toll, dass Dita das Guesthouse ihres Cousins für uns klargemacht hat. Nach einer sehr unbefriedigenden Ferienhaus-Recherche hatte ich mich getraut, sie anzurufen und sie um einen Tipp zu bitten.

Anstatt einer Antwort hörte ich am anderen Ende der Leitung erstmal nur ein lautes Schnalzen. Dann sagte sie:

»Aber sicher hab ich einen Tipp für dich. Ich bin Griechin, ich habe für alles eine Lösung.«

»Und die wäre?«, fragte ich gespannt.

»Die Taverne meines Cousins natürlich. Dazu gehört ein sehr hübsches Guesthouse für sechs Personen. Das steht momentan sowieso leer und ihr seid herzlich willkommen.«

Als ich nicht gleich auf ihren Vorschlag einging, wusch sie mir prompt den Kopf.

»Jetzt sei doch nicht so wahnsinnig deutsch und mach nicht alles komplizierter, als es ist! Du hast Josi geholfen, jetzt helfen wir dir. Freunde von Freunden sind Freunde, und die können auch bei uns Ferien machen. Ihr beide seid doch Freunde, oder?« Ganz nebenbei erwähnte sie, dass Josi nicht mehr auf Milos sei, wenn wir ankämen. Und dann fragte sie noch: »Also? Was sagst du?«

Aus den Lautsprechern an Deck ertönt die Aufforderung, sich zu den Autos zu begeben. Ich nehme Dopu auf den Arm und folge der Anweisung.

Als ich von der Fähre auf die Hafenmole fahre, bin ich mir vollends sicher, dass sich der Trip nach Milos gelohnt hat. Ein verschlafenes Örtchen empfängt mich. Ein paar Fischer werkeln entspannt an ihren Booten herum. Vor einem Cafenion stehen einige Tische, von denen nur ein einziger mit zwei Touristinnen besetzt ist. Entschleunigung liegt in der Luft. Von Stress keine Spur.

Nachdem ich den Hafen verlassen habe, folge ich Ditas Wegbeschreibung zur Taverne und komme nach einer Fahrt mit spektakulären Ausblicken an der Abzweigung an, die zur besagten Bucht führt.

Das Buschtaxi rumpelt bergab über den Schotterweg. Dopu auf dem Beifahrersitz ist gar nicht begeistert.

Gleich werde ich Josis Freundinnen kennenlernen. Ich werde direkt ein bisschen nervös.

»Ist ja lächerlich! Das sind doch auch nur Menschen«, sage ich resolut.

Dopu guckt mich überrascht an und maunzt.

Dita und Eleni werden Josi wohl erzählt haben, dass sie meine Freunde und mich hierher eingeladen haben. Aber gemeldet hatte sie sich seit meiner Absage-SMS zu ihrer Positano-Überraschung nur mit einem knappen: *Ach, schade. Du hast echt was verpasst. Aber ich wünsch Dir viel Spaß auf Deiner weiteren Reise.*

Darauf hatte ich nur ein *Danke, werd ich haben* parat. Eine denkbar knappe Antwort, hinter der sich eine ganze Welt verbarg: Die Frage, was das denn wohl für eine Überraschung war, die Entschuldigung, dass ich selbige hatte links liegen lassen, und vor allem die ehrliche Erklärung dafür.

Ich parke unter einer der Pinien neben der Taverne und bewundere einen Moment lang das Meer und den kleinen Sandstrand davor. Ein laues Lüftchen weht durchs offene Fenster ins Buschtaxi und ich kann die Wärme der Sonne und die salzige Seeluft riechen. Die Landstraße, von der ich auf die Schotterpiste abgebogen bin, kann man hier nicht hören. Nur die Wellen, die träge ans Ufer schwappen. Keine Menschenseele weit und breit.

Friedlich ist es hier. Fast so, als wäre die Zeit stehengeblieben.

Ich streiche Dopu, der schon ganz aufgeregt an der Scheibe kratzt, sanft über den Kopf.

»Momentchen noch, okay? Ich sondier erstmal die Lage.«

An der Rückseite der Taverne steht eine Tür offen. »Hallo? Ist jemand da?«, rufe ich hinein. Keine Antwort.

Vielleicht finde ich Dita und Eleni oder ihren Cousin ja auf der Terrasse. Ich gehe um das Gebäude herum.

Und da sitzt sie.

Mit dem Rücken zu mir, auf der Balustrade, in einem roten Kleid mit weißen Punkten, ihre Haare fallen ihr offen über die Schultern, Beine baumelnd, barfuß, an ihrem linken Knöchel das Fußkettchen.

Ich bleibe wie angewurzelt stehen, betrachte sie, kann nichts dagegen tun, dass sich ein Kribbeln von meinen Haarwurzeln bis zu den Zehenspitzen über meinen ganzen Körper ausbreitet. Ein Kribbeln, das mich wissen lässt, dass ich wohl unterschwellig gehofft hatte, sie vielleicht doch hier zu treffen.

»Hey«, nur ein ersticktes Flüstern, das sie gegen das Rauschen des Meeres unmöglich hat hören können.

Und doch dreht sie sich zu mir um.

»Paul! Wie schön, dich zu sehen! Ich hab mich schon gefragt, wann du endlich kommst!«

Ich räuspere mich. »Hey Josi.«

Sie wusste also, dass ich komme, und ist trotzdem noch hier?

Sie begrüßt mich mit Küsschen rechts, Küsschen links. Ihre Hand auf meiner Schulter und ich rieche ihre frisch gewaschenen Haare, die ein bisschen nach Kokos duften.

»Ich dachte, du wärst schon längst weg. Das hat Dita auf jeden Fall gesagt.« Ich klinge verunsichert, defensiv und komme mir plötzlich total bescheuert vor, weil ich ihr nicht Bescheid gegeben habe, dass ich herkomme. »Tut mir leid, dass ich dir nicht geschrieben habe, dass ich Dita kontaktiert hab. Das war blöd von mir.«

Kurz ziehen sich ihre Augenbrauen zusammen und ein paar feine Fältchen kräuseln sich auf ihrer Stirn. Doch sie verschwinden genauso schnell wieder, wie sie aufgetaucht sind. Dann lächelt sie mich an. »Das ist doch überhaupt kein Problem. Ist doch super, dass sie dir und deinen Freunden helfen konnte, an diesem wunderbaren Ort ein wenig Zeit zusammen zu verbringen. Ich freu mich für euch.« Sie blickt sich voller Begeisterung um, so als würde sie die Umgebung gerade wieder zum ersten Mal wahrnehmen. »Weißt du, ich wollte eigentlich auch schon längst wieder unterwegs sein. Aber irgendetwas an dieser Insel hat mich so verzaubert, dass ich vor ein paar Tagen entschieden habe, einfach den ganzen Januar zu bleiben.« Sie lacht. »Jetzt schau doch nicht so überrascht. Menschen ändern ihre Pläne. Das passiert doch ständig.«

Sie streicht sich ein paar Haarsträhnen aus dem Gesicht und mir fehlen immer noch die Worte. Nicht nur, weil ich davon überrumpelt bin, sie hier zu sehen, sondern vor allem, weil sie so anders wirkt als bei all unseren bisherigen Treffen, und ich komme nicht dahinter, was es ist, das sie so anders wirken lässt.

»Dita und Eleni haben mir erst erzählt, dass du kommst, nachdem ich ihnen gesagt habe, dass ich noch länger bleiben möchte. Ich hoffe, das ist okay für dich?«

Sie wartet auf eine Reaktion von mir, aber ich bin immer noch wie vor den Kopf gestoßen. Es ist Josi, die hier vor mir steht. Kein Zweifel. Doch ist sie es irgendwie auch nicht.

»Hast du einen Hitzschlag, oder was? Komm setz dich.«

Sie fasst meinen Arm und zieht mich zu einem der Tische, was mich endlich aus meiner seltsamen Starre erwachen lässt.

»Ähm. Sorry. Ich weiß auch nicht.« Ich schiebe einen der Stühle zurück und setze mich hin. »Ich hab einfach nicht damit gerechnet, dich hier zu sehen. Und wie gesagt, find ich mich selber gerade doof, weil ich mich gar nicht mehr gemeldet habe.«

Wieder lacht sie nur. »Mach dir bitte keine Gedanken darum. Ich weiß doch selbst, wie es ist, unterwegs zu sein. Die Tage verschwimmen und irgendwas ist immer gerade zu tun oder zu sehen. Da ist man schon froh, wenn man es auf die Reihe kriegt, sich regelmäßig zu waschen.«

Ich seufze, will ihr die Wahrheit sagen, will ihr sagen, warum ich nicht nach Positano gefahren bin. »Um ehrlich zu sein, das war nicht das Problem.«

»Weißt du was«, unterbricht sie mich schnell. »Ich hol dir jetzt 'ne Cola und dann geh ich auf dem Weg an der Küste ein bisschen spazieren. Und du kannst erstmal so richtig hier ankommen. Okay?«

Sie dreht sich um und verschwindet in der Taverne.

Ich will nicht, dass sie spazieren geht. Ich will, dass sie hier bei mir bleibt und mir erzählt, wie es ihr in den letzten Wochen ergangen ist, woher dieses innere Strahlen kommt, das sie wie eine leuchtende Aura umgibt.

Sie kommt zurück und stellt ein großes Glas Cola mit Eis vor mir ab. »Die anderen werden bald vom Einkaufen zurück sein. Lass dich bitte nicht von Dita einschüchtern. Wir sehen uns später zum Essen, ja? Kalosorísate sti Mílo, willkommen auf Milos!«

Und dann ist sie auch schon auf dem kleinen Holzsteg, der zur Bucht führt, am Strand, am Ende der Bucht und auf dem Weg an der Küste und bald sehe ich nur noch einen roten Punkt am Horizont.

JOSI

»Jetzt nur nicht umdrehen, immer schön cool bleiben«, flüstere ich vor mich hin und beschleunige noch ein bisschen meine Schritte.

Gut sah er aus. Braungebrannt, immer noch mit einem Dreitagebart. In der kurzen Zeit an der Taverne hatte ich mehrfach den Impuls, ihm durch die Haare zu fahren. Am liebsten hätte ich gleich meine Arme um ihn geschlungen, ihn ganz fest an mich gedrückt. Wahrscheinlich hätte ich es wirklich getan, wenn ich nicht auf den Spaziergang geflüchtet wäre.

Endlich auf dem Küstenpfad und am Meer angekommen, weit genug weg von der Taverne, halte ich kurz inne und drehe mich um. Ich meine, seine klitzekleine Silhouette auf der Terrasse zu erkennen. Ich meine zu erkennen, dass er mir nachschaut, aber wahrscheinlich bilde ich mir das nur ein.

Die Zeit mit meinen Mädels auf Milos war wie eine Erweckung und ich habe an der Leichtigkeit des Lebens genippt. Nichts, aber auch gar nichts, habe ich hier getan, auf das ich nicht wirklich Lust hatte.

Ich bin mit Dita und Eleni im Bulli über die Insel gebraust. Wir haben die verschiedenen Strände erkundet, uns die Sonne auf die Bäuche scheinen lassen, uns über Albernheiten totgelacht, bis uns das Zwerchfell wehtat, haben in der Sonne und unter den Sternen gebadet, am Strand geschlafen und mit Ditas und Elenis Tanten zu griechischer Musik und Achtziger-Pop getanzt und einfach genossen, wie leicht das Leben ist.

Ich habe aufgehört, auf der Suche nach einem Ort, einem Plan, einem Gefühl zu sein. Ich war einfach nur im Hier und Jetzt. Unbeschwert und wirklich frei.

Das Einzige, was mir fehlte, war Paul.

Immer wenn ich gerade richtig glücklich war, wünschte ich mir, dieses Glück mit ihm teilen zu können. Als wir von der Terrasse aus Delfine sahen, die in mühelosen Bögen durch das Wasser sprangen und dabei von der Sonne angeglitzert wurden, war ich mit einem Satz auf den Beinen und hätte fast nach ihm gerufen.

Immer wenn ich in meiner Jackentasche die Knoblauchknolle ertastete, dachte ich daran, wie happy es mich gemacht hatte, ihn mit meiner Fischgrill-Kompetenz zu beeindrucken.

Im Supermarkt ging ich vor dem Keksregal verloren und musste von Eleni eingesammelt werden, nicht ohne dass sie mir sanft ein paar Dosen Papadopoulos-Kekse aus den Händen nahm und sie zurück ins Regal stellte.

Und als ich ein paar kleine Katzenbabys in einer Gasse herumtollen sah, war ich kurz davor, ihm ein Video davon zu schicken.

Aber es fühlte sich so an, als wäre er abgetaucht, als hätte er die Verbindung zu mir gekappt, und so ließ ich es bleiben.

Zwei Abende vor meiner geplanten Abreise saßen Dita, Eleni und ich auf der Terrasse der Taverne und aus dem Nichts heraus sagte ich: »Am liebsten würde ich den ganzen Winter hierbleiben.«

Und Eleni sagte: »Das würde dir bestimmt guttun. Aber nächste Woche kommt ja …«

Dita fiel ihr ins Wort: »Dein Plan! Also, nächste Woche kommt ja wieder dein Plan an erster Stelle.«

»Wisst ihr was?«, rief ich laut, »Scheiß auf den Plan!«

Die beiden starrten mich fassungslos an.

»Scheiß auf den Plan!!«, rief ich noch etwas lauter und traute selbst kaum meinen Ohren, aber ich fühlte, dass das, was ich da propagierte, das einzig Richtige war.

»Scheiß auf den Plan?«, fragte Eleni verunsichert.

»Ja! Genau! Scheiß auf den Plan! Ich bleibe einfach hier!«

»Heureka! Bei Athene, Aphrodite und der Venus von Milo! Endlich!« Dita faltete ihre Hände vor der Brust und blickte zum Himmel. »Keine Ahnung, wo du auf einmal herkommst, Josi Zweipunktnull, aber wir lieben dich!«

»Wisst ihr was?«, flüsterte Eleni verschwörerisch, beugte sich zu uns über den Tisch und wurde geheimnisvoll von den Kerzen angeleuchtet. »Das ist ein klassischer Fall von Metanoia.«

»Genau!«, pflichtete Dita ihr ernst bei.

Ich dachte kurz, die beiden wollten mir sagen, dass ich verrückt geworden sei, aber Eleni erklärte: »Nein, keine Krankheit, mein Engel. Metanoia ist etwas Wunderbares. Es ist das griechische Wort für einen inneren Umbruch der Gedanken und damit auch des Seins. Metanoia bedeutet, einen völlig neuen Blick auf die Welt und die Dinge zu gewinnen. Und ich vermute, dass genau das gerade mit dir passiert.«

»Total! Ich bin ein einziger Gedankenumbruch!«, rief ich begeistert.

»Versprochen? Und du bleibst wirklich hier und nichts und niemand kann dich davon noch abhalten?«

»Versprochen. Großes Metanoia-Ehrenwort!«

Dann erzählten mir die beiden, dass Paul mit seinen Freunden kommen würde.

»Was? Und ihr sagt mir nichts davon?« In einer Sekunde vom Heureka-Gefühl zum emotionalen Bauchklatscher. Gerade hatte ich angefangen, ihn nicht mehr so schrecklich zu vermissen.

»Hätten wir schon noch.«

»Und wann?« Ich war stinksauer und gleichzeitig freute ich mich total auf ihn.

»Kurz vor deiner Abreise. Dann hättest du immer noch entscheiden können, ob du ihn sehen willst.« Sie legte mit einem frechen Grinsen den Kopf schief. »Wo ist denn das Problem? Ich dachte, ihr seid Freunde?« An ihren funkelnden Augen konnte ich sehen, dass sie mich provozieren wollte, während Eleni sich zurücklehnte und mit Unschuldsmiene aufs Meer schaute.

»Sind wir ja auch«, sagte ich kleinlaut. »Aber …«

»Aber?«

»Irgendwie ist das alles sehr verwirrend.«

»Verwirrend also, ja? Du bist in ihn verknallt! Gib es doch endlich zu!« Dita haute auf den Tisch, dass die Teller klapperten.

Ich sagte nichts, knetete stattdessen meine Hände.

»Hab ich's dir nicht gesagt!« Dita stupste Eleni triumphierend in die Seite. »Sie ist in ihn verknallt. Und er ist natürlich auch in sie verknallt. Ergo: Happy End am romantischen Strand von Milos!«

»So einfach ist das nicht.«

Dita rollte mit den Augen. »Doch! So einfach ist das! Wenn er kommt, sagst du ihm, was du fühlst. Ich bin mir sicher, das mit dieser Italienerin ist nichts Ernstes. Dann gondelt ihr noch ein bisschen zusammen durch die Weltgeschichte und BÄM! Hochzeit!« Wieder haute sie auf den Tisch, was mich erneut zusammenzucken ließ.

Eleni lehnte sich vor und sagte sanft: »Das mit seiner Ehrlichkeit ist übrigens keine Einbahnstraße, Josi. Du kannst auch ehrlich zu ihm sein, weißt du?«

Das gefiel mir alles ganz und gar nicht. Aber ein bisschen und ganz tief in meinem Herzen hoffte ich doch, dass es so einfach wäre und dass die beiden vielleicht recht hätten.

Der Plan ist nun also, auf einen geeigneten Moment zu warten, all meinen Mut zusammenzunehmen und ihm zu offenbaren, dass ich falschlag, dass ich mehr sein will als nur Freunde. Leichter geplant als getan.

Unter meinen Füßen spüre ich die Erde, die vom Morgentau noch ein bisschen feucht ist. Ich sollte langsam zurückgehen. Seine Freunde müssten mittlerweile auch schon angekommen sein.

Nur noch bis zu meiner kleinen versteckten Bucht hinter der nächsten Kurve, wo auch der Bulli steht.

Goldener Sand, schwarze Felsen, türkisfarbenes Wasser und immer ein paar Möwen, die aus dem Nichts über mir auftauchen und mich für eine Weile begleiten. Mein absoluter Lieblingsort auf Milos.

Diesen Ort werde ich ihm zeigen, ihm schenken, so wie er mir die Sichelbucht auf Sardinien geschenkt hat. Und wer weiß, vielleicht finde ich hier ja auch die richtigen Worte, um ihm zu sagen, was ich für ihn empfinde.

PAUL

Motorengeräusche, dann gedämpftes Stimmengewirr. Ich meine Jallas Stimme zu erkennen und die Kinder kichern zu hören. Vorfreudig stehe ich von dem Stuhl auf, auf dem ich die letzte halbe Stunde gesessen und erst hinter Josi her und dann aufs Meer geschaut habe.

Doch als ich mich umdrehe, stehen da zwei Frauen. Ich weiß sofort, dass es sich um Dita und Eleni handelt.

»Du bist also Paul. Willkommen!« Dita kommt auf mich zu und drückt mich ohne Umschweife fest an sich. »Wie war deine Überfahrt? Gab es viel Wellengang? Hast du den Weg gut gefunden? Und hast du Josi schon gesehen?«

»Äh, ja, danke, hab ich«, entgegne ich, als wäre das die Antwort auf all ihre Fragen.

Dita schaut mich amüsiert an. »Na du gefällst mir, Paul.«

»Mir auch«, sagt Eleni. »Schön, dich kennenzulernen. Sag mal, hättest du vielleicht Lust, uns nachher deine Küchenkünste vorzuführen? Wir könnten heute ein bisschen Hilfe gebrauchen.«

»Na klar. Es wäre mir eine Ehre, mit euch zu kochen.«

»Na das mit dem Kochen werden wir noch sehen«, sagt Dita streng. »Erstmal gibt es einen ganzen Haufen Kartoffeln und Karotten zu schälen.«

»Was immer ihr verlangt. Und vielen Dank nochmal dafür, dass wir hier unterkommen können. Es ist echt schön hier.«

»Freut uns, dass es dir gefällt.«

»Deine Freunde sind auch gerade angekommen, sie sind drüben beim Guesthouse«, sagt Eleni. »Die Kinder sind so aufgeregt, dass sie quieken wie kleine Schweinchen.« Sie lacht.

»Dann geh ich sie mal begrüßen, okay?«

»Mach das«, sagt Dita.

Ich flitze an Dita und Eleni vorbei und um die Taverne herum. Und da stehen Jalla, Feli, Marta und Thea mit bunten Koffern, Rucksäcken und tausend Stofftieren im Arm und strahlen mich an.

»Onkel Pauli, Onkel Pauli, Onkel Pauli!«, kreischen die Mädchen und klettern in meine Arme. Jalla und Feli schließen sich den beiden an und alle drücken so doll zu, dass sie sicherlich einige meiner lebenswichtigen Organe beschädigen. Trotzdem fühlt es sich richtig gut an.

»Leute! Wollt ihr mich umbringen, oder was?«

»Alter, stell dich nicht so an! Bei der ganzen Prügel, die du ständig kassierst, musst du doch eigentlich gut abgehärtet sein«, brummt Jallas tiefe Stimme in meinem Ohr.

Dann lassen alle gleichzeitig von mir ab und ich taumele kurz ein bisschen.

»So gut, dich zu sehen! Wirst ja immer sportlicher.« Jalla tätschelt meinen Bauch, der über die letzten Monate erstaunlich fest und flach geworden ist. »Reschpekt!« Er grinst.

Thea zupft an meinem Shirt. »Ich mochte den geretteten Ring.«

»Ich auch«, sagt Marta und seufzt so tief, als hätte sie eine schwerwiegende Trennung hinter sich. Dann erhellt sich ihr Gesicht. »Aber jetzt müssen wir baden!«

»Mann, ich hab dich echt vermisst.« Ich lehne mich kurz gegen Jalla. »Cool, dass ihr gekommen seid.«

»Find ich auch! Hier ist es genial! Danke, dass du das für uns klargemacht hast.«

Thea schnappt sich die Hand von Jalla und zieht daran. Marta greift nach meiner. »Baden! Baden! Baden!«, rufen beide im Chor.

Nachdem sich alle im Guesthouse eingerichtet haben, sausen die Kinder mit wehenden Schwimmflügeln zum Strand. Jalla drückt mir schnell die Handtücher in die Hand und rennt hinterher.

Und schon springen Marta und Thea fröhlich kreischend über die kleinen Wellen und sind im Wasser, dicht gefolgt von Jalla.

»Wir sind so happy, hier zu sein«, sagt Feli, während wir uns unter einer der Pinien niederlassen.

»Kann ich mir gut vorstellen. Ich weiß genau, wie ätzend der Winter in Berlin sein kann. Toller Kaftan, übrigens. Das dunkle Blau passt sehr gut zu deinen blonden Locken.«

Feli sieht mich überrascht an. »Danke für das Kompliment. Hätte gar nicht gedacht, dass dir so was auffällt.«

»Reisen ist gut für die Entwicklung, weißt du? Tut mir übrigens echt leid, dass ich bei unserem ersten Kennenlernen so ein Arsch war. Ich war damals gar nicht ich selbst.«

»Ach, Paul. Das war mir doch von Anfang an klar. Ich wusste gleich, dass sich hinter dem griesgrämigen Gnatzkopf ein liebenswürdiges, nur etwas verschrecktes kleines Lämmchen verbirgt.« Sie spitzt die Lippen und lacht.

»Ja, ja, mach dich ruhig über mich lustig. Das hab ich wohl verdient.«

Wir schauen Jalla und den Mädchen beim Baden zu.

»Sag mal, Paul …« Feli zögert.

»Ja?« Ich schaue sie an, aber sie blickt weiter geradeaus und es wirkt so, als würde sie bereuen, überhaupt etwas gesagt zu haben.

»Ach nee, vergiss es.«

»Nun spuck's schon aus.«

»Okay. Also Jalla hat mir erzählt, dass du den Retter in der Not gemacht hast. Für Josi auf Sardinien.« Sie lächelt mich an. »Das war echt lieb von dir. Ich kenne nicht viele Männer, die so was tun. Vor allem, wenn sie eigentlich ein Date mit einer anderen haben.«

»Nett, dass du das sagst. Aber ist doch Ehrensache. Nach allem, was sie schon für mich getan hat.« Ich räuspere mich. »Sie ist übrigens noch hier.«

»Wer? Josi?«, fragt Feli erstaunt. »Ich dachte, du, ähm, oder ihr wolltet euch erstmal nicht mehr über den Weg laufen.« Sie kratzt sich am Kopf. »Warum nochmal eigentlich?«

»Dieses Nicht-über-den-Weg-Laufen ging ursprünglich von ihr aus. Sie wollte ihre lang geplante Reise alleine durchziehen und sich niemandem gegenüber verpflichtet fühlen. Und jetzt will ich es aber auch lieber so.«

»Und was ist dein Grund?«

Ich seufze und versuche die richtigen Worte zu finden, aber anstatt einen klaren Gedanken fassen zu können, sehe ich immer nur Josi – wie sie auf der Balustrade sitzt, in diesem Kleid, und sich zu mir umdreht. In Biarritz dachte ich »Besser ein Freund als ein Niemand«. Aber jetzt weiß ich sicher, dass ich mich für den Niemand entscheiden muss; weil alles andere ein Schrecken ohne Ende wäre.

»Paul?«, fragt Feli, die immer noch auf eine Antwort wartet.

»Ey, ihr Weicheier. Kommt ihr jetzt, oder was?« Jalla unterbricht uns und ich nutze die Gelegenheit, um nicht die Wahrheit sagen zu müssen.

»Wir reden später, okay? Geh du mal zu den Dreien ins Wasser. Ich werd noch in der Küche gebraucht.« Ich stehe auf und streiche mir den Sand von den Beinen. »Karotten schälen.«

JOSI

Als ich zur Taverne zurückkehre, ist es schon dunkel. Vom Strand aus kann ich die Lichter sehen, die auf der Terrasse einladend und warm vor sich hin flackern.

Stimmengewirr weht mir entgegen und sagt mir, dass sie alle schon zusammen auf der Terrasse sitzen.

Ich habe mich noch eine ganze Weile herumgetrieben, habe mehrere Nachrichten von Dita und Eleni ignoriert, in denen sie fragten, wo ich denn bliebe.

Ich habe Bammel, seine Freunde zu treffen, habe Angst, einen schlechten Eindruck zu machen. Ein seltsames, neues Gefühl für mich. Und außerdem macht es mich nervös, dass er hier ist, dass ich ihm etwas so Schwerwiegendes zu sagen habe und dass ich nicht weiß, was mit der Italienerin ist.

Langsam gehe ich über den Steg auf die Terrasse zu. Gemurmel und Gelächter liegen in der Luft. Ich erkenne sein Lachen und ein paar Schmetterlinge flattern aufgeregt in meinem Bauch herum. Kinderstimmen, die begeistert nach Ketchup rufen, bringen mich zum Lächeln.

Einige Meter vor der Terrasse bleibe ich unbemerkt in der Dunkelheit stehen und beobachte meine und seine Freunde und ihn. An einem langen Tisch essen, trinken, quatschen und gestikulieren sie so, als würden sie sich alle schon ewig kennen.

Ein Mann und eine Frau, die Jalla und Feli sein müssen, geben sich ein Küsschen. Eine der Zwillinge stibitzt der anderen ein paar Pommes vom Teller, während die andere mit beiden Händen ein Glas Saft an ihren Mund hält und so emsig trinkt, als würde sie verdursten. Eleni schenkt Wein nach. Dita verteilt eingelegte Auberginen und gefüllte Weinblätter auf die Teller. Jannis reicht Paul den Brotkorb und nickt eifrig zu dem, was Paul ihm gerade erzählt.

Der Stuhl neben Jannis ist leer.

Mich durchströmt ein warmes Gefühl, als ich realisiere, dass es meiner ist, dass ich mich jetzt einfach dazusetzen kann.

Aber am liebsten würde ich sie noch ein wenig länger beobachten.

»Ah! Da ist sie ja! The Princess of Milos!«, ruft Jannis und alle unterbrechen ihre Gespräche und drehen sich zu mir um. Ich merke, dass ich knallrot anlaufe, und fühle mich unangenehm exponiert. Als wäre ich gerade bei etwas ertappt worden. Ich trete auf die Terrasse und hoffe, dass das Kerzenlicht meine roten Wangen kaschiert.

»Hi zusammen. Ich bin Josi«, sage ich in die Runde und winke schüchtern und mädchenhaft, was eigentlich gar nicht meine Art ist. Meine Unsicherheit nervt mich und macht, dass meine Wangen noch heißer werden. Pauls und mein Blick treffen sich kurz. Dann schaut er auf seinen Teller.

Jannis schiebt geräuschvoll seinen Stuhl zurück und kommt mit übertrieben huldvollen Verbeugungen und einem Glas Rotwein auf mich zu. Er hat sich angewöhnt, mich genauso auf den Arm zu nehmen wie seine Cousinen.

»Lass den Quatsch.« Ich boxe Jannis auf den Oberarm und nehme das Weinglas entgegen.

Ich setze mich auf den freien Stuhl und hebe mein Glas. »Schön, dass ihr hier seid. Und schön, euch endlich kennenzulernen.«

Während die Gespräche wieder Fahrt aufnehmen, lädt Dita mir nacheinander viel zu viele Vorspeisen auf meinen Teller.

»Wo warst du denn?«, flüstert sie drängend.

»Ich musste mich erstmal wieder beruhigen, einen klaren Kopf kriegen«, flüstere ich zurück.

»Na gut. Dann Jámas, mein Schäfchen. Auf einen schönen Abend.«

»Jámas«, sage ich. Wir stoßen an. Auch alle anderen heben ihr Glas und ein vielstimmiges Jámas! erfüllt die Terrasse.

Wieder wandert mein Blick zu Paul. Ich lächele. Er lächelt kurz zurück, wendet sich dann aber wieder Jannis zu, um weiter über die Zubereitung von Pasta zu fachsimpeln.

»Und dafür warst du eine Woche im Kloster? Ist ja cool!«, höre ich Jannis sagen und bin verwirrt. Was hat Paul in einem Kloster gemacht?

»Und, Josi? Was hat dich dazu gebracht, hier auf Milos zu bleiben?« Jalla reicht mir den Korb mit dem noch warmen Brot.

»Was hat Paul denn in einem Kloster gemacht?« Meine Stimme klingt ein bisschen zu schroff.

Jalla schaut mich irritiert an und mir fällt selbst auf, wie merkwürdig die zusammenhanglose Frage in diesem strengen Ton klingen muss und wie unhöflich es ist, nicht auf seine Frage einzugehen. Ein guter erster Eindruck geht anders.

Dann lacht Jalla, als wäre es gar nicht so merkwürdig, und ich muss auch ein bisschen schmunzeln.

»Tschuldigung. Keine Ahnung, was in mich gefahren ist.«

»Pasta«, sagt er dann und trinkt noch einen Schluck Wein.

»Hmm?«

»Er hat da gelernt, Pasta zu machen.«

»Und zwar mit …?«

»Ich denke mit Mehl und Eiern, oder?«, fragt er zurück.

Als ich die Stirn runzele, erhellt sich sein Gesicht.

»Ach so. Mit niemandem. Es gibt niemanden, der oder die mit ihm Nudeln gemacht hat. Und es wartet auch niemand irgendwo darauf, in Zukunft mit ihm Nudeln zu machen.« Er zwinkert mir zu.

Ich atme tief ein, nicke erleichtert und sage so beiläufig wie möglich »Aha«.

Wieder lächelt er nur, als könne er meine Gedanken lesen.

Er wirkt gütig irgendwie. Ich kann verstehen, warum Paul mit ihm befreundet ist. Er gibt einem das angenehme Gefühl, dass alles früher oder später okay sein wird.

»Tut mir leid, ich weiß auch nicht, was mit mir los ist. Ich bin irgendwie durch den Wind.«

»Is wahrscheinlich gerade 'n bisschen viel.« Er deutet mit dem Kinn in Richtung seiner Töchter oder der von Paul. »Dass wir alle hier sind, meine ich.«

»Kann sein«, sage ich und werde wieder ein bisschen rot.

Ich bin mir sicher, er hat mich längst durchschaut.

»Ich hoffe, ihr mögt es hier. Auf Milos.« Ich schneide an meiner Aubergine herum. »Um auf deine Frage zurückzukommen, Milos ist so schön, dass man leicht vergisst, warum man die Insel überhaupt irgendwann wieder verlassen wollte. So ging es mir jedenfalls.«

Feli wendet sich uns zu. »Und wie toll, wenn man, wie du, dann auch einfach bleiben kann, oder?«

»Total!«, stimme ich ihr zu. »Ich bin wirklich sehr dankbar für dieses Jahr!«

Kurz denke ich an Sylvie und die langsame Zeit. Nach und nach bekomme ich eine Ahnung davon, was sie gemeint hat. Wenn man sich Zeit für etwas nimmt, dann hat man sie auch. Die Tage auf Milos kommen mir jetzt schon fast länger vor als meine ganze Reise davor.

»Und wie genial, dass wir alle uns in der EU so frei bewegen können«, sagt Feli und steckt sich ein Stück eingelegte Zucchini in den Mund.

Zustimmendes Gemurmel am ganzen Tisch.

»Was ist die EU?«, fragt Marta, während sie skeptisch ihr gefülltes Weinblatt inspiziert.

»Eine Gruppe von Ländern mit denselben Regeln«, antwortet Feli.

»So wie unsere Gruppe im Kindergarten?«, fragt Thea interessiert.

Jalla lacht. »Ja, mein kleines Äffchen, genau so. Wobei ich glaube, dass es bei euch im Kindergarten schon viel erwachsener zugeht als im Europaparlament.«

»Ich hol noch ein bisschen Brot«, sagt Jannis und steht auf.

Und plötzlich ist da eine Lücke zwischen Paul und mir. Ich nehme all meinen Mut zusammen, rutsche rüber auf Jannis Stuhl und sage »Hey«.

»Hey«, sagt Paul, greift schnell zu seinem Glas und trinkt einen großen Schluck Wein.

»Ich wollte dich fragen, ob du vielleicht morgen Abend Zeit hättest, einen kleinen Ausflug mit mir zu machen.« Mein Herz klopft so schnell und so laut in meiner Brust, dass er es eigentlich hören müsste. »Ich möchte dir was zeigen.«

Er kneift die Augen leicht zusammen und weicht meinem Blick aus.

»Tut mir leid. Aber ich habe Jannis versprochen, ihm in der Küche unter die Arme zu greifen. Vielleicht ein anderes Mal?«

Bevor ich etwas erwidern kann, ruft Thea laut nach ihrem Onkel und Paul wendet sich ihr zu.

Ich versuche, mir meine Enttäuschung nicht anmerken zu lassen. »Ja, vielleicht«, flüstere ich und rutsche schnell wieder rüber auf meinen Stuhl.

PAUL

»Hi Josi«, ruft Jalla fröhlich und legt unsere Angelruten auf der Motorhaube des Buschtaxis ab.

»Guten Morgen«, erwidert Josi, die aus der Taverne auf den Parkplatz gelaufen kommt. »Ihr geht angeln?«

Jalla nickt. »Und du? Heute schon was vor?«

»Vielleicht 'ne kleine Tour über die Insel. Weiß noch nicht«, sagt sie vage.

Fast bin ich erleichtert. Es ist nicht einfach, ihr permanent aus dem Weg zu gehen.

»Klingt gut. Kaum zu glauben, dass wir schon drei Tage hier sind und es noch gar nicht aus der Bucht rausgeschafft haben, oder? Oh, ich muss nochmal kurz rein, hab meinen Pulli vergessen. Auf dem Wasser ist es morgens ganz schön frisch.« Jalla joggt los und verschwindet in der Taverne. Und Josi und ich stehen alleine auf dem Parkplatz.

»War echt lecker, das Essen gestern Abend. Toll, dass du Jannis so unter die Arme greifst.« Sie lächelt und streicht sich ein paar Haarsträhnen aus dem Gesicht.

»Ist doch klar. Ich freu mich, wenn ich mich auf diese Weise für seine Gastfreundschaft revanchieren kann.«

Die Sonne fällt auf ihr Gesicht und lässt ihre Augen funkeln. Das erste Mal, seit wir uns hier auf Milos wiedergesehen haben, wage ich es, den Blickkontakt länger als eine Millisekunde zu halten.

»So wie's aussieht, werd ich jetzt wohl öfter hier kochen.«
»Meinst du, wir könnten vielleicht heute Nachmittag mal …«

Unsere Sätze überschneiden sich.

»Hmm?«, fragt sie ungläubig.

»Jannis hat mir 'n Job angeboten. Als Koch für die kommende Saison. Und ich denke, ich werd das machen.«

»Ach so?«, fragt sie verwirrt. »Du willst also hierbleiben?«

»Kann losgehen!« Jalla kommt mit einem Pullover in der Hand wieder auf den Parkplatz gestürmt und sitzt im nächsten Moment schon auf dem Beifahrersitz.

Josi guckt Jalla hinterher. Dann schaut sie wieder mich an.

»Sieht so aus«, sage ich und beeile mich in den Wagen zu steigen. »Bis nachher.« Ich winke ihr aus dem Fenster zu, starte den Motor und drücke aufs Gaspedal.

»Alter, was is'n los? Kannst du mal 'n bisschen langsamer fahren? Der Kater zerfleischt mir die Beine!«, beschwert sich Jalla. Dopu sitzt mit aufgestellten Nackenhaaren auf seinem Oberschenkel und krallt sich in seiner Jeans fest.

Ich drossele das Tempo. »Sorry!«

»Was war das denn da gerade auf dem Parkplatz?«

»Boah! Keine Ahnung!«

Er fragt nicht weiter, belässt es dabei, und ich liebe ihn dafür.

Ich halte Jalla den Thermobecher mit Kaffee hin, den ich für ihn vorbereitet habe. Er trinkt einen Schluck und seufzt zufrieden.

»Du machst einfach den besten Kaffee. Sosehr ich Feli

auch liebe, ihr Kaffee schmeckt schlimm. Pelzig, bitter und gleichzeitig total fad. Keine Ahnung, wie sie das hinkriegt.« Er schüttelt sich. »Ich bring's nicht übers Herz, ihr zu sagen, dass ihr Kaffee mies ist.«

»Och Gottchen, das ist aber süß«, näsele ich und kneife ihn in die Wange.

»Werd ja nicht frech!«

»Bin doch nur neidisch auf euch. Ihr seid so verliebt und so unkompliziert miteinander. Ich mag Feli. Die ist echt cool.«

»Ich mag Feli auch«, sagt Jalla verträumt und reibt sich seine Bartstoppeln. »Sag mal, wann waren wir eigentlich das letzte Mal zusammen angeln?«, fragt er dann.

»Muss auch in Griechenland gewesen sein. Nach'm Abi. Auf unserer Reise.«

»Unglaublich! Weißt du noch, als der Kadett so heiß gelaufen ist, dass er gedampft hat und wir dachten, das Teil explodiert gleich?«

Wir lachen in der Erinnerung an den klapprigen Wagen und jeder hängt eine Weile seinen Gedanken an die Reise nach.

»Ich kann das nicht«, sage ich irgendwann in die Stille hinein.

»Was kannst du nicht?«, fragt Jalla. Ich spüre seinen Blick auf mir.

»Ich dachte, ich müsste ihr einfach nur 'ne Zeitlang aus dem Weg gehen. Aber dieses Freunde-Ding ist total für'n Arsch. Ich meine, hast du sie eben gesehen? Sie sah aus wie eine griechische Göttin.«

Aus dem Augenwinkel sehe ich, wie Jalla den Thermobecher in den Händen dreht.

»Ich würd ja sagen, sie steht auf dich«, sagt er schließlich. »Und zwar so richtig.«

»Was? Alter! Willst du mich verarschen?«

Er sieht so aus, als meinte er es ernst.

»Ich habe die letzten Abende beobachtet, wie sie dich ansieht. Und in unseren Gesprächen war sie fast schüchtern, was überhaupt nicht zu deiner Beschreibung von ihr passt. So verhält man sich nur, wenn man den besten Freund von jemandem kennenlernt, in den man verknallt ist.« Er trinkt noch einen Schluck Kaffee. »Wie läuft's denn eigentlich mit dem Mauerabbau? Meinst du, du bist schon ein bisschen weiter bei der Verarbeitung deines Lisa-Traumas?«

»Vermutlich. Ich denke schon. Also, ja.«

»Na dann, Bub. Auf ins Liebesglück!«

Vor uns taucht der Hafen auf, am Horizont ein paar kleine Wolken. Ich halte auf einem der Parkplätze. Durch die Frontscheibe können wir das Meer sehen. Keiner von uns beiden steigt aus. Stattdessen kurbelt Jalla das Fenster runter. Sofort erfüllt die frische Morgenluft gesalzen mit einer großen Prise Meer das Innere des Wagens. Wir hören das gleichmäßige Rauschen der Wellen, gemixt mit den Rufen einiger Möwen, während wir schweigend unseren Kaffee trinken.

»Und?«, fragt Jalla irgendwann.

»Und ich hab eine Scheißangst. Die Frau hat das Potenzial, mich zu vernichten«, gebe ich endlich zu.

»Mag sein. Dann hat sie aber auch das Potenzial, dich zum glücklichsten Paul aller Zeiten zu machen. Vielleicht lohnt es sich, dieses Risiko einzugehen. Und wenn's nicht klappt, dann hast du ja immer noch mich.«

JOSI

Ich fühle mich seltsam verloren und im Stich gelassen, wie ich so dastehe und dem Buschtaxi hinterherschaue. Als hätte Paul, indem er sich für die Unterbrechung seiner Reise entschieden hat, all unsere Gemeinsamkeiten über Bord geworfen. Als hätte er spontan ein neues Leben gewählt, in dem seine ursprünglichen Pläne keine Rolle mehr spielen.

In dem auch ich keine Rolle mehr spiele.

Ich weiß, das ist lächerlich. Und ich weiß, es steht mir überhaupt nicht zu, zu erwarten, dass er nach meiner Meinung fragt, aber ich hätte es mir gewünscht.

Was ist das überhaupt für 'ne bekloppte Idee, jetzt auf einmal Koch werden zu wollen? Ich dachte, er wollte zeichnen, reisen, etwas erleben?

Ich stapfe zu meinem Auto und fische den Bullischlüssel aus meiner Hosentasche, der mir dabei aus der Hand fällt. Ich bücke mich, um ihn aufzuheben, und stoße mir beim Hochkommen den Kopf am Außenspiegel. »Aaaah, so eine verfluchte Kacke!«, schreie ich laut und schäme mich für die Wut in meinem Bauch und für meine Unbeherrschtheit. Als ich im Bulli sitze, knalle ich die Tür extra laut zu, was mir sofort leid tut. »Tschuldigung, Bulli. Du kannst ja nix dafür.«

Ich klammere mich am Lenkrad fest und starre ins Leere.

Als es am Fenster klopft, zucke ich zusammen.

»Was machst du denn da?«, fragt Dita und runzelt die Stirn.

Ich kurbele die Scheibe runter. »Nichts.«

Ich sehe ihr an, dass sie mir nicht glaubt.

»Ist schön mit den ganzen Leuten hier, findest du nicht?«, fragt Dita und ich liebe sie dafür, dass sie es dabei belässt.

»Ich mag Paul und seine Mischpoke. Diese Feli ist echt lässig. Wie die so mir nichts, dir nichts gestern Nacht noch ins Wasser gehüpft ist.« Dita lacht leise. »Und ich mag es, wie entspannt Jalla mit den Zwillingen ist. Dass er sie nicht ins Bett geschickt hat, sondern dass sie einfach am Strand einschlafen durften. Fand ich gut.«

»Hmm«, brumme ich, lasse meine Hände vom Lenkrad auf meinen Schoß sinken und lehne mich zurück.

»Schlecht geschlafen, oder was?« Dita tippt mich an die Schulter und reicht mir eine Schale mit perfekt geschnittenen Wassermelonenwürfeln durch das Fenster.

»Hmm«, brumme ich wieder und nehme die Schale entgegen. »Eher gar nicht.«

»Ihr habt noch nicht gesprochen, stimmt's?«, fragt sie und ich höre Jannis in der Ferne mit ein paar Tellern herumklappern.

»Nee. Und ich weiß auch nicht, ob das überhaupt noch Sinn macht«, antworte ich frustriert. Meine felsenfeste Absicht, ihm meine Gefühle zu offenbaren, ist ins Wanken geraten.

»Irgendwie ist er generell total komisch. Völlig anders als auf Sardinien. Vielleicht habe ich Jalla nicht richtig verstanden.«

»Du meinst, dass es vielleicht doch jemanden gibt, mit

dem er Ravioli oder sonst was macht? Wohl kaum.« Dita zwinkert mir zu. »Du überraschst mich wirklich immer wieder, mein Josilein.«

»Wieso?«

»Du bist doch sonst immer für 'ne klare Kante. Warum schiebst du das Gespräch mit Paul auf? Schnapp ihn dir und sag ihm, was Sache ist.«

»Hab ich doch schon versucht«, entgegne ich genervt.

»Vielleicht hast du's nicht doll genug versucht! Also echt jetzt, Josi! Wenn du nicht langsam mal in die Puschen kommst, dann steck ich ihm bald ein Willst-du-mit-mir-gehen?-Briefchen von dir zu. Ich will meine Josi Zweipunktnull zurück. Die wilde, freie Alles-ist-möglich-Josi.«

»So einfach ist das aber nicht.« Ich bin gekränkt. »Weißt du was, wenn ich dich so nerve, dann lass mich doch lieber erstmal in Ruhe.« Ich klinge wie eine beleidigte Leberwurst und ich fürchte, ich bin es auch.

»Was ist denn jetzt los? Wo ist denn deine ganze Coolness auf einmal hin?«, fragt sie ein bisschen belustigt, was mich nur noch mehr auf die Palme bringt.

Als Polizistin war ich auch in noch so brenzligen Situationen immer Herrin der Lage, und jetzt? Hab ich mit meinem Dienstausweis auch mein Selbstvertrauen abgegeben? Was ist los mit mir? Am liebsten würde ich einfach nur laut schreien. Stattdessen starte ich den Motor.

PAUL

Zurück in der Taverne werde ich sofort von Dita in die Küche abkommandiert. Ein befreundetes Paar hat heute seine Verlobung bekannt gegeben und spontan eine kleine Feier in der Taverne auf die Beine gestellt. Um die dreißig bestens gelaunte Gäste, die nach und nach eintrudeln, während wir in der Küche das Essen vorbereiten. Und alle packen mit an.

»Wär super, wenn ihr jetzt bald die Appetizer fertig hättet. Die Leute draußen sind schon ganz schön weinselig.« Dita kommt in die Küche gerannt und fuchtelt hektisch mit den Armen herum.

Jannis lacht nur. »Das gehört doch so!«

Von der Terrasse dringt fröhliches Stimmengewirr in die Küche, während Jannis, Eleni und ich über den Pfannen schwitzen und mit den Töpfen klappern.

Dita, Feli und Jalla servieren und die Zwillinge springen fröhlich zwischen Terrasse und Küche hin und her und verteilen überall Trockenblumensträuße. Josi ist bis jetzt noch nicht wieder von ihrem Ausflug zurück. Eleni konnte sie den ganzen Nachmittag nicht erreichen.

»Hoffentlich ist ihr nichts passiert«, sage ich zu Eleni, die gerade ein Blech mit mariniertem Fetakäse aus dem Ofen holt.

»Mach dir mal keine Sorgen um Josi. Die kann gut auf sich aufpassen.« Sie verteilt den Feta auf kleine Vorspeisenteller und schiebt sie mir rüber.

»Ich weiß«, antworte ich, drapiere etwas Salat auf die Teller und beträufle die Blätter mit Dressing.

»Los, los, Paul!« Dita rauscht wieder herein und lenkt mich von meinen Gedanken ab. »Nicht trödeln!«

Viele Stunden später klopft mir Jannis auf die Schulter und reicht mir ein Bier. Ein Blick auf die Uhr in der Küche sagt mir, dass es schon kurz vor Mitternacht ist.

»Gut gemacht, Paul! Mein Angebot steht!«

Wir gehen auf die Terrasse und lassen uns erschöpft an einem der Tische nieder.

Die Musik ist laut, es wird wild getanzt, irgendwer ruft immer »Hoppa« und jedes Mal, wenn die Verlobten sich küssen, johlt die ganze Gesellschaft. Und das passiert sehr oft. Die zukünftige Braut sieht glücklich aus, der Bräutigam auch. Sie strahlen um die Wette.

Dita und Eleni haben mit der improvisierten Deko ganze Arbeit geleistet. Sie müssen alle verfügbaren Windlichter von Milos auf der Terrasse und in der Bucht verteilt haben. Überall Kerzenlicht. Sogar unten am Strand. Wie kleine Glühwürmchen flackern die Lichter golden in der Dunkelheit.

Und immer wieder zündet jemand eine Wunderkerze an und ruft laut einen Wunsch für das Brautpaar aus. Ein Ritual, das heute erfunden wurde.

»Schade, dass ich kein Griechisch kann. Ist ’ne faszinierende Sprache«, sage ich zu Jannis und deute mit dem Bierflaschenhals in Richtung des Gastes, der gerade mit einer Wunderkerze herumwedelt. »Was hat er den beiden gewünscht?«

»Dass sie sich gegenseitig ihr Leben lang Sonne und Regen sind.«

»Wie schön ist das denn?!«

»Ja, oder? Schon mal so verliebt gewesen, dass du Sonne und Regen für jemanden sein wolltest?«

Anstatt zu antworten, wackele ich mit dem Kopf und denke an Lisas und meine Verlobung. Wir waren essen. Zu zweit. In 'nem angesagten Edelschuppen. Im Gegensatz zu diesem rauschenden Fest hier war der Abend fast schon steril. Komisch. Warum hatte ich mich bloß in diese Frau verliebt? Sie war immer so vorsichtig, so passiv, so ohne jede Vision gewesen und gleichzeitig hat sie sich in alle Bereiche meines Lebens eingemischt. Als hätte sie ihren eigenen Mangel an Visionen damit ausgleichen wollen, mich nach ihrer Idealvorstellung zu formen. Auf die Frage, warum sie mich betrogen hat, antwortete sie, dass sie sich mit mir mehr und mehr gelangweilt hätte. Im Nachhinein wird mir immer klarer, dass das gar nicht meine Schuld war, sondern ihre. Zum frustrierten Langweiler bin ich nämlich erst nach der Trennung mutiert.

»Vielen Dank für eure Hilfe.« Jannis hebt seine Bierflasche in die Runde, in der die anderen schon seit einer Weile sitzen und nach dem ganzen Hin- und Hergerenne wieder zu Kräften kommen. Alle prosten sich zu.

Mir steckt der Abend in den Knochen. Ich werde mich wohl erst noch an die hektische Küchenarbeit eines Restaurantbetriebes gewöhnen müssen.

»War ganz schön anstrengend«, gebe ich zu und Jannis nickt verständnisvoll.

Doch bevor er etwas antworten kann, bestürmen ihn die frisch Verlobten, herzen und küssen ihn und zerren ihn auf die volle Tanzfläche. Alle fassen sich an den Händen und bilden einen großen Kreis. Dann tanzen sie wieder nur zu zweit oder zu dritt, als gäbe es da ein unausgesprochenes System. Eine Ordnung, die ich nicht verstehe. Es macht Spaß, dabei zuzuschauen.

»Josi! Endlich! Wir haben uns schon Sorgen um dich gemacht«, ruft Jalla laut über die Musik hinweg.

Ich drehe mich um. Sie steht überrascht am Eingang der Terrasse. Wahrscheinlich hat sie nicht mit einer Partygesellschaft gerechnet.

»Was ist denn hier los?«

»Spontane Verlobungsfeier«, informiert Dita. »Wieso warst du denn nicht erreichbar?«

»Ladegerät vergessen«, sagt sie. »Tut mir leid, dass ich nicht hier war, um zu helfen.«

»Jetzt komm mal her, du treulose Tomate«, neckt Dita und zieht Josi auf ihren Schoß. »Erstmal einen kleinen Ouzo?«

Ich beobachte Josi, wie sie ihre Arme um die Schultern ihrer Freundin schlingt und ihr etwas ins Ohr flüstert.

»Ist doch schon vergessen«, höre ich Dita sagen, während sie auf die Ouzo-Flasche am anderen Ende des Tisches deutet. Josi steht auf, um den Schnaps zu holen. Ihr ganzes Dasein als Frau wirkt völlig ungekünstelt, auf eine anziehende Art und Weise vollkommen natürlich. Sie scheint überhaupt nicht zu wissen, was für eine enorme Ausstrahlung sie hat.

Mit der Flasche in der Hand schlendert sie zurück zu Dita und bleibt neben dem Tisch stehen.

»Wer noch?«, fragt sie in die Runde und alle heben die Hände.

»Ich würd auch noch einen nehmen«, höre ich hinter uns jemanden lallen.

Ein offensichtlich betrunkener Mann kommt vom Strand auf die Terrasse gestolpert. Sein verschwitztes Hemd steht bis zum Bauchnabel offen. Das Haar klebt wirr in seinem roten Gesicht.

»Sorry, aber hier ist heute Abend geschlossene Gesellschaft. Du musst ein anderes Mal wiederkommen«, sagt Eleni und hebt entschuldigend die Hände.

»Sieht aber gar nicht so geschlossen aus«, motzt der derangierte Typ, nimmt sich ein Glas Bier von einem der Tische und trinkt es in einem Zug aus.

Ich bin wie paralysiert, weil mich diese Aggressivität an den Autoklau in Biarritz erinnert. Und die laute Musik und das Gelächter der Gäste im Hintergrund verwirren mich, weil sie so gar nicht zu der Bedrohlichkeit der Situation passen.

»Komm schon.« Josi geht langsam auf ihn zu, bis sie nur noch eine Armlänge von ihm entfernt ist. Er ist mindestens zwei Köpfe größer als sie. »Wir machen auch bald Feierabend. Am besten gehst du jetzt nach Hause und schläfst dich erstmal ein bisschen aus. Ich kann dir gern ein Taxi rufen.«

Er schüttelt den Kopf, wie ein bockiges Kind, und mir stellen sich die Nackenhaare auf.

»Ich bin hier schließlich im Urlaub, ich will noch einen verfickten Schnaps! Und tanzen, tanzen will ich auch«, blafft der Typ, während er das leere Bierglas an die Wand schleudert, wo es klirrend zerschellt. Er greift nach Josis Handgelenk und versucht, sie grob am Arm in Richtung Tanzfläche zu zerren.

Endlich springe ich auf, um ihr zu Hilfe zu eilen, genau wie Jalla. Jemand hat die Musik ausgestellt und auf der Terrasse herrscht von einem Moment auf den anderen eine gespenstische Stille.

Aber bevor wir bei ihr sind, hat Josi dem Typen schon den Arm auf den Rücken gedreht und ihm in die Kniekehle getreten.

Jetzt liegt er, Gesicht nach unten, wimmernd am Boden.

»Nicht wehtun, nicht wehtun!«, heult er und verschluckt sich an seinem Schluchzen. Ein armseliges Häufchen Elend, das nach Kotze stinkt.

Völlig cool hingegen Josi, die ihn mit einer Hand und ihrem Knie zwischen seinen Schulterblättern fixiert.

»Alles okay?« Ich zittere vor Aufregung und weiß nicht so recht, was ich tun soll.

Sie nickt und wendet sich dann Jannis zu, als wäre es das Normalste der Welt, dass sie gerade vollkommen mühelos einen besoffenen Riesen niedergestreckt hat.

»Hast du ’nen Kabelbinder oder was Ähnliches? Und wie handhabt ihr das hier? Wollen wir die Polizei rufen? Kennst du jemanden?«

»Ich kümmer mich«, sagt Jannis; mit neuem Respekt für Josi in der Stimme. Er zückt sein Handy und geht in die Taverne.

Ich bin völlig von der Rolle. Es ist eine Sache, von Josi in einer Vollmondnacht gezeigt zu bekommen, wie man sich verteidigt, aber eine völlig andere, sie dabei in Aktion zu erleben. Ihre kontrollierte Routiniertheit. Nichts mehr da von der Weichheit, die sie eben ihrer Freundin gegenüber gezeigt hat. Von relaxter Urlaubsatmosphäre in den Kampfmodus in weniger als fünf Sekunden. Das muss heftig für sie gewesen sein.

Jannis taucht neben mir auf und reicht Josi einen Kabelbinder, den sie um die Handgelenke des Unruhestifters legt und zuzieht. Dann tippt sie dem Typen auf die Schulter und steht auf.

»So, jetzt kannst du dich hinsetzen.«

Dem Mann läuft ein bisschen Spucke am Kinn runter.

»Bin ich froh, dass die Zwillinge schon im Bett sind«, sagt Jalla und sieht erleichtert aus.

Die Polizisten, die wenig später auf die Terrasse kommen, nehmen den Unruhestifter fest und führen ihn ab. Josi, Jannis und ich gehen noch mit zum Parkplatz. Als der Mann im Auto sitzt, gibt Josi den Kollegen ihre Kontaktdaten und Jannis übersetzt ihren kurzen Bericht.

Als wir zurück auf die Terrasse kommen, läuft schon wieder die Musik und alle scheinen sich von dem ersten Schrecken erholt zu haben. Das Stimmengewirr schwillt langsam an und in der Ecke sehe ich eine Wunderkerze leuchten.

»Puh. Das war ja was.« Jannis schenkt uns einen Ouzo ein.

Ich fühle mich irgendwie verkatert. Erschöpft lasse ich mich auf einen der Stühle plumpsen. Wie es ihr erst gehen muss? Ich möchte zu ihr gehen, sie umarmen, die Aura von dem Typen vertreiben und sie nie wieder loslassen.

JOSI

»Meine Güte, Josi. Ich hatte ja keine Ahnung«, sagt Dita und schnalzt anerkennend mit der Zunge.

»Was meinst du?«

»Na ja, theoretisch weiß ich schon, dass du 'n kleiner Ninja bist, aber das mal in echt zu sehen, ist einfach …« Dita sucht nach den richtigen Worten.

»Cousinchen! Ich hatte mich schon immer gefragt, was passieren müsste, damit du mal sprachlos bist. Jetzt weiß ich's endlich«, sagt Jannis, lacht und nimmt sich seinen Ouzo zur Brust.

Es läuft gerade irgendein griechisches, ziemlich theatralisches Liebeslied. Ich drehe mich um, auf der Tanzfläche lauter Paare. Auch Jalla und Feli, die sich aneinander festhalten.

Ich wünschte, Paul würde zu mir rüberkommen, etwas Flapsiges sagen, mich in den Arm nehmen und mich nicht mehr loslassen.

Völlig mühelos bin ich wieder in mein altes Ich zurückgerutscht. Josi, die Polizistin. Aber dieses alte Ich passt mir nicht mehr, zwängt mich irgendwie ein. Die Erinnerungen aus meinem Joballtag fluten mich.

Obwohl es ein lauer Abend ist, ist mir kalt und ich reibe mir die Oberarme. Auch der Ouzo kann mich nicht wärmen.

»Alles okay?« Eleni stupst mich an.

»Ja, mir geht's gut.«

Ich lege Eleni beruhigend die Hand auf die Schulter. »Ich bin nur müde. Ich werd dann mal …«

»Ach, bleib doch noch ein bisschen«, sagt Dita. »Wir haben noch gar nicht zusammen Hoppa getanzt.«

Aber ich schüttele den Kopf und lächele sie an, damit sie sich keine Sorgen um mich macht. »Mir ist nicht nach Hoppa. Gute Nacht, ihr Lieben. Wir sehen uns morgen.«

»Ich bring dich noch zum Bus«, sagt Dita und steht auf.

Jannis, Eleni, Feli und Jalla winken mir zu.

»Schlaf gut, Josi«, sagt Paul leise.

Dita legt den Arm um mich, während wir zum Bulli gehen.

»Ich hatte schon eine Vorstellung davon, wie du im Dienst bist und was du da den ganzen Tag so machst, aber ich dachte irgendwie immer, du schimpfst nur ein bisschen mit den Leuten und jemand anderes kümmert sich ums Grobe. Wieso hast du mir nie erzählt, wie es wirklich ist, Polizistin zu sein?«

»Ich weiß nicht. Ich fand's immer ganz gut, dass du da 'n Tick naiv bist. Und ich hatte das Gefühl, dass du Gewalt eher abstrakt wahrnimmst, weil du noch nie wirklich damit zu tun hattest, und das fand ich bewahrenswert. So ist es auch leichter, an das Gute im Menschen zu glauben.«

»Glaubst du denn nicht mehr an das Gute im Menschen?«, fragt sie.

»Ich glaube an das Gute in den Menschen, die ich liebe.«

»Das ist doch schon mal ein Anfang. Und für's Protokoll, du kannst mir ruhig etwas mehr zumuten. Dass ich nicht so zartbesaitet bin, müsstest du doch eigentlich wissen.«

»Ich werd's mir merken.« Ich löse mich aus ihrem Arm.

»Du, ich glaub, ich muss weiter. Ich kann nicht auf Milos bleiben, wenn Paul auch hier ist«, sage ich dann noch.

Sie seufzt. »Versteh ich nicht.«

»Es ist … Ich hab das Gefühl, ihm wäre es lieber, wenn ich nicht hier wäre.« Ich kann es nicht besser erklären. »Du musst ja auch nicht immer alles verstehen. Ich verkrümel mich jetzt in meine Bucht und morgen früh komm ich vor meiner Abreise nochmal vorbei, okay?«

»Wie du meinst«, sagt Dita und wendet sich zum Gehen. »Ruh dich aus, ja?«

Ich schaue ihr noch einen Moment hinterher und bin ihr dankbar, dass sie meine Entscheidung nicht weiter in Frage stellt.

Dann schließe ich den Wagen auf.

»Josi.«

Seine Stimme ist dunkler als sonst. Sie greift nach mir, und ich drehe mich um.

Er hat die Hände tief in den Hosentaschen vergraben. Seine Schultern hochgezogen. »Geht's dir gut?«

»Jupp. Alles bestens«, antworte ich knapp. Ich streiche mein Shirt glatt und meine Haare hinter die Ohren und gaukele mir damit vor, Ordnung zu schaffen. Wenigstens im Außen.

In meinem Inneren sieht es ganz anders aus. Die Energie des Zwischenfalls von eben habe ich noch nicht ganz loswerden können. Genauso wenig wie das unangenehme Gefühl der Zurückweisung, das sein ausweichendes Verhalten der letzten Tage in mein Herz gepflanzt hat.

Ich lehne mich gegen den Bulli, der mir Rückendeckung gibt.

Paul steht nur da, sagt nichts weiter und schaut unbestimmt an mir vorbei, was mich irgendwie provoziert und meinen Ärger auf ihn erneut entfacht.

»Dein neues Ziel ist also, dich als Lebenskünstler durchzuschlagen, ja?« Ich erschrecke darüber, wie sarkastisch meine Stimme klingt, und am liebsten würde ich die Frage zurücknehmen.

Er sieht überrascht aus. So als hätte er sich verhört.

»Was?«

»Was ist mit deinen Plänen?« Vorwurfsvoll feuere ich die nächste Frage ab, obwohl es gar nicht das ist, was ich eigentlich wissen will.

»Welche meinst du?« Er sieht immer noch ziemlich verdattert aus.

»Ich meine auf Reisen sein, Zeichnen. Entwerfen. Etwas Erschaffen, das den Menschen hilft.« Was ist bloß in mich gefahren? Aber jetzt bin ich schon mittendrin.

Er zieht die Hände aus den Hosentaschen, verschränkt die Arme vor der Brust.

»Ich wette, du hast noch nicht mal einen einzigen Bleistiftstrich gemacht. Oder irre ich mich da?«

Erstaunlich, wie viel leichter es ist, Vorwürfe durch die Gegend zu schleudern, statt offen auszusprechen, worum es mir wirklich geht. Es ist, als würde eine Kopie von mir da gerade einen Streit anzetteln, während ich als stille Beobachterin daneben stehe. Unfähig einzuschreiten.

Er schaut auf den Boden und ich weiß, dass ich richtigliege. »Erst träumst du davon, als Architekt die Welt zu verändern, dann bist du auf einmal Feuer und Flamme fürs Reisen, als Nächstes begeisterst du dich fürs Klettern, dann fürs

Surfen und plötzlich willst du aus heiterem Himmel Koch auf 'ner griechischen Insel werden. Was kommt als Nächstes? Yoga-Lehrer auf den Malediven? Für mich sieht das so aus, als wärst du zu feige, überhaupt auch nur mal anzufangen mit dem, was du eigentlich tun solltest.« Ich wünschte, ich hätte das nicht gesagt, aber jetzt ist es raus.

»Ich werde meine Idee schon noch umsetzen!«, sagt er trotzig und fährt sich durchs Haar.

Ich weiß, dass ich ihn verletze, aber ich kann einfach nicht aufhören. Der Drang, ihn endlich aus seiner irritierenden Reserve zu locken, treibt mich an, ihn immer weiter zu traktieren.

»Wann denn?«

»Wenn die Zeit reif ist.«

»Und wann soll das bitte sein? Nach deiner Reise, für die es noch nicht mal ein Enddatum gibt?«

Er zuckt mit den Schultern.

In meine Wut auf ihn mischt sich noch ein weiteres Scheißgefühl: Neid.

»Weißt du eigentlich, wie gut du es hast? Im Gegensatz zu mir hast du schon eine vielversprechende Idee in der Tasche. Aber anstatt sie umzusetzen, probierst du ein Hobby nach dem anderen aus, nimmst bedeutungslose Jobs an und lässt dich einfach nur weiter von Moment zu Moment treiben. Andere Leute haben weder Ideen noch Geld. Und du, mit deiner privilegierten Extravaganz, drückst dich einfach vor deiner Bestimmung.«

Ich will, dass er wütend wird, dass er sich wehrt. Dass er zurückschießt.

»Ich finde es nicht bedeutungslos, für Menschen zu kochen.« Er beißt die Zähne zusammen, ich sehe seine Kiefermuskeln arbeiten.

»Doch. Ist es. Weil es offensichtlich nicht deine Bestimmung ist.«

Er lacht spöttisch. »Ist das nicht ein bisschen dramatisch? Nicht jeder Mensch hat eine Bestimmung.«

Jetzt hab ich ihn.

»Ich dachte, dein Reisemotto ist Ehrlichkeit. Dann sei doch verdammt nochmal auch ehrlich und hör auf wegzurennen!«

»Du willst Ehrlichkeit? Na schön, hier kommt deine Ehrlichkeit.« Er holt kurz Luft. »Ich! Habe! Eine! Scheiß! Angst!«, brüllt er in die Nacht. »Und zwar davor, dass ich, wenn ich einmal mit meinem Projekt anfange, wieder dieser träge, gefrustete, konsumbetäubte Schreibtischhengst werde, der ich in Berlin war. Außerdem will ich nicht da festgenagelt sein, will weiter meine Freiheit leben! Und drittens«, er hält drei Finger vor sein rotes Gesicht, »verstopfst du mir den Kopf! Immer wenn ich gerade denke, dass ich meine Gefühle für dich im Griff habe, laufen wir uns über den Weg und allein deine Anwesenheit bringt mich so durcheinander, dass ich keinen klaren Gedanken mehr fassen kann. Dann dreht sich in meinem Kopf alles nur um dich! Du marschierst immer wieder in meine Seele, in mein Herz und verursachst das totale Chaos! Ich dachte, ein Freund zu sein ist besser als ein Niemand. Aber da lag ich völlig falsch. Das fühlt sich nämlich scheiße an! Vor allem, wenn du mich so verächtlich anschaust wie gerade eben. So als würdest du mich für einen totalen Versager halten!« Er wirft seinen Kopf nach hinten und seufzt. »Ich hab's ja begriffen, mehr als Freundschaft ist für dich nicht drin. Und ich weiß auch gar nicht, ob ich das überhaupt noch wollen würde.« Er holt tief Luft. »Weißt du was, ich geb's auf. Das Beste ist, wenn wir uns nie wiedersehen. Da hast du deine Ehrlichkeit! Bist du jetzt zufrieden?!«

Er dreht sich um, stapft in Richtung Strand davon und stößt fast mit Jalla zusammen, der gerade von der Terrasse auf den Parkplatz kommt. Aber anstatt stehenzubleiben, läuft er einfach wortlos an ihm vorbei und verschwindet in der Dunkelheit.

Jalla schaut mich fragend an. »Hab ich euch also wirklich hier rumkrakeelen gehört. Was ist los? Habt ihr Streit?«

»Ich sollte …« Ich bin immer noch ganz benommen von Pauls Worten. Der Drang, ihn in die Enge zu treiben, seinen Panzer aufzubrechen, um endlich zu erfahren, was hinter seiner Distanziertheit steckt, ist mit einem Mal verpufft; jede Spannung ist aus meinem Körper gewichen, während ich noch realisiere, was er da gerade gesagt hat. Und was das alles bedeutet.

Ich will ihm nachgehen, aber Jalla hält mich zurück.

»Lass ihn sich erstmal beruhigen. So aufgebracht, wie der gerade war, macht es meiner Erfahrung nach keinen Sinn, jetzt mit ihm zu sprechen. Besser du wartest bis morgen früh.«

SCHOTTLAND

PAUL

Dick eingepackt und ans Buschtaxi gelehnt halte ich mein Gesicht in die Vormittagssonne. Ihre manchmal schon fast frühlingshafte Wärme prickelt angenehm auf meiner Haut. Jede Sekunde davon genieße ich in vollen Zügen. Denn genauso schnell, wie die Sonne hervorgekommen ist, kann sie auch wieder hinter den imposanten Wolkenformationen verschwinden, die sich bis zum Horizont über den knallblauen Himmel verteilen.

Die Geräusche, die mich hier umgeben, kenne ich inzwischen auswendig. Das Blöken der Schafe und das Muhen der Galloways auf den sattgrünen Wiesen um mich herum. Das Rauschen der mächtigen Brandung, die an den schroffen Klippen bricht. Das Pfeifen des Windes, der durch das Gestänge des Dachgepäckträgers fegt. Die Rufe der Austernfischer, die in der kleinen Bucht zwischen den Steinen herumpicken. Und das lustige Geheul der Seehunde, die sich an Tagen wie diesem auf einem Felsen vor der Küste in der Sonne aalen. Ich stelle mir vor, sie würden mir ein Lied singen.

Seit ich hier vor ein paar Wochen angekommen bin, steht das Buschtaxi neben einer kleinen grauen Steinruine. Sie dient Dopu und mir als zusätzlicher Windschutz. Außerdem habe ich mir eine sogenannte Kuchenbude besorgt, ein kleines Vorzelt aus robustem Segeltuch, das jetzt seitlich an den Wagen angebaut ist. Ich habe mit unablässigem Regen und wilden Winterstürmen gerechnet, aber Harris meint es wettertechnisch gut mit uns. Durch den Golfstrom bedingte, gemäßigte Temperaturen um die zehn Grad, immer wieder mal ein paar Sonnenstunden und nur sporadische Regenschauer, die zwar heftig, aber meistens auch schnell wieder vorbei sind.

Ich höre das Motorengeräusch des Quads näher kommen, öffne die Augen und winke Eric zu. Jeden Morgen fährt der knorrige Farmer über sein Land, um nach den Schafen zu sehen. Seine langen grauen Haare schauen unter der Wollmütze hervor und wehen im Wind.

Mit fünfundsiebzig noch so schnittig bei Wind und Wetter auf dem Quad durch die Gegend zu brausen, finde ich äußerst lässig. Auf dem Gepäckträger immer dabei – sein treuer Begleiter: Boarder Collie Jack.

Normalerweise trinken wir vor der Ruine zusammen einen schwarzen Tee mit Kondensmilch, fachsimpeln, ob Wind und Wellen heute zum Surfen taugen, oder analysieren die Flugbewegungen der Basstölpel vor dem Horizont. Manchmal hat er sogar frischgebackene Scones von seiner Frau dabei. Aber heute winkt er nur und fährt weiter. Er hat wohl keine Zeit.

Schade, das Wetter gäbe einen Plausch her und ich liebe seine Geschichten.

Finn hat den Kontakt zu Eric hergestellt. Sein Vater war mit ihm befreundet und Eric kennt Finn schon von klein auf. Und so stehe ich nun also auf seinem Weideland auf dieser beeindruckenden Insel der Äußeren Hebriden.

Meine stundenlangen Streifzüge durch die schroffen Berge

und über zerklüftete Klippen vor dem tosenden Meer haben mich zurechtgerückt, mich geklärt, den dichten Nebel aus meinem Hirn vertrieben. Fokus ist eingezogen und ich habe mich in die Arbeit gestürzt.

Josi hatte recht. Allein die Motivation für meine Reise war ja schon ein Wegrennen an sich. Seit ich unterwegs bin, habe ich mich hinter meinem neuen Abenteurer-Ich versteckt und mein Herzensprojekt immer wieder verdrängt, weil ich Angst davor hatte, wieder von meinem Weg abzukommen.

Es war feige, am Morgen nach unserem Streit so klammheimlich die erste Fähre nach Piräus zu nehmen. Auch diese Eigenschaft hatte sie mir zugeschrieben.

Erbarmungslos war sie gewesen. Ihr vernichtender Blick verfolgt mich immer noch, sogar im Traum.

Ich zippe die Kuchenbude auf und setze mich mit einer Thermoskanne Tee in den kleinen Vorbau meines Buschtaxis. Neben dem Klapptisch steht die kleine schwarze Tasche mit meinen Zeichenutensilien, die ich aus den Untiefen der hintersten Kiste unterm Bett hervorgeholt habe. Auf dem Stuhl Dopu, der sich gerade den Bauch schleckt.

Ich nehme ihn hoch, setze ihn mir auf den Schoß und betrachte die Entwürfe. Die drei unterschiedlichen Designs der Wohnwürfel gefallen mir. Ohne die vielen Monate im Buschtaxi wären sie nicht so gut, nicht so aufs Wesentliche reduziert, nicht so präzise geworden. Und meine Kalkulation besagt, dass man das Basic-Modell schon für knappe zehntausend Euro bauen kann. Das wäre dann sogar mit einem Mikro-Kredit finanzierbar.

Aber natürlich gibt es noch unzählige Dinge zu verbessern. Ich radiere an dem Close-up-Design des Kochschranks herum. Bei meinem kurzen morgendlichen Dip ins eiskalte Meer ist mir noch eine Optimierungsidee für die Unterteilung der Fächer gekommen. Ich trinke Tee, verliere mich im Zeichnen und höre erst auf, als ich merke, dass ich völlig verspannt bin. Draußen rufen die Austernfischer nach mir.

Ich schnappe mir meine Regenjacke, helfe Dopu in seinen Tragerucksack, wo er sich gleich gemütlich zusammenkuschelt, und schnalle ihn mir auf den Rücken. Dann gehen wir los. Wie jeden Tag.

Wir halten uns rechts, laufen den kleinen Hügel hinunter in die heute fast windstille Bucht, wo einige Galloways am Strand dösen. Eine Kuh reckt ihren Kopf in die Sonne und hat dabei die Augen halb geschlossen. Genau wie ich genießt sie die erste Wärme, die den Frühling ankündigt.

Das Meer liegt ruhig da. Ein Otter taucht kurz über der spiegelglatten, silbrigen Oberfläche auf, dann ist er schon wieder weg.

Wir gehen weiter bis zur anderen Seite der Bucht; im Schlepptau ein paar Möwen. Ich klettere über ein paar große Felsbrocken auf die grasbewachsenen Klippen. Das Meer zu meiner Linken.

Zu Beginn meiner Reise habe ich immer die Landschaft absorbiert. Mittlerweile ist es andersherum. Die Landschaft absorbiert mich.

Es ist ein friedlicher Tag hier auf Harris. Seltsam, dass all die wilden Stürme, von denen Eric mir berichtete, keine für mich sichtbaren Spuren in der Natur hinterlassen haben.

Vielleicht ist es ja bei uns Menschen auch so. Man muss sich eigentlich ein Leben lang kennen, um die Spuren der kleinen und großen Verletzungen feststellen zu können, und selbst dann ist es schwer, weil manche Menschen wahre Meister in der Tarnung dieser Spuren sind. So wie Josi.

Ich wünschte, ich könnte all ihre Verletzungen sehen und sie einfach verschwinden lassen.

Sie fehlt mir. Jeden Tag fehlt sie mir mehr.

Jalla hat mir erzählt, dass sie am Boden zerstört war, als ich am Morgen nach unserem Streit einfach verschwunden war. Sie wollte sich bei mir entschuldigen, so Jalla.

Sie hat auch ein paar Mal versucht, mich zu erreichen. Aber ich bin nicht rangegangen. Ich war wütend auf sie, und noch mehr auf mich selbst. Vor allem aber schämte ich mich für mein Unvermögen, meinen Scheiß auf die Reihe zu kriegen. Und jetzt ist es schon so lange her, dass wir auf Milos auseinandergegangen sind …

Ich fürchte mich davor, mich ihr und uns zu stellen. Aber ich weiß auch, dass es keine Lösung ist, mich weiter davor zu drücken.

JOSI

In Laufklamotten sitze ich auf meinem Bett und schnüre mir die Joggingschuhe. Die Schiebetür steht offen und draußen wabert ein dichter Morgennebel am Bulli vorbei. Es ist noch recht frisch, aber sobald die Sonne hoch genug steht, wird der Nebel einem fantastischen Ausblick auf die kroatische Adria weichen.

Der Frühling ist mittlerweile überall zu spüren. Als würden Pflanzen und Tiere nur auf ein, zwei warme Tage warten, um endlich so richtig loszulegen. Auf der Wiese, neben der ich den Bulli geparkt habe, entdecke ich die ersten Krokusse, die zärtlich und voller Vertrauen ihre lilafarbenen Blüten dem Licht entgegenrecken. Sogar hier oben in den Bergen zeigen sich bereits die Vorboten meiner allerliebsten Jahreszeit, die Neubeginne mit sich bringt. Auch für mich.

Wie sagt man doch so schön? Wenn eine Tür zugeht, öffnet sich eine andere. Die Zeit, die ich in den letzten Wochen allein verbracht habe, konnte mir wenigstens in einem Punkt Klarheit verschaffen. Endlich weiß ich, was ich mit meiner beruflichen Zukunft anfangen will.

Zum ersten Mal, seitdem ich Milos verlassen habe, bin ich länger als eine Nacht an einem Ort geblieben. Es gefällt mir hier oben, auf den Gipfeln des kroatischen Velebit-Gebirges, wo ich mein geliebtes Meer aus der Vogelperspektive bestaunen kann, wo die bauschigen Wolken und der Himmel zum Greifen nah erscheinen.

Und es ist genau die richtige Umgebung für lange Wanderungen und auspowernde Joggingrunden.

Das Laufen hilft mir, mich emotional abzureagieren und zu verarbeiten, was ich auf Milos so grandios verbockt habe. Und so starte ich auch heute wieder meine morgendliche Runde.

Schnell ist mir nicht mehr kalt. Der steile Anstieg bringt mich ins Schwitzen und ich merke, dass durch die körperliche Anstrengung verlässlich Endorphine ausgeschüttet werden. Der Wanderpfad, auf dem ich mich bewege, führt durch hügelige dichte Nadelwälder auf den kahlen Berggipfel. Oben angekommen, jogge ich eine Weile auf der Stelle, um nicht auszukühlen, während ich den Ausblick genieße. Weit, weit unter mir das Meer.

Ich vermisse ihn. So sehr. Und ich finde es völlig absurd, dass ich ihn auf Milos einen Feigling genannt habe, wo doch ich der Feigling war. Von Anfang an.

Ich wünsche mir unsere *Und du so?*s zurück, unseren interessanten Austausch, unsere ungeplant geplanten Wiedersehen am Meer. Mir fehlen seine Lachfältchen, seine verwuschelten Haare, sein ansteckender Optimismus, seine lustige Flapsigkeit, seine Sicht auf das Leben, die meine eigene komplettiert. Mir fehlt seine freche Leichtigkeit, sein trockener Humor, seine liebevolle Ernsthaftigkeit.

Ich wollte ihm hinterherfahren, um mich zu entschuldigen. Aber Jalla schwor, nicht zu wissen, wohin er gefahren ist. Ich habe einige Male versucht, ihn anzurufen. Aber das abweisende Tuten in der Leitung konnte ich bald nicht mehr ertragen.

Jemanden loszulassen, den man liebt, ist ein schwieriges Unterfangen. Vor allem, wenn dieser Jemand einen vielleicht zurückliebt, aber trotzdem oder gerade deshalb nichts mit einem zu tun haben will.

Manchmal reicht es wohl einfach nicht, dass man sich liebt.

Paul scheint einen dicken Schlussstrich unter uns gezogen zu haben. Meiner ist allenfalls gestrichelt. Wenn ich doch nur wüsste, wo er ist …

Morgen fahre ich weiter, direkt nach Polen. In Danzig nehme ich die Fähre nach Stockholm. Dort werde ich den Anruf bei meiner Chefin erledigen, den ich schon seit einer Weile vor mir herschiebe, und dann sehe ich weiter.

Ich renne zurück zum Auto und denke, hoffe, ja wünsche mir, dass Wunden heilen mit der Zeit. Ich nehme mir vor, nicht mehr so hart zu mir zu sein. Es ist okay, sich spektakulär zu irren, der falschen Fährte zu folgen, Umwege in Kauf zu nehmen und erstmal verloren zu gehen, um sich dann wiederzufinden.

Der Nebel hat sich jetzt ganz aufgelöst und ich kann bis zum Horizont und noch weiter schauen.

Kurz bevor ich beim Bulli ankomme, höre ich ein lustiges Krächzen und bleibe abrupt stehen. Das Geräusch kommt mir bekannt vor.

Auf dem Dach meines Wagen sitzt ein schwarzer Vogel, der mich neugierig betrachtet. Wir sehen einander an, der Vogel und ich. Dann öffnet er seinen roten Schnabel, gibt ein krächziges »Ciao« von sich, spreizt die Flügel und lässt sich von der sanften Böe, die auch gerade meine Wange streift, mitnehmen und ganz leicht über die Gipfel des Velebits in Richtung Westen tragen.

Während ich ihm hinterherschaue, fällt mir ein, woher ich diesen Vogel kenne. Und plötzlich sehe ich wieder die Karten vor mir, die ich aus Ditas Tarot-Deck gezogen habe. »Die Krähe wird dir den Weg weisen«, höre ich sie sagen.

Und alles ergibt auf einmal einen Sinn.

PAUL

»Noch etwas Tee?«

Eric schaut in den Emaillebecher, den er in der Hand hält, und schüttelt den Kopf. »Hab noch einen letzten Schluck. Und außerdem muss ich langsam weiter.«

Wir stehen vor dem Buschtaxi und blicken noch einen Moment lang schweigend aufs Meer. Dopu und Jack spielen ihr übliches Spiel. Jack liegt auf dem Boden im hohen Gras und Dopu springt auf ihn drauf. Dann ringen sie miteinander, wobei Jack sehr vorsichtig und Dopu umso wilder ist. Meistens wird es dem Hund zuerst zu viel, bevor der Kater sich auch nur ansatzweise beschwert. Gerade haben sie eine kleine Pause bei ihrer Rangelei eingelegt und der Kater schleckt dem Hund hingebungsvoll die Ohren.

Es weht ein kühler Wind, aber er riecht bereits nach Frühling. Auf den satten Wiesen habe ich die ersten Gänseblümchen entdeckt, und die vielen schwarzen und weißen Lämmer bestätigen, dass der Winter auch hier, in den raueren Gefilden, nun wirklich bald vorbei ist.

Eric brummt behaglich, als er den letzten Schluck Tee trinkt, und reicht mir dann ohne ein weiteres Wort den Becher. Zum Abschied hebt er nur kurz die Hand, bevor er behände auf sein Quad steigt, den Motor startet und losdüst. Gefolgt von Jack, der natürlich gleich hinter ihm herrennt und mit einem großen Satz auf den breiten Gepäckträger springt.

Ich stelle die beiden Becher in der Kuchenbude auf den Tisch, während Dopu schon von ganz allein in den Tragerucksack klettert. Gerade als ich den Rucksack auf den Rücken schnallen will, klingelt mein Telefon. Ich bin irritiert, weil es hier eigentlich nie klingelt. Aber heute haben wir Westwind und die Sonne scheint – heißt also, es gibt Handyempfang. Ein Blick aufs Display und mein Herz schlägt ein bisschen schneller.

Endlich meldet er sich! Wobei ich nicht gedacht hätte, dass er mich anrufen würde. Ich hätte eher mit einer Mail gerechnet. Ich bin gespannt, sogar ein bisschen nervös.

»Hey Victor.«

»Paul. Schön, dass ich dich erreiche.« Mein alter Chef hört sich äußerst fröhlich an. »Ich hab mir deine Entwürfe angeschaut.«

Dann sagt er erstmal nichts.

Er spannt mich auf die Folter und ich sehe ihn vor mir, wie er sich genüsslich in seinem Stuhl zurücklehnt. Die Füße auf dem Tisch.

»Und? Wie findest du sie?« Ich bin zu aufgeregt, um sein Spiel mitzuspielen.

»Super. Count me in.«

»Was meinst du damit?«, frage ich verdutzt.

»Ich will in die Dinger investieren.«

»Äh, ich wollte doch nur wissen, ob du Potenzial siehst und ob ich dein Grafikprogramm für einen 3D-Entwurf nutzen kann.«

»Und nun bist du enttäuscht, dass ich dir Geld geben will?

Da sag nochmal einer, dass Reisen gut für die Entwicklung ist.« Er lacht.

»Ich, ähm, ich weiß gar nicht, was ich sagen soll«, stottere ich.

»Sag einfach Ja, Paul. Ich kenne jemanden, der Interesse hätte, die Dinger in Serie zu produzieren. Du musst nix weiter tun, als meine Software zu benutzen, den 3D-Entwurf zu machen und dann die Hand aufzuhalten. Ich find's ziemlich sexy, zur Abwechslung mal bei einem nachhaltigen und moralisch integren Projekt dabei zu sein. Ich will eh meine Business-Strategie dahingehend ändern.«

Geistesabwesend gieße ich mir noch etwas Tee in meinen Becher und trinke einen Schluck, der natürlich viel zu heiß ist und mir die Zunge verbrennt.

»Scheiße«, fluche ich und höre Victor am anderen Ende der Leitung lachen.

»Damit habe *ich* nun nicht gerechnet.«

»Sorry, ich hab mir den Mund verbrannt. Ich freu mich tierisch. Meinst du das auch wirklich ernst?«

Ich kann nicht glauben, dass ich gerade an einer der abgelegensten Ecken des Kontinents in einer Kuchenbude herumstehe und einen ziemlich coolen Deal abschließe.

»Natürlich meine ich das ernst. Du müsstest mich doch gut genug kennen, um zu wissen, dass ich weder meine noch deine Zeit verschwenden würde.«

»Ich will aber bei dem Ganzen nicht als Projektmanager fungieren. Ist dir das klar?«

»Hab ich mir schon gedacht. Ich nehme an, du willst weiter dein Reiseding durchziehen und mit deinem Geländehobel durch die Weltgeschichte karriolen?«

»Genau! Ich bin noch lange nicht fertig mit dem Unterwegs-Sein. Im Gegenteil.«

Ich höre, wie Victor durch die Zähne pfeift. Ein Zeichen dafür, dass er etwas überhaupt nicht nachvollziehen kann.

»Ist ja überhaupt nicht meins, was du das machst. Ich steh ja eher auf Club-Urlaub mit Buffet und Halligalli für die Kids.«

»Was wiederum so überhaupt nicht meine Welt ist«, lache ich.

»Let's agree to disagree, shall we? Wo bist du überhaupt gerade?«

»In Schottland. Auf Harris.«

»Ah, Äußere Hebriden, oder? Würd ich auch niemals hinfahren. Viel zu kalt! Und da gibt's doch diese kleinen fiesen Biester. Mitschies oder Witschies oder so. Schon von denen aufgefressen worden?«

»Du meinst Midges. Nee, die haben jetzt noch keine Saison.«

»Aha. Na dann kann dir ja nichts mehr passieren, mien Jung! Trink 'nen Whisky für mich mit und sieh zu, dass du mir die 3D-Entwürfe für die Tiny-Häuser rüberschickst. Obwohl, die sind ja noch viel kleiner, ein Tiny House wäre dagegen die reinste Villa. Das sind eher so kleine Kabinchen.«

»Wird gemacht. Und Kabinchen wäre übrigens 'n richtig guter Name. Wäre es okay für dich, wenn ich den verwende?«

»Na klar. Ich freu mich, wenn ich auch mal was Kreatives beitragen kann.«

»Danke, Victor. Also nicht nur für den Namen.«

»Ich danke *dir!* Wie lang arbeitest du eigentlich schon an den Kabinchen?«

»Ach, die Idee trag ich schon seit Jahren mit mir rum. Aber die exakten Entwürfe hab ich erst in den letzten drei Wochen gemacht.«

»Warum erst jetzt?«

Ich seufze wehmütig. »Ich hab dafür 'n Arschtritt gebraucht und den hab ich erst vor ein paar Wochen bekommen.«

»Du klingst so, als wäre das eine schmerzhafte Angelegenheit gewesen. Deshalb nehm ich mal an, die Arschtrittgeberin war 'ne Frau.« Victor lacht. »Du solltest in Betracht ziehen, der Lady eine satte Provision zu zahlen. Wie dem auch sei. Setz dich ran. Ich warte auf Nachricht von dir.«

»Mach ich.«

Nachdem er aufgelegt hat, bin ich ganz euphorisch von diesen Neuigkeiten und es gibt gerade nur eine einzige Person, der ich sofort davon erzählen will.

»Morgen«, sage ich entschlossen zu Dopu. »Morgen brechen wir auf und werden alles daransetzen, Josi ausfindig zu machen. Wir wenden uns einfach an Dita und Eleni und flehen sie an, uns ihren Aufenthaltsort zu verraten. Nach meinen Berechnungen müsste sie um diese Zeit schon irgendwo in Schweden sein.«

Als Antwort bekomme ich ein lustiges Maunzen.

»Das wird schon, Kumpel. Wir schaffen das.«

Ich zippe den Reißverschluss der Kuchenbude auf. Vom blauen Himmel von eben ist nichts mehr zu sehen. Zwischenzeitlich ist eine dichte Wolkendecke aufgezogen und es hat angefangen zu nieseln. Ich ziehe meine Regenjacke an, schließe den Wagen ab, schultere Dopus Rucksack und gehe los. Heute wollen wir den weiten Weg über die steil ins Meer abfallenden Klippen nehmen, bevor wir an einem der kleinen

Lochs im Hinterland rasten. Dann geht die Rundwanderung wieder zurück zum Meer, wo wir direkt in der Bucht unweit unseres Stellplatzes ankommen müssten.

Der steile Anstieg zu den Klippen bringt mich schnell ins Schwitzen, aber meine Muskeln bewältigen ihn ohne Probleme. Vor wenigen Monaten noch hätte ich alle paar Meter eine Verschnaufpause einlegen müssen. Und heute? Wandere ich schon fast beschwingt mit Dopu auf dem Rücken bis ganz nach oben.

Auf der höchsten Klippe angekommen, wage ich mich im mittlerweile strömenden Regen so weit vor, dass ich die senkrecht ins Meer abfallende Steilwand bewundern kann. Ihr graues Gestein schimmert im Regen. Und viele Meter unter uns tost das Meer gegen die Felsen.

Ich trete einen Schritt von der Kante zurück und schaue in den Himmel, lasse den Regen direkt auf mein Gesicht fallen, schmecke das Wasser vermischt mit dem Salz meines Schweißes auf meinen Lippen, recke die Arme nach oben.

Ich bin dankbar. So dankbar für alles, was mir auf dieser Reise bisher widerfahren ist. All diese wilden, verrückten und unglaublichen Erlebnisse und immer wieder Josi, ein großer, wenn nicht sogar der größte Teil meines Abenteuers.

Selbst wenn sie mich nicht versteht, mir nicht verzeiht, wir uns nie wiedersehen, so habe ich eben doch das Glück gehabt, sie wenigstens einen kurzen Moment lang zu kennen. Mir bleiben unsere Tage in der Sichelbucht, unser Abend in Lissabon, unser Treffen auf *Finn's Farm*, unsere erste Begegnung auf der Autobahn und unsere magische Vollmondnacht in Biarritz.

Bruchstücke unserer Reisen überlagern sich und sind jetzt schon zu zeitlosen Erinnerungen geworden.

Mittlerweile bin ich klatschnass geregnet. Das Nieseln ist in amtliche Sturzbäche übergegangen.

»Wir gehen lieber zurück«, informiere ich Dopu, der nichts dagegen einzuwenden hat.

Mein Blick fällt auf den roten Fleck da unten vor der Bucht und mir wird ganz warm ums Herz. Hätte nicht gedacht, dass mir das Buschtaxi so ans Herz wachsen würde. Das schönste Zuhause, das ich jemals hatte.

Ich senke den Blick, ziehe die Schultern zu den Ohren und mache mich zügig auf den Rückweg. Meine Stiefel schmatzen bei jedem Schritt in der vom Regen noch weiter aufgeweichten Erde.

Ich konzentriere mich auf den Boden, versuche zu erraten, wo ich hintreten muss, um nicht zu tief einzusinken.

Von weit weg höre ich den Ruf der scheuen Bergkrähen und bin gespannt, ob ich sie heute vielleicht mal wieder zu Gesicht bekomme. Ich halte kurz inne, reibe mir den unablässigen Regen aus den Augen, suche den Himmel nach ihnen ab und entdecke einen Schwarm von bestimmt zwanzig Stück. Sie fliegen weit oben über dem Buschtaxi im Kreis. Und dann weiter aufs offene Meer hinaus.

Mein Blick bleibt an etwas Blauem hängen, das eben noch nicht da war. Und wieder reibe ich mir die Augen, aber dieses Mal nicht, um den Regen wegzuwischen, sondern weil ich nicht glauben kann, was ich da sehe.

JOSI

Der Regen trommelt noch immer auf die Windschutzscheibe, als ich den Wagen zum Stehen bringe. Im Windschatten einer Ruine stehen ein paar Galloways mit beeindruckenden Hörnern herum und einige Schafe mit ihren Lämmern drängen sich dazwischen gegen die Mauern. Ich stelle den Motor ab, kurbele das Fenster einen Spalt breit runter und kann es rauschen hören, das Meer. Durch den regnerischen Dunst ist die Sicht auf die Bucht so schlecht, dass ich es nur erahnen kann.

Auf einer so dünn besiedelten Insel wie Harris einen deutschen Touristen mit einem Kater als Begleiter zu finden, brauchte nicht besonders viel Geschick. Aber ich war doch überrascht, als ich gleich im ersten *Minimarket* herausfand, wo *The German with the cat* zu finden sei. Die Schotten waren nicht nur äußerst freundlich, sondern auch unglaublich hilfsbereit. Der Typ an der Kasse malte mir sogar eine genaue Wegbeschreibung auf.

Ich steige aus, streife mir schnell meinen Regenponcho über und gehe auf das Buschtaxi zu, das er mit einem kleinen Vorzelt vergrößert hat.

In dem Vorzelt ist kein Mensch zu sehen. Ich spähe durch eine der Scheiben ins Auto. Niemand. Auch kein Dopu weit und breit. Wahrscheinlich machen sie gerade eine Wanderung.

Ich habe ihn also tatsächlich gefunden! Mein Herz rutscht ein paar Etagen tiefer, weil mir klar wird, dass wir uns jetzt wirklich gleich wiedersehen werden. Und ich bin kurz davor, diesen unwirklichen Ort einfach wieder zu verlassen. Spurlos. Er würde nie erfahren, dass ich hier gewesen bin.

Dann höre ich sie rufen. Ein paar Meter über mir. Ihr lustiges Krächzen, ihr lässiges »Ciao«. Ich blicke gen Himmel und da ist ein ganzer Schwarm von ihnen. Die Artgenossen der Bergkrähe, die mir in Kroatien den Weg nach Harris gewiesen hat. Die Vorstellung gefällt mir und beruhigt mich. Es ist alles richtig und gut, so wie es ist und so wie es sein wird.

Die Krähen drehen ab und fliegen aufs Meer hinaus. Ich blicke ihnen hinterher. Sie werden zu kleinen schwarzen Punkten am Horizont.

»Josi.«

Mein ganzer Körper fängt Feuer, als er atemlos meinen Namen sagt, und ich brauche einen Moment, um mich zu sammeln, bevor ich mich umdrehen kann. Über so viele Kilometer war mein Plan nur Theorie. Jetzt wird er Wirklichkeit.

»Du bist hier.« Er lächelt, seine Augen leuchten. »Ich meine, ist ja offensichtlich … Ich bin einfach nur …« Er sucht nach Worten, kommt noch einen Schritt auf mich zu.

Wenn ich meinen Arm ausstrecke, kann ich ihn berühren. »Überrascht?«

Er nickt und sieht verlegen aus.

Ich will ihm so vieles sagen, dass ich gar nicht weiß, wo ich anfangen soll, und dann sage ich einfach nur: »Ich dachte, ich schau mir Schottland vielleicht doch mal an. Harris soll ja ganz fantastisch sein.«

Als er nicht sofort etwas erwidert, trete ich schnell die

Flucht nach vorne an: »Es tut mir alles so schrecklich leid! Ich war neidisch und frustriert und ätzend und eigentlich wollte ich dir etwas ganz anderes …«

»*Mir* tut es leid«, unterbricht er mich. »Du hattest mit allem recht, was du gesagt hast. Und …«

Noch einen Schritt näher.

»… außerdem war ich auch gerade auf dem Sprung nach Schweden.«

Ich strecke meine Hand aus und streife ihm die Kapuze vom Kopf, behutsam berühre ich die kleine Narbe an seinem Kinn, sehe kleine Regentropfen in seinen Wimpern, fühle die Wärme seiner Haut unter meinen Fingerspitzen, genieße, wie er mich ansieht, und hoffe, dass ich ihm genauso gefehlt habe wie er mir.

»Gut, dass du hier bist.« Seine Stimme ein heiseres Flüstern. »Ich hab dich und deine Grübchen so vermisst.«

Ich ziehe ihn langsam an mich, seine Hände wandern durch mein Haar in meinen Nacken.

Dann, endlich, seine Lippen auf meinen. So als wäre es immer schon so gewesen, so als hätte es schon immer so gehört, und doch so aufregend und neu, als wäre es unser allererster Kuss. Und dann ziehe ich ihn noch ein bisschen näher an mich, schaue in Richtung unserer Autos und flüstere:

»Zu dir oder zu mir?«

EPILOG

Hier, auf dem Felsen einige Meter über dem wild tosenden Meer, in der einsamen Bucht, die wir vor einigen Tagen an der schottischen Westküste entdeckt haben, ist die Aussicht an diesem herrlichen Augustmorgen ganz hervorragend. Aber seit Josi mich auf Harris gefunden hat, ist meine Aussicht sowieso jeden Morgen aufs Neue die beste, die ich je in meinem Leben hatte:

Das Buschtaxi vor wechselnden Naturkulissen, die Hecktür steht offen und im Bett liegt sie.

Heute scheint die Sommersonne auf ihr Gesicht und kitzelt sie mit ihren warmen, goldenen Strahlen wach. Ich höre sie leise seufzen und sehe, wie sie sich noch einmal auf die Seite dreht, um noch etwas Schlaf zu finden. Vergeblich.

Ich lächele vor mich hin, weil ich schon ganz genau weiß, was sie mich gleich fragen wird. Und obwohl das so ist, kann ich mir nicht vorstellen, dass es mit ihr jemals langweilig werden könnte. Im Gegenteil! Ich mag die Vertrautheit, die sich durch die letzten Monate auf so engem Raum zwischen uns eingestellt hat.

Nicht die Reise, sondern Josi ist für mich das wahre Abenteuer. Sie zu entdecken, ist mein größtes Glück und ich kann nicht genug davon bekommen.

Und schon hebt sie ihren Kopf, blinzelt verschlafen in die

Gegend und sucht den Platz ums Buschtaxi herum nach mir ab. Nach mir!

Als sich unsere Blicke begegnen, lächelt sie verliebt und ruft mit ihrer vom Schlaf noch etwas kratzigen Stimme: »Gibt's schon Kaffee?«

Und ich muss mich sehr zusammenreißen, nicht sofort aufzuspringen, sie in meine Arme zu ziehen, zu küssen und ihr sofort diesen und noch alle anderen Wünsche zu erfüllen, die sie jemals haben könnte.

»Na klar«, antworte ich und gehe lässig aufs Buschtaxi zu.

Sie begrüßt mich mit einem Kuss und auch der Kater kommt zur Hecktür getapst, reckt und streckt sich in der Morgensonne und kuschelt sich dann an Josis Seite. Ein Leben ohne Josi, für ihn und mich undenkbar. Jalla hatte recht, als er sagte, dass sie das Potenzial habe, mich zum glücklichsten Paul aller Zeiten zu machen.

»Weißt du Paul, ich glaube, ich verinsele hier gerade mit dir und das find ich ziemlich gut«, sie lächelt, gibt mir noch einen Kuss und ich fühle mich wie der König der Welt, weil diese unglaubliche Frau so etwas zu mir sagt.

»Ich find das auch ziemlich gut«, grinse ich und küsse sie zurück.

»Hey, erstmal Kaffee!« Sie windet sich aus meiner Umarmung.

»Dein Wunsch ist mir Befehl.«

Ich stelle die Mokka auf den Kocher, der schon auf dem Klapptisch an der Hecktür bereitsteht.

»Und? Freust du dich schon auf Dita und Eleni und auf deine Familie?«, frage ich sie, während ich den Kocher anzünde.

In ein paar Tagen werden wir den Bulli bei Eric abholen und mit beiden Autos nach Ludwigsburg fahren. Danach besuchen wir Jalla und die Mädels in Berlin und besichtigen den ersten Prototypen eines Kabinchens, bevor wir nach Skandinavien aufbrechen. Wir müssen nur noch entscheiden, ob es mit dem Buschtaxi oder mit dem Bulli weitergeht.

»Total. Ich kann's nicht erwarten, sie endlich wiederzusehen, und es ist so schön, dass du dann auch alle kennenlernst. Und weißt du, auf wen ich mich fast am meisten freue?«

»Auf Sina.«

»Genau! Ich kann's immer noch nicht glauben, dass sie den Typen wirklich angezeigt hat und schon in ein neues Leben gestartet ist.«

»Deinetwegen.«

Sie stupst mich an. »Nicht meinetwegen. Das hat sie sich alles selbst zu verdanken.«

»Aber du hast ihr den Mut gegeben, das Ganze durchzuziehen. Hat sie doch genau so in ihrer Mail geschrieben«, insistiere ich.

Ich gieße den Kaffee in Josis Emaillebecher mit dem hellblauen Rand.

Sie setzt sich auf und nimmt den Becher entgegen.

»Schon seltsam, wie das Leben so spielt, oder?« Sie schlürft den heißen Kaffee und blickt aufs Meer.

»Du meinst, dass sie dir genau einen Tag nach deiner Kündigung geschrieben hat?«

Josi nickt und blickt weiter aufs Meer, während sie mit ihrer freien Hand den Kater streichelt.

»Und? Bist du nach wie vor happy mit unserem digitalen Nomadentum? Funktioniert doch ganz gut, oder?«

Sie blinzelt mich versonnen an. »Dass dein Projekt funktioniert, wusste ich immer. Aber ich hätte nicht im Traum gedacht, dass sich die Frauenrechtsorganisationen in ganz Europa so um meine Selbstverteidungskurse reißen würden. In Schweden bin ich schon komplett ausgebucht. Und mit dem großen Interesse von soloreisenden Frauen habe ich auch nicht gerechnet. Ich hab da wohl echt eine zeitgeistige Nische gefunden. Genau wie du.«

Ich lehne mich mit dem Rücken gegen das Bett und wir hängen eine Weile unseren Gedanken nach.

Gestern Nacht, als wir unterm klaren Nachthimmel auf einer Decke am Strand lagen, hat sie mir die Sternenbilder ihrer Kindheit gezeigt und mich damit noch mehr in ihr Herz gelassen, mich noch mehr zu ihrem Verbündeten gemacht. Der Wal, der Seestern, die Muschel, die Alge und die Welle sind von nun an Teil unserer geheimen Sprache, die sonst niemand kennt.

Josi streicht mir sanft mit ihren zarten Fingerspitzen über den Rücken, während wir die Möwen beobachten, die über dem Meer ihre Bahnen ziehen. Eine Zeit lang lauschen wir nur dem Rauschen der Wellen und dem leisen Schnarchen des Katers. Es ist schön, mit ihr zu schweigen und einfach nur die Natur zu genießen.

»Weißt du, Paul, ich vermisse nichts«, sagt sie nach einer Weile.

Ich drehe mich zu ihr um und sie schaut mir tief in die Augen. Wie immer versinke ich sofort in ihren. Ozeanblau sind sie und genauso unergründlich wie das Meer.

»Vier Wände, ein geregelter Alltag, sesshaft sein. Nichts liegt mir gerade ferner.« Sie lächelt und sieht dabei so zufrieden, entspannt und weich aus. »Fernweh, Fahrtwind, Freiheit und Liebe – das kann ruhig noch eine Weile so bleiben.«

»Und was ist mit einem richtigen Zuhause? Meinst du nicht, dass du das bald vermissen wirst«, frage ich sie vorsichtig.

»Du bist mein Zuhause. Du und das Meer«, sagt sie bestimmt. »Und alles, was zählt, ist, dass wir zusammen sind.«

Sie streicht mir zärtlich über die Wange, küsst mich sanft und lehnt ihre Stirn an meine.

Und ich weiß, wir zwei werden ein Leben lang Sonne und Regen füreinander sein.

PLAYLISTS

Aus einigen meiner absoluten Lieblingssongs habe ich eine Roadtrip- und eine Beach-Playlist zusammengestellt, die Dir hoffentlich auch so gute Laune machen wie mir, und Dich vielleicht sogar bei Deinen nächsten Abenteuern begleiten!

On the Road

Bergauf – Bilderbuch
Go Your Own Way – Fleetwood Mac
Canyon Moon – Harry Styles
Let The Music Play – Barry White
Schwarzes Karma – Bilderbuch
I Won't Kneel – Groove Armada
About Damn Time – Lizzo
OM – Bilderbuch
Because It's in the Music – Robyn
Cherry – Harry Styles

Die Playlists findest Du auch auf Spotify, wenn du nach *Immer am Meer entlang* suchst. Viel Spaß beim Hören!

On the Beach

Nahuel Huapi – Bilderbuch
Cinema – Harry Styles
Waves – Nouvelle Vague
Spiel mit – 2raumwohnung
Dance With Me – Nouvelle Vague
Harvest Moon – Neil Young
my future – Billie Eilish
Blütenstaub – Bilderbuch
Home Again – Michael Kiwanuka
Aufgewacht auf Sand – Niels Frevert
La Mer – Charles Trenet

DANKE…

Dass ich, genau wie Josi und Paul, total meersüchtig bin, hast Du, liebe*r Leser*in, wahrscheinlich längst erraten 🙂.

Ohne meine jährliche Dosis Meer bin ich nur ein halber Mensch. Wunderbarerweise konnte ich den Großteil dieser Geschichte tatsächlich am Atlantik schreiben. Mein Mann Carsten und ich haben 2022 in Schottland übersommert. Dort sind wir mit unserem alten Land Rover auf den Äußeren Hebriden herumgereist. Wir haben traumhafte Strände entdeckt, sind beim Strandwandern von Robben begleitet worden und haben ihren lustigen Gesängen gelauscht. Wir konnten zum ersten Mal in unserem Leben einen Otter in freier Wildbahn beobachten und durch die Wellen springende, in der Sonne glitzernde Delfine bewundern.

Aber nicht nur diese Reise, sondern auch alle anderen zuvor, die wir seit über zehn Jahren mit unserem Landy unternehmen durften, haben dieses Buch bereichert. So ist es für mich fast zu einer Art Erinnerungs-Album meiner allerschönsten Reisemomente geworden.

Die Gläser mit der Libelle, der kleine Fuchs, der in Südfrankreich auf einen Happen hofft, ich, wie ich bibbernd eine eisig-kalte Dusche am Landy genieße und dabei von einem Armeehubschrauber überrascht werde, das unbeschreibliche

Glück, eine wirklich einsame Bucht auf Sardinien zu entdecken, dort nichts als Meeresrauschen und Möwengelächter zu hören, tagelang mit dem Liebsten zu verinseln und von der Natur mit spektakulärsten Sonnenuntergängen umarmt zu werden, am Strand ein Lagerfeuer zu machen und zu beobachten, wie die Flammen immer leiser werden, in den Dünen unter einem tiefhängenden, silbrigen Vollmond zu übernachten, sechsundzwanzig Sternschnuppen zu zählen und mir immer das Gleiche zu wünschen …

Ein großes Stück meines Lebens, meines Herzens, habe ich in dieses Buch und damit in Deine Hände gelegt. Vielen Dank also an Dich, liebe*r Leser*in, dass Du Josi und Paul und damit auch mir Deine Zeit geschenkt hast!

Ich hoffe, Du hattest Spaß, konntest Dich ans Meer träumen und hast Dich zwischen den Zeilen wohlgefühlt. Vielleicht haben sie Dich ja dazu ermutigt, auch mal wieder darüber nachzudenken, welchen Traum Du schon viel zu lange in einem staubigen Regal eingelagert hast oder Dich dazu angestiftet, etwas anzugehen, was schon lange darauf wartet, von Dir erlebt zu werden.

Und ganz vielleicht bist Du ja sogar gleich nach der Lektüre zu Deinem Auto gerannt, hast die Rückbank rausgeschmissen und bist losgefahren – in Richtung Freiheit und immer am Meer entlang…

Bon voyage und alles Liebe aus dem Wald,
Franziska

PS. Wenn Du Lust hast, jeden Monat eine liebevoll verfasste Mail mit inspirierenden Gedanken, guten Neuigkeiten, ausgewählten Buchtipps, und Infos zu meinen Projekten und Events zu erhalten, dann freue ich mich auf Deine Anmeldung für meinen Newsletter auf:

www.franziskajebens.de/newsletter

Auf Instagram findest Du mich @franziskajebens

Und Danke …

… an die tollen Buchhändler*innen, die uns Leser*innen liebevoll ausgesuchte Geschichten empfehlen, uns mit jedem Buch auf eine Reise schicken und uns dabei immer eine Erweiterung des eigenen Horizonts schenken, … an das dtv-Team für die Zusammenarbeit und dafür, dass es dieses Buch gibt, … an Saga Egmont, dass es zu diesem Roman wieder ein Hörbuch mit diesmal gleich zwei tollen Sprecher*innen gibt, … liebe Corinna, wir sagen nur NUMBER 4! Was für ein Glück, dass Du unserer Geschichte Deine Stimme, Deine Zeit und Deine Liebe schenkst! Und tausend Dank für den Tipp, dass Louis der perfekte Paul sein könnte, … lieber Louis, wir freuen uns so sehr, dass Du Lust hattest, der perfekte Paul zu sein, … allen bei Graf & Graf für die allerbeste Betreuung bei unseren vielen Fragen, … liebe Meike für Deine Unterstützung, Deine Geduld, Deine Zuversicht, Deine Textpertise! Ohne Dich hätten wir das nicht geschafft!

… lieber Philipp, Peter, Maurice und Michael, Euer Album »Gelb ist das Feld« gehört zu meinen All-time-Favorites und ich habe es während des Schreibens in Dauerschleife gehört! Danke, dass Ihr mir erlaubt habt, eine Zeile aus dem Song *Schwarzes Karma* zu verwenden! Und danke, lieber Christoph für die unkomplizierte und nette Kommunikation!

… lieber Moritz, lieber Till, für Eure Kreativität, Euren

Humor, Euren Podcast *Talk ohne Gast*, der uns auf unseren Reisen begleitet und natürlich für *dda*!

… meinen allerliebsten Eltern, dafür, dass Ihr mir die Meerliebe in die Wiege gelegt habt und dass ich in meiner Kindheit und Jugend so viele Stunden, Tage, Wochen am Meer verbringen durfte, … liebe Kathrin, Du bist unser Must-Have 🙂! Danke, dass Du nach Clinti schaust, damit ich am Meer ein Buch schreiben kann, dass Du mit uns die Feste feierst, wie sie fallen und uns immer ehrlich Deine Meinung sagst! … liebe Marion, mit Dir trinkend und quatschend am Feuer zu sitzen, ist eine der schönsten Aktivitäten, die man im Wald so machen kann 🙂 – dein Input ist dabei immer eine Bereicherung, … liebste Caro, dass es Dich gibt!, …liebste Anna, dass ich Dich in allen Aggregatzuständen meines Seins anrufen kann, dass Du mir Deine Sicht der Dinge anvertraust und dass ich mit Dir wachsen darf, … liebste Mel, dass Du meine wirbelwindige Brainstorm-Partnerin bist, dass Du unter die Haut gehende Texte schreibst, dass Du mir tollste Päckchen schickst, die mich im Herzen, auf Reisen und im Alltag begleiten, dass Du mir Feedback gibst, wenn ich es brauche und dass ich auch für Dich da sein darf, … liebste Petzi, für Deine liebevollen Nachrichten und unsere schönen Gespräche, für Dein Anspornen, Dein Verständnis und für unsere innige Verbundenheit und danke liebste Miri, dass es Dich gibt und ja, 2023 hoffentlich ohne Bildschirm zwischen uns 🙂!

… liebe MP, dass Du unser Fehler-Engel bist und für das beste Quittengelee, … liebe Tina für den tollen Kontakt zu Katja, … liebe Katja für Deine viele Zeit und Deine Antworten zu unseren vielen Fragen und vielen Dank an Dich und Deine Kolleg*innen, für das, was Ihr jeden Tag für uns alle leistet, … liebste Lotti, dass Du immer auf meine Newsletter antwortest und mir so liebe Sachen schreibst und für alles, was wir zusammen erlebt haben, … lieber Martin und liebe Marie, für den Abend am Feuer im Wald, der die Inspiration dafür war, dass Josi Polizistin geworden ist, … liebe Christina, danke Dir und Deinen Lieben, für unser Kennenlernen an einem einsamen Strand auf den Äußeren Hebriden und für unser inspirierendes Gespräch zum Thema *Machen und Lassen*, … dear Eric, for your kindness and the interesting chats besides the Landy, hope you write a book soon 🙂, … thanks Diane & Carol, so great meeting you and chatting to you while the seals where singing on the Outer Hebrides, … an das gesamte Team des wunderbaren *Gallo Nero* in Hamburg für Eure Italienisch-Expertise und für Eure inspirierenden und unwiderstehlichen Gerichte, die einen direkt nach Italien entführen, … liebe Judith für Dein tolles Buch *Die Träume anderer Leute*, das sehr viele Eselsohren hat, weil es so viele für mich so wichtige Stellen darin gab und weil es genau zur richtigen Zeit kam. Und danke allen anderen Autor*innen für Eure Gedanken, Eure Liebe, Eure Poesie, Euren Mut und Euren Willen, etwas Kreatives, Wundervolles, Besonderes, Einzigartiges zu erschaffen und damit die Welt zum Leuchten zu bringen!

… liebste kleine Schmiddie, dass Du uns bei unseren aufregenden Abenteuern immer begleitet hast, dass Du auch fandest, dass der Landy das beste Zuhause ist und dass Du das Meer genauso geliebt hast wie wir. Auch wenn Du jetzt im Hundehimmel bist, bleibst Du trotzdem immer bei uns – zuhause im Wald, genauso wie auf Reisen!! 🖤

Danke lustiger Clint, dass Du uns tröstest, wenn eine fehlt und manchmal sogar so tust, als fändest Du es schön, mit mir zu knuddeln!!

Und danke, mein über alles geliebter Carsten, Du bist mein Meer und meine Freiheit und ich bin die glücklichste Frau der Welt, wenn ich ein Leben lang Sonne und Regen für Dich sein darf ∞